»LA GAJA SCIENZA«

VOLUME 935

TESI SULL'ESISTENZA DELL'AMORE

Romanzo di
TORBEN GULDBERG

Traduzione di
EVA KAMPMANN

LONGANESI

www.longanesi.it

ISBN 978-88-304-2660-3

Titolo originale
Teser om eksistensen af kærlighed

La traduzione è stata pubblicata con il contributo di:

norden
Nordic Culture Point

KUNSTRÅDET
Danish Arts Council

Foto in quarta di copertina:
www.thomas-a.com

TESI
SULL'ESISTENZA DELL'AMORE

Grazie a Theresa.

E grazie a:
MC Jabber e Kristiane Hauer per l'ispirazione.
A Pia, Sara Emilie, Louise, Mikkel, Peter, August, Lisbet e a Sol-vejg
e Jens per le osservazioni, il sostegno e altre cose indispensabili.

Sono stanco. È stato un lungo millennio.
SCOTT MARTINGELL

PROLOGO

Ero stanco. Ma ancora vivo.

Erano trascorsi quasi cinquecento anni da quando il mio amico Baldur Duelingue mi aveva detto che non avrei trovato pace finché non mi fossi volto di nuovo all'amore.

E per tutto quel tempo avevo creduto di sapere cosa avesse voluto dire.

Come tutti quelli che avevo conosciuto, concepivo l'amore come una forza più grande dell'essere umano. Qualcosa che era ovunque e in nessun luogo, un'entità inscindibile e onnicomprensiva, una vibrazione nell'universo, se si vuole. Una forza che creava legami tra le persone, che poteva afferrarle, unirle, annodare i rispettivi destini.

Ora però, tutt'intorno a me, la gente stava cambiando opinione.

Non me ne accorsi subito. Per più di trecento anni avevo vagato di paese in paese raccontando storie d'amore. E adesso era come se non facessero più presa. Nessuno stava a sentire. E io non venivo più accolto con la stessa ospitalità; la vita del narratore girovago diventava sempre più logorante.

Così, mi comprai una casa, a Copenaghen, vicino al porto. Per la prima volta dopo secoli avevo una dimora fissa. Ma non avevo finito di viaggiare.

Invece di raccontare le storie, cominciai a cercarle e ad ascoltare. Per capire in cosa consistesse la nuova concezione dell'amore. Per sentire che cosa ne diceva la gente. E di quando in quando questa occupazione mi portava in giro per il mondo.

Tutti i miei viaggi nascevano dallo stesso desiderio. Tutte le storie che andavo raccogliendo le scovavo nel tentativo di trovare una risposta alla stessa domanda.

Cos'è l'amore?

La risposta mi avrebbe indicato da che parte volgermi. Per trovare, finalmente, pace.

CINQUECENTO

A quanto mi risulta, l'Europa è l'unico continente che si considera rinato. Una nuova percezione di sé si diffuse da sud a nord e questo fenomeno divenne il cuore di ciò che chiamiamo Rinascimento, la «rinascita». Tenuto conto del retaggio cristiano, mi sembra significativo che il termine usato non sia «resurrezione».

Quando l'Europa rinata crebbe e si irrobustì, acquisì una nuova concezione dell'amore.

La novità consisteva nel fatto che l'amore era circoscritto.

Il Rinascimento fu seguito dalla Riforma, la «rigenerazione». Alcune parti dell'Europa rinata non sopportavano più la fede tramandata; secondo i riformatori il cristianesimo andava rigenerato nella sua forma originaria. Contemporaneamente si formò il concetto dell'Europa come un tutt'uno distinto dal resto del mondo, e il concetto analogo dell'uomo come individuo e quello del rapporto personale con Dio. Rivolgimenti che non risparmiarono neppure l'amore.

Accadde tutto per gradi e in modo irregolare, e solo quando provai a mettere per iscritto alcune delle mie vecchie storie cominciai a capire.

Agli inizi del Cinquecento, per arredare la mia casa mi procurai innanzitutto uno scrittoio alto. Ora che avevo una dimora fissa ero costretto a trovarmi una nuova occupazione. Grazie alla nascita della tipografia, fare lo scrittore (o il poeta, come si diceva allora) era un'attività più comune, e mi parve una scelta assolutamente naturale. Accorciai le gambe dello scrittoio in modo da potermi sedere per scrivere e riposare le mie vecchie gambe.

Ma appena mi sedevo cominciavano le difficoltà. Non riuscivo a trasferire le storie sulla carta. Non riuscivo a convogliare il ritmo della respirazione o i movimenti della lingua e delle labbra nella mano e nella penna. Parlavo da solo ad alta voce, formulavo un brano, ma non appena lo trascrivevo mi appariva goffo e sconnesso, come se i tuffi nell'inchiostro creassero sbarramenti fra una parola e l'altra.

Andai a fare visita a uno scrittore, uno dei poeti della città. Lo pagai perché leggesse le mie minute e mi insegnasse i mezzi della scrittura. Finii col prendere numerose lezioni.

Tuttavia, qualunque sforzo facessi per animarle, le mie storie lo annoiavano. Sperimentai tutte le sue istruzioni, trasformai gli scartafacci in ballate o cronache in rima; con un ritmo fisso o una prosa fluida, elaboravo allegorie o aneddoti, ma non c'era niente da fare. Potevo usare tutti i trucchi e le acrobazie che volevo: le mie storie non facevano presa nemmeno per iscritto.

Mio malgrado fui costretto ad ammettere che a essere datato era proprio il tema: l'amore onnicomprensivo.

Fu così che aprii gli occhi alla trasformazione dell'Europa.

Non divenni scrittore. Però divenni il co-narratore occulto dei libri altrui.

L'autore che aveva cercato di insegnarmi la lingua scritta aveva parecchi allievi, e a un certo punto cominciò a mandarmene qualcuno. Infatti, sebbene i miei soggetti fossero antiquati, la fattura non lo era. A uno a uno i poeti si presentavano a casa mia con piccoli fascicoli sotto il braccio, mi spiegavano idee e abbozzi di storie, e io attingevo ai miei trecento anni di esperienza per offrire consigli su come andavano raccontate. Mi pagavano con una parte degli utili ricavati dalle vendite.

La consulenza avveniva esclusivamente nel mio cortile interno, non mi recavo mai al domicilio dei miei clienti. Per diversi motivi, uno dei quali era la discrezione.

La mia unica ma imprescindibile condizione per aiutarli era che non mi tradissero. Il Cinquecento era, come ho già accennato, un tempo di sovvertimenti e, quando lo si sovverte, nel tempo si aprono crepe in cui certe persone precipitano. E altre vi vengono spinte. Un uomo di cinquecento anni d'età sarebbe stato considerato reo di un patto col diavolo. Certo, non c'era nulla che desiderassi più della pace, ma all'epoca mettevano al rogo streghe e maghi proprio per bruciare e torturare la loro anima, perché non trovasse pace nemmeno nella morte.

Un altro motivo per cui pretendevo che i miei clienti venissero da me era il riposo e la calma di cui avevo tanto bisogno quando non ero in viaggio. I secoli non erano passati inavvertiti sul mio corpo. E i viaggi erano una grande fatica per me. Mi costringevano a uscire e a mescolarmi alla gente tutti i giorni, e a tuffare ogni mattina il viso alternatamente nell'acqua calda e fredda e a spalmarlo con un olio di mandorle dorato per tendere l'incarnato e dargli luminosità, in modo da non dare nell'occhio.

Dopo un viaggio all'estero avevo bisogno di mesi per riprendermi. Nei periodi di riposo alcuni tra i miei clienti più affezionati provvedevano a mandarmi da mangiare tramite servitori fidati. A volte le giornate si animavano alquanto, perché gli scrittori sapevano di potermi trovare sempre in casa, e la posizione distesa non mi impediva né di pensare né di parlare. Perciò succedeva spesso che ancor prima di essermi ripreso dovessi prepararmi per un'altra partenza. Perché fra tutte le idee e le considerazioni degli scrittori, o fra alcune delle voci che mi riferivano, ero rimasto colpito da un dettaglio. Da qualcosa che doveva essere un frammento di una storia più grande, un altro racconto che dovevo assolutamente procurarmi.

Perché mi attirasse doveva essere una storia di cui non intuivo in anticipo il finale. Una storia che contenesse quella particolare sorta di mistero che può guidare dentro enigmi profondi, una storia che mi insegnasse qualcosa sull'uomo. Come, per esempio, quella che subodorai quando, all'indomani della Faida del Conte, mi raccontarono una leggenda secondo la quale era stato un particolare strumento musicale a decidere le sorti della guerra.

Partitura da utilizzare nelle guerre lunghe

Impara, dunque, ad avere un po' di paura di te stesso, quando ti accorgi di essere tanto freddo e insensibile...
MARTIN LUTERO (1483-1546)

Questa storia ha tre protagonisti, i quali hanno in comune una cosa impossibile: sono orfani o, secondo il peculiare svarione nordico, *forældreløse*, «privi dei genitori». Quest'espressione contrasta tanto col comune buon senso quanto con l'ordine naturale, suggerendo che qualcuno possa venire al mondo senza procreatori. Al contempo, però, esprime con estrema precisione un sentimento che condivido con i tre protagonisti, essendo anch'io cresciuto senza genitori, una sensazione che arriva quasi ad avvolgerti completamente gettandoti in uno stato di assenza acuta.

A quanto pare, lo svarione è spuntato dallo stesso terreno primordiale delle numerose mitologie in cui il mondo ha origine dal nulla: un non essere, un'assenza onnicomprensiva, che si può tentare di spiegare solo con simboli inadeguati. Da entità impalpabili come la luce, il suono e le parole, a quelle più concrete come la mammella di una mucca presso i vichinghi, i quali erano tutt'altro che privi di senso umoristico. E infine lo svarione sembra adombrare la concezione europea della rinascita del continente: infatti, non è forse un'impossibilità mitologica che l'Europa si sia partorita da sé?

L'assenza genera una solitudine che a nessuno si può imporre di comprendere. Per contro, si può tentare in vari modi di viverla e di conviverci.

Il neonato senza nome che fu trovato nel mucchio di frutti caduti dietro un meleto dal sempre vigile dispensiere del piccolo convento di Svindfeld, quel maschietto che crebbe in mezzo a conversi, novizi e monaci, e cui fu imposto il nome di Frans da Svindfeld, scelse di chiedere di essere ammesso nell'ordine religioso e, così facendo, di rafforzare la sua solitudine con il silenzio e le giornate tutte uguali e al contempo di lenirla con l'ordinata comunità dei confratelli all'interno della clausura, del muro di cinta del monastero.

Amalie, che fu così chiamata dalle donne emarginate di Troldholm, scelse di cantare. Almeno una volta al giorno.

Il loro figlio, Magnus, che li conobbe entrambi senza sapere che erano i suoi genitori, scelse di credere che fosse impossibile cambiare la solitudine e abbandonò ogni meditazione sull'argomento. Si mise, invece, a fabbricare strumenti musicali, e in seguito divenne famoso per la produzione di certe cornamuse dal suono assai utile, particolarmente stridulo e crepitante.

Sono proprio questi tre che seguiremo.

Ma prima, una domanda: come possiamo conoscere meglio questi tre orfani?

Di quali informazioni abbiamo bisogno? Cosa accadde quando Frans si avventurò oltre il muro di cinta? Com'era il canto di Amalie? Perché Magnus smise di meditare? Non possiedo tutte le risposte.

Nessun narratore sa tutto. Anch'io ascolto per saperne di più. Ma quello che so non l'ho appreso da estranei. Ho conosciuto sia i tre protagonisti sia parecchi personaggi secondari.

Magnus lo incontrai a Copenaghen: possedeva una partitura che a sua detta era impossibile suonare senza piangere. Gli era stata recapitata, e non sapeva altro. Da quel poco che fu in grado di dirmi, intuii i contorni di una storia più vasta, e mi proposi di indagare personalmente. Le informazioni che avevo sulla sua infanzia mi spinsero su al Limfjord dove, dopo qualche difficoltà, trovai Frans nella piccola pieve chiamata Svindelev. Mi trattenni là un paio di giorni, poi mi inoltrai su quello che chiamavano l'Abisso dei Lupi e mi ritrovai nel fiordo vero e proprio, dove si stendeva Troldholm, la più grande di una miriade di isole piatte. Là parlai con Amalie e alcune delle donne che l'avevano cresciuta.

Quindi, le notizie che possiedo le ho apprese dai diretti interessati. E da quel sentimento, da quello stato che condividiamo.

Perciò scrivo quel che so. E suggerirò volentieri certi possibili nessi, lavorerò di fantasia per alleggerire i passaggi bruschi. Ma poi dovremo ascoltare ognuno per proprio conto, cercare di indovinare e riempire le lacune con i nostri sogni.

Probabilmente non arriveremo allo stesso risultato. Forse ognuno di noi vede soltanto se stesso nella storia che ci accingiamo a seguire. Infatti, se c'è da credere a un poeta nato prima della morte dei nostri tre protagonisti, siamo fatti della stessa sostanza di quei sogni di cui intessiamo le storie che ascoltiamo. E perciò forse impareremo soltanto qualcosa su noi stessi, sulla condizione umana, tu e io, ascoltando. Comunque, non ci resta che provare.

Per i primi tre anni della sua vita Amalie non balbettò, né canticchiò, né frignò. Di quando in quando chiudeva gli occhi, tendeva tutti i muscoli del corpo formando un arco in modo da toccare terra soltanto con la nuca, il collo e i talloni. E allora apriva la bocca, ma nessuno udiva il benché minimo suono. Tutto qui.

Era nata clandestinamente. La madre doveva essersi convinta che la piccola comunità in cui viveva la obbligava a tenere nascosto il parto e, per poter continuare a vivere nello stesso luogo, cercò di nasconderlo anche a se stessa. Andò giù all'Abisso dei Lupi e si distese tra due alte, nodose radici d'albero in riva all'acqua. Si legò uno straccio intorno alla bocca e si ficcò del muschio nelle orecchie in modo da non poter né urlare né udire gli urli. Spinse fino a far zampillare le lacrime. L'acqua le rinfrescava il ventre, leniva quella parte del dolore che non riusciva a scacciare. Quando il bambino uscì e un'onda del fiordo la penetrò sciabordando e il freddo la calmò, si tirò su a sedere e si asciugò gli occhi. Senza abbassare lo sguardo immerse una mano e trovò il bambino prima che venisse a galla. Lo trattenne e intanto cercò la tenaglia che aveva rubato al fabbro. Stava nel grembiule, che si era messa sotto il collo mentre spingeva, senza accorgersi che il duro metallo le aveva lasciato un segno rosso tra due vertebre cervicali. Recise il cordone ombelicale e posò la tenaglia. Prese il piccolo con entrambe le mani e si morsicò il labbro. Lo spinse in acqua. Verso il largo. Lontano. Nella speranza che in quell'abisso ci fossero davvero i lupi, che avessero mascelle e denti, e che non lasciassero la presa. Distolse lo sguardo dall'acqua mentre si alzava in piedi. Si mise le mani tra le gambe e tirò fuori la placenta. Fece mezzo giro intorno all'albero e scavò una buca. Vi seppellì la placenta, la tenaglia e insieme a quelle tutti i ricordi. Il ricordo di come il fabbro l'aveva resa donna, di come con i sudori freddi aveva represso la nausea mentre mungeva, faceva il burro, mangiava. I ricordi di tutti gli sguardi che negli ultimi mesi le avevano sfiorato fugacemente la pancia per poi tornare subito sul punto da cui si erano levati. Come se tutti quelli che conosceva avessero deciso su due piedi di non aver notato il suo pancione, in modo da non doverne parlare con nessuno, nessuno degli altri che lo avevano visto e avevano preso la stessa decisione. Per il suo bene non avrebbero mai accennato a quello che tutti sapevano. A meno che, ovviamente, non avesse continuato a vivere nel peccato. In tal caso avrebbero avuto il dovere di metterla sulla buona strada e di punirla, affinché Dio l'avesse di nuovo in misericordia; allora sì che ognuno avrebbe cercato di essere il primo a spargere la notizia. Tuttavia, non ebbero mai l'opportunità di imporle il meritato castigo, ma per la gioia di molte era marchiata a vita. Si vedeva chiaramente durante la preghiera in chiesa. Da quelle parti si riceveva l'amore e la benedizione di Dio a capo chino, e chi era seduto alle sue spalle poteva vedere il fazzoletto scendere da un lato, scoprendo il collo sotto l'attaccatura dei capelli e la riga rossa che non andò più via.

Quindi, adesso sappiamo che la piccola Amalie era silenziosa, forse colpita da una forma di mutismo – come tutti quelli che avevano a che fare con sua madre –, ma il perché non è ancora chiaro.

Amalie arrivò a Troldholm su un'onda che insieme a lei gettò a riva una gran quantità di mosche, farfalle e avannotti morti. Fu raccolta da una donna magra con un gran groviglio di capelli striati di grigio che le scendevano dalla testa come tanti piccoli nidi d'uccello avvinghiati a tralci d'edera. La donna aveva quattro denti gialli e le iridi grigiastre cerchiate di bianco intorno alle pupille. Era a torso nudo, sotto le sottili rughe della pelle i tendini erano ben visibili, e dalla corda che le cingeva la vita pendevano brandelli di stoffa sbiadita dal sole, un borsellino di cuoio e piante essiccate. Tenendo la bambina poggiata contro una spalla si diresse di corsa verso il centro dell'isola, addentrandosi fra i bassi, nodosi alberi, nel sottobosco di sentieri nascosti da felci e fiorellini, sino a una radura. Qui pestò due volte il terreno ed emise un suono che si sarebbe potuto scambiare per il breve richiamo di una pavoncella. Poi con i piedi radunò un mucchio di foglie mezzo consumate dall'autunno precedente e vi adagiò la bambina. Amalie, che ancora non si chiamava Amalie, rispose tendendo tutti i muscoli del corpo e aprendo la bocca. Una vespa e tre mosche caddero giù dall'aria. Una le finì in bocca, e lei tossì finché non la espulse.

Da diverse parti dell'isoletta altre donne seminude raggiunsero in silenzio la radura. Si accovacciarono a contemplare la bambina. La esaminarono con movimenti schivi, come gattini che dessero timide zampate a un grosso scarabeo. Le toccarono il naso, le strinsero i piedini, la guardarono negli occhi affascinate, le afferrarono le rade ciocche di capelli biondi facendole scorrere tra le ruvide dita. La sesta e ultima donna che apparve, la più paffuta e tarchiata, si fece largo a spinte, esaminò la piccola con un unico sguardo, afferrò decisa il cordone ombelicale e lo annodò. Amalie si tese in un arco e altre mosche precipitarono.

Lasciamo che questa sia l'immagine dell'infanzia di Amalie.

Sei donne in un circolo, Amalie al centro. Insetti che cadono morti giù dal cielo come presagi. Come anticipazioni di una sorta di tema nella vita di Amalie, di cui né tu né le sei donne siete ancora a conoscenza, premonizioni del genere che queste donne e tu e io possiamo riempire di sogni, di piccoli misteri che ci inducono a continuare a leggere, a continuare a vivere. E a raccontare.

Quanto alla venuta al mondo di Frans non ho molti fatti da riportare. Però mi è rimasto impresso che fu trovato nel mucchio di mele, e ho immaginato una donna che non si sdraiò tra le radici di un albero, bensì cercò un nascondiglio su, in alto, tra i rami della chioma. Quando emise il suo primo vagito, Frans lo fece da una posizione che avrebbe indotto chiunque a gridare, e sono altresì convinto che qualsiasi persona possa considerare quella posizione una sorta di immagine della vita: era sospeso a una grande distanza da terra, nudo, vulnerabile e attaccato a un cordone che non avrebbe retto in eterno. Quando la donna strappò il cordone lasciando cadere il bambino, lo fece nella speranza che la terra lo avrebbe ammaccato come qualsiasi altro frutto che cada, e reso non commestibile per l'esistenza.

Ma il fatto più concreto e importante da dire sull'incontro di Frans con il mondo è che non aveva un nome. È una cosa che capita spesso agli orfani. Prima che qualcuno lo prenda con sé, nessuno provvede il bambino di quella parola che servirà a contraddistinguerlo e con cui questi si riconoscerà. L'orfano o muore senza nome oppure viene preso in custodia da qualcuno che di norma gli imporrà un nome. Lo utilizzerà, e il bambino crescerà senza ricordare il suo periodo da innominato. Ma per Frans non sarebbe andata così.

Il dispensiere lo raccolse dal mucchio di frutta e lo portò nell'infermeria, una di tre casupole con le travature a vista e il tetto di paglia disposte a semicerchio che sorgevano a poca distanza. All'interno, l'*infirmarius*, il monaco più esperto di piante officinali e di medicina, faceva la spola tra i malati con un vaso pieno di sanguisughe. Aveva appena visitato una giovane donna che quello stesso giorno si era presentata al monastero tremante di febbre e con il sangue che le colava lungo l'interno delle cosce. Era ancora così pallida che non osava praticarle un salasso. Con un cenno della mano il dispensiere chiamò a sé l'*infirmarius* e poi lo tirò all'interno della stanzetta in cui erano custodite le tinture e le essenze, perché si sentiva costretto a infrangere il voto del silenzio per via del neonato. I due monaci si scambiarono bisbigli mentre l'*infirmarius* visitava il bambino. La prima idea del dispensiere fu di farlo portare al più vicino convento del Santo Spirito, dove si prendevano cura dei trovatelli e avevano delle balie a servizio, ma secondo l'*infirmarius* il piccolo era troppo debole per affrontare il viaggio. Accennò alla donna con l'emorragia, che probabilmente il giorno prima aveva cercato di disfarsi da sola di un piccolo feto; magari aveva latte. Se la febbre lo aveva inacidito, probabilmente il bambino non ne avrebbe preso molto, oppure avrebbe fatto una bella poppata buscandosi un mal di pancia, ma sarebbe stato comunque meglio di niente.

Con il piccolo in braccio il dispensiere si sedette su una sedia accanto alla giovane donna. Si chinò e avvicinò il viso al suo orecchio. Lei aprì e richiuse gli occhi. Le bisbigliò qualcosa e la donna ascoltò e annuì. Si tirò un po' su a sedere e fiaccamente fece per prendere il neonato, ma chiuse di nuovo gli occhi. Il dispensiere l'aiutò a tenere il bambino, che aprì la bocca non appena sentì il calore del seno contro la guancia. La donna gli drizzò la testa, aggrottò la fronte ed emise un gemito. Poi si rilassò.

Il dispensiere si trattenne nell'infermeria per tutta la notte, lasciò il bambino soltanto per recitare il mattutino mentre fuori era ancora buio. La donna si riprese un po', dormendo pesantemente nei momenti in cui non allattava. Si svegliava da sola quando il piccolo strillava e se lo portava al seno. Il dispensiere fu sfiorato dall'idea che il bambino fosse suo. Che magari era un illegittimo e lei lo aveva partorito il giorno prima e non era riuscita a ucciderlo. Forse non aveva espulso completamente la placenta, e si era procurata l'emorragia raschiandola via da sola. Notò che aveva delle ferite sulle braccia e un segno rosso tra le vertebre della nuca; probabilmente aveva lottato per non morire mentre partoriva di nascosto. E si era trascinata fino al monastero, aveva scavalcato il recinto e deposto il bambino nel mucchio di frutti affinché, se Iddio lo avesse voluto, potesse vivere, e poi era tornata indietro barcollando e tremando fino al cancello per chiedere aiuto. Quant'era giovane. Le carezzò i capelli mentre dormiva.

Quando l'indomani mattina si svegliò, la donna aveva lo sguardo più limpido. Il dispensiere la contemplò mentre allattava per vedere come reagiva a tenere in braccio il piccolo.

«Gli vuoi dare un nome?» le sussurrò, aspettandosi di veder spuntare le lacrime o di sentire un rifiuto. O anche l'uno e l'altro.

Lei abbassò gli occhi e fissò il bambino che si era staccato dal seno. Poi levò lo sguardo verso il dispensiere e scuotendo il capo gli porse l'innominato.

«Non è tuo figlio?»

«No.» Lo guardò fugacemente negli occhi. Quindi piegò il collo e con voce calma e sommessa rispose: «Questa volta non ho aspettato che la pancia crescesse».

Il dispensiere si prese tempo per digerire il non detto, quindi obiettò: «Però hai latte».

«Faccio la balia.»

Non era insolito che donne senza figli facessero le balie, e ovunque fossero a servizio si sorvolava sull'implicita contraddizione. Neanche il dispensiere tirò fuori l'argomento e la lasciò riposare.

Quindi non fu la giovane donna, che avrebbe potuto essere la madre di Amalie o chiunque altra, a dare a Frans il suo nome. Gli fu imposto l'indomani dal priore, il quale lo battezzò nella chiesa del monastero che, a differenza della pieve, non era dotata di un fonte battesimale, e perciò eseguì il rito sopra un secchio d'acqua attinta al pozzo del chiostro.

E certo che mi puoi interrompere con una domanda, anch'io interruppi Frans: ma allora non è vero che eri innominato? gli chiesi. Sì, in pratica lo era.

L'ordine religioso che abitava il monastero discendeva da quello carmelitano, nato come una confraternita di eremiti intorno al Monte Carmelo, nei pressi di Gerusalemme. In seguito erano stati riconosciuti dal papa come un ordine mendicante cattolico, ma nei secoli avevano continuato a condurre la vita ascetica e introspettiva dei padri eremiti, osservando il digiuno e il silenzio per dodici ore al giorno, immersi nelle preghiere e nella meditazione sulle Scritture. Il monastero di Svindfeld era stato fondato dal priore precedente, che aveva raggiunto le piatte distese erbose tra il Limfjord e la barena in cui si trovava l'Abisso dei Lupi, insieme a due confratelli e agli undici libri che ogni monastero cristiano doveva possedere fin dalla sua fondazione. Là intendeva stabilirsi perché non c'era nulla. Là intendeva costruire e vivere perché non c'era nulla di cui vivere né con cui costruire. Là sarebbero dipesi dalla grazia del Signore e difficilmente sarebbero stati disturbati nel lavoro e nella preghiera.

Costruire il monastero fu una vera tribolazione, e i tre monaci dovettero adattare alle circostanze la familiare routine. Lentamente ma inesorabilmente la natura dello Jylland piegò la regola che avevano osservato fino a quel momento, la riscrisse e aggiunse un paio di capitoli. Quando la prima ala e la chiesa erano ormai ultimate, si aggiunsero due confratelli: adesso erano in cinque. Vivevano quasi come i monaci certosini, ma si facevano ancora chiamare carmelitani.

Frans apparve sessant'anni dopo. A quel punto il fabbricato

era ormai completamente ultimato. Il monastero vero e proprio era costituito da quattro ali, una delle quali era la chiesa. Un po' più in là sorgeva un semicerchio di case dal tetto di paglia: due officine e l'infermeria. Ormai la regola del silenzio valeva tanto per i quattordici monaci e i quattro novizi quanto per tutti i conversi che si trovavano entro la clausura o a portata d'orecchi dei religiosi. Negli anni dell'infanzia Frans fu accudito dal dispensiere. Questi era responsabile del cibo e della birra, preparava quasi tutto con le sue mani e gestiva gli approvvigionamenti che arrivavano dai campi e dai dintorni. Passava la maggior parte del tempo in cucina, nella cantina sottostante e, naturalmente, in chiesa. Perciò Frans si trovava nella zona compresa fra le quattro ali in cui nessuno parlava, nemmeno la domenica, in realtà, perché la forza dell'abitudine è grande e, non appena i monaci terminavano la riunione sulle questioni pratiche e uscivano nel chiostro, calava di nuovo il silenzio.

Nessuno lo chiamava per nome, e così rimase innominato per anni. Nei primi dodici anni della sua vita non fu Frans, non fu praticamente nessuno. Fu cosa? Fu una costellazione intorno a un nucleo, di cui ignorava sia la forma sia il contenuto. Di conseguenza, quando un bel giorno gli fu chiesto chi fosse e lui non seppe rispondere, fu invaso dal già menzionato vago senso di assenza. Completamente. Da allora seppe con rara certezza di non conoscere se stesso.

Ne accenno affinché condividiamo la questione. Io, che sono orfano a mia volta, non posso pretendere che tu capisca me, o Amalie o Frans. Al massimo posso aiutarti a cercar di capire la mia e la loro condizione, posso provare a rendere riconoscibile in parte la nostra realtà, affinché tu riesca a immedesimarti. E ho scoperto che quasi tutti riescono a immedesimarsi nella mancata conoscenza di sé. Questo è un fatto degno di nota.

Diamo un'occhiata al cerchio di donne che si è stretto intorno ad Amalie.

La più robusta, quella che annodò l'ombelico di Amalie, si chiamava Rasmine. Proveniva dalla zona di Hals, dove aveva vissuto come veggente esperta di erbe officinali; la gente si rivolgeva a lei per avere consigli e sollievo. Quando superò la trentina smise di limitarsi a parlare solo a metà, dicendo solo le notizie positive, e le sue predizioni spiacevoli si rivelarono altrettanto esatte di quelle piacevoli. La gente non lo accettò: tutti erano convinti che la donna lanciasse maledizioni per far avverare le profezie avverse. Per anni lei cercò di controbattere le accuse. Combatté le fiamme la prima volta che appiccarono il fuoco alla sua casa, ma non poteva lottare in eterno e allo stesso tempo conservare il senno. La seconda volta che fu svegliata dall'incendio fuggì lontano, verso l'entroterra, costeggiando il fiordo. Giunse all'altezza dei Troldholme, gli oltre cinquanta isolotti piatti che sembravano enormi passatoi verdi nell'acqua bassa, di cui soltanto due erano abbastanza alti da avere una vegetazione arborea al centro. Erano disabitati perché l'alta marea ne sommergeva la maggior parte, e talvolta d'inverno si coprivano completamente di ghiaccio per lunghi periodi. Oggi sono quasi tutti sommersi, ne restano solo tre.

Un po' camminando e un po' nuotando, Rasmine raggiunse quello più grande, e si costruì una tana in un albero ai margini di una radura al centro dell'isolotto. La pace ebbe un effetto salutare su di lei. Recuperò le forze, si mise a coltivare un pezzetto di terra. Barattava mercanzie con uno dei venditori che facevano avanti e indietro sul fiordo con i barchini, uno che non si lasciava spaventare dalle voci secondo cui Troldholm si era ripopolata di streghe. Un bel giorno Rasmine decise che la pace che aveva trovato non doveva essere soltanto sua. Si dedicò anima e corpo a cercare altre donne con gli stessi problemi che aveva avuto lei, e a portarle sull'isola.

La prima fu Grit, quella che poi raccolse Amalie sulla piccola spiaggia dell'isola. Grit aveva qualche anno più di Rasmine e si era già rifugiata in un recesso della sua mente quando Rasmine l'aiutò a raggiungere l'isoletta nel fiordo. A Troldholm era migliorata, ma non aveva ritrovato l'uso della parola. Poi fu la volta di Mathilde, che non aveva mai imparato a trattenersi quando gli spiriti volevano farle riferire messaggi a chi le stava intorno, era piena di ustioni e in qualsiasi momento poteva dimenticare dove si trovasse, e quale fosse lo scopo di ciò che stava facendo. In seguito arrivarono le più giovani: Esmeralda, dal petto incavato, che era capace di parlare con i cavalli e con le mucche e predire diluvi in una giornata perfettamente limpida, e Sine, che sentiva la forza d'attrazione della luna nel corpo. Infine la pallida Laura, che non abbassava mai lo sguardo quando camminava ma non aveva mai spezzato nemmeno un ramoscello coi piedi, ragion per cui nel paese natio si era guadagnata il soprannome di Il Silenzio Fatto Persona, ed era sospettata di diversi omicidi.

Nonostante avessero tutte familiarità con i presagi, non deve destare meraviglia se perfino a Troldholm nascessero spesso discussioni sul significato degli insetti caduti. Quasi tutti i segni non sono altro che bersagli scelti a caso per soddisfare il bisogno d'interpretazione dell'uomo. E quasi tutte le interpretazioni non sono altro che conferme del punto di vista di chi le dà.

Soltanto tre anni dopo cominciarono a capire il senso di quel segno.

Un tiepido giorno di primavera Grit lavò Amalie nell'acqua del fiordo; tenendole una mano sotto la schiena, la lasciò ondeggiare nell'acqua, mentre con l'altra strofinava via il sudiciume. Quando, senza preavviso, Amalie si tese e gridò, finì con la testa sott'acqua. Subito dopo vennero a galla otto spinarelli senza vita, tre platesse dalla testa ancora non completamente girata, due gamberetti di fiordo, qualche piccola limanda e diversi altri avannotti che di primo acchito Grit non riuscì a identificare. Affiorarono a uno a uno, e la pelle, le squame e i gusci scintillarono in un cerchio intorno ad Amalie. Grit la portò più lontano dalla riva, e appena arrivò il grido successivo la immerse, badando tuttavia a ritirarla su prima che inspirasse. Altri pesciolini apparvero e si disposero di lato sull'acqua. La donna li raccolse in un telo e, quando adagiò Amalie ad asciugare al sole, li mise a seccare su una pietra. Tornò dopo qualche giorno a recuperarli: molti si erano conservati perfettamente. E le piccole limande erano molto più buone degli spinarelli.

Le donne giunsero alla conclusione unanime che quella pesca prelibata fosse una sorta di ricompensa per aver accolto Amalie. Grit migliorò il metodo di pesca abituando Amalie a mettere la testa sott'acqua, e la cosa prese a somigliare a un gioco. Invece di tuffare il capo quando già aveva cominciato a urlare, Amalie imparò a gridare non appena veniva immersa, e di tanto in tanto riemergendo rideva. Un sorriso a tutta bocca cedeva a una risatina muta, e Grit si lasciò contagiare dall'idea che i pesci morissero a causa di uno strillo gioioso simile a quello che i bambini emettono quando qualcuno li lancia in aria per poi riafferrarli.

Negli anni successivi le donne recuperarono più rapidamente le forze dopo la penuria di cibo dell'inverno. Infatti Grit pescava, salava e seccava finché c'erano avannotti a sufficienza, e il bosco e il campicello offrivano ancora pochi alimenti freschi. Può sembrare una premura della sorte che per lo stesso motivo Laura non era più tanto pallida ed era abbastanza irrobustita quando, un altro tiepido giorno di primavera, fu la prima a sentire il grido di Amalie.

Per chi conosce lo sviluppo degli eventi, l'elemento straordinario di questo episodio non è il fatto che Laura udì il grido a diverse centinaia di metri di distanza, mentre Grit, che teneva Amalie in braccio, non si accorse di nulla. È piuttosto che Laura pianse per quattro giorni, e che dopo cominciò a ingrassare, tanto che il suo pallore sparì per sempre.

Laura si trovava in fondo al campo che aveva il compito di curare. Ma non aveva ancora cominciato a lavorare. Quel rumore che di quando in quando l'aveva disturbata negli ultimi mesi era diventato più intenso. Era un fischio dentro il cranio. Non somigliava al sibilo che si avverte nelle orecchie dopo un boato, non sembrava avere né una causa né un punto d'origine precisi, era un rumore senza direzione, e all'inizio lei tese le orecchie per capire se provenisse dall'esterno oppure dall'interno.

Si bloccò con un piede davanti all'altro, nel bel mezzo di un passo, le braccia appena sollevate. Fissò con occhi vacui il terriccio e i piccoli germogli e polloni. Indugiò a lungo. Poi, pian piano, ci fu un cambiamento. Ecco che si mosse un sopracciglio. Il labbro inferiore cominciò a fremere. Il tremito si fece più forte, finché il labbro quasi si torse come un bruco che si trasforma in crisalide. Una goccia cadde dall'angolo di un occhio senza toccare la guancia. Le ginocchia si piegarono. Il mento si sollevò. Laura guardò in su con gli occhi inondati, mentre il corpo si accasciava. Le dita cercarono tentoni nell'aria, ma poi trovarono erba e terra. Le mani la sostennero durante l'ultimo tratto di caduta all'indietro. I glutei toccarono il terreno e proruppe il primo singhiozzo.

Rasmine la trovò in quella posizione: seduta, con lo sguardo levato, il petto scosso dai singhiozzi e la schiena che sobbalzava. Inconsolabile.

Rasmine tirò su l'esile donna e la portò in braccio fino allo spiazzo del falò. La sistemò in terra, si sedette alle sue spalle e le carezzò la schiena. Solo quando scese la sera Laura riuscì a formulare delle parole tra i singhiozzi e a pronunciarle lottando con la saliva e il gonfiore che da sotto gli occhi si era esteso a tutto il viso e alla parte superiore del collo. Ma ne articolava una sola per volta, «io», oppure «triste», oppure «Amalie», perché, non appena la parola si era formata, il pianto rimontava nella gola come un roco ululato di lupo. Prese a battersi il petto coi pugni per riuscire a dire almeno qualcosa. I colpi si frapposero ai singhiozzi come controbattute in un ritmo regolare, e il ritmo continuò finché lei non tentò nuovamente di parlare. «Sola...» e l'urlo acquistava nuovo vigore, il ritmo dei singhiozzi riprendeva.

La piccola Amalie e le altre cinque donne si addormentarono al suono inquietante di un urlo animalesco interrotto da battute binarie, come il canto di un cuore respinto. Laura pianse per mezza nottata e poi continuò nel sonno. L'indomani le urla proseguirono e, mosse dalla compassione, Grit ed Esmeralda cominciarono a singhiozzare. Rasmine mandò tutte tranne Laura a occuparsi delle faccende quotidiane.

Quando la sera le donne si riunirono intorno al fuoco, Rasmine era riuscita a cavare a Laura un numero sufficiente di frasi compiute per capire cosa stava succedendo.

«Laura ha sentito il grido di Amalie», annunciò Rasmine alle compagne. Grit strizzò gli occhi e fissò Laura, le altre puntarono gli sguardi attenti su Rasmine. Laura si scostò un po' dal cerchio stretto intorno al fuoco perché, anche se adesso era un'altra a pronunciare le sue parole, il suo pianto si faceva più forte e copriva tutte le altre esclamazioni.

«Il grido di Amalie», riprese poco dopo Rasmine, «deve essere stato fino a questo momento così acuto che nessuna riusciva a sentirlo. Ma ultimamente è diminuito un po' di registro. Di quando in quando è stato colto dall'udito finissimo di Laura, fino a diventare qualcosa che lei non poteva ignorare. E allora ha sentito il bisogno di cercare di capire cosa fosse. Di ascoltare attentamente. E all'improvviso, ha capito che era il grido di Amalie. E allo stesso tempo ha avuto l'impressione di riconoscerlo. Ha usato proprio questa parola, riconoscere. Ha riconosciuto un grido che non aveva mai emesso, ha udito la propria profonda disperazione. Tutte le sue forze si sono sciolte in pianto. E a quanto pare Amalie ha continuato a urlare. È stata triste per molto, oggi, Grit?»

Grit rifletté, poi annuì vigorosamente.

«Laura ha sentito di continuo quella solitudine che tutte noi conosciamo. E intanto ha visto con l'occhio della mente l'incontro di Amalie con la vita. La traversata del fiordo, tra queste isole, giorni e giorni senza una voce, una mano, un battito cardiaco familiare. Niente. E senza alcuna promessa. Nel modo in cui è solita vedere le cose, Laura ha contemporaneamente visualizzato il proprio viaggio. Da quando era piccola e la gente la considerava una bambina un po' stramba, fino a quando, in seguito, spaventava gli altri bambini del villaggio raccontando le sue visioni. E fino a quando, diventata adulta, era malvista e temuta tanto dagli uomini quanto dalle donne. Ha udito la disperazione della completa solitudine. La nostalgia di essere il contrario. E la ode ogni volta che Amalie grida. Ogni volta.»

Rasmine guardò a una a una le espressioni tinte d'angoscia.

«Quindi Amalie non è muta», riprese. «Siamo noi a essere sorde alla nostalgia.»

A prescindere da quanto quest'affermazione possa sembrare vera, e da quanto possa apparire applicabile al rapporto tra bambini e adulti e ad altri aspetti della vita, per le donne di Troldholm non era che una verità di breve respiro.

Laura, che continuò a piangere per altri due giorni prima di riuscire a riprendere il lavoro tra le erbe officinali, all'inizio non sopportava la vista di Amalie. Per lei era più che sufficiente udire ogni suo singolo grido, e il vederla le suscitava puntualmente l'insostenibile pensiero che un dolore grande come quello che lei stessa provava potesse stare in un corpo tanto piccolo. E presto nemmeno le altre riuscirono a starle vicino, così fu Rasmine a prendersi cura della bambina.

E fu ancora lei a fare in modo che, un giorno in cui era di ottimo umore, Amalie finisse in una delle aiuole alle spalle di Laura.

Rasmine non vide cosa accadde quando Laura scorse Amalie, perché non voleva intromettersi più di tanto e si allontanò prima. E sì che mi piacerebbe tanto saperlo, raccontarlo, penso che ci potrebbe insegnare qualcosa sull'amore, penso che un avvenimento importante si celi oltre la portata di questa storia. A ogni modo, Laura tornò alla radura con Amalie in braccio. Sorridevano entrambe, e il giorno dopo Laura era già ingrassata del primo mezzo chilo della decina che avrebbe preso: i suoi passi divennero udibili, e rideva ogni volta che una foglia crepitava sotto i suoi piedi.

Un paio di mesi dopo fu Grit a udire il grido di Amalie. Cominciò una mattina come un mal di capo che nel corso della giornata le diede le vertigini. Infine corse vacillando in riva al mare, tuffò la testa nell'acqua fredda e urlò per lo sfinimento. Prima di ritirare su il capo le parve di vedere un'anguilla morta scivolare davanti ai suoi occhi, ma si convinse che era stata un'allucinazione perché, quando la cercò poco dopo, non la trovò. Poi il velo del mal di testa si dissolse e lei riconobbe il dolore come un grido.

Così continuò. Nel corso degli anni successivi, a poco a poco il grido di Amalie si abbassò fino a raggiungere un registro che tutte riuscivano a sentire. Spesso ne avrebbero volentieri fatto a meno.

Mentre quegli stessi anni passavano, in un altro luogo Frans prese l'abitudine di girare intorno al pozzo del chiostro. Al centro del chiostro c'era un piccolo giardino con alberi da frutto, erba e aiuole fiorite, un pozzo e un lavatoio con grosse pietre piatte. Quando usciva dalla cucina, il pozzo si trovava nella parte di giardino più vicina e Frans lo raggiungeva di corsa, e con una mano sulle sue pietre girava in tondo, il più delle volte all'infinito, seguendo sempre, per cause ignote, il corso del sole.

Girando, vedeva i quattro edifici di mattoni rossi, vedeva tutte le porte e l'unica uscita. Accanto alla cucina, che chiudeva un'ala, c'era un piccolo spazio che la separava da quella successiva, un vicolo stretto, l'unica uscita diretta dal chiostro. Il vicolo portava alla camerata, dove dormiva anche Frans, a volte tra le braccia di un uomo grasso e bonario che gli sussurrava rime e filastrocche, e fu proprio grazie a questo fatto che il bambino imparò a parlare.

Tutto quel suo girare seguiva una regola nata in modo talmente casuale che sarebbe stato sbagliato dire che l'avesse inventata. E altrettanto sbagliato sarebbe stato dire che avesse deciso di seguire il sole. La regola era semplice: a ogni giro doveva succedere qualcosa di nuovo, altrimenti non poteva continuare. La novità poteva essere un acquazzone, oppure un bocciolo che finalmente si era dischiuso. Ma per lo più Frans doveva affidarsi a qualcuno che entrava o usciva dalle porte, o ai monaci che venivano a lavare i sai, i mantelli e gli scapolari strofinandoli sulle pietre. Durante le lunghe messe, quando anche i conversi erano in chiesa, doveva camminare il più lentamente possibile, doveva stare attento al massimo per poter cominciare un altro giro: cercava con lo sguardo scarabei in terra e uccelli in cielo, ma a volte era costretto ad arrendersi e a interrompere il gioco.

Era come se Frans, immerso nelle infinite ripetizioni della vita del monastero – la messa, i pasti, le incombenze e le preghiere della giornata, il ritmo di riposo e di lavoro, di silenzio e di discorso della settimana, le stagioni della semina e del raccolto, le feste solenni e i giorni dei santi dell'anno –, fosse sospinto dalla gioia per tutto ciò che era nuovo.

Quando il grido di Amalie giunse in questo mondo sotto forma di un suono che le persone dotate di un udito normale erano in grado di percepire, sconvolgendole quasi tutte, gli insetti smisero di precipitare. A quel punto, invece di discutere, le donne potevano turarsi le orecchie. O consolare e zittire, se ce la facevano. Ma di lì a poco il grido assunse una nuova forma, da cui non potevano difendersi.

Mentre era ancora piccola, Amalie rimase per lo più affidata alle cure di Rasmine, che per consolarla canticchiava. Stringeva a sé la bambina, poggiava la guancia contro i suoi capelli, girava adagio il busto di qua e di là facendo risuonare la sua voce cupa nella bocca chiusa. Immagino sia stato questo a indurre Amalie a trasformare il suo grido in canto.

Dall'età di cinque anni e per molti a seguire, almeno una volta al giorno Amalie si arrampicava su uno degli alberi dell'isola, uno di quelli grandi vicino alla radura. Si fermava lassù per un po' a fissare il vuoto. Magari grattava la corteccia con un'unghia, ma per il resto restava immobile. Le donne erano sparse per l'isola tutt'intorno, e lei dall'alto le osservava per un po'.

Poi apriva la bocca.

Le donne si fermavano bruscamente. Anche se lo conoscevano, quel suono le bloccava ogni volta. Non facevano in tempo a sentire un groppo in gola che erano sopraffatte dal pianto. Il primo singhiozzo prorompeva all'improvviso come un colpo di tosse.

Poco dopo riprendevano i movimenti con le guance rigate di lacrime. Non le dicevano di smettere, perché altrimenti la volta successiva sarebbe stato peggio. La lasciavano cantare, perché evidentemente doveva tirar fuori quello che aveva dentro, e ormai si erano abituate a continuare a lavorare mezze accecate e ad aspettare ad asciugarsi gli occhi.

All'età di otto anni Frans smise di girare intorno al pozzo del chiostro.

Lui stesso mi ha raccontato di averlo fatto quando si accorse che i suoi piedini avevano scavato uno stretto solco tutt'intorno al pozzo, un cerchio, e si rese conto di aver fatto sempre lo stesso giro. Ogni cosa nuova che aveva visto lo aveva spinto a compiere lo stesso gesto; ogni novità aveva portato a una ripetizione. La sua era una cognizione profonda. Non voleva vivere così.

A mio avviso, si tratta di una razionalizzazione a posteriori. Quando lo conobbi in età adulta, Frans era incline a caricare gli eventi di un simbolismo esagerato, e anche quanto segue contiene quelle che definirei imprecisioni tendenziose.

Comunque, a otto anni, Frans levò lo sguardo dal cerchio sotto i suoi piedi, lasciò la stretta intorno alle pietre umide del pozzo, si scostò dal piccolo solco e andò a chiedere al dispensiere il permesso di uscire dal chiostro e raggiungere gli altri nei campi. Il dispensiere evitò di zittirlo, anche se era un giorno feriale e tutti dovevano osservare il silenzio. Si limitò ad annuire, quasi si fosse aspettato quella domanda.

L'uscita dal chiostro offrì – nella versione di Frans – un'altra cognizione profonda: la scoperta della *genesi*. Proprio durante quell'escursione si rese conto che le verdure non esistevano così, di per sé, bensì crescevano dal terreno, che la pergamena e l'inchiostro non erano semplicemente oggetti che si prendevano dalla mensola quando si doveva scrivere, che i muri non s'ergevano da soli, ma dovevano essere costruiti; che il mondo non era immobile, bensì nasceva in continuazione.

Appena arrivò in fondo al passaggio che costeggiava l'ala dei monaci e conduceva fuori del chiuso del chiostro, e aprì la porta, la prima cosa in assoluto che vide fu l'orizzonte. D'istinto trasse un profondo respiro e si riprese. Subito dopo notò le tre casupole con le travature a vista. E – tra quelle e l'orizzonte – campi, boschetti, immense distese di erba e giunchi, una striscia d'acqua e chiome di alberi in lontananza.

Passò l'intera giornata a esplorare: tutto era nuovo in un modo nuovo. Vide l'*infirmarius* impastare foglie verdi sino a ridurle a una massa umida tra le mani che poi spalmò sulla schiena di un paziente sudato, un indigente di una pieve dei dintorni. Osservò il converso addetto alla fabbricazione della pergamena mentre staccava da un telaio una pelle di capra conciata e la controllava alla ricerca di buchi. Dopo averne rattoppato un paio, la spianò e la levigò con una pietra pomice, quindi la cosparse di gesso che fece penetrare nella superficie color avorio strofinandola. Guardò il falegname, un abitante di Svindfeld che all'occasione lavorava per il monastero, montare una botte con i cerchi di ferro fabbricati alla fucina. Aiutò il primo cantore, incaricato di realizzare copie dei libri del monastero, a togliere piccoli nidi di vespe dalle foglie di una quercia, e fissò la pentola mentre venivano fatti bollire con l'aceto e trasformati in inchiostro nero. Poi con tanto d'occhi costeggiò i filari di alberi da frutto. Si mise a correre lungo i campi. Allargò le braccia guardando dritto davanti a sé, corse con tutto il fiato che aveva in corpo e rise.

Verso sera raggiunse il muro a secco che cingeva i terreni del monastero. Si fermò. Si girò per vedere se qualcuno lo stesse osservando. Non vide nessuno. Si arrampicò sul muro e scrutò in direzione del fiordo, di cui si godeva una vista migliore da quel punto che su dal monastero. Abbassò gli occhi e osservò l'erba alta ai piedi del muro per valutare la distanza da terra. Aprì la bocca e si riempì i polmoni d'aria. Di nuovo si guardò fugacemente indietro. Ancora nessuno.

Ciononostante, non saltò giù dall'altra parte. L'aria filtrava pian piano fuori dal naso. Ruotò il busto, tese le braccia di lato e si mise a camminare in equilibrio sul muro. E per un po', Frans fu tentato di saltare giù.

Sebbene credesse di non essere visto là, ai margini delle sconfinate distese del mondo, la sua era più un'impressione che un dato di fatto. Durante la successiva riunione domenicale nella sala del capitolo i monaci discussero della sua curiosità. La maggioranza era dell'idea che fosse troppo presto per abbandonarlo a se stesso. Parlarono anche dell'interesse che aveva mostrato per le incombenze quotidiane, e per il momento decisero di affidarlo al cantore come apprendista. Frans non era ancora abbastanza grande per essere veramente d'aiuto al dispensiere, e qualche converso dava una mano quando c'era da trasportare tini e botti su dalla cantina o dai depositi alla cucina. Invece, al fianco del cantore avrebbe potuto rendersi utile, si trattava di un lavoro meno pesante, e inoltre un giorno qualcuno avrebbe pur dovuto prendere il suo posto.

Il cantore era uno dei monaci più anziani, aveva all'incirca sessant'anni. Non aveva più bisogno di radersi il cocuzzolo per mantenere la tonsura, si limitava a eliminare ispidi peli bianchi dalla nuca e dalle orecchie, e lo faceva sempre adagio e meticolosamente, con lo stesso ritmo che immaginava avessero i passi di Cristo sulla Via Dolorosa, quando il Signore stesso aveva portato la corona di spine. Le rare volte in cui parlava aveva una voce mite e lieve, quasi che il silenzio quotidiano l'avesse preservata dall'usura e il canto della messa addolcita. Le sue dita erano tutte corrugate e rinsecchite dall'aceto e dal gesso a furia di lavorare con la pergamena, l'inchiostro e i libri.

Frans aveva l'impressione che gli fossero state assegnate come maestri le mani del cantore. Infatti furono quelle a insegnargli le innumerevoli mansioni pratiche che spettavano al cantore di un piccolo monastero come quello di Svindfeld. I palmi sembravano creta essiccata al sole, i dorsi le costole di libri rilegati in cuoio, sulle quali si forma un reticolo di pieghe profonde quando i volumi vengono aperti. Le osservava rimescolare l'inchiostro nelle pentole, misurare i fogli di pergamena e controllarne lo spessore, trascrivere i numeri su una lavagna. Le vedeva spiegare al falegname le misure esterne della successiva rilegatura, versare gli inchiostri di diversi colori nei vasi, giungersi in preghiera. Gli mostravano la forma delle lettere e dei numeri e delle note nella notazione mensurale impiegata per il canto in chiesa, che nella sua veste di maestro del coro il cantore era l'unico di tutto il monastero a saper leggere e usare. Dirigevano le corde vocali di Frans, dopo il giorno in cui sovrappensiero aveva risposto a un uccellino che aveva fatto il nido sotto la gronda della fucina, prima con un fischio e poi con il canto, rivelando sia orecchio musicale sia una chiara voce di tenore, che nel coro andò a occupare il posto rimasto vuoto da quando il cantore stesso aveva abbandonato le note più alte per il registro medio. Spezzavano il pane e versavano la birra durante la pausa che precedeva la terza, una delle ore canoniche della giornata. Gli porgevano – per citare Frans – bocconi di tutti i tipi di cibo che una persona assume.

Secondo i calcoli di Frans e Amalie nelle loro vite s'instaurò una sorta di sincronismo a partire dall'età di dodici anni. Ancora una volta mi sembra che soprattutto Frans abbia dato un peso un po' eccessivo a quegli avvenimenti definibili come sincroni, ma dopo aver espresso il mio scetticismo lo accantono, perché, checché ne pensi io, queste cose ben si addicono ai racconti.

Una mattina Amalie si alzò e sentì una goccia colare lentamente lungo l'interno della coscia. Raggiunse un cespuglio, si accovacciò e fece la pipì rossa. Per l'ultima volta in vita sua gridò talmente forte che nessuno la udì. Quella stessa mattina Frans si svegliò con una piccola pozza di liquido semitrasparente nell'ombelico, e una chiazza secca tutt'intorno. Quando alzò il capo per guardare si sentì tirare la pelle. I due non ebbero difficoltà a stabilire che si trattò della stessa mattina, perché la sera prima una grande stella cadente aveva solcato con eccezionale lentezza il cielo del Limfjord, ed entrambi, ciascuno a suo modo, avevano espresso il desiderio di far parte di un altro mondo. Un mondo su cui la loro fantasia non riusciva a far piena luce, ma che tuttavia si distingueva quasi in ogni aspetto per essere diverso da quello in cui vivevano.

Un'altra mattina, circa un mese dopo, Rasmine svegliò Amalie. Le altre cinque donne si erano pitturate le braccia, le gambe e il viso con carboncini e creta rossa, e si erano disposte in un semicerchio alle spalle di Rasmine con i piedi divaricati e il ventre che quasi sfiorava il terreno. Rasmine tirò su Amalie e le fece assumere la stessa posizione. Le insegnarono a respirare vigorosamente agendo sui muscoli sopra l'osso pubico e, quando alcune gocce di sangue cominciarono a cadere in terra, presero un calice di legno e lo tesero raccogliendo il sangue del suo ventre. Poi si misero a ballarle intorno pestando i piedi; a un certo punto il cerchio si aprì trasformandosi in una catena, e raggiunsero a passo di danza il giardino dei semplici di Laura. Cavarono una pianticella di salvia e versarono il sangue nel buco, quindi la rimisero a dimora nello stesso punto.

Quella stessa mattina il cantore svegliò il suo fedele allievo. Doveva essere una domenica, perché gli parlò.

«Frans», lo chiamò.

L'allievo si girò nel giaciglio, aprì gli occhi e si guardò intorno.

«Frans?»

Il cantore lasciò che si sgranchisse e si svegliasse un po', quindi incrociò il suo sguardo e lo fissò negli occhi: «Frans, oggi ti vorrei parlare di certe cose».

Di colpo gli occhi dell'allievo si riempirono di lacrime, che si riversarono dagli angoli interni come ruscelli biforcuti aggirando le pupille, per poi colare lungo i lati del viso, in direzione delle orecchie. Il suo sguardo si fece introverso e il ragazzo s'immerse nelle proprie profondità.

«Mi chiamo Frans?»

Gli argomenti di discussione dovettero aspettare. Appena il cantore capì la portata della domanda dell'apprendista, convinse il priore a tenere una cerimonia per Frans dopo la funzione. Siccome si trattava di una cerimonia per la quale non esistevano regole ecclesiastiche, i monaci la tennero fuori della chiesa, nel frutteto, dove Frans era stato trovato. Non fu né un battesimo né una cresima, ma fu sancito che Frans si chiamava Frans, e che in un certo senso era figlio del monastero di Svindfeld, per cui doveva conoscersi con il nome di Frans da Svindfeld.

Il terzo evento sincronico al quale giunsero con i loro calcoli fu l'affidamento di quei compiti che, di quando in quando, li avrebbero condotti rispettivamente via dall'isola e fuori del convento. La domenica successiva il cantore riprese la discussione rinviata, riguardante il desiderio dei monaci che Frans si rendesse utile sbrigando commissioni per il monastero. Doveva recarsi ai mercati e presso gli artigiani delle città vicine a prendere terraglie, pezze di lana e altri articoli che i monaci non producevano. Così avrebbe anche avuto modo di vedere il mondo e capire a cosa rinunciava se in futuro avesse deciso di diventare novizio al monastero. Da parte sua il cantore sperava molto che lo avrebbe fatto, disse, anche perché come allievo Frans aveva dimostrato un'inclinazione per parecchie attività utili. Frans annuì impaziente. Lo stesso fece Amalie seduta di fronte a Rasmine. Amalie era sollevata perché quella mattina aveva smesso di sanguinare per la seconda volta. La paura di morire dissanguata, che aveva agitato i suoi sonni per tutta la settimana, poté cedere alla fiducia nelle parole di Rasmine secondo le quali non aveva nulla da temere: non era né più né meno mortale di tutte le altre donne. I cenni impazienti del capo erano dovuti al fatto che sarebbe andata con Rasmine sulla terraferma. Doveva imparare il complicato itinerario che la donna seguiva una volta al mese per raccogliere soldi dai parenti di Grit e di Mathilde e presso alcuni contadini del luogo d'origine di Laura, che ancora pagavano per avere la sua protezione contro le maledizioni, il mal bianco, la tisi e altre diavolerie. Poi doveva comprare approvvigionamenti e prendere un sacco di marna per il campicello dell'isola, che ancora dava miseri raccolti. Una volta che Amalie avesse imparato l'itinerario e si fosse fatta conoscere dalla gente lungo il percorso, avrebbe potuto farsi carico del viaggio permettendo a Rasmine di dedicarsi ad altre questioni importanti.

Ci furono ulteriori eventi sincroni, sempre secondo i nostri due protagonisti. Secondo me, invece, bisogna essere innamorati per dare importanza a quelli che seguirono e, anche se so che non è vero, darò alle chiare notti estive danesi la colpa del fatto che Frans e Amalie abbiano sprecato tempo a trovarne tanti. Di solito nelle storie – e questa non costituisce un'eccezione – tali accadimenti sincronici portano a un incontro, e in un genere particolare di storie costituiscono addirittura una sorta di adattamento spirituale in preparazione dell'incontro, come per ricacciare a priori sotto terra qualsiasi discorso sulle coincidenze, e l'una e l'altra cosa indicano che anche nella vita occorre un minimo di sincronismo perché due persone si possano incontrare. Perciò, bando agli indugi, tutto è pronto: i nostri primi due protagonisti sono giovani, ma hanno l'età giusta. E anche la libertà, la curiosità e la smania.

Era un giorno d'estate, questo l'ho già quasi svelato, e cos'altro avrebbe potuto essere? Frans era passato a nord della barena per poi spingersi per un tratto verso ovest diretto dal vasaio, che realizzava terraglie per il monastero. Aveva quattordici anni, era leggero come il vento, e aveva appena colto un ramoscello di faggio che ora rigirava tra due dita. Amalie aveva traversato il fiordo e tirato in secco la barca a remi assicurandola a una giovane betulla. Non sapeva perché, ma dentro sentiva un formicolio e un solletico come le succedeva ogni volta che si allontanava dall'isolotto.

Amalie corse tra l'erba alta e giallastra, i piedi nudi s'infilavano tra le propaggini. Dalla riva si avviò verso un boschetto che confinava con un viottolo; faceva sempre una sosta là prima d'incamminarsi lungo il percorso di questua. Attraversò saltellando una macchia di noccioli, corse sul terriccio, sul muschio e su morbidi frammenti di rami, fino a un masso grigio circondato da faggi. Si arrampicò sul masso. Si appollaiò stringendosi le ginocchia con le braccia e guardò su tra il fogliame. L'affanno cessò. La laringe si abbassò e lei aprì la bocca. Le foglie di faggio oscillavano.

Frans superò una prateria e i primi campi della pieve del vasaio: ormai era quasi arrivato. Alzò il ramoscello e immaginò che fosse una vela verde che lo tirava innanzi. Le sue gambe trotterellavano quasi da sole, il prato gli passò accanto, l'erba cedette agli alberi. Aveva un sibilo nelle orecchie, udiva il vento nella vela, il suono nel vento. La strada descrisse una curva, ma Frans proseguì dritto con lo sguardo incollato al ramoscello verde. Il rumore nelle sue orecchie si fece più forte mentre seguiva la vela in mezzo agli alti tronchi. Il forte sibilo fu squarciato da un canto, e Frans si fermò. L'udito prese il comando e, sebbene avesse gli occhi aperti, non vide il proprio braccio abbassarsi seguito dal ramoscello, né vide i capelli biondi che la fronda aveva coperto, la schiena di fanciulla che s'ergeva sul masso davanti a lui. Solo i raggi di luce che scendevano danzando tra i faggi penetrarono la sua coscienza mescolandosi alla percezione del canto.

Così si incontrarono, ovvero, così cominciò il loro incontro.

Personalmente non riesco a capire come mai Amalie non lo udì e smise di cantare, quando Frans attraversò rumorosamente il boschetto come un bambino che rincorre un aquilone, tanto più se penso a quella circospezione, quella timidezza, addirittura, che le donne di Troldholm le avevano insegnato. E mentre i due ancora non si sono accorti l'uno dell'altra, ma si limitano a stare, rispettivamente, seduta a cantare e in piedi ad ascoltare nello stesso velo di luce, devo lasciare il resto alla tua fantasia. Non posso raccontare in modo attendibile cosa accadde a Frans e dentro Frans la prima volta che udì il canto di Amalie. Posso solo descrivere quello che provai io quando, molti anni dopo, la udii e la vidi cantare, ed è importante per me sottolineare che lo fece su richiesta, e che era una donna attempata, senza l'indomabilità della giovinezza, che avrà senz'altro permeato la sua voce in quella scena che dobbiamo lasciare per un momento.

Come ho già accennato, trovai Amalie a Troldholm. Dovetti pagare una grossa cifra per noleggiare un barchino e raggiungere l'isolotto a colpi di pertica, perché aveva una brutta fama. I pescatori raccontavano di congreghe settimanali e ci giravano al largo. Era popolata da un gruppo di donne molto più numeroso rispetto a quando Amalie era piccola; nel corso del secolo la caccia alle streghe si era andata inasprendo, e Rasmine aveva portato sull'isola nel fiordo alcune delle molte donne che avevano bisogno di un rifugio. Un gruppo analogo di uomini si era stabilito su una delle vicine isolette più piccole. Amalie vi aveva fatto ritorno dopo una vita piena di avvenimenti, priva di gioie durature. Aveva preso il posto di Rasmine, ora che quest'ultima andava per i cento anni.

Mi fermai sull'isola per due giorni. Amalie non aveva molta voglia di parlare con me, ma mi proposi di raccontarle di Frans e di Magnus. Mi ascoltò con grande calma. Quando rimasi a corto di argomenti, lasciò durare il silenzio. Chiuse gli occhi e levò il viso verso il cielo. Rimase seduta così per un po'. Poi ebbi modo di ascoltare la sua parte della storia, ma si rifiutò di cantare per me. Per una ragione che peraltro mi confidò volentieri.

Per alcuni anni si era guadagnata da vivere cantando per un ricco signore, ai banchetti che questi amava dare. Le melodie dovevano creare un'atmosfera e favorire la digestione, e lei cantava con voce sommessa e gradevole. Cavava solo quelle lacrime che le bevande avrebbero provocato comunque, e la gente si abbracciava e chiariva tutti i malintesi. Ma dopo un paio di anni il signore prese a piangere talmente spesso che si convinse di avere nostalgia di Amalie. Cominciò a pagarla per cantare ai pranzi che consumava in solitudine, la supplicava di consolarlo e, quando lei gli stringeva la testa fra le braccia, lui affondava il naso tra i suoi seni e faceva scorrere le mani giù per la sua schiena. Lei lo sopportava per i soldi. Ma un giorno, durante il pasto, lui si asciugò le lacrime, le strappò di dosso il vestito, la legò al tavolo e le ordinò di cantare, mentre piagnucolando cercava di spingerle il suo minuscolo membro tra le gambe. Al banchetto successivo Amalie cantò con tanta forza che sei ospiti vomitarono, due furono colpiti da dispnea permanente, uno perse l'udito e il signore stesso rimase soffocato da un boccone di selvaggina che il pianto gli impedì di inghiottire. Da allora Amalie non aveva più cantato.

L'ultima sera che passai a Troldholm ci sedemmo in disparte in una piccola insenatura. Il sole era calato nel fiordo e irradiava d'azzurro la parte inferiore del cielo. Nella sabbia in mezzo a noi era posto un cero. Provai un'ultima volta a indurla a cantare. Dopo due giorni in quel rifugio di donne non ebbi difficoltà a ricorrere a un po' di quell'astuzia cui talvolta il gentil sesso indulge.

«Quando ho parlato con Frans, mi ha dato quasi l'impressione che il tuo canto fosse il nucleo del vostro amore», dissi. «Come faccio a raccontare il vostro amore senza averti sentito cantare?»

Amalie sorrise, mentre i suoi occhi mi facevano capire che

mi aveva letto dentro. Poi il sorriso sparì, cancellato dalla tristezza.

Lei alzò una mano per farmi segno di aspettare. Chiuse gli occhi. Dopo un po' le palpebre cominciarono a tremolare.

Quando arrivò, era impossibile capire da dove venisse quel suono. Mi sentivo come Laura e come tanti dopo di lei: rimasi sconvolto, bloccato, accerchiato, ogni pensiero interrotto. Costretto a tendere le orecchie alla ricerca di una fonte, che poteva essere ovunque. Guardai il collo di Amalie, la pelle rugosa e un po' flaccida, sulla gola, che a rigor di logica doveva essere la fonte. Ma i miei sensi dicevano di no. La bocca, allora? No. Il petto? No. E poi non ce la feci a porle altre domande. La mia attenzione si spostò da quel suono a me stesso. Tutto divenne sentimento. Tristezza, nostalgia, impotenza. Un'assenza risalente alla nascita, con cui sono venuto a patti cento volte e poi ho dimenticato di nuovo, ma c'è ancora. Insieme a tutto quello che si è nascosto nello stesso punto.

Amalie levò le mani in aria. Erano sospese tra ombre e contorni nel riflesso azzurro della sera. La luce guizzante del cero le indorava qua e là. Una alla volta si aprivano, si alzavano, si chiudevano intorno al nulla, si serravano a pugno; poi lasciavano la stretta, ricadevano. Il canto le seguiva, e a sua volta faceva presa, stringeva; e si allentava. Montava schiumando e si assottigliava. Guardai a lungo senza capire, ascoltai senza una direzione. La sua testa oscillava di qua e di là. Le mani continuavano a muoversi.

Afferravano tutto ciò che esiste senza nascere. Mille rinunce, desideri e speranze. Li trattenevano per un istante e davano loro voce.

Nessuna liberazione, solo avvertimento. Ineluttabile e senza risposta.

Una nostalgia secolare e una felicità che muore nascendo.

Non restava altro da fare che sciogliersi e piangere. Piangere e lasciarsi consolare dal fatto di non essere l'unico.

Non è esagerato dire che il canto di Amalie era di un altro

mondo. Era sicuramente di un altro mondo rispetto al canto dei monaci che Frans conosceva. E se io stesso non l'avessi *vista* cantare a Troldholm, ma l'avessi solo udita, sarei incline a sostenere che non provenisse da un essere umano. Eh, sì, se fossi stato Frans in quella scena, cui adesso possiamo tornare, e mi fossi trovato con lo sguardo annebbiato sotto i faggi del boschetto, avrei stentato a credere che appartenesse al nostro mondo umano.

Fu rapito. Queste sono le parole con cui definì il suo stato. Il che all'epoca voleva dire rapito da se stesso e portato in un'altra dimensione, magari in uno dei sette cieli. Oggi si direbbe che era fuori di sé, ma senza il disagio che spesso associamo a questa condizione. Fu rapito, e quello stato durò un istante. Un istante di quelli che durano secondi oppure ore, un tempo minimo oppure un'eternità, che non ha durata nell'accezione comune.

In quell'istante Frans si mise a cantare. Si incontrarono anche così, o così continuò il loro incontro.

Le rispose. Come quando il coro del monastero si esercitava con i responsori, e il cantore gli affidava gli assolo, Frans rispose ai canti di Amalie. Una nota si levò nel suo petto, e magari attese un po'. Aveva già atteso per quattordici anni, quindi perché no? Il pianto gli inondò la gola, le sue labbra si dischiusero, ed ecco che uscì. Salì turbinando nel canto che li circondava. Saggiandolo lo penetrò. Si trovò un posto al suo interno. Si accomodò, si dispiegò. Allora Amalie lo udì, ma non si interruppe. Tese le orecchie e lo lasciò stare, perché lo conosceva. E, quando la nota si mosse un pochino trasformandosi in melismi, lei continuò a cantare e ad ascoltare.

Frans si accorse delle lacrime solo quando gli caddero sui piedi. Udì la propria risposta solo quando lei si girò a guardarlo.

Il canto si affievolì. Si guardarono. Sul boschetto calò il silenzio.

Amalie inclinò la testa da una parte.

«Chi sei?»

«Mi chiamo Frans da Svindfeld.»

«Che nome strano.»

«Ah, sì?»

Amalie rispose soltanto con un sorriso sghembo.

«Tu chi sei?»

«Amalie.»

Frans annuì.

Secondo Amalie a quel punto Frans si arrampicò sul masso, secondo Frans Amalie scese giù. Guardarono meglio l'una gli occhi dell'altro e pensarono entrambi a una stella cadente.

Lui fece scorrere un dito tra i capelli di lei, oppure lei gli sfiorò la guancia. Gli occhi di lui erano pieni di curiosità, quelli di lei di desiderio, o viceversa. Lui le cinse il collo, oppure lei gli mise una mano sul petto. Quel gesto la fece sospirare, oppure fece sospirare lui. Scivolarono giù dal masso, si distesero sul sottobosco. Lei gli afferrò una spalla, lui le cinse la vita. Lui la baciò, oppure fu lei a baciare lui.

Altro non mi hanno raccontato sul loro primo incontro. Forse non c'è altro, forse fu più che sufficiente per un solo giorno.

Frans tornò al monastero con qualche terraglia in meno rispetto al previsto. Il cantore, che chissà come al suo rientro si faceva sempre trovare fuori dell'edificio, accolse il suo pupillo e notò la piccola inclinazione verso l'alto del mento e degli occhi, che sembravano più aperti. Tese un angolo della bocca emettendo un debole suono e, senza prendersi la briga di cercare d'indovinare il perché e il percome, si preparò a dovergli dire addio. A gesti Frans gli spiegò che il vasaio non aveva cotto il solito numero di vasi, e che perciò presto avrebbe dovuto fare un altro viaggio. Il cantore ammiccò comprensivo e si girò per tornare al monastero: era quasi ora di mangiare. Frans lo seguì e guardandosi intorno notò tutti i sentieri della proprietà. Solchi scuri che tutti gli inquilini e gli aiutanti del monastero avevano liberato dell'erba e provvedevano a mantenere sgombri percorrendoli per andare da un posto all'altro. Frans tirò su i piedi dal solco che il cantore stava seguendo e li poggiò sui cigli erbosi, uno di qua e uno di là, e proseguì così. Arrivato al chiostro gli saltarono agli occhi le piccole crepe nei muri della chiesa, i mattoni che si sbriciolavano agli spigoli, i ciuffetti d'erba nell'acciottolato. I passi corti dei monaci che si dirigevano verso il refettorio. La tristezza negli occhi giallognoli del cantore quando lo tirò dentro per ultimo.

Amalie tornò a Troldholm senza le cipolle né la marna. Grit, che si trovava vicino al punto in cui attraccò la barca, levò il naso in aria e fiutò, con forza e ripetutamente. Con tutta probabilità l'odore la mise in agitazione, come avevano fatto gli uomini sudati dopo quella lunga notte nel granaio di tanto tempo addietro. Amalie trovò Rasmine nella radura e le spiegò diffusamente e dispiaciuta che il contadino da cui prendevano la marna era andato a un funerale, e che lei lo aveva saputo soltanto perché la figlia dei vicini aveva visto la famiglia partire. E, a proposito, questo significava che di lì a qualche giorno sarebbe dovuta ripartire per andare a ritirare il solito sacco. Rasmine aggrottò le ciglia, ma poi annuì. Quando fu distribuito il cibo, Grit ed Esmeralda si sedettero di fronte ad Amalie nel cerchio intorno al falò, e la fissarono di là dalle fiamme. Rasmine se ne accorse, ma le lasciò fare.

Frans vagò con lo sguardo da un monaco all'altro lungo i tavoli del refettorio, e Amalie scrutò il cerchio di donne. E si stupirono. Il mondo era completamente nuovo, ma quasi non lo dava a vedere.

Si incontrarono una seconda volta per incontrarsi in più modi.

E continuarono a incontrarsi.

Costruirono una tana nel boschetto, non lontano dal masso grigio. Intrecciarono un giaciglio di ramoscelli di salice e lo sistemarono sotto il tetto inclinato di stecche di abete rinforzate con foglie di giunco e muschio. Frans posò la tunica di Amalie sul giaciglio, oppure fu Amalie a posarvi il saio di Frans. Uno dei due fece distendere l'altro, esplorò il corpo magro. Amalie si avvicinò a Frans strisciando carponi e con una mano trovò le sporgenze marcate del suo ventre, oppure Frans si accovacciò e sfiorò la coscia di Amalie spingendo la mano oltre l'anca fino al bordo di un seno. Intanto Amalie vide il suo pene gonfiarsi a ondate e levarsi sussultando in un arco, oppure Frans guardò i fitti riccioli di lei, i quali prendevano colore dalla luce che cadeva nell'apertura a forma di cuore tra le cosce. Amalie morse e Frans leccò, oppure fu il contrario, perché impararono l'uno dall'altra. Si strinsero ancora di più, spinsero entrambi. Si mossero, afferrando membra, salice e abete. Gemettero, sospirarono a piena gola, strillarono a bocca chiusa.

Dopo, nemmeno un suono. Nessuna parola, nessun canto. Solo la muta insaziabilità dei sensi.

Una mano in quella dell'altro, un martellio nella cassa toracica, gocce di sudore. Il sapore di saliva mescolata. L'odore di sperma, resina e terra.

A un certo punto Amalie si alzò e si allontanò. Frans non la seguiva mai.

Ascoltava il rumore dei suoi passi. Nel sottobosco, superando un tronco caduto, sino a un faggio rosso. Udiva il crepitio sommesso della corteccia quando lei vi appoggiava la schiena. Sapeva come sarebbe cominciato il canto, prima che fosse udibile.

Le rare volte in cui riusciva a distogliere appena un po' l'attenzione, l'accompagnava canticchiando a bocca chiusa. Sommessamente, come per non disturbare. Seguiva i toni di Amalie, ma senza trovare la forza di cantare come la prima volta.

Poi lei tornava avvolta in un silenzio tutto nuovo. Si distendeva stringendosi a lui. Frans poggiava la fronte contro la sua, domandandole con gli occhi per quanto tempo si sarebbe fermata. Lei scuoteva il capo incapace di rispondere. Fino a domani? Lo guardava con un'espressione grave. Il suo cenno era talmente impercettibile e lento che lui non aveva mai la certezza assoluta.

Solo dopo arrivavano le parole. Inventavano bugie sul protrarsi delle rispettive incombenze. Si chiedevano a vicenda come sarebbero state accolte, se sarebbero state accettate; Frans domandò di Rasmine e Amalie del cantore. Fecero domande l'uno sulla vita dell'altra, sull'isola, sul monastero, sull'assenza. Sul desiderio che tutto fosse diverso, sulla stella cadente. Furono colti dall'idea che quel desiderio comune fosse un presagio. Mentre le dita si intrecciavano le une alle altre, trovarono altri avvenimenti simultanei, tirarono fuori dettagli sempre più piccoli che sembravano combaciare. Parlarono finché la luce non svanì e i loro corpi si trovarono nel sonno.

In quelle sere avevano la sensazione di essere più completi insieme che non ognuno per conto proprio.

Sembra bellissimo, vero? Da parte mia, ho un vago ricordo di quello che si prova, e sono assai contento per loro. Li capisco fin troppo bene, e da una parte è una cosa bellissima e giusta. Ma sono costretto a considerare la faccenda anche da un punto di vista più oggettivo.

Potrei scrivere che, quando erano distesi abbracciati nella loro tana, era come se insieme fossero un'unica creatura vivente, amante; l'uno colmava i vuoti di nostalgia dell'anima dell'altra, si ricolmavano, e potrei fermarmi qui lasciando la questione incontestata, potrei dire che sembravano fatti l'uno per l'altra, che si completavano a vicenda, che erano la loro reciproca gioia, e potrei continuare, di espressioni cui attingere ce ne sono in abbondanza. Infatti, fin da quando Frans e Amalie erano distesi là, in Europa intanto la gente si era data un gran daffare a rivoltare l'amore in metafore sdolcinate e a servirlo come un confetto, mangiandolo a sua volta e ignorando le sostanze amare che lo zucchero caldo ha formato sotto il guscio, all'interno, dall'altra parte, ed è proprio là che devo andare un momento. Perché dall'altra parte quei momenti felici avevano un'eco.

Con una reattività come quella di Frans saremmo capaci di

udirla fin dal momento in cui le loro fronti si toccavano e si arrendevano a passare la notte insieme. La si udrebbe nelle falangi, quando le dita oltre a intrecciarsi stringevano e tiravano, e nelle elencazioni degli avvenimenti sincronici la si udrebbe sotto forma di un coro, si udrebbe la sibilante nostalgia di parlare di tutto ciò che rende due persone uguali quando sanno che saranno sempre diverse. Durante la notte il canto era sospeso sopra di loro, quando al buio si scioglievano dall'abbraccio, e li seguiva quando si separavano. Non c'era prima che s'incontrassero, ma ora li avvolgeva insistente, ovunque andassero, e ricordava loro che, se insieme si sentivano completi, come singoli individui erano destinati a rimanere incompiuti.

Un giorno d'agosto, mentre era intenta a fare il bucato, Amalie si allontanò di nascosto. Tenendosi lontana dalla parte dell'isola in cui lavorava Grit, si avviò verso i margini della radura. Con un sacco di grano accanto a sé, Rasmine era seduta china sopra la pietra da macina. Amalie le si avvicinò abbastanza da poter bisbigliare.

«È possibile che una donna smetta di sanguinare?»

Rasmine mollò la pietra ovale che aveva in mano e alzò la testa. Scrutò Amalie da capo a piedi. «Come si chiama lui?»

Quella domanda colse Amalie alla sprovvista, non era preparata a mentire. «Frans», le uscì di bocca, «ma...»

«Non ti ha violentata, vero?»

«No?»

«No. Altrimenti ci sarebbe un'ombra nei tuoi occhi.» Rasmine sospirò. «Va' giù da Laura, ma fa' in modo che non ti veda. Intanto io chiamo a raccolta le altre. Quando si sarà allontanata, devi prendere la salvia rossa che si è imbevuta del tuo sangue.»

«Perché?»

«Prendi immediatamente la barca più piccola. Trovalo e sposalo.»

«Perché?»

«Se lui si rifiuta, fagli mangiare un po' della salvia.»

«Perché?»

«State per avere un bambino.»

Un giorno di settembre Amalie accolse Frans nella tana. Adesso i muri e il tetto erano costituiti da due strati di stecche inframmezzate da rami di abete.

«Com'è andata?»

«Non mi poteva aiutare. Ho chiesto anche al vasaio, e nemmeno lui conosce qualcuno che mi possa prendere a lavorare. Nessuno che abbia bisogno di amanuensi o di copisti di musica. Tutto quello che ho imparato lo posso usare solo al monastero.»

«E io?»

«Le contadine fanno tutto da sé. E, secondo quelle con cui ho parlato, non ci prenderebbero nelle tenute. Se il padrone dovesse scoprire che vieni da Troldholm...»

Amalie chiuse un momento gli occhi. «Hai parlato con il prete di Svindfeld?»

«No», rispose Frans. «A lui non mi posso rivolgere, perché conosce il priore. Se lo facessi, il priore verrebbe a sapere che mi sposo, e allora dovrei lasciare il monastero. In tal caso avremmo solo il cibo che potresti procacciare tu.»

Amalie annuì. Riceveva le offerte di alcuni parenti delle donne che abitavano a Troldholm, ma non bastavano. «Non ci sono altri preti cui puoi rivolgerti?»

«Forse. Però non so se cambierebbe qualcosa. Sposandoci, non troveremmo né da mangiare né da lavorare.»

Un giorno d'ottobre il dispensiere raggiunse Frans sul cancello del muro di cinta. Lo aprì, gli ordinò di varcarlo, lo accompagnò fuori e lo richiuse. Si guardò indietro per vedere se nelle vicinanze ci fosse qualche confratello. Poi gli posò una mano sulla spalla.

«Tutto quel pane che porti con te da un po' di tempo in qua a cosa ti serve?»

«È per me», rispose Frans. «Le commissioni sono aumentate di numero e, come sai, spesso mi assento per più giorni di fila.»

Il dispensiere continuò a fissarlo e abbassò le ciglia.

Frans continuò: «E poi ne porto un po' per... quelli che ne hanno bisogno. Poveri, che incontro lungo il mio cammino».

«E fai bene...» Il monaco annuì. «Se è vero.»

«Lo è. Ci sono in particolare... due poveri, che mi capita spesso d'incontrare. Li aiuto.»

«Sono senzatetto?»

«Sì.»

«Allora portali qui, il monastero li aiuterà.»

«Non posso.»

Il dispensiere lasciò la presa e si portò le mani dietro la schiena. «Sono gli stessi due poveri che hanno avuto le quattro pelli di capra che mancano nella conceria?»

«No, quelle le... ho date al vasaio per pagarlo. Avevo dimenticato di dirtelo. Perdonami.»

«Ti perdono volentieri. Ma solo a condizione che tu mi avverta se hai bisogno di aiuto. Hai bisogno di aiuto?»

«No. Grazie, padre.»

«Perché il priore non vedrebbe di buon occhio il fatto che regali i generi di prima necessità del monastero, se lo fai per i motivi sbagliati. E io non potrei perdonarmi se dovessero mandarti via, mentre avrei potuto aiutarti a farti restare.»

«Non puoi fare niente per aiutarmi», rispose Frans. «Grazie, padre.»

In dicembre le stecche si coprirono di neve. Nonostante le pelli nella tana faceva freddo.

Amalie provò a convincere Frans a portarla al monastero. Là avrebbe potuto mangiare e scaldarsi, avrebbero potuto vedersi tutti i giorni. E, se si fosse fermata abbastanza a lungo, avrebbe potuto partorire il bambino in un posto sicuro. Mentre parlava gli carezzò le guance. Ovviamente non avrebbero potuto parlare, tanto meno del bambino. Non avrebbero potuto toccarsi, né mostrare alcun legame. Sarebbero stati vicini tutto il tempo, divisi come non mai. Ma al sicuro, no? Non riuscì nemmeno a convincere se stessa.

Ciononostante, un martedì di gennaio Amalie arrivò al monastero. Era coperta di chiazze rosse per la febbre, sotto la tunica lisa gli arti erano magri e la pancia grossa. Riuscì a entrare dal cancello e raggiunse le casupole dal tetto di paglia, dove camminò avanti e indietro senza trovare il coraggio di bussare. Poi l'*infirmarius* la scorse: le sue caviglie sembravano blu contro lo sfondo della neve. La fece entrare e le preparò dei cataplasmi caldi. Quello stesso giorno Frans si mise in cammino e trovò la tana deserta. Vi trascorse la notte da solo. L'indomani fece il giro delle fattorie della zona chiedendo di Amalie, ma nessuno l'aveva vista. Verso sera tornò al monastero, recitò una preghiera e si coricò a stomaco vuoto. Due giorni dopo uscì di nuovo per sbrigare una commissione. Ancora una volta la tana era deserta, nessuno aveva visto Amalie. Solo la domenica, quando alcuni monaci si riunirono a chiacchierare nel tepore dello *scriptorium*, sentì l'*infirmarius* accennare alla giovanissima ragazza incinta con la febbre ormai in via di diminuzione e un dito del piede che non si riprendeva. Frans andò giù da lei con birra e pane e li lasciò accanto al suo capezzale. Dormiva: non la svegliò. E continuò a uscire per commissioni e a pernottare nella tana in modo che nessuno notasse un cambiamento.

A febbraio Amalie lasciò l'infermeria con una nuova tunica di lana, una pomata per il piede con il dito paralizzato e pane per una settimana. Frans andò a trovarla di nuovo, e la prima notte dimenticarono il freddo. L'indomani mattina Amalie si svegliò presto e raggiunse il faggio rosso spogliato dall'inverno.

Aprì la bocca. E mentre cantava Frans sognò di camminare con un neonato in braccio verso il monastero, dove all'ingresso del chiostro c'erano due figure. Poi si svegliò con il cuore che gli martellava nel petto. Ascoltò Amalie, e udì qualcosa di nuovo. E di spaventoso. Andò via in anticipo, per tornare in tempo per la cena.

A marzo arrivò il bambino. Scusa se mi limito a riferire gli avvenimenti mese per mese. Lo faccio perché so come andrà a finire, e quasi mi riesce insopportabile: la cronologia e la stringatezza sono mezzi efficaci per tenere lontane certe cose.

Quindi: il bambino arrivò a marzo. Durante il parto Amalie non gridò, cantò. Frans si nascose dietro il masso grigio e si turò le orecchie. Appena tornò il silenzio, si alzò e raggiunse la tana. Le sciacquò il ventre insanguinato, raccolse la placenta e la portò via. La gettò nel mare di piccoli germogli verdi della prateria, che cercavano di spuntare tra gli alti fili d'erba gialli. Tornò indietro per il boschetto e si guardò intorno, imprimendosi i particolari. Rami che s'intrecciavano, cicatrici nella corteccia dei tronchi, nidi dell'anno prima abbandonati. Amalie era uscita dalla tana. Stava seduta con il bambino in braccio. Appena Frans si avvicinò levò lo sguardo.

« Si chiama Magnus. Ora che l'ho guardato un po' ne sono quasi sicura. »

Frans annuì.

Amalie baciò il piccolo sulla fronte e glielo porse. La sua voce non tradiva nulla: « Prendilo. E va' via subito. Fa' come abbiamo deciso ».

Qualche ora dopo Frans scavalcò il muro di cinta con Magnus in braccio. Indugiò qualche istante aspettando che gli passasse l'affanno, prima che lo vedesse qualcuno. Ma per quanto rimanesse immobile aveva il fiato mozzo, i suoi polmoni seguivano il cuore. Decise di fare l'ultimo tratto di corsa per dissimulare l'agitazione. Si precipitò verso il monastero.

Per uno di quei casi un po' più frequenti nelle storie che nel mondo reale – ma non di molto, se si guarda attentamente –, tra tanti monaci, fianco a fianco all'ingresso del chiostro, c'erano proprio il dispensiere e il cantore. Nelle storie come questa due monaci siffatti sono padri in molte delle accezioni del termine: padri reverendi, padri spirituali, tutori della conoscenza e forse anche della saggezza. In questa particolare storia, in cui indugiano oltre i confini della clausura, rappresentano anche ciò che più si avvicina a un padre per Frans, nella veste delle due figure paterne che ha avuto nella sua vita. E tra un attimo li scorgerà, non appena, passando davanti alla fucina, alzerà il capo. Allora vedrà due figure appartenenti a un sogno che ha fatto di recente, gli sembreranno al contempo incredibilmente reali e irreali, e scoprirà che sono il cantore e il dispensiere, ma continueranno a parergli un sogno, perché adesso tutto è diverso, e ci sono tante cose che non devono sapere. Nel sogno e in questa storia i due incarnano un doppio confronto con tutti i fatti della vita che non possiamo cambiare, e nel mondo reale, in cui adesso Frans li scorge e si ferma, incarnano la stessa identica cosa.

Osserva i due uomini. Stringe Magnus a sé. E in questo momento prende coscienza dei tre fatti più importanti della sua vita. Che è un trovatello. Che è padre di un trovatello. Che suo figlio dovrà conoscere il proprio nome.

È un trovatello, sicuramente, perché adesso sa che i bambini hanno una madre, mentre lui è stato cresciuto esclusivamente da padri. E Magnus crescerà allo stesso modo, perché secondo la madre è la scelta migliore che possa fare per il suo bene. Rinunciare a lui. Crescerà come è cresciuto Frans, che poco meno di quindici anni fa stava fra le braccia del dispensiere, e forse anche il dispensiere conosceva sua madre, forse il dispensiere è il padre di Frans. O forse lo è il cantore. Lo hanno chiamato figliolo e lui li ha chiamati padre, come è normale tra monaci e novizi, e potranno anche continuare a farlo, ma lui non saprà mai se c'è dell'altro in quella parola. Finché lui sarà al monastero non potranno rivelare nulla. Se uno dei due è suo padre, ha rinunciato a esserlo molto tempo fa. E Frans non potrà mai rivelare nulla né ai monaci né a Magnus. Anche lui è costretto a rinunciare al proprio figlio per dargli una vita. Tutto si ripeterà. L'unica cosa che può cambiare, la fa subito.

Accosta la bocca all'orecchio di Magnus: «Ti chiami Magnus, e non sei un trovatello. Ti chiami Magnus, figlio mio».

Poi va incontro ai padri.

Porge il figlio al dispensiere. È domenica e può fare a meno di spiegarsi a gesti; racconta di aver trovato il bambino accanto al muro, lo ha sentito piangere.

«E non so proprio che fare», aggiunge.

Non si ferma per vedere come reagiscono. Se hanno notato la disperazione nella sua voce. Se il dispensiere reagisce con la premura di un nonno oppure intuisce cosa c'era sotto le lunghe commissioni dell'anno trascorso. Se il cantore prende il bambino e cerca di riconoscersi nei suoi lineamenti, o se sospira alla sensazione che Frans sia tornato all'ovile. Lui li supera, fa qualche passo di corsa, si affretta dentro il chiostro, apre tre delle porte e infine trova il priore nella sala del capitolo. S'inginocchia ai suoi piedi e lo prega di ammetterlo nell'ordine come novizio.

«Perché piangi, figliolo?» domanda il priore.

«Piango... perché... certe cose si sono sistemate... dentro di me... E proprio per questo... chiedo di essere ammesso... Mi sembra... l'unica cosa... possibile.»

Il pianto di Frans aumenta, il priore lo lascia stare per un po', distoglie il viso. Poi riprende il discorso: «Anch'io piansi quando mi volsi a Dio. La sua grazia è grande, e io sentii la mia pochezza».

«Sì...» riesce a dire Frans, «contiamo talmente poco.»

Il priore annuisce. «Sarai un novizio giovane, ma sarai il benvenuto.»

Poi si alza e se ne va. Frans rimane prostrato sul pavimento di mattoni della sala. Per mezz'ora o forse più.

A distanza di vent'anni Frans ancora non sapeva bene perché avesse pianto. Se per il dolore o per una sorta di sollievo nel turbine dei momenti decisivi di quella giornata. Se per Amalie, per Magnus o per se stesso. Se a schiudersi fosse stata l'inesorabilità della vita oppure la grandezza della grazia, se lo spiraglio fosse dentro di lui oppure tutt'intorno, se quegli avvenimenti che avevano cambiato tutto e quelle cose di cui si era reso conto fossero alla sua portata, o se li capiva proprio adesso, appieno e come non gli sarebbe più capitato di fare.

A questo punto è venuto al mondo il terzo protagonista, ed è forse solo con lui che la tesi implicita della storia diventa chiara. Ma esito a proseguire. Mi sembra brutale abbandonare Amalie e Frans su due piedi, mentre singhiozzano sul giaciglio di salici e sull'ammattonato.

Voglio approfittare del fatto che l'infanzia di Magnus somiglia quasi in tutto a quella di Frans. Fa una sola cosa quando si trova fuori del chiostro che Frans non ha fatto: raccoglie pagliuzze, le sistema tra i pollici e soffia; fischia note, penetranti e stridule. E se poi accenno alla differenza decisiva che uno dei monaci presenti nella sua infanzia ogni sera raggiunge la camerata dei conversi dove dorme, e lo sveglia dal primo sonno oppure lo calma con il conforto della ripetizione sussurrandogli nell'orecchio: «Ti chiami Magnus, figliolo. Magnus», non occorre che aggiunga altro.

Ma abbiamo la possibilità di seguire Frans e Amalie ancora per qualche anno.

Amalie dormì nella tana per quasi tutta la giornata e la notte successiva. L'indomani mattina si alzò e cantò per il boschetto, il faggio rosso, il masso, i prati e per tutto quello che avevano visto e fatto, e poi scese in riva al fiordo. Trovò la barca che Rasmine le aveva detto di prendere, la spinse in acqua e lasciò che il legno s'impregnasse fino a diventare stagno. Tolse l'acqua dal fondo, salì, si distese sulla schiena e si lasciò portare dalla corrente e dal vento. Alle prime luci dell'alba successiva la barca fu avvistata nei pressi di Ålborg da un pescatore che legò la prua alla poppa della propria e la trainò a riva. Portò in braccio la fanciulla esanime al riparo di un cespuglio e ascoltò il suo flebile respiro. Poi le sfilò la tunica e si tolse i calzoni. Si strofinò il pene per farlo drizzare. Le sputò tra le gambe e le si distese sopra. Non si accorse che lei aprì gli occhi, perché quando lo fece gli aveva già affondato tre unghie nello scroto e nel perineo. Poi ritrasse di scatto la mano in modo da squarciargli il pene in tre punti, e per il dolore gli occhi dell'uomo guardarono dentro le proprie orbite. Lei gli morse la mascella con una tale forza che per il resto della sua vita, con ogni probabilità, il pescatore portò una corona di pelle glabra nella barba, e poi Amalie lo scansò a calci. Nella barca di lui trovò un coltello, squamò un paio di pesci e li mangiò. Raggiunse la piazza del mercato della città e si sedette ai margini della folla. Aprì la bocca.

E là diede inizio alla sua professione di scaldo.

Per un istante tutti i commerci si fermarono, la gente batté le palpebre. Poi i venditori dimenticarono d'imbrogliare con il peso o con le monete, dimenticarono di gridare per attirare i clienti, i clienti dimenticarono di lamentarsi della terra sulle verdure e delle ammaccature sulla frutta, la gente dimenticò chi era solita salutare e chi evitava di salutare, tutti sembravano troppo presi da se stessi e dall'agitazione che avvertivano dentro. Impiegarono un po' di tempo a capire che era un suono, e un altro po' a capire da dove veniva, e anche allora non seppero bene come reagire. Qualcuno lanciò una moneta o due ad Amalie per farla continuare, altri per farla smettere e andare via.

Nella sua veste di uno degli ultimi autentici scaldi danesi, e una delle poche donne, girovagò per lo Jylland. Non cantava né ballate diffamatorie né inni di gloria, non cantava a parole, solo attacchi e melodie, e con una forza che ampliava le note in armonie. Si guadagnò la fama di essere capace di fermare le scazzottate degli attaccabrighe e di far cadere la refurtiva dalle mani dei borsaioli, di spingere i grandi proprietari terrieri a piegare il collo e a volgere increduli lo sguardo verso il cielo. Ma si diceva pure che, se si tratteneva troppo a lungo in una città, a poco a poco i commerci si fermavano, una malinconia s'impossessava del posto, la gente diventava apatica e depressa, laconica nel parlare del più e del meno e di tutto quello che ancora non si era fermato. Ovunque giungesse, era attesa con ansia e con timore. A volte la gente le correva incontro, la caricava su un carro e la portava verso il patibolo o la forca di una piazza nella speranza di arrivare in tempo perché la sua voce facesse tremare le mani al boia al punto da mollare la scure o pasticciare con il cappio salvando la vita a qualche parente. Altre volte veniva accolta da nobili o da vescovi, che volevano assicurarsi l'operosità dei contadini nel periodo della semina e del raccolto in modo che il gettito delle imposte fosse commisurato, e le rivolgevano quindi minacce o la pagavano affinché passasse nei loro feudi o nelle loro diocesi senza cantare.

Nel giro di pochi anni la sua fama le si ritorse contro, per così dire. Era ancora giovane, e quell'insicurezza che la coglieva ogni volta che si vedeva venire incontro una folla impetuosa o una delegazione a cavallo si radicò sotto forma di un'angoscia pungente. E l'angoscia non addolciva il suo canto. L'una rinforzava l'altro; non poteva sfuggire alla sua fama, non poteva sfuggire all'angoscia, non poteva sfuggire, poteva soltanto cantare a voce più alta e più sfrenata, più alta e sfrenata. Allorché dalle montagne dell'Europa meridionale due inquisitori si spinsero su fino allo Jylland per interrogare lo scaldo donna, furono accolti da un fenomeno acustico che li colpì come una forza della natura. Così come dieci anni prima un fulmine aveva spaventato un giovane studente di giurisprudenza di nome Martin Lutero inducendolo a buttarsi in terra e a giurare su sant'Anna che si sarebbe fatto monaco – e cito questo episodio perché ebbe conseguenze per Frans e per Magnus e per tutti i danesi che vennero dopo di loro –, il canto di Amalie indusse i due inquisitori a girare i cavalli e, aggrappandosi alle criniere, a tornare verso sud e sostituire l'abito e la cotta di maglia con il saio bianco e la fascia dei premostratensi per venerare la figlia di sant'Anna, la santa Vergine Maria madre di Dio, e altre sante.

Solo molti anni dopo la voce di Amalie si affinò in una certa misura. All'inquietudine tremante, alla tristezza e alle reminiscenze di tutti i torti della vita che il canto ridestava in ogni anima, si aggiunse l'accompagnamento di una forza sommessa, il coraggio di un cuore. Spesso dopo averla ascoltata la gente manteneva ancora una certa energia, e Amalie poteva trattenersi più a lungo nelle singole città, perché non tutto si fermava, non del tutto. Alla sua fama si aggiunsero storie di preti e di altri santi uomini che le si prostravano ai piedi e si confessavano pubblicamente al suo cospetto. Un giorno un ricco signore la udì, e la assunse come la più pagata dei suoi domestici per cantare quando dava banchetti, e il resto lo conosci.

All'apparenza per Frans gli anni trascorsero in modo molto più pacato.

Passava quasi tutto il tempo in cui non dormiva seduto su panche di legno, e se immaginiamo il suo esile corpo coperto dal saio piegato in due angoli retti all'altezza delle ginocchia c delle anche, mentre solo le braccia si muovevano di quando in quando, non è un gran spettacolo. Non trapelano drammi, né grandi gesta, né passioni travolgenti: e che fine ha fatto la sua curiosità? Ma, poiché col suo ingresso come novizio nella particolare versione dello Jylland dell'ordine dei carmelitani si era votato alla vita contemplativa, sarebbe uno sbaglio giudicarlo dall'apparenza.

Una delle panche era stretta, e lo spigolo anteriore dell'asse su cui sedeva era un po' marcio, per cui con l'uso lunghe schegge si staccavano sotto le cosce. Era sistemata nella stanza dei novizi, dove Frans riceveva lezioni insieme a tre uomini, che avevano rispettivamente quattro, cinque e nove anni più di lui. Il suo dramma interiore era rappresentato dalla scoperta, con l'apprendimento, dell'infinità di cose che ci sono da sapere, e di quanto poco si sappia. Di quando in quando la sua curiosità si acuiva, ma probabilmente non raggiungeva mai i picchi di una passione vera e propria. Nondimeno, in lui dimorava una costante inquietudine, come se ogni cosa fosse un pensiero che si doveva togliere, come se ci fossero mete più importanti che doveva raggiungere, e in pochissimo tempo apprese le materie fondamentali insegnate dai monaci: grammatica e latino, aritmetica e geometria, retorica e logica. Poi c'era una panca più larga, su cui si sedeva in mezzo agli altri a mangiare. Un altro posto dove andava sempre più spesso era la chiesa, le cui panche avevano gli spigoli anteriori arrotondati: là ascoltava, pregava e cantava, anche in questo caso con un misto di immedesimazione e di svagatezza. E il posto dove nell'arco degli anni si sedette di più in assoluto era la vecchia panca del cantore.

Il cantore fece in tempo a seguire il breve noviziato del suo allievo, come fece in tempo a vederlo accolto nell'ordine. Durante la cerimonia Frans fu autorizzato a mantenere il suo appellativo, «da Svindfeld», e con questo il cantore ebbe la certezza che il priore vedeva in Frans un futuro erede, perché altrimenti non gli avrebbe lasciato portare il nome del monastero. Fu il cantore stesso a consegnare a Frans la chiave dell'*armarium* in cui erano custoditi i libri sacri. Trasse un profondo sospiro quando gli passò il testimone, e il giorno dopo chiuse gli occhi giallognoli morendo con un sorriso sulle labbra che probabilmente noi vivi non riusciremo mai a interpretare.

La panca del cantore era di una semplicità assoluta: tre larghe assi tagliate della stessa lunghezza e unite in modo da formare tre lati di un rettangolo. Quarant'anni di usura avevano lucidato la parte centrale della seduta e formato due avvallamenti curvi che corrispondevano ai glutei e alle cosce. Si trovava nello *scriptorium*.

Fu qui che si svolse il *dramma*. A poco a poco.

Frans scriveva. Lettere e note: questa era l'occupazione delle sue mani. Come il cantore, dedicava una parte del tempo alla realizzazione di copie di opere esistenti, e poi trascriveva le melodie che uno degli altri nuovi monaci concepiva con grande facilità e inseriva nelle antifone del coro quando si esercitava.

Ogni tanto doveva anche accollarsi il compito di redigere inventari per il dispensiere ed esegesi bibliche per il priore. Ma appena concluse queste incombenze, dopo averle portate a termine con la stessa irrequietezza che lo pervadeva nelle banali materie di studio, le accantonava per passare a scrivere la sua musica. Melodie e tonalità. Scale, che non riusciva a trovare altrove. Canti. Composizioni. Una partitura.

Non so come descriverla. Mi piacerebbe che esistesse ancora, ma così non è; in questa faccenda dobbiamo affidarci al sogno di quel che c'era una volta. E ai racconti di Frans e di Magnus.

Per Frans il lavoro con le note era un tentativo di catturare un canto. Un canto è una cosa fugace, mi spiegò, che quasi non si lascia cogliere, trascrivere, trattenere. Un'entità eterea, che in realtà è impossibile esprimere sotto forma di puntini di inchiostro nero. Ma lui ci provò ugualmente, si esercitò anno dopo anno.

Iniziò dalle note che Amalie aveva cantato quando l'aveva conosciuta. Forse la cosa sembrerà patetica o melodrammatica, e ovviamente destò una gran quantità di ricordi, pieni di luce e di bellezza e di dolore, lo ricolmò immediatamente dell'assenza e di un persistente desiderio di essere completo, ma cos'altro avrebbe dovuto fare? Era la musica di Amalie a ricolmarlo, era quella che doveva trascrivere, e nonostante tutto il primo canto conteneva una parvenza di leggerezza, era ancora accostabile, ma da quello in poi diventava sempre più difficile. Rievocò la situazione, l'immagine della schiena di Amalie sul masso, le fronde di faggio su in alto che oscillavano e lasciavano passare i raggi di sole fino a lui, come i ventilabri che fanno entrare l'aria nelle canne di un organo. Pian piano riuscì a ricreare la melodia con cui le aveva risposto, canticchiò a bocca chiusa, due note, tre note, cinque, otto, finché non apparve in tutta la sua lunghezza, finché non l'ebbe sotto controllo. Poi scrisse con tanta foga da riempire i margini della carta con lunghi sbaffi d'inchiostro, in preda alla paura di smarrire la melodia, di perderla di nuovo.

Dopo alzò lo spartito e canticchiò seguendo il foglio. L'effetto non era gran che. Aveva trovato la melodia, ma non il canto.

Di lì passò al lavoro fondamentale e più tecnico di scrivere scale e toni senza continuità. Non smetteva un attimo; canticchiava mentre cuoceva l'inchiostro, cantava note vigorose cercando di cogliere suoni armonici quando lavorava fuori delle mura del monastero, emetteva un fischio quasi atono quando andava al gabinetto dopo l'ora canonica notturna. E quando tornava a sedersi sulla panca trascriveva i risultati, strambe scale minori e toni costruiti su molte ottave. Redasse un immenso catalogo di strutture tonali, e con quel catalogo si rimise a lavorare sulla melodia che aveva cantato per accompagnare Amalie, per completarla, per creare quel percorso armonico da cui era scaturita. Impiegò circa un anno a farlo.

Poi si accinse a cogliere quella melodia che Amalie aveva cantato quando, dopo aver assaporato insieme a lui l'insaziabilità dei sensi, aveva raggiunto in punta di piedi il faggio rosso appoggiandosi contro il suo tronco. Su quella rozza panca rivisse la gioia spensierata e la sfrenatezza animalesca che la voce di Amalie aveva espresso, inserì bassi per ottenere quell'impressione di profondità data dai suoi brontolii, inserì battute nel registro più alto per evidenziare i suoi strilli squillanti, e sparse melismi sospirati qua e là per rendere i gemiti della voce, la tristezza per l'estasi che muore tanto rapidamente e irrevocabilmente da non resistere sotto forma di un ostinato nei doveri e nelle fatiche né rimanere all'interno come una nota fondamentale, un registro da cui la volta successiva una scala potrà salire verso nuove altezze. Dopo si propose di catturare quello che aveva udito attraverso la protezione delle mani premute contro le orecchie con una forza tale che tutto il suo cranio pulsava: il canto di un'orfana mentre partorisce un bambino da cui sa che dovrà separarsi. Impiegò due anni a farlo, ma solo perché si era già esercitato molto. In quel periodo gli vennero le rughe intorno agli occhi e diventò calvo come il cantore; poi, quando l'opera fu compiuta, si concesse una pausa di un paio di mesi.

Infine si accinse a riunire tutti i canti di Amalie in un'unica composizione. Sapeva in partenza che sarebbe stata l'opera della sua vita, perché se ci fosse riuscito non avrebbe avuto bisogno di scrivere altro, se avesse potuto cogliere in un'unica opera tutto ciò che la voce di Amalie gli aveva raccontato non gli sarebbe rimasto altro da fare, e io, che so qualcosa di quello che la voce di Amalie aveva da raccontare, sono incline a dargli ragione. Voleva raccogliere tutti i sentimenti di cui tu e io abbiamo percepito un pallido riflesso seguendo la vita di Amalie, tutte le espressioni che si erano stratificate sopra quel grido che nessuno riusciva a udire, in qualcosa per cui all'epoca non esisteva un termine, qualcosa che oggi chiamiamo una sinfonia. E ci riuscì. Forse non alla perfezione, forse gli anni infiacchirono la sua ambizione e gli insegnarono una cosa o due sull'arte del possibile, ma alla fine fu soddisfatto e da allora non scrisse più nemmeno una nota. Adesso capisci perché vorrei tanto che quell'opera esistesse ancora? O che almeno fossi stato in grado di leggere la musica quando la vidi?

La genesi avvenne in due parti. La prima, come tutte le altre notazioni musicali di Frans, ebbe luogo sulla panca del cantore. Scriveva composizioni brevi, come faceva sempre, e per ogni foglio nuovo credeva di dare di piglio all'opera della sua vita. Ma, appena lo completava, era sicuro di non averla ancora neppure cominciata. Un mucchio di pergamene si accumulò sotto forma di quelli che considerava tentativi imperfetti: l'opera della sua vita non si lasciava catturare. Ma lui insisté.

Il mucchio crebbe, e così anche Magnus. E intanto intorno alla città di Wittenberg si diffuse una controversia, una spaccatura che avrebbe finito con lo spezzare in due la Chiesa cristiana, e per giunta divise padre e figlio, Frans e Magnus, e del tutto accidentalmente diede inizio alla seconda parte della genesi dell'opera.

Quel Martin Lutero che, spaventato dal fulmine, si era fatto monaco eremita agostiniano, e in seguito era diventato docente di filosofia morale e poi professore di teologia presso l'Università di Wittenberg, un giorno formulò alcune tesi. Queste tesi riguardavano la possibilità di evitare di andare all'inferno in cambio di denaro e, sebbene Lutero stesso sembrasse convinto che in quella questione i soldi non facessero alcuna differenza, affisse le tesi per promuovere una discussione. Una parte dei soldi che la gente spendeva per quella vaga possibilità veniva utilizzata dal papa per edificare la basilica di San Pietro a Roma, e la disputa raggiunse un pubblico un po' più vasto dei destinatari cui si rivolgeva l'affissione. Il dibattito si fece accanito e sanguinario, ma voglio risparmiarti i particolari dello spiacevole miscuglio di religione, politica e rivolta popolare che ne scaturì, per saltare direttamente al particolare importante di questo contesto, ossia il fatto che nella parte nordoccidentale dell'Europa si presero le distanze dal papato, si cambiò l'istituzione della Chiesa e si formularono nuovi fondamenti confessionali. Di conseguenza, quasi tutti i monasteri furono chiusi con diversi gradi di brutalità. Nello Jylland le cose si svolsero con relativa calma, gli scontri avvenivano per lo più nelle città dove quei sacerdoti che volevano predicare in danese si guadagnarono più rapidamente le simpatie dell'opinione pubblica che il sostegno della Chiesa. E in seguito, quando i feudatari ottennero l'autorizzazione del re a rilevare i monasteri e i campi annessi, erano talmente soddisfatti di aver acquisito nuove terre che permisero ai monaci di rimanere negli edifici sino alla fine dei loro giorni. Svindfeld però fu un'eccezione.

Il secondogenito di un feudatario dello Jylland del Nord vide in quel monastero di costruzione abbastanza recente una magnifica dimora per sé. Si recò nella pieve di Svindfeld, dove mise in atto la sua piccola versione personale delle rivolte contadine che negli anni precedenti avevano imperversato in Germania. Anche se il monastero non era né grande né sfarzoso, riuscì a convincere buona parte degli abitanti che grazie alle loro offerte i monaci vivessero nel lusso, con la scusa di aiutare i poveri e gli ammalati. Le offerte erano paragonabili alle indulgenze, ma, visto che di certo non si andava in Cielo comprando suffragi per la propria anima arrogante, perché dare soldi a quegli scansafatiche dei monaci? Vi hanno imbrogliato da quando esiste il monastero! Chiamò a sé gli ascoltatori più indignati e li istruì.

Un filare di grandi alberi fiancheggiava la chiesa e delimitava il piccolo cimitero del monastero. Il primo albero, il più alto, fu abbattuto durante una funzione. Magnus aveva tredici anni e sedeva in mezzo ai conversi in quella parte della chiesa dove la predica del priore arrivava sotto forma di un rimbombo indistinto dalla zona riservata ai monaci. Aspettava il canto successivo del coro. Fra le ginocchia stringeva uno stecco curvo cui aveva fissato una cordicella lucida di cera d'api. Lo portava sempre in chiesa, nascondendolo sotto il saio e sedendosi in disparte, in modo da poterlo tirare fuori e accompagnare i canti pizzicando con tanta delicatezza che solo lui udiva le brevi note. Frans stava nella parte opposta con gli occhi chiusi e recitava una preghiera tra sé, come faceva spesso durante le lunghe funzioni. Era convinto di dover recuperare, che le ore canoniche non fossero sufficienti. Pensava ad Amalie tutti i giorni, quando scriveva le note, e non riusciva a pensare a lei senza concepire altri pensieri che non si addicevano a un monaco, ma non poteva nemmeno scrivere le note del suo canto senza comprendere tutto, né comprendere tutto e non sentirsi incompiuto senza di lei, o di quello che era insieme a lei, o di quello che erano insieme. E per non allontanare Dio da sé con tutti quei pensieri approfittava di tali occasioni per pregare, facendolo nel modo che gli aveva insegnato il cantore, con parole che si formavano a una a una al centro della cassa toracica, un piccolo ciclo di parole dentro il cuore: Rendimi completo. Rami si abbatterono sul tetto spezzandosi rumorosamente nel senso della lunghezza. Il tronco sfondò il muro talmente vicino al tramezzo centrale che fece crollare anche quello. Tegole piovvero in linee curve, a gruppi precipitarono in terra frantumandosi, e i due ambienti della chiesa si riempirono di turbini di polvere grigia. Magnus scattò in piedi e saltando da una panca all'altra uscì dalla chiesa alle calcagna di un converso che aveva sentito parlare delle violente espulsioni di monaci e degli incendi appiccati alle chiese avvenuti a sud, e insieme fuggirono lontano. Frans indugiò un attimo in mezzo al frastuono spostando l'attenzione dalla preghiera all'ambiente circostante, e quando aprì gli occhi sentì la pesante polvere sulle ciglia. L'albero si era fermato: il tronco pendeva sotto il buco nel tetto e la chioma sporgeva nel chiostro. Le travi del tetto scricchiolavano ancora, tavole si muovevano, pietre cadevano una alla volta. Frans uscì dalla porta che dava sul cimitero, la cosiddetta porta dei morti.

Da allora Frans non fu più quello di prima. Non era né monaco né padre. Non era più colui che aveva rinunciato al proprio figlio per stargli vicino, perché Magnus non era più vicino a lui. Non era nemmeno colui che serviva Dio come unica alternativa sostenibile all'essere insieme ad Amalie, perché il monastero passò di mano e la maggior parte dei monaci se ne andò.

Era, invece, insegnante e medico. Si trasferì nella vecchia conceria insieme ad altri due monaci. Aiutava uno dei due nell'infermeria che funzionava ancora come ospedale: infatti dove, altrimenti, si sarebbero potuti curare gli ammalati? E insegnava latino e musica ai bambini della nuova grande fattoria, perché, come nel resto del paese, dopo la chiusura dei monasteri mancavano le scuole. Il lavoro gli prendeva la maggior parte del tempo, era costretto a saltare quasi tutte le preghiere della giornata, e la sera era talmente stanco che ogni tentativo di scrivere una nota gli risuonava dentro la testa come il lamento di un moribondo.

Qualche anno dopo arrivò un inverno talmente rigido che Frans sistemò il mucchio di pergamene conservate sotto il pagliericcio per proteggersi dal freddo che penetrava dal pavimento. Gli fece venire in mente le pelli di capra che aveva steso sotto Amalie nel boschetto. Quell'inverno fece sogni senza persone né animali, senza ambienti riconoscibili, sogni di pura musica. A volte la musica era a colori: linee, puntini e curve di tutti i colori dell'arcobaleno si snodavano le une tra le altre o si posavano in strati vibranti.

Con la fine di quell'inverno ebbe inizio la seconda parte della genesi. Frans tirò fuori gli spartiti e li esaminò. Si rese conto che non era sufficiente scrivere melodie e aggiungere toni. Non era sufficiente per esprimere quello che era sempre stato il suo intento: ci volevano più melodie contemporaneamente. Si dovevano intessere tra loro, in modo che l'una potesse subentrare all'altra, scaturire in un registro completamente diverso; le note dovevano essere al contempo melodia e tono, permettendo ai passaggi tra le voci portanti di aver luogo in qualsiasi momento, da un punto qualsiasi e fino a un punto qualsiasi. Perciò, per annotare la composizione Frans doveva inventarsi un sistema molto più articolato di quello che conosceva.

Nel corso dell'anno che seguì Frans capì come avrebbe potuto riunire i suoi numerosi tentativi incompleti, come combinare i toni con le melodie in un pezzo costituito da più voci, ciascuna delle quali poteva essere ripetuta e trasformarsi in altri toni o in altre melodie di nuove frasi. Prima che in Europa fosse scritta una sinfonia, prima che fosse scritto quel genere di musica che adesso ci sembra talmente vecchia che la chiamiamo classica, Frans annotò un'infinità di voci, ciascuna nella propria serie di righi, l'una sopra l'altra, talmente numerose da occupare tutte insieme, anche se scritte con una grafia sottile e minuta, tre intere pergamene nel senso dell'altezza. Frans scrisse quella che oggi chiamiamo una partitura. E non si accontentò di scrivere per voci umane, convinto com'era che fosse impossibile fare la notazione dei suoni del canto di Amalie affinché un'altra voce li potesse imitare: scrisse una parte per coro, e scrisse per cetra e flauto e raganella e chiarina, per pagliuzze tra le mani, per bastone contro tronco cavo, per pugno contro sterno, per palmo contro superficie d'acqua, per pietra contro terriccio morbido e per capelli che sussurrano nell'aria. E intanto pregava, perché non aveva tempo per dedicare momenti diversi alle preghiere e alla musica, visto che doveva anche svolgere il lavoro di medico e di insegnante e dormire e, mentre scriveva e pregava, note e vita monastica e ricordi di tempi andati si mescolavano, e pian piano cominciò a non sapere più se rivolgesse la sua preghiera ad Amalie, a Dio oppure alla musica: Rendimi completo.

Dal monastero Magnus aveva portato con sé il suo rudimentale strumento e il sogno di sfondare nel mondo della musica. All'epoca, sfondare nel mondo della musica non era una frase idiomatica, e perciò non era ancora appesantita da un'infinità di sottintesi e relativi pregiudizi, non era un'espressione che si usava per dire: adesso il ragazzino se ne va nella metropoli per vivere in un marasma di autoesaltazione e tentazioni peccaminose, e può soltanto andare a finire male. In realtà il sogno di Magnus era più innocente, ma non meno vago e incomprensibile. Anche per lui. Ma un sogno è un sogno, e lui lo seguì senza pensare quale ne fosse l'origine o se avesse qualche significato nascosto.

Ad Ålborg trovò un liutaio, un vedovo senza figli, e impiegò più o meno una settimana a convincere l'uomo a prenderlo come apprendista. Da lui Magnus imparò a fabbricare liuti e cetre, a intagliare il legno, inumidirlo, scaldarlo, curvarlo e montarlo, oltre a filare le corde e a suonare quegli strumenti. Da solo imparò a tagliare due pezzi di legno per volta e a nasconderne uno insieme ai budelli per le corde sotto i vestiti, a costruire in segreto i propri strumenti e a venderli a un buon prezzo. Quando lo scoprì, il liutaio afferrò Magnus per il collo, e per fargli mollare la presa il ragazzo dovette consegnargli tutti i soldi. O meglio: promettere di consegnarglieli, perché il liutaio ebbe solo quello che riuscì a trovare prima che Magnus scappasse con il resto.

Girovagò per qualche mese: il suo sogno lo portò da una città all'altra.

A Randers udì e vide cantare una donna. Aveva i capelli biondi aggrovigliati e le guance incartapecorite dal vento, mentre con le mani tese in avanti pareva afferrare oggetti che lui non vedeva. La voce della donna aveva una potenza tale da lasciare Magnus senza fiato. Sembrava un forte vento che gli soffiava in viso ostruendogli la gola, impedendogli di far scendere l'aria nei polmoni, tanto che lui dovette girarsi dall'altra parte per inspirare. Ripeté diverse volte quel movimento. Poi cercò di restare fermo, e ben presto riuscì a inspirare mentre la guardava, ma solo nelle brevi pause in cui la donna immetteva a sua volta aria nuova nei polmoni. Senza sapere perché, Magnus scoppiò a piangere.

A Ribe imparò a suonare il flauto da uno zingaro. A Odense assisté alla macellazione di un maiale; le sue interiora furono raccolte nello stomaco e messe a frollare in una cantina, dove sarebbero state recuperate di lì a un paio di mesi per essere lessate e servite come un piatto di carne tremolante e acida, ma molto nutriente.

I suoi vagabondaggi lo condussero fino a Copenaghen, perché aveva capito che se voleva sfondare nel mondo della musica doveva farsi sentire dalle persone giuste. Ispirato da quello che aveva visto si mise a costruire strumenti nuovi. Era convinto che, se fosse riuscito a creare uno strumento capace di togliere il respiro a tutti, allora sarebbe stata fatta. Allora lo avrebbero ascoltato. Gli si sarebbero spalancate tutte le porte.

Comprò legno e stomaci, intagliò flauti e bocchini, provò diversi tipi di lubrificanti e cere per trovare quello che manteneva gli stomaci umidi ed elastici. L'aspetto più concreto della sua idea consisteva nella creazione di uno strumento a fiato dotato della stessa potenza della voce femminile che aveva sentito. Inoltre lo strumento doveva essere in grado di suonare senza interruzioni, perché così chi ascoltava non avrebbe avuto modo di respirare senza voltarsi dall'altra parte. Lo strumento sarebbe stato inesorabile, avrebbe catturato tutta l'attenzione, ovunque lo si suonasse. A un'estremità del primo stomaco che riuscì a gonfiare e a contrarre all'infinito senza spaccarlo attaccò una canna, e un flauto all'altra. Così poteva soffiare aria dentro la sacca e dosarla in modo che il flauto suonasse ininterrottamente. Ma il suono del flauto era fluido e gradevole come il canto delle allodole. Munì lo stomaco successivo di due flauti, accordati in modo da produrre una disarmonia, ma il suono era ancora troppo esile. Allora gli vennero in mente le pagliuzze che suonava da piccolo e lo stridore che emettevano, e sistemò un pezzetto di corteccia di traverso nel bocchino di uno dei flauti. Più che altro servì a rendere il suono irregolare. Frammenti di corteccia crepitavano dentro il flauto: il suono era ora lieve ora molto acuto, e quando raggiungeva la massima intensità si riempiva di piccoli schiocchi. Ma da quel punto in poi il resto non furono che minuzie. Applicò una valvola all'estremità della canna in cui soffiava per impedire all'aria di tornare indietro dalla sacca alla bocca, munì il bocchino dei flauti di piccole zeppe che, inserite in un solco con un po' di gioco, producevano un crepitio, e avvolse lo stomaco in un telo.

Tutto orgoglioso mostrò la sua invenzione a chiunque volesse vederla. Ma la sua gioia s'incrinò quando un altro fabbricante di strumenti musicali gli disse che l'invenzione non era completamente nuova, strumenti simili esistevano da centinaia di anni, sulle isole inglesi, e là li chiamavano qualcosa tipo cornamuse. Questo fatto, comunque, non lo scoraggiò più di tanto, o almeno non gli impedì di marciare poco dopo per le strade della città, suonando a tutto spiano quella che aveva battezzato una cornalagna doppia. E anche se indusse quasi tutti a turarsi le orecchie o a scappare, e qualcuno a lanciargli sassolini, considerò la presentazione un ottimo successo, perché tutti quanti avevano reagito alla musica; era riuscito ad attirare su di sé un'attenzione senza precedenti.

L'indomani ricevette un'ordinazione dal Consiglio della Corona.

Per anni si mantenne fabbricando cornalagne per la nobiltà dell'isola di Sjælland, che le considerava ottime armi da guerra. Tutti quelli che non le avevano mai udite, perfino soldati esperti e temprati, si prendevano uno spavento coi fiocchi non appena le cornalagne attaccavano a suonare, e finché non si abituavano al frastuono erano praticamente fuori combattimento, facili prede per la fanteria. E quando, alla morte di re Federico I, scoppiò la cosiddetta Faida del Conte, in cui gli abitanti di Sjælland combatterono contro la nobiltà dello Jylland per decidere quale Cristiano dovesse succedergli sul trono, l'appena diciannovenne Magnus dovette procurarsi due apprendisti per riuscire a far fronte alle richieste.

Durante quella guerra civile che fu la Faida del Conte, mi trovavo a Wittenberg: ero lì da quasi un decennio. Qualunque nordeuropeo con un interesse per le correnti di pensiero dell'epoca, e per i nuovi indirizzi che plasmano l'evoluzione generale lasciando segni nella coscienza di tutti, doveva assolutamente andare a Wittenberg nel terzo decennio del Cinquecento. Lutero aveva pubblicato i suoi scritti riformatori mentre viveva in incognito e in esilio, ma poi fece ritorno in quella città, e fervidi seguaci giunsero all'università da lontano per ascoltare le sue lezioni, per studiare e riportare a casa lo zelo riformista. Personalmente, ero lì più che altro per osservare. A mio avviso i riformatori avevano gli occhi puntati un po' troppo rigidamente sulla Salvezza e sul Verbo, ma forse era necessario. Del resto, mi faceva molto piacere che lottassero anche per il diritto dei sacerdoti e degli ex monaci di sposarsi. Quindi, l'amore non era un ostacolo alla salvezza.

Tornai a Copenaghen quando gli jyllandesi avevano conquistato la città dopo mesi di assedio e avevano insediato Cristiano III sul trono. La Riforma, che era in via di attuazione da molto tempo, fu ratificata pubblicamente, i cattolici vennero messi alle strette, e il Verbo fu divulgato in danese. La città pullulava di predicatori che discutevano sui termini danesi dei concetti religiosi, e di gente comune che per la prima volta discuteva sulla predica che il prete aveva fatto la domenica precedente. Accarezzai l'idea di impegnarmi nella traduzione della Bibbia e spezzare una lancia a favore del messaggio d'amore contenuto nell'unico libro con cui praticamente tutti si confrontavano, ma in tal genere di questioni bisogna combattere con troppi interessi diversi. Perciò mi limitai ad ascoltare la gran quantità di dibattiti e di dispute e quant'altro avveniva in quella città trasformata in cui avevo fatto ritorno.

Ascoltai molte chiacchiere, e tra queste emerse una bellissima leggenda urbana. Magnus ne era il protagonista.

Secondo questa leggenda, erano state le sue cornalagne a decidere le sorti della Faida del Conte. Dopo che Sjælland si era arresa e solo Copenaghen resisteva, ogni notte suonavano le cornalagne sui bastioni per scoraggiare gli jyllandesi a sferrare attacchi notturni a sorpresa. Ma Magnus, che era più preso dagli affari che dalla guerra civile e dalle dispute religiose, un giorno vendette una partita di cornalagne agli jyllandesi. E la città cadde.

Decisi di andarlo a trovare. Talvolta, incontrare di persona gli artefici o i protagonisti delle leggende può al contempo divertire e far riflettere. Se non semplicemente deludere. Decisamente, come scoprii, l'incontro con Magnus più che divertirmi mi fece riflettere.

Entrai nel suo laboratorio dal soffitto basso di Nørregade un tardo pomeriggio. Lo trovai al banco di lavoro.

«Buon pomeriggio, signore. Disturbo?»

«Sì», rispose lui. «Volevate qualcosa?»

«Volevo informarmi su una questione.»

«Dite pure.»

«Ho sentito certe storie sui vostri strumenti.»

«E chi non le ha sentite?» Abbozzò un sorriso e tolse un truciolo che si era attaccato sotto la pialla. «E cosa avete sentito?»

«Che hanno deciso le sorti della Faida del Conte.»

«È una bugia», disse. «Però giova agli affari. Volete comprare qualcosa?»

«No.»

«Allora non voglio più essere disturbato.»

«Però vi volevo chiedere se mi fareste sentire una delle vostre famose cornalagne.»

Mi lanciò un'occhiata scettica. «Perché?»

Non capivo perché dovessi motivare il mio interesse per le mercanzie del suo laboratorio, e cercai le parole.

«Voi esitate», disse. «Quindi non avete intenzione di comprare qualcosa. Addio, signore.»

«Un momento», protestai. E decisi d'inventarmi una bugia che favorisse i miei interessi come le leggende favorivano i suoi; una bugia che lo inducesse a suonare o almeno a raccontare qualcosa. «Sono appena tornato dalla Germania, ed è stato laggiù che ne ho sentito parlare.»

Lui lasciò la pialla e alzò lo sguardo. Continuai a raccontare.

«Il mio signore, il cui nome non rivelerò, è un grande elettore, e ha avuto problemi con sommosse, rivolte di contadini. Sono qui per suo conto per vedere se posso consigliargli le vostre cornalagne.»

A quel punto Magnus mi fissò dritto in viso.

«Ma se le storie non sono vere...» aggiunsi girando i palmi in su in un gesto di rammarico.

«Non sono del tutto false», disse allontanandosi dal banco di lavoro.

Fece scivolare un paio di volte la mano destra sul grembiule di cuoio e me la porse per salutarmi.

«Vado a prendere un esemplare, così potrete sentire con le vostre orecchie.»

Sparì su per una stretta scala e subito dopo riapparve con una cornalagna tra le braccia.

«Vi darò solo una breve dimostrazione, per riguardo a mia

moglie e ai vicini. Ma, se v'interessa, possiamo vederci domani oltre i bastioni, e vi farò sentire qualche altro brano.»

Si avvicinò a una tenda, la scostò e tirò fuori una sedia. «Accomodatevi.»

Mi sedetti, e lui sistemò la cornalagna. S'infilò la canna in bocca e ficcò la sacca sotto un braccio coprendo con le dita alcuni fori del flauto. Riempì d'aria l'otre e poi staccò le labbra dalla canna. Premette la sacca contro le costole producendo un suono che mi fece tremolare le palpebre, abbassare il pomo d'Adamo, ballare le gambe e salire il polso.

Mi guardò pieno d'entusiasmo.

Mi raddrizzai sulla sedia e mi raschiai la gola. «È stato... convincente.»

«Già, vero? Quante ne occorrono al vostro signore?»

«Ehm... ancora non si sa.» Cercai di farmi venire in mente alla svelta una scusa per andare via di lì senza comprare niente né offenderlo. «E un'altra cosa. Ehm... queste cornalagne sono indubbiamente assai efficaci la prima volta che si sentono. Colgono alla sprovvista. Ma funzionano anche a lungo termine? Non si potrebbe pensare che il nemico, nel caso del mio signore i contadini, si abitui al suono? La vostra è forse, come dire, un'arma che funziona anche se la si conosce già? Un'arma utilizzabile durante assedi ancora più lunghi dell'ultimo subito da questa città, nelle battaglie che durano molto tempo?»

Con mia sorpresa dovetti aspettare una risposta. Magnus parve riflettere approfonditamente. Infine s'illuminò. «Sì!» rispose.

Salì di nuovo la stretta scala e poi scese con una voluminosa cartella. La posò sul banco di lavoro.

«Cos'è?» chiesi senza nascondere la sorpresa.

«Un'opera in note», rispose Magnus.

«È un'arma?»

«Sì. Siete stato voi che mi avete appena dato l'idea. E non ho trovato altri usi possibili.»

«In quale modo pensate di poterla impiegare come arma?»

«Ve lo spiego subito. Dalla lettura delle note mi pare di capire che debbano essere suonate simultaneamente da un'intera compagnia di musicanti. L'intensità sarebbe altissima. Funzionerebbe al meglio se il vento portasse il suono nell'accampamento nemico. In tal caso basterebbe suonare l'opera dall'inizio alla fine una volta al giorno.»

«E quali effetti avrebbe?»

«Fermerebbe interi eserciti. I soldati non sarebbero in grado di alzarsi e imbracciare le armi. Rimarrebbero seduti dov'erano quando la musica è iniziata, senza forze, vinti.»

«Come mai?»

«Perché hanno sentito la musica.»

«Sì, ma che genere di musica è?»

«Non lo so. Mi è stata recapitata.»

«Ma non potete descriverla?»

«No. Non l'ho mai udita.»

«E allora come fate a sapere che è capace di fermare un esercito?»

«È una questione di matematica.»

«Prego?»

Aprì la cartella e posò la mano sul foglio di note che apparve. «Vedete, riesco a suonare soltanto una o due di queste parti per volta. Ma finora mi è sempre successo che, in qualsiasi punto apra i fogli e suoni un frammento, mi viene da piangere. Ovunque inizi, e ovunque finisca. E se per caso ci sono altre persone nelle vicinanze piangono anch'esse. Ogni volta. Però dopo riesco a riprendermi, sfoglio le pergamene e riprovo. Se tento di suonare due parti per volta, cosa che mi riesce più facile con le mie cornalagne, è come se si spalancasse una cataratta di tristezza, che mi inonda impedendomi di continuare. Finora sono riuscito a suonare solo fino a consumare la prima aria della sacca. E con il liuto, che richiede un po' di esercizio per suonare due melodie insieme, non faccio in tempo a imparare un brano che la forza di volontà mi viene meno e devo posare lo strumento. Se tutte le parti venissero suonate contemporaneamente, secondo me sarebbe impossibile scuotersi di dosso la tristezza. Non credo che si potrebbe chiudere la cataratta. E, in tali condizioni, come si farebbe a combattere?»

Mi alzai per dare un'occhiata alla singolare composizione. Le lunghe linee orizzontali, quelle corte verticali e i numerosi quadratini non mi dicevano nulla.

«Mi fate sentire?»

La mia impazienza lo rese servizievole. «Volentieri!»

Immediatamente allungò la mano per prendere lo strumento più vicino, che era la cornalagna. La riempì d'aria e poi guardò il foglio. In quello stesso istante gli vennero le lacrime agli occhi. Non aveva neppure cominciato a suonare.

Con uno sforzo prese a spingere la sacca. Con cautela, forse per non far rumore, forse per non sprecare l'aria e suonare più di un paio di note, forse per evitare il crepitio dei flauti, per mettere in risalto le melodie.

Le mie mani si alzarono di scatto, involontariamente. L'una si portò alla bocca, l'altra al cuore. Quel flusso d'aria roco che attraversa a forza la gola prima che un singhiozzo diventi suono fuoriuscì tra le mie dita. Con una spinta la mano unì le labbra, piegando la carne tanto da far male. L'altra mano si serrò sopra la camicia e premette contro lo sterno. Il laboratorio fu inghiottito dal fiume che inondò i miei occhi.

Poi le due melodie cessarono.

Boccheggiavo. E così anche Magnus.

Un rumore di passi risuonò per le scale. Una giovane donna con il pancione apparve e si fermò appena mi vide. Tirò su col naso, vagò con lo sguardo verso Magnus e disse: «Non devi suonare quelle cornalagne. Il bambino mi sta ammazzando di calci!»

Magnus si scusò per la dimenticanza e fece un brusco movimento con il capo che lei non recepì. Quindi indicò con un cenno me, il cliente, e allora la donna capì l'antifona. Fece dietro front sul gradino e risalì immediatamente.

Restammo seduti in silenzio per un po'. Io guardai la cartella e i numerosi fogli di pergamena che conteneva. Mi sforzai d'immaginare come fosse nata quella musica. Non ci riuscii.

Infine Magnus si raddrizzò.

«Vi interessa quest'arma?» domandò.

«Sì, non lo nego. Sapete dirmi qual è la sua provenienza?»

«L'ha scritta un monaco di nome Frans. Ha firmato l'ultimo foglio. Credo sia un monaco di quel monastero che chiamavano Svindfeld. Io sono cresciuto là. Non esiste più.»

«Sarebbe possibile incontrare questo Frans?»

«Sicuramente. Ma non approdereste a nulla, non vi venderebbe mai una composizione per fini bellici.»

«Certo, questo è chiaro. Dove si trova Svindfeld?»

«Da qualche parte nello Jylland. Che importa? Volete comprare o no?»

«La cosa m'interessa. Ma prima devo interpellare il mio signore.»

«Il vostro signore è ricco?»

«Sì, abbastanza.»

«Quindi sarebbe disposto a pagare il prezzo che chiedo?»

«Probabilmente sì. Parleremo del prezzo se la cosa gli interessa.»

«Benissimo. Quanto dovrò aspettare per avere una risposta?»

«Un mese. Forse due.»

«Due mesi? In tal caso sono costretto a chiedere un acconto.»

«Perché?»

«Per non venderla ad altri.»

Sospirai. «Quanto?»

Disse la cifra. Pagai e suggellammo l'accordo con una stretta di mano. Lo ringraziai per la dimostrazione e mi avviai verso la porta.

«Non più di due mesi, però», mi avvertì. «Altrimenti considererò nullo l'affare.»

Mi voltai sulla soglia. Gli rivolsi un cenno d'assenso, poi

dissi: «Durante la mia assenza potete riflettere e chiedervi se l'opera sia eseguibile, visto che voi stesso non riuscite a suonarne che un pezzettino. Una compagnia ce la farebbe a suonarla tutta? E, se può farlo, non è possibile che il nemico riesca ad abituarsi alla musica, come accade con le cornamuse?»

Lasciai Magnus con un'espressione molto pensosa.

L'indomani mi misi in viaggio per lo Jylland. Preparai pochi bagagli e montai personalmente a cavallo senza ingaggiare una carrozza e un cocchiere: avevo fretta di giungere a destinazione.

Pochi piangono come gli innamorati infelici. Le persone colpite da lutto possono piangere con la stessa intensità, ma il loro pianto ha un tono diverso. Piangono una conclusione, mentre gli innamorati infelici piangono un inizio senza futuro. In quel poco che avevo sentito della musica c'era una nostalgia grandissima, come se l'amore fosse rinchiuso per sempre dietro un muro monastico di solitudine.

Ero impaziente di incontrare il creatore di quella musica. Sapere cosa c'era sotto, come mai era giunto a quel risultato.

Tuttavia impiegai diverse settimane a rintracciare Frans. Svindfeld era introvabile e, come scoprii, non si chiamava più Svindfeld, ma Svindelev. La pieve era stata ribattezzata dal figlio del feudatario. Forse così sperava di dissimulare il fatto di essersi impossessato del monastero e la violenza che aveva usato nell'operazione: quali che fossero le nefandezze di cui lo si poteva accusare, le aveva commesse contro un luogo che non esisteva.

Frans abitava nel villaggio di Svindelev in una minuscola casetta con le travature a vista, da lui tirata su con l'aiuto dei parenti di malati che aveva guarito. Continuava il suo operato quotidiano nell'infermeria della tenuta, e inoltre insegnava ai bambini della pieve e mandava i più bravi a frequentare il liceo in altri posti. Non si era sposato e sembrava invecchiato di due anni per ciascuno dei trentasette che aveva vissuto.

La mia visita non lo fece di certo ringiovanire.

La notizia che la sua opera in note fosse giunta nelle mani di Magnus lo rallegrò. Ma poiché in ogni dove i vecchi libri dei monasteri venivano fatti a pezzi e la pergamena usata come imballaggio o per le cartucce – i pacchi di cariche di polvere da sparo che venivano utilizzati per i cannoni: quindi, anche altre opere di monaci cattolici furono impiegate in guerra – domandò ansioso cosa Magnus intendesse fare con la composizione.

«Ha intenzione di venderla», risposi.

«Venderla?»

«Sì.»

«È a corto di denaro?»

«Non credo.»

«E allora perché? Non incontra i suoi gusti? Non ha capito la musica?»

«Ne ha suonate alcune parti, e incontra i suoi gusti, eccome. Lo fa piangere.»

«Già.» Frans annuì. «Già, lo immagino. Adesso sa che sono suo padre?»

Battei le ciglia un paio di volte. «Come? Non ne ha fatto parola. Lo siete veramente?»

«Sì.»

Frans guardò davanti a sé. Sospirò e scosse il capo.

«A chi la vuole vendere?» domandò.

«A chi è disposto a pagare. Ma mi ha promesso che se voglio posso comprarla io.»

«E lo volete?»

Guardai Frans negli occhi. Erano al contempo pieni di gravità, impazienza e con un'ombra di timore per la mia risposta.

«Sì.»

«E cosa ne volete fare?» Tutto nel suo sguardo si fece più intenso.

«Voi cosa volete che ne faccia?»

«Che la conserviate! Siete disposto a farlo?»

«Sì.»

Si lasciò sfuggire un sospiro.

«Se volete, posso donarla alla biblioteca dell'Università di Copenaghen.»

Mi afferrò la mano. «Mi farebbe molto piacere. Grazie.»

«Non c'è di che. Ma, prima di accordarci, avrei un'altra proposta. Volete ascoltarla?»

Il suo sguardo si fece di nuovo impaziente. «Sì?»

«Ho ascoltato di persona un frammento della musica che avete scritto, e mi sono incuriosito. Ho sentito una nostalgia che non saprei descrivere neanche lontanamente come riescono a fare le note, quelle note che voi ben conoscete. Ho sentito qualcosa sull'amore. Non saprei dirvi esattamente cosa. Ma forse potete farlo voi? La mia proposta è questa: se voi mi spiegate cosa esprime la musica, io lo riferirò a Magnus. E, se allora non vorrà più vendermi la composizione, potrà tenerla.»

Dalla sua espressione capii che Frans avrebbe voluto mostrarmi gratitudine. Ma non ci riusciva. Apriva e chiudeva gli occhi adagio volgendo lo sguardo verso l'interno, quasi fosse incalzato dai ricordi. Infine disse: «Vi devo una cena. Fermatevi fino a domani. Allora vi racconterò».

L'indomani sera ci sedemmo ognuno sopra una pelle sul pavimento della sua casetta. Mi porse un bicchiere di birra e bevve un sorso dal proprio. Mi pregò di non interromperlo. Poi chiuse gli occhi e raccontò. Per ore. Con voce cantilenante, a tratti monotona. In certi punti come un monaco che recitasse le Sacre Scritture, di quando in quando come un maestro che non ascoltasse più le tiritere ma passasse subito a spiegare il loro significato, in altri come un cantore che cercasse d'impedire a un groppo di formarsi nella gola.

La storia la conosci. Io posso soltanto aggiungere che fece una pausa quando gli domandai se, una volta che il monastero era passato di mano e lui non era più monaco, non avesse pensato di cercare Amalie.

Inspirò molto adagio. Le parole affiorarono come un bisbiglio dal fondo di un pozzo: «Vi avevo pregato di non interrompermi».

Con mia sorpresa, in quel momento ebbi la sensazione che avessimo la stessa età.

L'indomani mattina lo ringraziai e ripartii. Alla volta di Troldholm.

Sull'isola non solo parlai con Amalie, ma anche con Rasmine. E per una fortunata coincidenza, tra gli uomini che popolavano l'isolotto vicino, trovai il vecchio dispensiere del monastero di Svindfeld.

Dalle isole mi rimisi in viaggio per Copenaghen.

Questa storia ha una fine che tutto è tranne una fine. È un inizio. La storia si conclude con quel bambino che sarebbe potuto diventare il quarto protagonista perché, sebbene non sia orfano, conoscerà e vivrà la stessa condizione di assenza degli altri personaggi principali. Ma, chiudendosi là, la storia punta in avanti verso nuove generazioni e quindi anche verso di te.

E inoltre, se ti sei stancato del fatto che io m'intrometta di continuo, che esponga le mie idee e spiegazioni personali qua e là e dia sfogo ai miei problemi e ai miei sentimenti, se trovi sconveniente che, per così dire, rubi la scena ogni volta che sta per accadere un evento decisivo, che io – un semplice personaggio secondario – mi piazzi davanti ai protagonisti e distolga l'attenzione dalla storia stessa, allora mi difendo subito dicendo che il mio non è assolutamente un capriccio. È un compito che mi sono imposto per tentare d'immedesimarmi in Magnus. In quel tratto del suo carattere che ho maggiore difficoltà a capire, e quindi a raccontare. Lo faccio, possibilmente, per penetrare quella naturalezza con cui cerca l'attenzione, con cui in questa storia arraffa e sbraita e disturba; ho bisogno di trovarla per non dovermi accontentare del mio pregiudizio secondo cui il suo unico scopo è vendere strumenti e guadagnare qualche soldo. Ho bisogno di trovare quella naturalezza con cui oggi i più, per quanto insignificante sia la particina che hanno nella grande storia di cui tutti facciamo parte, sembrano recitare il ruolo principale tanto nella loro vita quanto nella realtà che hanno a portata di mano. Perché penso spieghi qualcosa sulla concezione che hanno dell'amore.

Quando rimisi piede nel laboratorio di Magnus lo trovai che fischiettava dietro il banco di lavoro con un elmo in testa. Comunque, smise non appena mi vide, si tolse l'elmo e mi diede il benvenuto. Gli rivelai subito che non ero stato in Germania dal grande elettore, ma nello Jylland. Senza indugi cominciai a raccontargli dei suoi genitori, e lui si mise seduto con le braccia conserte. Ascoltò tutta la storia del canto di Amalie e della risposta di Frans, del loro amore, delle tribolazioni, della separazione, della partitura.

«Perbacco», disse quando ebbi finito. «Che storia.»

Annuii comprensivo. «Già.»

«Che storia», ripeté. «Devo consultare il mio signore in Germania! E io che ci ho creduto. Però siete corso subito su da Frans per vedere se fosse disposto a vendervi qualcosa di simile per due soldi.»

Rimasi a bocca aperta.

Lui continuò: «Non ne avete cavato niente, vero?»

«No.» La risposta mi uscì come un automatismo gentile. Poi mi ripresi. «O forse sì. La storia che vi ho appena raccontato. È la cosa più importante che mi sia capitata da parecchio tempo in qua.»

A quel punto Magnus abbassò la mandibola. E inarcò le sopracciglia. «Ah, sì?»

«Non vi tocca minimamente?»

«Sì, certo, è una bellissima storia.»

«Parla dei vostri genitori.»

«Sì, ma io non li conosco.»

«Frans lo conoscete.»

«Non faceva che scrivere note.»

Allargai le braccia, ma non volevo ancora darmi per vinto.

«Possibile che non riusciate a sentire che è la storia contenuta nell'opera in note di Frans? Non riuscite a sentire la solitudine di Amalie, la nostalgia, la preghiera di Frans di uscire dalla solitudine e diventare completo?»

«Non lo so. Riesco a sentire che è triste. Ma di cose tristi ce ne sono molte.»

«Ma quella che sentite è la tristezza di vostro padre. E di vostra madre. È la tristezza più profonda che un essere umano possa sentire, è il suono della nostalgia di ogni creatura innamorata.»

«Non ne sono tanto sicuro.»

«E cos'altro potrebbe essere?» domandai.

«Una musica triste.»

Mi misi a girare in tondo per farmi venire in mente un altro modo per dirlo. Lui osservò meravigliato il mio girovagare inquieto.

Infine intervenne: «Voglio mostrarvi una cosa che vi libererà di tutti i vostri arrovellamenti. Restate dove siete, torno subito».

Salì le scale, quindi udii alcune voci dal piano di sopra. Poco dopo tornò giù tenendo in braccio un bambino piccolissimo.

«Mi è nato il primo figlio», disse tutto orgoglioso. «Circa una settimana fa.»

«Auguri.»

«Grazie. E l'altro ieri ho scoperto una cosa, o meglio, me l'ha fatta notare mia moglie. Infatti, dall'ultima volta che io e voi ci siamo visti mi è capitato spesso di suonare e di canticchiare. Ho suonato alcune parti della composizione, e a quello scopo ho inventato un elmo che trattiene quasi tutti i suoni. Funziona meno bene quando canticchio, perché in quel caso il suono viene anche da dentro, però un po' aiuta. Mia moglie mi ha chiesto un altro elmo come questo perché spesso canticchiavo in soggiorno. Poi, dopo il parto, è successa una cosa buffa.»

Si avvicinò al banco di lavoro e vi adagiò il bambino. Quindi s'infilò l'elmo e si allontanò un po'.

«Guardatelo bene», disse.

Cominciò a canticchiare, pianissimo. Gli occhi mi si riempirono di lacrime e dovetti asciugarli per riuscire a vedere il bambino.

Sul banco di lavoro il piccolo inarcò il corpo e divenne rosso in viso, aprì la bocca e serrò gli occhi in un intrico di rughe. Magnus continuò a canticchiare mentre io piangevo e il bambino si contorceva. Poi si avvicinò lentamente al banco di lavoro. Prese il bambino e con movimenti un po' goffi se lo strinse al petto. Le gambette si dimenavano e il collo era completamente piegato all'indietro.

Pian piano, però, il piccolo si calmò. Il rossore sparì, chiuse la bocca e aprì gli occhi. Poggiò una guancia contro lo sparato della camicia del padre.

Magnus smise di canticchiare. Il suo sguardo vagò dal figlio a me.

«È una musica triste. Ma, come avete detto voi stesso, ci si fa l'abitudine.»

Non commentai le sue parole. Comprai la partitura e la consegnai alla biblioteca universitaria.

◆

Il secolo passò. Feci molti altri viaggi, misi insieme altre storie. Ma nessuna mi avvinceva come questa.

Infatti, persino dopo aver conosciuto Magnus, sua moglie e il bambino, impiegai molto tempo a riconoscere che per loro l'amore era un sentimento interiore. L'amore era segregato dentro il singolo, in balia della delimitazione dell'individuo. L'unico amore di cui si poteva essere sicuri era quello che si provava personalmente. Quello che veniva da fuori lo si accoglieva con incertezza e dubbio. E perciò con un bisogno infinito di riceverne ancora.

Così vivevano.

Così immaginavano che fosse per tutti.

E per questo sarebbe stato così.

Mi sembra ancora significativo che in Europa, con il diffondersi di questa concezione, si cominciò a scrivere musica in partiture, sinfonie. Musica per orchestre intere!

SEICENTO

La nuova concezione dell'amore mi era tuttavia talmente estranea che non mi sembrava dare risposte. Perciò non potevo abbandonare la mia su due piedi. Continuai a cercare un amore che fosse più grande di me e della mia solitudine.

Comprendimi bene: non cercavo l'amore per una donna. Le donne avevano il vizio di morire, io no; su quel fronte la solitudine avrebbe vinto ogni volta, e non me la sentivo più di danzare con quella perdita certa fra le braccia. No, cercavo l'amore in una forma generale, meno legata, più impersonale. Un modo in cui sotto forma di forza trovasse espressione attraverso il singolo e contemporaneamente attraverso tutti; un modo di manifestarsi, uguale per tutti.

E allora vidi qualcosa.

Nell'Europa del diciassettesimo secolo cominciò a germogliare l'idea di uguaglianza. Che tutte le persone fossero uguali.

La considerai una possibile manifestazione dell'amore. In primo luogo perché non riuscivo a inventarmi nulla in grado di contraddire in modo convincente il concetto che se non altro siamo tutti uguali davanti all'amore. Anche se alberga nell'intimo. E in secondo luogo perché l'idea di uguaglianza indica che ogni persona ha lo stesso valore. In una giornata buona sembra una sorta di dichiarazione d'amore generale.

Incisione di un'anima

... dopo aver immaginato l'essenza dello spirito,
non posso immaginarlo quadrato...
BARUCH SPINOZA (1632-1677)

Tutto inizia da un buco nel muro di una casa di Amsterdam. L'anno è il 1666.

Mi trovo in una strada lastricata e alla vista del buco mi sono fermato. È ad altezza d'uomo. Il giorno prima non c'era.

Il buco è circondato da una cornice irregolare di piccoli mattoni rossi, alcuni dei quali penzolano trattenuti soltanto dalla malta. Mi avvicino di un passo. Dall'altra parte, a ridosso del muro, c'è un piedistallo bianco. Somiglia a uno di quei piedistalli su cui si espongono oggetti d'arte, busti, manufatti, quel genere di cose. Ai lati e sopra nella penombra s'intravedono parti di una stanza arredata spartanamente. Mi alzo sulle punte, e un po' più giù sul piedistallo scorgo una targa d'ottone con una scritta. La cosa strana è che una persona all'interno della casa non potrebbe leggere la targa mentre guarda l'opera d'arte che al momento sembra mancare.

Ci sono molte cose che non riesco a far quadrare.

Mi trovo ad Amsterdam per diverse ragioni.

La Repubblica delle Sette Province Unite sta vivendo quello che in seguito verrà battezzato il secolo d'oro olandese. Ma questo non lo posso ancora sapere. Per contro, ho saputo che nelle libere province olandesi e specialmente ad Amsterdam la gente è tutta uguale. Gli abitanti non sono rigidamente divisi per confessione religiosa, ceto e sesso; i cristiani parlano con gli ebrei, il ricco parla con il povero, e parecchie donne scrivono libri e conducono attività commerciali in assoluta parità con gli uomini. Qui la gente è più uguale che altrove.

Ho anche sentito dire che questa giovane repubblica europea è in procinto di fondare stazioni commerciali e assoggettare territori in tutto il mondo: colonie, in cui gli olandesi sono il popolo dominatore.

Mi era parso di capire che gli olandesi fossero dominatori amanti dell'uguaglianza, conquistatori umili; mi era parso un paradosso. E sono dovuto partire per vedere con i miei occhi. I paradossi mi hanno sempre attratto, quasi che l'uomo abbia nascosto proprio lì i suoi segreti.

Il fatto che in questi anni Amsterdam sia il centro dei commerci mondiali è una ragione meno importante, però c'entra anche quella. Ho sentito dire che questi intraprendenti navigatori e mercanti hanno fondato la città di Nieuw Amsterdam sull'altra sponda dell'Atlantico, su un'isola dal nome indiano, Manna-hata. Non posso assolutamente sapere che questa città sarà annessa dagli inglesi e ribattezzata New York, che diventerà il nuovo centro mondiale dei commerci – e quindi, scaltramente, sarà davvero la nuova Amsterdam – e che inoltre, secoli dopo, questo fatto diventerà il fondamento di un'altra storia che racconterò. Però so che gli olandesi possiedono la più grande flotta del mondo. So che la Danimarca ha intelligentemente stipulato un patto di difesa con loro, e ho l'impressione che le popolazioni di questi due paesi pianeggianti siano legate in più modi di quanto non si pensi, e anche questo c'entra.

E c'entrano anche i cartografi olandesi. Ad Amsterdam si trovano le carte geografiche migliori, la città ha soffiato il primato ad Anversa in questo campo. Non realizzano soltanto mappe dell'Europa, ma anche di paesi lontani, dei continenti, dei vasti oceani. Insieme ai fabbricatori di mappamondi i cartografi hanno raccolto le notizie necessarie, e continuano a farlo. In ogni nuova edizione dei bellissimi atlanti appaiono nuove linee costiere, nuove isole, nuovi paesi.

È qui che il mondo viene disegnato.

Come mi aspettavo, non ho difficoltà ad ambientarmi ad Amsterdam. C'è tanta gente, con l'aria indaffarata, ma la fretta presenta un aspetto positivo. Questa gente non si lascia frenare dai pregiudizi. Non ha tempo per fermarsi a pensare se uno è credente oppure ateo oppure danese o che so; va dritta al dunque. Però nessuna delle persone con cui parlo associa questa caratteristica all'uguaglianza. Non hanno riflettuto sull'uguaglianza perché, per così dire, ci stanno dentro. Quanto a me, lascio che i miei pensieri se ne occupino, mentre passeggio lungo i *grachter*, i canali, e guardo le strette palazzine le cui facciate pendono sopra le strade.

Qualche giorno dopo mi fermo di nuovo davanti al buco. Nella stanza dall'altra parte adesso c'è tanta gente, uomini e donne di tutte le età. Sono stati aggiunti dei mobili, i più anziani chiacchierano seduti in gruppetti intorno ai tavoli. I più giovani girano di qua e di là, chi con vassoi, caraffe e tazze, chi cercandosi a vicenda.

Mi sorprendo a fissarli con tanto d'occhi. Mi sono abituato a vedere il piedistallo sistemato in quel modo e persino al buco nel muro. Adesso c'è un altro dettaglio che non riesco a far quadrare. L'abbigliamento.

Ci sono più colori che nei vivaci mercati coperti della città con i loro banchi pieni di verdure e frutta, formaggi, pesce, carne o carbone. Ci sono candidi collari, merletti e pizzi, guizzi argentei di collane, riflessi madreperlacei di orecchini, un anello con un rubino rosso fiammante. Gli attributi della nobiltà. Ci sono i blu, i marroni e i neri notte tipici dei panciotti e dei mantelli della borghesia, ci sono penne di fagiano nei cappelli, camicie color senape, calze avorio, calzoni larghi in verde e blu cobalto. Ci sono le tuniche color lino della plebe, bigello e cuoio liso cosparso di corti peli rossicci.

L'immagine riunisce tutti i ceti sociali: ecco la nota stonata. Mi stropiccio gli occhi per schiarirmi la vista. Mi affaccio di nuovo. Non è cambiato niente. Sono tutti nella stessa stanza. Compresi nella stessa cornice, dal mio punto di vista. Sembra un quadro in carne e ossa di quell'uguaglianza di cui ho sentito parlare.

Raggiungo la porta più vicina e busso.

Dall'interno arriva un'esclamazione di sorpresa. Un uomo mi viene ad aprire.

Ha un pezzo di tela avvolto intorno alla testa, lo sguardo velato, e il collo e le guance punteggiati di lunghi e radi peli di barba. Perde in continuazione il controllo dei movimenti. Spalanca la porta senza lasciare la maniglia, che lo tira per il braccio. Imprecando molla la presa e poi si raddrizza con una tale meticolosità che è costretto a fare mezzo passo di lato per non perdere l'equilibrio. Tende una mano per salutarmi, ma la spinge troppo lontano ed è sul punto di cadere in avanti. Lo sostengo per il busto e lui annuisce in segno di riconoscenza. A quel movimento del capo il nodo della stoffa oscilla verso l'alto e poi ricade battendolo sulla nuca: lui si volta, come per vedere chi gli ha dato un colpetto. Poi si dimentica di me e va di là.

Appena entra nella stanza scoppia un trambusto: Gregarius si è alzato dal suo giaciglio!

Due giovani donne gli corrono incontro e lo sorreggono. Gregarius ride, quasi gli facessero il solletico, sorride e saluta tutti con la mano. Lo fanno sedere su una bassa sedia in un angolo. Un giovane gli rivolge una serie di domande semplici e gli sottopone qualche piccolo calcolo per capire se ha tutte le rotelle a posto. Lui risponde prontamente, e la stanza si riempie di sospiri e di risa. Un bambino batte le mani.

A questo punto quasi tutti lo vogliono salutare. Davanti alla seggiola si forma una coda, e a uno a uno i presenti lo baciano sulla guancia o gli stringono la mano fissandolo negli occhi ridenti e umidi. Gli altri non si muovono, ma allungano il collo o si piegano di lato per vedere Gregarius e accertarsi di persona che stia bene.

Intanto nessuno si accorge dello sconosciuto sulla soglia. Mi guardo intorno.

Il pavimento è di assi lise inframmezzate da solchi scuri, nelle scanalature e nei buchi lasciati dai nodi si vedono i resti grigiastri di cenere acida del ranno con cui è stato lavato. L'odore della cenere si mescola alla fragranza dei sacchetti di stoffa sul davanzale, che sono pieni di spezie essiccate e lavanda, l'aria è pesante e greve di umidità. Come nella maggior parte dei posti della città in cui sono stato, i piani dei tavoli sono protetti da tappeti che sporgono dai bordi coprendo in parte le gambe intagliate. Due pareti sono tappezzate di quadri. Su una campeggia una serie di ritratti quasi identici. Una persona dal volto pallido è seduta con le mani in grembo, l'una sopra l'altra. Di primo acchito non riesco a capire se sia un bambino o una donna, i lineamenti quasi si dissolvono nell'incarnato cangiante. Ma l'abbigliamento è femminile, scuro con un colletto bianco semplice. Lo sfondo è nero, le mani sono pallide come il viso. Le tele sulla parete opposta raffigurano una successione di donne dalle ampie vesti sgargianti. Hanno le guance colorite, sono tutte agghindate con penne di pavone e pellicce o con gioielli esotici e motivi dipinti sul naso e sulla fronte, i vestiti brillano in superfici gialle, rosse e verdi.

Mi raschio la gola. Una donna, che stava voltata di spalle ad appena un metro da me, si gira. La saluto con un cenno del capo e a mo' di introduzione le dico che non voglio imporre la mia presenza, ma la loro riunione mi ha incuriosito. Senza pensarci più di tanto mi invita dentro. Mi fa sedere su una sedia bassa come Gregarius, poi mi portano una tazza di *kandeel*, una specialità locale, vino caldo speziato. La donna batte le mani per attirare l'attenzione degli altri.

«Si è aggiunto un altro ospite», annuncia. «La colpa è nostra. Lo abbiamo incuriosito.» Ride. «Volete spiegarci perché?»

«Volentieri.»

Comincio presentandomi e annuisco a mo' di saluto a tutta la compagnia. Poi mi scuso di non aver resistito alla tentazione di spiare la sala dall'esterno, ma era difficile visto che c'era un buco. A quelle parole scoppiano a ridere.

«E, se sono arrivato addirittura a bussare, è stato per via, come si dice, della vostra... eterogeneità. Mi è venuta la curiosità di conoscere il motivo che ha riunito nello stesso posto persone tanto diverse.»

«Ci siamo stretti intorno a Gregarius», spiega qualcuno. «Fino a stamani sembrava in punto di morte. Aveva battuto la testa ed è rimasto privo di conoscenza per svariati giorni. Ma adesso sta di nuovo bene, come potete vedere.»

La persona tende un braccio in direzione di Gregarius. Ma questi, il mento abbassato contro il petto e il turbante in disordine, si è addormentato e ha già il respiro pesante.

«Non sarà stato lui, spero...» intervengo. «Non avrà sfondato il muro con la testa?»

«No. Però ha sbattuto la fronte contro il muro cercando di afferrare l'oggetto che lo ha sfondato e che poi è caduto fuori.»

«E cos'era?»

«Non si sa. Una scultura, immaginiamo. Da molto tempo diceva di voler realizzare una scultura. Aveva chiaro in mente cosa dovesse rappresentare, aveva già scelto il titolo. Ma evidentemente non quale forma darle, perché ha fatto parecchi tentativi che non lo soddisfacevano. E in queste cose si scalda parecchio, forse le ha dato una spinta e quando è cascata si è pentito, ha cercato di afferrarla. Però è caduta fuori e non è stata più ritrovata.»

Le risposte vengono da persone diverse. Quasi tutti seguono attentamente questa conversazione a più voci. Mi scrollo di dosso l'immagine dell'incidente di Gregarius e tiro le fila.

«Quindi Gregarius vive qui. E voi siete... parenti e amici?»

«Amici.»

«Ah.» Volgo lo sguardo verso il padrone di casa addormentato. «Sarebbe un peccato disturbarlo, perciò lo domando a voi. Chi è Gregarius?»

Le risposte arrivano da più parti, le prime accavallandosi.

«È un pittore.»

«È danese come voi.»

«È un marinaio.»

«Un seduttore.»

Poi arrivano le reazioni alle prime risposte, e corrono da un capo all'altro della stanza.

«Io lo definirei piuttosto un illustratore.»

«Più che marinaio, un esploratore.»

«Un sognatore.»

E altre reazioni.

«No, è un artista.»

«Ma che sognatore e sognatore. Secondo me quasi tutte le sue storie sono vere.»

«È un impostore.»

«No, ha un talento eccezionale!»

«È un amico prezioso.»

Una signora attempata è divertita dalla gran confusione di risposte. Ha i capelli grigio scuro raccolti, solcati da qualche stria bianca. Emette una risata gorgogliante, e giunge le mani con uno schiocco. È contagiosa; rido a mia volta quando dico: «Davvero impressionante!»

La donna, continuando a ridere, stacca le mani e le allarga, i suoi occhi grigi brillano. «Già, Gregarius è pieno di risorse! Ha dipinto e navigato e amato e raccontato. Ha amici in ogni parte del mondo, dalla Groenlandia all'Africa, da Giava all'America. È nato in un forziere, è stato baciato da un angelo, morso dallo spirito celeste.»

Un bambino vestito a festa fissa la donna con tanto d'occhi. «Nato in un forziere, baciato da un angelo...»

Mi trattengo in quella casa per il resto della giornata. Evidentemente la signora dai capelli grigi ha ragione: Gregarius è pieno di risorse. Un racconto segue l'altro e, per un bel po', più cose sento e più ne vorrei sapere.

Tuttavia, il primo a prendere la parola sembra voler porre fine alle storie ancor prima che comincino. È appoggiato a una parete e si tiene un gomito con il palmo. Mentre parla agita la mano libera, soprattutto l'indice ornato da un grosso rubino. «Eh, sì, può fare un effetto un po' burlesco a un nuovo arrivato. E va anche detto che le signore anziane adorano le storie di Gregarius e probabilmente le arricchiscono invece che semplificarle. Come se quelle storie ne avessero bisogno. Prendiamo per esempio il forziere che è stato menzionato; in realtà è una città danese che si chiama Elsinore. Ma Gregarius, che è nato là, sostiene che il regno di Danimarca vive di aringhe e dazi doganali. E i dazi doganali dell'Øresund vengono riscossi a Elsinore, e le aringhe vengono pescate nello stesso tratto di mare. Così quella città ha gli introiti maggiori di tutto il regno, è il forziere del re, un forziere assai pratico, che si riempie da solo. Quindi, conoscendo un po' l'artefice delle storie, il nostro caro Gregarius, possiamo individuare un grano di realtà sotto la maggior parte dei dettagli.»

Tende una mano di lato e si stringe nelle spalle con un'occhiata pigra. Come se quelle favole che poco fa indugiavano sotto forma di una speranza negli occhi sgranati del bambino non siano degne di tanto entusiasmo. Poi aggiunge una riflessione: «Inoltre, non si chiama affatto Gregarius. È stato battezzato Gregers Danning, altro che. Gregarius se l'è inventato lui da giovane, quando voleva viaggiare. Doveva avere un suono latineggiante, come Tyge Brahe, che nel resto d'Europa è noto come Tycho. Gregarius Danæ, si fece chiamare. E Gregarius si chiama ancora oggi».

«Però è un marinaio, eccome», interviene un altro. «Questo bisogna concederglielo. Lo conosco praticamente da trentacinque anni, e insieme abbiamo viaggiato talmente tanto che la nostra scia potrebbe suddividere il globo terrestre in campi come i retini su una tela. Ah!»

L'uomo che sta parlando ha le nocche coriacee e un naso che è allo stesso tempo piatto e storto. Come scopro più tardi, si chiama Jan. Ha una risata a scatti, arrochita dalla mandibola sporgente. Il più delle volte scuote il capo per le stesse cose che lo fanno ridere.

«Ho conosciuto Gregarius in Groenlandia. Per sbaglio. Ero imbarcato su una baleniera e non dovevamo attraccare. Ma a bordo avevamo un giovane nobile che era un asso nel combinare pasticci. Aveva pagato profumatamente il nostro armatore per il passaggio e aveva avuto il permesso di tracciare la rotta per metà del tempo e, anche se il capitano aveva intascato con piacere una parte dei soldi, per poco non buttò il nobile in mare. Metteva di continuo bocca nella navigazione; evidentemente, secondo lui, metà del tempo era un'ora sì e una no. Aveva portato con sé un attrezzo che chiamava telescopio, due orologi, compassi, sestanti, un almanacco e una montagna di carte nautiche. Usava il telescopio di notte per cercare quattro lune. A quanto sembrava, dovevano girare intorno a Giove, aveva le loro fasi scritte nell'almanacco, realizzato da uno che si chiamava Gali Gali, o qualcosa del genere. Controllava in continuazione gli orologi, li caricava a proposito e a sproposito, e ogni volta che c'era il sole tirava addirittura fuori una meridiana e prendeva uno degli orologi e lo regolava infinite volte. Stavo per perdere la pazienza a furia di vederlo girare nervosamente con un orologio contro ciascun orecchio, e gli chiesi a cosa accidenti gli servissero. Allora mi spiegò che gli orologi dovevano dirgli con estrema esattezza che ora era, sia ad Amsterdam sia nel punto preciso in cui ci trovavamo. Scriveva lunghe liste e faceva disegni sulle carte, nella speranza di riuscire a cartografare i gradi di longitudine della Terra, disse. L'impresa non riuscì. L'unica cosa che gli riuscì fu di tenerci lontani dalle balene.

«Incrociammo senza catturare niente, e a un certo punto

sembrava che senza la carne le provviste che avevamo non ci sarebbero bastate per il viaggio di ritorno. Allora riparammo sulla costa. E là trovammo Gregarius. Era seduto su un masso. Aveva sedici anni o giù di lì. Indossava una pelliccia bianca e aveva le mani nude nell'aria gelida. Di fatto, stava disegnando la nostra nave mentre approdavamo.

«Il capitano che, come ho detto, era stufo del giovane nobile, lo mandò avanti con la scialuppa perché ci tirasse fuori dal guaio in cui lui stesso ci aveva cacciati. Fu accompagnato a terra, e lo vedemmo parlare con Gregarius, gesticolando animatamente, mostrando e spiegando. Poco dopo si strinsero la mano e si scambiarono qualcosa, poi il nobile tornò a bordo. Aveva con sé il disegno che Gregarius aveva fatto della baleniera: lo aveva comprato per una cifra pazzesca. In compenso Gregarius aveva promesso di procurarci viveri. A riva vedemmo la sagoma bianca varcare un crinale, e poi per parecchie ore non accadde più nulla. Il capitano decise di seguirlo e, quando doppiammo la punta successiva, per prima cosa vedemmo un villaggio. Gli eschimesi stavano allestendo i kayak mentre Gregarius disegnava. Due giorni dopo ci fece avere le provviste: carne di foca e grasso di balena. E Gregarius salì a bordo. Pagò il capitano più o meno con la metà dei soldi che aveva ricevuto dal nobile, per un passaggio in Europa. Sfacciato, vero? Prima lo imbroglia, poi viaggia insieme a lui e, per così dire, si gode la vita a sue spese. Ah!

«Il capitano m'incaricò di prendermi cura del giovane danese. All'inizio fu tutt'altro che divertente. Non reggeva assolutamente il mare, e vomitava come se fosse pagato per farlo. Dovevo tenerlo contro il parapetto e lavare il ponte quando non faceva in tempo a raggiungerlo. Era pallido e indebolito, e gli puzzava l'alito quando parlava. Ma volle a tutti i costi che gli insegnassi l'olandese. E così passai settimane e settimane seduto a turarmi il naso e a ripetere all'infinito le stesse parole.

«Tuttavia la situazione migliorò. Lui imparò la lingua molto in fretta, e allora scoprii che era bravo a raccontare storie. Raccontò di essere pittore presso la corte danese, e che era stato mandato in Groenlandia per ritrarre gli eschimesi e le loro case di neve. Ma si era trovato talmente bene da non voler più tornare in patria quando la nave stava per fare ritorno con il suo carico di preziosi denti di balena e quegli ossi con cui si steccano le sottane. Non era possibile stabilire con certezza quante di queste informazioni fossero vere, ma pittore di corte non lo era di certo. E, se dovessi tirare a indovinare, secondo me era scappato di casa salendo su una nave a Elsinore, e con sua sorpresa aveva poi scoperto che quella non stava semplicemente andando a pesca o in Svezia, ma era diretta in Groenlandia. Probabilmente aveva vomitato per buona parte della traversata, e in tal caso per un passeggero clandestino è difficile nascondersi. Ma non per questo le sue storie erano meno avvincenti.

«In generale, riesce a farsi perdonare tantissime cose. Ah! Per esempio, a un certo punto, tornando per l'ennesima volta dal parapetto, disse che adesso aveva imparato. 'Cos'hai imparato?' gli domandai. 'Le consonanti olandesi. Quelle che hanno questo suono qua', e poi si sporse di nuovo dal parapetto. Fosse stato il mio fratello più piccolo gli avrei mollato un ceffone. Ma Gregarius ha qualcosa che t'induce a lasciar correre.

«Prima della fine della traversata diventammo inseparabili. Infatti mi salvò la vita. E io la sua, direi.

«A nord della Scozia fummo colpiti da una burrasca. Non arrivò all'improvviso, c'erano tanto di nubi e cortine grigie di pioggia lungo l'orizzonte a poppa, ma quel giorno era al comando il giovane nobile, e non voleva saperne di ammainare le vele. Era stufo del grasso di balena e della carne di foca e voleva tornare a casa. Solo quando un'onda si abbatté sopra il parapetto scaraventandolo sul ponte, il capitano riuscì a prendere il comando. Ammainammo immediatamente la randa e la vela di gabbia. Poi ci dividemmo in gruppi a prua e a poppa. La vela di trinchetto e il fiocco furono lascati, e all'altro capo Gregarius mi aiutò con il cavo del boma di mezzana. L'avevamo appena lascata per tirare il boma a mezzanave, quando la carretta si ingavonò e il parapetto di babordo finì sott'acqua: il boma schizzò verso di noi. Gregarius se ne accorse e si abbassò, io non feci in tempo. Fu allora che persi gli incisivi e il mio naso fu spiaccicato. Il boma mi colpì con tanta forza che i miei piedi si staccarono da terra, e se Gregarius non mi avesse afferrato per le caviglie sarei finito in mare mentre ero ancora privo di sensi. Capita di rado di sopravvivere a un incidente del genere. Poco dopo riuscì a svegliarmi e la prima cosa che udii fu il cupo, persistente scricchiolio di un tronco sul punto di abbattersi. Gregarius era occupato a lavarmi via il sangue dal viso per vedere quanto ne restava. C'erano tanti altri rumori, di olona che schioccava e di bozzelli che urtavano contro le incastellature: alzò lo sguardo. Ma sopra la sua spalla vidi l'albero inclinarsi pericolosamente, e in quello stesso istante lo scricchiolio cupo si trasformò in uno schianto secco. Lo afferrai per la collottola e lo sbattei violentemente da una parte stringendolo e rotolando insieme a lui. L'albero colpì il mio alluce, e solo di striscio. Poi disintegrò il parapetto e si abbatté sul ponte. Un boato infernale. Ah!

«La mia fortuna fu che lui fosse lì. E la sua che avessi ripreso i sensi. Da quel giorno non soffrì più di mal di mare e da allora non ci siamo mai separati. Abbiamo fatto in modo d'imbarcarci sulle stesse navi. È un vantaggio avere due paia d'occhi quando il mare imperversa. Uh. È rimasto un po' di *kandeel*?»

Una giovane donna solleva una caraffa da un tavolo e riempie la tazza di Jan. Ma lui riprende senza nemmeno toccarla: «Sconosciuto, c'è una cosa che devi sapere. Per Gregarius non esiste disgrazia tanto grande che non si possa trasformare in fortuna. E, per contro, non esiste fortuna tanto grande che riesca a trattenerlo.

«Quando giungemmo ad Amsterdam, la nave fu portata in cantiere. Il moncone dell'albero andava sostituito e Gregarius diede una mano. Quel giorno un angelo cadde dal cielo finendo tra le sue braccia. Come accadde, non lo devi chiedere a me, dovranno raccontartelo altri, se lo sanno. Però io so che si chiamava Mari. Puoi vederla in quei quadri sulla parete. L'ha ritratta molte volte e, come puoi vedere, quasi sempre allo stesso modo. Mari van der See.

«Come ho detto, lei gli cadde tra le braccia. E lui si guardò bene dal lasciarla andare. Sbarcò con lei in braccio, e la portò da un capo all'altro della città. Trovò una stanza in cui potessero alloggiare e la pagò coi soldi del nobile. Aprì la porta con un calcio, varcò la soglia con lei in braccio, e vissero in quella stanza finché lui non s'imbarcò di nuovo.

«Non era che un bugigattolo con un materasso per terra e basta. Non avevano bisogno d'altro. Dormivano insieme tutte le notti e al mattino, quando il sole penetrava nella stanza con i suoi raggi, lei rimaneva distesa sotto la finestra e lui la disegnava all'infinito, mentre via via le ombre cambiavano forma. Di giorno solcavano i canali con una piccola barca a remi e mangiavano soltanto le foglie che gli alberi tendevano loro dall'alto. Passeggiavano sui tetti della città e bevevano la pioggia. Ballavano nelle piazze accompagnati dagli strimpellamenti dei musicanti di strada o dal suono delle campane, stretti stretti, e Gregarius si riempiva le narici del suo profumo, che era fresco come la polpa di una mela. Bastava questo per saziarlo. Vivevano praticamente di niente, e si inebriavano soltanto l'una dell'altro. La sera lui la modellava nel gesso e nella creta, e la notte carezzava le sue forme con gli occhi chiusi e la dipingeva senza vedere la tela.

«Quindi, l'aveva afferrata al volo, e le consacrava tutto il proprio tempo. Ma solo fino a quando non udiva il richiamo del mare, e doveva avventurarsi di nuovo per il mondo. Nemmeno un angelo riusciva a trattenerlo. E così è stato da allora in poi. Ha fatto di Amsterdam la sua casa ma non è riuscito a fermarsi. Vorrebbe essere lontano quando è a casa, e vorrebbe essere a casa quando è lontano. Quanto mi è familiare questa sensazione.

«Puah, questo *kandeel* è freddo! Non ce n'è di caldo?»

La tazza di Jan viene riempita di nuovo. Alcuni degli ospiti vanno di là nell'ingresso oppure di sopra, probabilmente per poter parlare d'altro, perché Jan si è bell'e infervorato, e pian piano la sua voce ha invaso tutta la stanza.

Riprende: «Ho sentito parlare di Mari da qui al capo di Buona Speranza.

«Navigavamo per la Compagnia delle Indie Orientali, ed eravamo diretti alla punta meridionale dell'Africa per recuperare un carico prezioso. Era rimasto laggiù perché un'altra nave della Compagnia era colata a picco di ritorno da Giava. Succede abbastanza spesso, anzi se l'erano cavata a buon mercato, quelle sono acque tempestose. La nave era conciata male, e non c'erano abbastanza fasciame e stoppa per riparare e calafatare. L'equipaggio aveva salvato il carico, aveva creato una piccola enclave presso la costa e chiesto aiuto ad Amsterdam tramite un'altra nave. Infatti accadde prima che la Compagnia aprisse un ufficio commerciale laggiù.

«Durante il viaggio Gregarius passò la maggior parte della giornata seduto in coperta scrutando in direzione di coste lontane o il nudo orizzonte. Non muoveva praticamente un dito, si limitava a disegnare un po' e ad asciugare il ponte dopo che era stato lavato. In modo da potersi rimettere seduto. Quel farabutto! Però lo lasciavano fare. Nessuno gli dava una scrollata, nessuno gli dava un calcio nel sedere per metterlo sotto. Perché la sera raccontava storie. Disteso nella cabina raccontava con tanta maestria che perfino i più vecchi di noi sospiravano come femminucce. Ah! Erano un bello spettacolo sottocoperta quelle serate, uomini grandi e grossi mezzo fuori dalle cuccette con gli occhi umidi.

«Ci parlava di Mari. Il suo angelo. Quando arrivammo allo stretto di Gibilterra aveva raccontato soltanto il loro commiato, non aveva finito di descrivere la sua pelle quando passammo l'equatore. Parlava ancora della pioggia fredda delle prime notti quando il sole ci aveva fatto venire le vesciche sulle spalle e sudavamo tanto che le cuccette puzzavano di muffa e ammoniaca. Mari, la bellissima Mari. Era come un fiore. La pelle delicata e pallida come velo da sposa, le labbra color della rosa canina, il dorso delle mani ondulato come gigli non ancora sbocciati. I suoi fianchi erano arcuati come i petali di un tulipano, le sue carezze delicate come stami contro la pelle. Sulla schiena, sulla pancia e sulle guance aveva un'intera costellazione di finissime macchie scure, quasi un ricordo del cielo. Ah, era proprio un angelo.

«L'amavamo tutti come un sol uomo quando arrivammo al capo di Buona Speranza. La sognavamo, sentivamo la sua mancanza, piangevamo di nostalgia.

«Come scoprimmo, l'enclave si era intanto trasformata in una vera e propria cittadina. Con tanto di chiesa, bordello e tutto il resto. Quando attraccammo, l'equipaggio scese a terra barcollando con quei passi irregolari che vengono dall'avere la cullata del mare in corpo, e continuò a cullarsi tra nere braccia di donna. Due s'innamorarono la prima sera. Non avevano mai visto da vicino una donna nera, e non riuscivano a staccare né gli occhi né le dita da quelle grosse labbra, dalle lingue rosa e dalle membra vigorose: erano completamente persi.

«Ci fermammo là una settimana. E giuro sulla sacra Bibbia che Gregarius non venne con noi al bordello. Ancora non me ne capacito. Con tutte le donne che aveva conosciuto ad Amsterdam, non voleva uscire a divertirsi un po', ora che eravamo sbarcati. Non fui l'unico a provare a convincerlo, ma, quando glielo chiedevamo, assumeva un'espressione quasi tormentata. Il piccolo solco che aveva tra le sopracciglia diventava profondo e scuro, e si girava dall'altra parte. E così, ben presto lo lasciammo in pace. Passava la maggior parte del tempo sulla nave, dava una mano a fare l'inventario del carico, a contare i sacchi, a pesare le partite.

«A proposito, sconosciuto, si trattava proprio degli ingredienti contenuti in questa squisita bevanda. Le spezie d'Oriente: noce moscata, fiori di garofano e cannella. È buona, non trovate? Alla salute!

«Ma torniamo al capo di Buona Speranza. Quando salpammo facendo rotta verso casa, Gregarius era imbronciato e silenzioso, per motivi che ignoro. Gli chiesi come stava, ma non aveva neppure voglia di rispondermi. Si arrampicò sul sartiame per stare da solo. Se ne stette appollaiato lassù tutti i giorni per settimane. E la sera non raccontava più storie.

«Altri provarono a prendere il suo posto. Ci eravamo talmente abituati ai racconti che quasi non potevamo farne a meno. Alcuni si sporsero dalle cuccette per raccontare di natiche tonde e di ventri dalla bocca di conchiglia, di oli e foglie di palma sventaglianti. Di mezze giornate trascorse all'ombra degli alberi, di sudore che si fissava in solchi di sale. Altri raccontarono di stregoni dagli occhi gialli, fantasmi magri e allampanati che accendevano i falò, lanciavano frammenti di osso e prendevano a calci la polvere, mangiavano salamandre vive e avevano la schiuma alla bocca. Ma poco dopo qualcuno li zittiva perché voleva dormire.

«Le notti si fecero silenziose, l'acqua gorgogliava contro le sartie. Lanciavamo gallette contro quelli che russavano. Sognavamo il mare e le tempeste e ancora il mare. Ci rigiravamo nelle cuccette. Di giorno ci prendevamo a spinte sul ponte. I marinai erano scontrosi e non c'era più niente di cui parlare, niente che ci tenesse uniti.

«Ma poi, finalmente, Gregarius scese. Tirò fuori carboncini e carta e si mise a disegnare. Ricordo che lo tenni d'occhio per quasi tutto il giorno mentre riparavo il cordame. Prima fece lo schizzo di un volto di donna, ma non era soddisfatto. Allora riprovò daccapo, ma inutilmente. A ogni tentativo i suoi movimenti si facevano sempre più stizziti; buttava un foglio via l'altro, e la mano tracciava linee talmente in fretta da far sussultare la schiena. Poi, finalmente, si fermò. Aveva fatto un disegno simile a quei ritratti là, quelli di Mari. Ed era soddisfatto, sorrise. Dopo disegnò altri soggetti. Capanne dell'enclave, le donne che i due innamorati avevano abbandonato. E parecchie altre che avevamo visto nella cittadina. La mano prese un ritmo pacato. La sua schiena cominciò a oscillare avanti e indietro, come quella di una persona che in piedi su un doppio mantice pompi l'aria in un organo.

«Quella stessa sera cominciò a raccontare. Raccontò di tutte le donne che ci aspettavano a casa. Secondo me si riferiva a quelle dei bordelli, perché non erano bianche, e i bordelli di Amsterdam hanno specialità di ogni parte del mondo. Al buio ci disegnò le loro forme con le parole. E la loro pelle, che era di tonalità gialle, rosse e brune, brillava come lucido legno delle giungle del Sud America. Parlava con lo stesso ritmo con cui disegnava, lo stesso ritmo di un mantice, riempiva la cabina d'aria e i nostri sogni di donne che germogliavano dagli alberi.

«È vero, sconosciuto. Gregarius riusciva a farci fare gli stessi sogni. Lo vidi nel comportamento degli altri per tutto il resto del viaggio. Quando, in un giorno di calma, qualcuno si appoggiava all'albero, capitava che lo cingesse con un braccio. Magari prima stava con una spalla contro l'albero maestro e le braccia conserte. Poi, a un certo punto, si rendeva conto della vera natura del suo sostegno. Quel tronco d'albero, che era sempre stato lì, e al quale si era abituato senza nemmeno farci caso. Era come se lo scoprisse di nuovo. E allora si guardava intorno alla ricerca di sguardi curiosi per poi, con estrema cautela, poggiare la mano contro il legno. Gli dava qualche colpetto affettuoso. Lo carezzava. Sfiorava le venature con un dito. E magari lo cingeva con il braccio. Perché, chissà, forse all'interno celava una donna».

Jan prorompe nella sua breve, energica risata e scuote di nuovo il capo. Poi schiocca le labbra, come se alle sue papille gustative manchi qualcosa. Chiede dell'altro *kandeel*: con tanta cannella, grazie!

In un altro punto della sala una donna si sporge sulla sedia. «Che strano. Questo non è il Gregarius che conosco io. Un po', forse. Ma allo stesso tempo è tutt'altra persona.»

Gli sguardi dei presenti vagano da Jan ad Abigail, così si chiama la donna.

Ha i capelli rossicci raccolti da nastri e indossa un vestito scuro con una scollatura che mostra una spanna di pelle chiara sotto la gola. Dimostra all'incirca quarant'anni.

Gli sguardi la inducono a rivolgermi un'occhiata interrogativa, probabilmente perché sono stato io ad avviare quella conversazione, prima che Jan prendesse la parola. Annuisco interessato e con un gesto la incoraggio a continuare.

«Ho conosciuto Gregarius quando ero piccola. E ora capisco che deve essere stato poco tempo dopo il suo arrivo ad Amsterdam dalla Groenlandia. Avrà avuto al massimo diciotto anni, ma ai miei occhi era un uomo fatto. Io ne avevo circa otto, mi pare. A ogni modo, insieme al mio fratello maggiore avevo cominciato a dare una mano nella bottega di mio padre.

«Era un negozio di articoli per pittori, oggi lo mando avanti personalmente. Si trova nel quartiere ebraico, se il signore è pratico, nella zona nord della città. Già a quei tempi vendevamo tutto quello che occorre a un pittore: olio di lino, colori in polvere, pennelli, spatole, tele. Mio padre aveva riunito in un unico negozio tutti gli articoli che i pittori avrebbero comprato nelle farmacie, nei negozi di tessuti e in altri posti. Aveva anche un accordo con un falegname, che realizzava cornici su ordinazione.

«Ricordo Gregarius dalla primissima volta che mise piede nel negozio. Infatti, il suo fu un ingresso in grande stile. Spalancò la porta, gettò la testa all'indietro ed entrò camminando a passi lunghi e tronfi. Indossava una camicia con le balze arricciate che vibravano tutte quando pestava i tacchi contro il pavimento. Si portò una mano al fianco, batté l'altra sul banco con un ampio gesto e disse: 'Voglio il meglio del meglio!' Se i pennelli fossero stati addirittura fatti di baffi di gatto e i colori di metalli nobili liquidi, li avrebbe presi. Si sarebbe accontentato solo degli stessi materiali che usavano i pittori più bravi.

«Mio padre era abituato ai tipi pomposi. All'epoca stava istruendo mio fratello in modo che potesse rilevare l'attività, e l'avevo sentito più volte metterlo in guardia dal lasciarsi turlupinare dai giovani pittori in erba coi modi esagerati, perché l'unica cosa che cercavano nel nostro negozio era comprare a credito. Appena Gregarius ebbe finito di parlare, mio padre annuì e si avvicinò al cassetto che apriva sempre quando c'erano ciarlatani nei paraggi. Conteneva polvere di trucioli di avorio bruciati, che alcuni dei migliori pittori usavano davvero per ottenere un colore nero di particolare lucentezza e profondità. Di solito il prezzo riusciva a smontare i più. E, se la boria persisteva, c'erano sempre i cassetti con polveri ancora più care, ricavate da gemme verdi e azzurre. Poggiò il primo cassetto sul bancone, descrisse la polvere e nominò il prezzo. Lanciò uno sguardo compassato ma gentile al cliente aspettandosi di vederlo farsi piccolo piccolo. Ma Gregarius non indugiò nemmeno un istante e dichiarò di avere tantissimo avorio che poteva bruciare da sé, avorio del tipo groenlandese, per giunta. Mio padre gli domandò cortesemente cosa fosse l'avorio groenlandese. Gregarius gli raccontò di certe piccole balene munite di una lunga zanna dritta attorcigliata come la protuberanza dell'unicorno. Sempre con tono molto cortese, mio padre gli chiese se per caso gli unicorni si fossero messi a nuotare. A quella domanda Gregarius scoppiò a ridere, e poi gli chiese carta e penna e si mise a disegnare quello che, mi pare, si chiama narvalo. Ne nacque una lunga conversazione tra i due, e altri disegni si aggiunsero. Mio fratello si occupò di altri clienti, mentre io salivo e scendevo dalla scaletta, prendevo polveri e le pesavo, come ero solita fare. Al calar della sera erano ancora lì, chini sopra le due opposte sponde del banco, i gomiti puntellati, che chiacchieravano e ridevano. Quando chiudemmo, Gregarius uscì dalla bottega con le braccia piene di pigmenti e attrezzi, accompagnato addirittura da una bonaria pacca sulle spalle e un augurio di buona fortuna. 'Torna quando avrai venduto i primi quadri.'

«Si ripresentò poco tempo dopo. Aveva già venduto i primi due quadri, ma non era tornato per pagare i debiti. Invece si mise a sbraitare del misero compenso che aveva ricevuto: un coltivatore di tulipani avrebbe spuntato un prezzo maggiore per un bulbo, un misero bulbo di un misero fiore, di quanto un pittore riusciva a farsi pagare un quadro in questa città! Ed è vero, signore, a quei tempi c'era gente che faceva debiti pur di possedere uno dei tulipani più belli, mentre i pittori faticavano a vendere le loro opere.

«Mio padre lo consolò dicendo che se non altro era riuscito a vendere i quadri.

«'Ma ce l'hai messa tutta?' gli chiese poi.

«Ricordo l'occhiata che Gregarius lanciò a mio padre. Lo guardò molto intensamente, scrutandolo. Non si capiva se quella domanda lo avesse offeso profondamente e risparmiasse le proteste per conservare un po' di dignità, o se proprio non sapesse cosa rispondere. All'improvviso fece dietro front e se ne andò senza dire una parola. Mio padre allargò le braccia e ci disse di tornare al lavoro. Da parte sua si attardò assorto dietro il banco per un momento. Un quarto d'ora dopo Gregarius tornò con una tela di piccolo formato. Era il ritratto di una donna, le ultime pennellate erano ancora fresche. La posò sul banco.

«'Giudicate voi.'

«Mio padre la prese e la guardò. Non fece molti commenti e, anche se Gregarius non lo poteva sapere, questo era di per sé un grande elogio. Infine la posò dicendo che tutto sommato il quadro non aveva niente che non andasse. Ma, ovviamente, Gregarius non si accontentò. Gli fece domande su tantissimi dettagli, sulla densità dei colori, sulla direzione delle pennellate, e così via. Nacque un'altra lunga conversazione. Stavano chini sopra la tela, indicando e parlottando sottovoce fra l'andirivieni di altri clienti. A un certo punto mio padre gli consigliò di andare a bottega, e allora Gregarius lo fissò di nuovo con quello sguardo indagatore, forse offeso, forse no. Mio padre non si lasciò spaventare, però ce la mise tutta a diffondersi sul particolare gusto locale, che certo non necessariamente era buono, ma determinava cosa spuntasse un buon prezzo. 'Proprio come i tulipani, non è vero?' Infatti Gregarius non poteva essere al corrente di certe eccentricità, visto che era straniero; quelle avrebbe potuto sicuramente apprenderle solo da uno del posto, da un nederlandese. E inoltre, se voleva fare ritratti, avrebbe dovuto rivolgersi a un certo signor Van Rijn. Van Rijn era venuto ad Amsterdam da Leida sei mesi prima, era bravo, e si era stabilito ai margini del nostro quartiere. Probabilmente avrebbe preso volentieri un allievo.

«Questa volta, quando Gregarius uscì dal negozio, fu mio padre a prendersi un'affabile pacca. E in seguito l'affabilità cedette alla gratitudine, perché Van Rijn divenne il miglior pittore della città, la sua fama arrivò lontano. Forse il signore ha sentito parlare di Van Rijn, forse è conosciuto anche in Danimarca? Firma i suoi quadri col nome di battesimo, Rembrandt.

«Se Gregarius fosse arrivato qualche anno dopo, probabilmente non sarebbe stato tanto facile. Ma allora raggranellò in fretta e furia un po' di soldi per le lezioni, e Van Rijn lo prese a bottega.

«Negli anni che seguirono vedemmo Gregarius spesso. A quel che sento, in certi periodi si imbarcava, ma io non lo ricordo. Ricordo soltanto quando ci veniva a trovare in negozio. Mio fratello e io aspettavamo sempre con impazienza le sue visite. Credo che anche mio padre lo facesse: lo salutava baciandolo sulle guance. A mio fratello dava una stretta di mano e a me una carezza sui capelli. Dopo di che ci raccontava quasi sempre una storia ciascuno.

«Prima di cominciare soleva accovacciarsi. È il particolare che ricordo meglio di tutti. Si abbassava portando il viso alla stessa altezza del mio, e mi raccontava quello che aveva fatto dall'ultima volta che ci eravamo visti. C'era quasi sempre di mezzo un angelo, ma non credo fosse lo stesso di cui raccontava ai marinai nella cabina. Questo angelo sapeva volare. Era fine come le più fini dame dei più grandi castelli sulle montagne più alte, ed era venuto in volo da Gregarius e lo aveva sollevato afferrandolo per il colletto dietro la nuca con due dita. E poi erano volati insieme verso il luogo in cui abitava l'angelo.

Durante il volo avevano visto montagne e valli. Avevano osservato la grande varietà di persone che popolavano le valli: ce n'erano di tutti i colori e di tutte le dimensioni, da bianche come la neve a nere come il carbone. Ciascuna di esse aveva la propria lingua e i propri costumi, e lui mi raccontava tutti i particolari: ogni volta una popolazione diversa di una valle diversa. Di tanto in tanto mi sollevava con un braccio e mi portava in giro per il negozio indicando il pavimento: 'Li vedi? Laggiù intrecciano tappeti di foglie per abitarci sotto. E là si arrampicano su alberi senza rami e colgono noci grosse come la tua testa. Di chi vuoi che ti racconti? Di quelli laggiù? Allarga le braccia, che stiamo per atterrare'.

«Riusciva a farmi credere di trovarmi nel bel mezzo di una giungla di banani e di essere nera come il carbone, con sassi che pendevano dai lobi delle orecchie. O di stare su una montagna di ghiaccio vestita di pelliccia di foca, di avere la pelle scura e di battere le palpebre allo scintillio dei cristalli di neve. Con una magia riusciva a trasformarmi facendomi sentire un'altra. A volte in un baleno disegnava addirittura un ritratto di quella che ero: una bambina pellerossa oppure cinese oppure negra. E mi sentivo un'altra per ore e giorni, anche se magari aveva giocato con me solo dieci minuti.

«Mio fratello aveva appena due anni meno di Gregarius, e perciò a lui raccontava quello che succedeva in città. Dove si potevano vedere dodi e belve in gabbia, albini e gemelli siamesi. Dove i saltimbanchi tendevano funi sopra i *grachter* e camminavano sospesi sopra l'acqua oppure scendevano dalla guglia di una chiesa fino a terra. A mio padre raccontava quello che aveva fatto con il suo maestro. Cos'avevano visto alle aste, cos'aveva acquistato Rembrandt, cosa vendevano i mercanti d'arte e a che prezzo. Quali nuovi materiali provassero per le miscele di colori negli altri negozi.

«Secondo me, mio padre era dell'avviso che quel credito che aveva concesso in via eccezionale lo avesse fatto alla persona giusta. Ma la sua soddisfazione durò appena un paio d'anni.

Morì nel 1635, quando la peste imperversò in questa città. Mio fratello rilevò il negozio, e frequentava Gregarius in privato, quando questi non era per mare, evidentemente. Ma morì prematuramente anche lui. Otto anni dopo, di tubercolosi.

«Mi lasciò il negozio. Ero contenta di poterlo tenere ma allo stesso tempo ero spaventata. Avevo vent'anni. Lavoravo nel negozio da dodici, ma non avevo imparato il mestiere. Non avevo capito granché di quello che avevo sentito quando mio padre istruiva mio fratello, e sapevo che parlavano delle cose più importanti nel retrobottega, lontani dalle orecchie dei clienti. E, d'altro canto, mio fratello non aveva pensato di trasmettermi quelle conoscenze una volta cresciuta. Probabilmente immaginava di avere tutto il tempo per farlo. O che mi sarei sposata molto prima che lui non fosse stato più in grado di badare al negozio.

«Tutte quelle polveri che avevo tirato fuori e pesato per me erano sabbia. La sabbia della spiaggia d'estate. Da piccola l'avevo scavata in fondo ai cassetti per costruirci piccole piramidi sulla bilancia. L'avevo versata nelle bustine, con cautela e senza sprecare un solo granello. Era preziosa, e andava nascosta meticolosamente come un ricordo estivo che deve durare per tutto l'inverno. Tendevo quel tesoro sopra il bancone, e i clienti pagavano. Ma non mi ero chiesta né a cosa servisse né come, e nemmeno quale fosse la sua provenienza, la sua composizione.

«Probabilmente avrei potuto farmi aiutare da molte persone. Numerosi clienti avevano partecipato sia al funerale di mio padre sia a quello di mio fratello, e non erano di certo mancate né le dichiarazioni di disponibilità né le promesse di aiuto. Ma decisi di rivolgermi a Gregarius. Nei miei ricordi era sempre venuto in negozio, ricordavo le lunghe conversazioni con mio padre. Mi sembrava pure che fosse l'unico a essere riuscito a distogliere quell'uomo da un principio. E pensavo che, se era riuscito a comprare a credito, forse era anche riuscito a convincerlo a rivelargli i suoi metodi di lavoro. I suoi piccoli segreti del retrobottega sulla composizione di tutte quelle polveri.

«Ogni volta che Gregarius veniva per comprare del materiale gli chiedevo se aveva tempo. Spesso mi rispondeva di sì. Si appoggiava al banco di vendita e si puntellava con i gomiti: adesso dall'altra parte c'ero io, e lo imitavo. Gli facevo domande sui vari materiali: i tipi di terra, le radici di piante, il lapislazzuli, tutto quanto. E su come andavano lavorati. Gregarius mi rispondeva raccontando storie.

«Ed è proprio questo che riconosco meglio nel racconto di Jan.

«Le storie cominciavano sempre nello stesso modo. Con Gregarius che molti anni addietro era entrato nel negozio e aveva chiesto un particolare colore per un quadro. Il luminoso rosso per il petalo di un fiore in una natura morta, il tenue ma brillante giallo per rendere il raso tinto, l'oltremare per le curve chiare di una sciarpa di seta. Allora mio padre lo aveva fissato con aria grave e gli aveva fatto varie domande fino a essere sicuro di riuscire a immaginare il colore, e poi era andato nel retrobottega. Là, dietro il forno e la pietra da macina e le vasche e i barili, aveva una pala e una zappa. E un paio d'ali. Si metteva le ali, afferrava gli attrezzi e volava fuori della finestra.

«Per trovare i colori più luminosi doveva volare lontanissimo. Fino alle montagne d'America o della Cina, dove c'erano lucenti gemme verde foglia e blu intenso. Le estraeva dalla dura roccia. Il nero notte più carico non era così lontano, ma quasi. Lo prendeva in Africa, dove scavava la terra polverosa alla ricerca delle lunghe zanne di elefanti morti; infatti non poteva abbattere gli animali vivi da solo, erano troppo grandi. Il bianco luminoso lo andava a cercare qua e là nei villaggi minerari: piccoli, sporchi paesini dove gli abitanti tossivano qualsiasi tempo ci fosse. Doveva scendere in fondo alle miniere per staccare il minerale dalla roccia, in pesanti blocchi contenenti piombo e altri metalli. I rossi e gialli erano più facili da reperire. Volava fino in Francia, in Spagna o in Italia per estrarre ocra o cinabro, per cavare robbia o per cogliere stami di gigli.

«Tutti i colori erano doni della terra. Ma bisognava quasi

sempre scavarli o estrarli, e ci voleva ancora molto prima che potessero essere mescolati con l'olio e applicati alla tela sotto forma del colore che Gregarius aveva ordinato. Le storie continuavano.

«Quando mio padre tornava dai suoi voli, accendeva il forno e andava a prendere l'acqua. Liberava le gemme dai rimasugli di roccia, oppure raschiava frammenti dalle pietre scintillanti con un coltello e li sminuzzava. Dopo aver sciacquato la polvere per togliere le impurità la macinava ancora più fine. Squarciava l'avorio e lo bruciava riducendolo in carbone. Poi prendeva il carbone e lo sbriciolava e lo macinava, con un po' più di cautela rispetto alle pietre. Era costretto a fondere i minerali altrove, in grossi forni in città, dove separava i metalli in crogioli. Li faceva raffreddare finché non si solidificavano: allora scioglieva le masse in diversi liquidi, che poi faceva volatilizzare finché restavano soltanto scaglie, come il sale marino una volta che l'acqua è evaporata dai bacini. Scaglie di un bianco brillante o di altri colori. Sciacquava e affettava le radici di piante, le asciugava, le tostava e poi riduceva la parte migliore in polvere. Anche le zolle di terra andavano sciacquate e separate, e i grumi cotti nel forno in modo da far emergere il colore.

«Con il fuoco e con l'acqua nascevano i colori. I doni della terra venivano purificati. E le storie finivano con i colori che brillavano esattamente come Gregarius li aveva descritti quando era entrato nel negozio. Mio padre era capace di trasformare le montagne in una cosa tanto leggera come il riflesso di un petalo in un dipinto. Di trasformare la terra attaccaticcia in una cosa tanto bella come la gota arrossita in un ritratto.

«Aveva anche imparato molte cose sulle tecniche di pittura, mio padre. Era in grado di discorrere di colori contrastanti, degli effetti di luce e della consistenza che si poteva ottenere con pigmenti grezzi o l'olio di lino soprassaturo. Dispensava consigli, e non imbrogliava né sul peso né sulla qualità. Proprio per questo aveva tanti clienti fedeli, diceva Gregarius. E mio fratello li aveva coltivati alla stessa maniera. Il mio era uno dei pochi negozi della città dove si poteva concludere un affare senza dover stare sul chi vive.

«Anche se non ero più una bambina, adoravo le storie di Gregarius. Mi fecero conoscere mio padre.

«Quando morì era ancora soltanto mio padre, cui volevo bene semplicemente perché era mio padre. Ora lo conobbi sotto un altro aspetto. Un uomo alacre, un amico. Un uomo cui la gente si rivolgeva perché si fidava, lo trovava simpatico, aveva bisogno di lui. Ed era l'uomo che dava colore al mondo.

«Questo mi faceva piacere. Dietro il creatore volante di colori percepivo un uomo che faceva esattamente quello che voleva. Stare nel suo negozio. Esattamente il posto dove voleva stare. E così a mia volta mi affezionai ancora di più al negozio.»

Un tremito impercettibile le attraversa il viso mentre pronuncia le ultime parole. Un sorriso che viene e che va, fugace, prima che nasconda lo sguardo.

Tutti quei discorsi di ossi bruciati e di terre e di montagne liquefatte hanno spinto il bambino vestito a festa a guardare con attenzione i quadri sulla parete. Si arrampica su una sedia libera e avvicina con prudenza un dito a una tela. Ha la bocca aperta. Il dito preme contro il colore, e la bocca si chiude. Ha un'espressione un po' delusa.

La donna dai capelli grigi segue il bambino con lo sguardo. Dopo aver toccato tre dipinti diversi, fa un nuovo esperimento. Afferra il lato inferiore di una cornice e la tira un po' a sé. Accosta la guancia alla parete e sbircia dietro la tela. Vaga con lo sguardo e gira un pochino la testa, come se avesse scorto qualcosa. La donna si alza e lo raggiunge. Gli prende la mano spiegando che se si tira troppo la cornice i quadri possono cadere. Ma non blocca la sua esplorazione, lo lascia e si ferma accanto alla sedia.

La donna giovane che mi ha fatto entrare lascia la compagnia insieme al marito. Un'altra coppia coglie l'occasione per seguirli. A chi stringono la mano, a chi fanno un inchino, ringraziano la domestica per il servizio. Evitano di svegliare Gregarius.

Il giro dei saluti mi permette di sgranchirmi le gambe, e ora che sono qui da un po' e comincio a sentirmi parte della compagnia mi presento a ciascuno. Sono molto affabili e mi trattengo per un'altra mezz'ora intrecciando brevi conversazioni. Apprendo qualche notizia sui vari ospiti e ascolto altri piccoli aneddoti su Gregarius. Intanto viene servito il caffè e si parla molto dell'inebriante bevanda araba, perché soltanto in pochi l'hanno già assaggiata.

Quando mi risiedo noto che il bambino ha fatto una domanda alla donna dai capelli grigi: parlottano sottovoce. Poco dopo il piccolo si volta verso la compagnia. «Qualcuno sa com'è stato baciato da un angelo?»

Un signore ride un po' imbarazzato. «Non credo fosse un angelo vero, piccolo amico mio. Però posso raccontarti come fece a cadere giù dal cielo. Lo vuoi sapere?»

«Sì.»

«Benissimo.»

Il signore si chiama Hendrick. Ha un viso squadrato, i baffi e le labbra sottili. Un angolo della sua bocca tremola leggermente quando si rende conto di essersi messo al centro dell'attenzione. All'inizio parla molto in fretta, e le sue mani non trovano pace; per quasi tutto il tempo si stringono e si sfregano l'un l'altra, quasi se le lavasse.

«Bene. Vedete... Mari van der See scese giù dal cielo un giorno d'autunno del 1632. Anche se può sembrare una delle tante storie che Gregarius si è inventato, andò veramente così. Quello che Jan non ha saputo spiegare ve lo posso rivelare io, perché lo vidi con i miei stessi occhi. Ma prima devo pregare le creature romantiche di turarsi le orecchie, perché la storia è molto più prosaica di quanto non sembri a prima vista.

«Accadde al cantiere, dove stavo ispezionando la riparazione di una delle navi più grandi della Compagnia delle Indie Orientali. Un paio di ormeggi più in là era attraccata la baleniera cui una tempesta a nord della Scozia aveva spezzato un albero, ve la ricordate? Quella rimasta soltanto con un moncone, che andava sostituito. Gregarius stava sul ponte.

«E, sapete, quel giorno Mari si trovò a passare sulla banchina, là dove ci sono i cantieri. Non so cosa ci facesse in quell'angolo del porto, se mai avesse un motivo. Secondo me ci era finita per sbaglio senza rendersene conto, assorta nei pensieri, dimentica dei suoi movimenti, trasognata come talvolta le giovani donne paiono attraversare l'esistenza. Fissava dritto davanti a sé, lo sguardo assente come da dietro un velo, mentre le mani stringevano la stoffa del vestito e la sollevavano quando doveva scavalcare fasciame e assi. L'albero che doveva rimpiazzare quello spezzato stava in mezzo ad altri tronchi, un cavo assicurato alla punta, in attesa di essere spostato da una gru. I lavori di sollevamento erano cominciati, la cima era già a qualche metro da terra, quando all'altro capo Mari alzò una gamba per superare la grossa estremità inferiore dell'albero. Non ci riuscì. Solo la prima gamba passò dall'altra parte. L'albero fu sollevato ancora un po', e i piedi di Mari si staccarono da terra. Subito dopo cadde di lato e si aggrappò al tronco. Si guardò intorno confusa, e non fece in tempo a orientarsi che si ritrovò troppo in alto per avere il coraggio di saltare giù. Strinse le gambe intorno al tronco, che fu issato in posizione verticale, l'estremità inferiore si staccò da terra e oscillò sopra l'acqua. Avevo assistito alla scena e cercato di avvisare gli operai che tiravano il cavo e manovravano la gru. Ma in un porto grande si reagisce solo alle voci conosciute, a meno che non siano vicine. Scesi dall'attrezzatura per raggiungere la banchina. Da parte sua Mari non emise alcun suono, era ammutolita dallo spavento. Sicuramente si rendeva conto di non poter continuare a rimanere aggrappata. Immagino che il legno piallato scivolasse con troppa facilità sotto la stoffa del vestito, e che lei avesse le mani umide. L'albero oscillò sopra il ponte della nave e cominciò a scendere, ma in quel momento a Mari vennero meno le forze. Scivolò per l'ultimo tratto giù dall'albero, precipitò e finalmente emise un suono. Un urlo tonante le uscì dalla bocca.

«L'equipaggio della nave levò lo sguardo, Gregarius compreso. E, poiché mi è capitato personalmente di trovarmi sotto una gru e di scaricare un albero, posso immaginare cosa vide.

«Quel giorno il sole non era ben visibile nel porto, era, come ho detto, autunno. Foschia e bruma e nuvolaglia avevano trasformato il cielo in una luminosa, fitta coltre piena di bioccoli. Probabilmente Gregarius vide l'albero sotto forma di un'ombra, come una linea nera che si assottigliava sempre più fino a sparire su nella luce. Come una sorta di tubo, si potrebbe forse dire, un tubo nero, che svettava nel cielo scuro dietro la coltre di luce. Provate a immaginare la scena. La luce è densa, l'albero nero, l'aria riecheggia di suoni. Mari ha appena lasciato la presa ed è sospesa proprio sotto il tronco. Dal basso, sembra di vedere una figura cadere fuori dal tubo che porta su nel cielo stellato. Una figura femminile che canta con le maniche e i capelli svolazzanti...

«E Gregarius afferrò al volo il suo angelo. Come dice.»

Hendrick si raschia la gola, a quanto pare un po' imbarazzato per essersi immedesimato tanto. Poi alza una mano.

«Mentre ho la parola, vorrei aggiungere un'altra cosa. Le storie di Gregarius saranno pure estrose, o burlesche, come sono state definite, ma in fondo in fondo lui è un uomo pratico e saggio. Arriverei addirittura ad affermare che Gregarius è innanzitutto un mercante. Un bottegaio, se volete, un commerciante. Ha fiuto per gli affari. Può darsi che sembri fortuna quando trae vantaggio dalla sfortuna o dal caso, ma non si nasce fortunati, lo si diventa. E questo vale anche per Gregarius.

«Perciò secondo me Gregarius non divenne allievo di Rembrandt per puro caso. Certo, glielo avevano consigliato, ma non avrebbe mai scelto un maestro che non avesse il senso degli affari. Sicuramente ogni tanto Rembrandt ha dato segni d'instabilità. È stato male per lunghi periodi, ha dissipato tutti i suoi soldi e impegnato tutti i suoi averi. Ora che è vecchio sembra addirittura non aver voglia di finire i quadri: sono indistinti e scuri e si vendono con difficoltà. Ma per poter dissipare bisogna aver guadagnato, e questo lo ha fatto di sicuro.

«Quando arrivò in città, Rembrandt fu tra i pochi che seppero inventarsi un mestiere. Non era facile per nessuno, come accennava anche Abigail, c'erano troppi pittori e troppo pochi clienti.

«Per uno straniero immagino che la cosa richieda una spiegazione: la darò volentieri, e stavolta chiederò solo agli eventuali cattolici fedeli al papa presenti di turarsi le orecchie. Vedete, qui nelle libere province la Riforma non prevalse in modo pacifico, e il divieto delle immagini sacre fu imposto con particolare scrupolo. Le chiese furono saccheggiate, i dipinti strappati dai muri e bruciati, le statue decapitate e le teste buttate via. E di certo l'intento non era quello di rimpiazzare l'ornamentazione con una nuova arte senza volti; era il sistema dei riformatori, soprattutto dei calvinisti, di scacciare i cattolici. In questo modo i pittori persero il loro cliente più importante e per molti l'unico: la Chiesa. Alcuni si misero a imbiancare le chiese, altri tentarono con qualche forma di commercio, altri ancora furono semplicemente ridotti alla fame e alla povertà. Col tempo divennero sempre di meno, ma erano sempre troppi.

«Rembrandt aveva due alternative. I ritratti e le incisioni. Non era l'unico in quei campi, ma era dotato della migliore combinazione di talento e pratica nonché della capacità di mettersi in vista e di vendere. Al suo arrivo in città aveva dipinto una serie di autoritratti in tenuta di gala, e li aveva mostrati ogni volta che gli era possibile ai mercanti d'arte e agli uomini facoltosi. Quindi andava di persona a trovare i clienti più agiati, e chiedeva prezzi alti per le opere su commissione. Le incisioni erano più adatte al popolo. Il vantaggio di questa tecnica, infatti, è che una volta ultimata la lastra con il soggetto si possono effettuare tutte le stampe che si vogliono. Realizzò scene bibliche, perché all'uomo della strada piacevano ancora, e paesaggi, e le stampe a poco prezzo le vendeva ai cittadini normali.

Padroneggiava perfettamente anche l'arte dell'acquaforte, e una delle sue scene bibliche divenne talmente popolare che le stampe si vendevano a cento fiorini l'una. In realtà, Rembrandt creò due nuovi gruppi di acquirenti per le sue opere.

«Tutto questo era ancora allo stato embrionale quando Gregarius andò a fare visita a Rembrandt, ma probabilmente si era già fatto un'idea di lui e aveva intravisto le possibilità. Gregarius non si era forse lagnato dei prezzi bassi nel negozio di articoli per pittori, quando aveva venduto i suoi primi quadri? E non aveva forse già ceduto un disegno in cambio di una piccola fortuna su una costa deserta della Groenlandia?

«Sono sicuro che comprenderete lo spiccato senso degli affari di Gregarius non appena apprenderete quale accordo vantaggioso riuscì a stipulare mentre era allo stesso tempo apprendista pittore, marinaio e illustratore. Come è stato detto a proposito della Compagnia delle Indie Occidentali – sottolineo: Indie Occidentali, non Indie Orientali – seppe trarre il profitto più alto possibile da ogni singola voce dell'accordo.»

«È vero! La Compagnia delle Indie Occidentali: quella sì che sa far soldi!»

Jan si dà una pacca sulla coscia. La mano scivola giù. Però non fa vedere lo scatto della spalla quando la mano, anziché continuare la caduta, penzola floscia all'estremità del braccio. La sua lingua è diventata livida, e sembra che le consonanti debbano tirarsi fuori dalla saliva come quando si affoga in mare, mentre continua: «C'eravamo anche noi, quando fondarono le basi della loro ricchezza. Curaçao. Ah! Soffiammo Curaçao agli spagnoli di merda».

«Se non ti dispiace...» dice Hendrick, ma Jan non lo sente.

«All'epoca eravamo in guerra contro gli spagnoli, sconosciuto.»

«Vorrei prima concludere...»

«Ottant'anni! Dovemmo combattere per ottant'anni prima di stipulare la pace a Vestfalia nel 1648. In quel processo di pace furono concluse anche altre guerre, ma nessuna era durata quanto la nostra.»

Hendrick rinuncia a interromperlo. Altri si raschiano la gola, ma Jan li ignora.

«Nel 1634, quando andammo a Curaçao, gli spagnoli ci davano noia soprattutto a Bruxelles e ad Anversa, e non c'era verso di sbaragliarli completamente, numerosi com'erano. Ma la loro flotta aveva dei punti deboli, specialmente quella mercantile. Non è poca roba la quantità d'argento che ci hanno fatto il favore di estrarre in Sud America per poi consegnarlo ai nostri bravi capitani nel bel mezzo dell'oceano Atlantico. Ah! E quando Gregarius e io ci imbarcammo diretti a ovest per conto dell'altra grande compagnia commerciale, quella delle Indie Occidentali, fu per dare un'altra lezione agli spagnoli.

«Durante la traversata dell'Atlantico verso la punta settentrionale del Sud America, Gregarius raccontò del suo nuovo angelo. Una donna completamente diversa. Era sempre così ogni volta che andavamo per mare, ci dipingeva immagini nuove di zecca: da non crederci quanto fossero diversi tra loro gli angeli con cui passava il tempo ad Amsterdam. Al contrario di Mari, questo era terreno e paziente. Non alloggiavano in una camera spoglia, non ballavano sui tetti della città. Abitavano ognuno per conto proprio, ma si vedevano ogni volta che era possibile. Vivevano bene. Lei gli preparava da mangiare, nelle storie ci descriveva una cena dopo l'altra, pasti luculliani e fumanti. Quando Gregarius raccontava, i marinai si calmavano, si distendevano sulla schiena nelle cuccette, chiudevano gli occhi e schioccavano le labbra, poi sprofondavano in un sonno pesante e sognavano carne e verdure lesse. Solo il cuoco di bordo costituiva un'eccezione: si agitava e non riusciva a dormire, perché gli approvvigionamenti non erano all'altezza dei sogni e si rendeva conto che l'indomani i marinai lo avrebbero guardato storto quando avrebbe servito da mangiare. Ma di tanto in tanto tutti si riscuotevano un po', quando Gregarius descriveva quell'angelo amante della buona tavola. Aveva i capelli neri come quelli di una negra, le forme generose. E sulla guancia aveva un neo che spariva in una piega quando sorrideva. Come un terzo occhio che gli ammiccasse quando era di buon umore.

«Ma non era questo che volevo dire. Stavo parlando di Curaçao, non è vero?

«A ogni modo, quando arrivammo noi, gli spagnoli avevano il dominio di Curaçao da parecchio tempo. Avevano conquistato l'isola molti anni addietro e gli indios, che c'erano prima, erano stati decimati dalle malattie spagnole. Gli spagnoli avevano costruito un porto su un lato dell'isola, dove l'acqua è bassa, calma e di un turchese lucente. Al largo, infatti, c'è una secca che arriva fin sotto la superficie del mare. Lo chiamano l'orlo azzurro, perché visto da terra separa il turchese dal blu con una specie di risacca. Quindi frange i flutti rendendo il porto sicuro. Una volta superato l'orlo, non avemmo difficoltà a sottrarre l'isola agli spagnoli; fu facile come spaventare un branco di mucche, perché eravamo più numerosi. Scendemmo a terra e ci demmo da fare.

«Laggiù Gregarius realizzò una buffa serie di quadri. Spagnoli che corrono in acqua agitando le braccia e cadendo a testa in avanti. Spagnoli che si lanciano da una casa in fiamme. Spagnoli che pregano di aver salva la vita con le guance bagnate e le mani giunte in gesto di supplica. Uno, impigliato per la schiena a un grosso cactus, non riesce a liberarsi e a fuggire. Un altro, cui hanno inciso l'incavo delle ginocchia di modo che non possa stare in piedi, si trascina in terra sui gomiti. Due, che gli indios hanno portato a bordo dei loro tronchi scavati oltre l'orlo azzurro, sono feriti alle spalle e sulla fronte e tutti insanguinati vengono scaricati nell'acqua alta. In pasto ai pescecani. Ah!

«Curaçao divenne nostra. Ben presto fondammo anche una città nei pressi di quel porto, Willemstad, si chiama. E oggi laggiù c'è un vivace, florido commercio di schiavi. È diventato un punto nevralgico per l'attività della Compagnia delle Indie

Occidentali... e adesso rammento all'improvviso quello di cui volevo parlare! I soldi a palate che guadagnano.

«Infatti, si dà il caso che la Compagnia delle Indie Occidentali segua una rotta particolare, quasi fissa. Portano missionari in Africa in cambio di un piccolo compenso. Poi dall'Africa trasportano schiavi a Curaçao, e ci guadagnano sopra. Di lì portano gli schiavi nei paesi dei loro nuovi padroni nel Nord o nel Sud America, e probabilmente si fanno pagare qualcosa anche per questo. E laggiù caricano legname o zucchero o cotone o argento o pietre preziose e li portano qui guadagnandoci sopra. Allora? Che te ne pare?»

Hendrick annuisce con tutto il busto e sorride un po' rigidamente, quindi coglie l'occasione per continuare il suo racconto. «Già, certamente sono tanto bravi quanto furbi. Ma, come volevo dire, questo vale anche per Gregarius. Senti cosa fece una volta, quando era giovane ed era arrivato da poco nella nostra città.

«Dovete sapere che era un signore dotato di spirito d'avventura. Per giunta era anche povero in canna, e questa caratteristica non aiutava di certo l'altra. È vero, possedeva una preziosa zanna di balena, ma aveva intenzione di bruciarla per trasformarla in colore. Era innamorato e riusciva a farsi fare credito a suon di chiacchiere, ma per il resto il suo punto di partenza non era dei più promettenti.

«Lo incontrai di nuovo quasi un anno dopo che aveva afferrato Mari al volo. Non lo riconobbi subito, perché mi venne a cercare per affari, e negli affari non sono i lineamenti esteriori della gente su cui ci si deve concentrare: bisogna ascoltare. Non ero più ispettore giù ai cantieri, ma lavoravo ancora per la Compagnia delle Indie Orientali. La Compagnia aveva intenzione di cimentarsi nell'editoria, ed ero stato incaricato di programmare le pubblicazioni. I libri parlavano di popolazioni sconosciute, di animali bizzarri e paesi remoti, tutto quello che i capitani della marina mercantile descrivevano nei loro diari. Per lo più si trattava di piccoli fascicoli sulle scoperte più recenti, ma di quando in quando c'era da raccogliere opere più voluminose che dovevano essere corredate di illustrazioni. La Compagnia aveva scoperto che si potevano guadagnare parecchi soldi sulla curiosità della gente, e i clienti sarebbero stati ancora più numerosi se potevano cavarne qualcosa limitandosi a guardare le figure.

«Perciò avevo bisogno di un illustratore, e probabilmente la voce era giunta alle orecchie di Gregarius. Mi venne a trovare perché aveva imparato a fare le incisioni e aveva voglia di andare per mare. Faceva proprio al caso mio. Lo ingaggiai, e da allora ho ordinato la maggior parte delle illustrazioni che ha realizzato. Non sono state poche perché, per quanto riguarda le pubblicazioni, in seguito collaborai anche con la Compagnia delle Indie Occidentali. Come accennava Jan, a suo modo, sono stato io a ordinare la serie di illustrazioni ambientate a Curaçao.

«Per Gregarius si trattava di un accordo assai vantaggioso. Scegliendo proprio Rembrandt come maestro, aveva acquisito dimestichezza con l'arte dell'acquaforte. Così, non solo era in grado di guadagnare: poteva partire alla ventura *e allo stesso tempo* guadagnare. E non è finita. Proprio *perché* partiva alla ventura finì per prendere lezioni gratis!

«Infatti Rembrandt, come i lettori dei fascicoli e dei libri della Compagnia, aveva un debole per l'esotico. Gregarius mi ha detto che Rembrandt possedeva una vasta raccolta di oggetti stravaganti provenienti da tutto il mondo: carapaci di tartarughe, insetti, coralli, conchiglie, teschi, armadilli del Sud America impagliati, lance ed elmi. Quante di queste curiosità abbia impegnato non lo so, ma Gregarius poté pagarsi le lezioni con gli oggetti che prendeva *gratis et amore Dei* e riportava dalle regioni estreme della Terra. Ogni volta che tornava ad Amsterdam regalava un oggetto esotico a Rembrandt, e poi si pagava le lezioni successive con altri oggetti.

«E non abbiamo ancora finito! Con le lezioni gratuite Gregarius divenne sempre più bravo anche nell'arte del ritratto, e così arriviamo all'ultima voce del suo convenientissimo accordo: i ritratti di persone dalla pelle scura. Infatti Gregarius ha realizzato due tipi di ritratti. Quelli in questa stanza, effettuati dal vero nel suo atelier al piano di sopra, e quelli che ha eseguito basandosi sui numerosi schizzi che riportava puntualmente dai suoi viaggi. Ai primi era spesso troppo affezionato per venderli, i secondi li considerava esercitazioni nelle nuove tecniche e li vendeva volentieri alle numerose persone disposte a pagare somme cospicue per circondarsi di rappresentazioni dell'esotico.

«Capite cosa voglio dire? Come fratello negli affari non posso fare a meno di approvare la mirabile condotta di Gregarius.

«Come se non bastasse ha anche avuto un'altra fonte di reddito. Al pari di altri artisti ha un mecenate. Non l'ho conosciuto, forse perché potrei considerarlo un rivale. Infatti, a volte ha sequestrato il mio illustratore, ingaggiando Gregarius per ritrarre avvenimenti importanti in varie parti d'Europa. Battaglie marittime e incoronazioni di re, un po' di tutto.»

Hendrick abbassa le mani, che si posano sulle cosce. Per un momento le sue dita tamburellano sulle gambe. Poi annuisce, e ho l'impressione che sia arrivato alla fine del suo racconto. Si siede.

L'uomo con l'anello di rubino lo guarda con gli occhi socchiusi. Scuote impercettibilmente il capo mentre sulle sue labbra appare un abbozzo di sorriso.

Si chiama Constantin, ma questa compagnia lo chiama l'Affabulatore. Tra l'altro perché è dotto. Sì, qualcuno mi ha confidato che ha letto troppo, soprattutto letteratura francese, ed è famoso per i suoi monologhi, in cui affabula e favoleggia, finché qualcuno non lo porta via di peso.

Per tutto il giorno è rimasto nello stesso punto, appoggiato al muro. Ora si raschia la gola, a lungo e ritmicamente.

«Mi manca qualcosa. Mi manca il lato di Gregarius che mi pare di conoscere meglio. Mi manca la gravità, mi manca la profondità.»

Una mano segue di nuovo il suo discorso, descrive cerchi e

otto, si apre e si chiude, le dita si piegano e si drizzano, l'anello brilla.

«Mi sono divertito ad ascoltarvi descriverlo come un bellimbusto e un amabile bugiardo patologico, un seduttore e un avventuriero, un pittore esperto e un mercante d'arte attaccato ai soldi, e probabilmente recita ognuno di questi ruoli in modo assai brillante. Ma tutto questo acquista un senso solo se si sa cosa lo muove. Cosa cerca. E, se c'è una cosa che ho imparato da Gregarius, è che ciò che si cerca è indissolubilmente legato a ciò che si vede.

«Perciò propongo di considerare con maggior attenzione il sembiante di Gregarius, cari amici. Il suo sguardo. I suoi occhi.

«Sforzatevi di immaginarli. Azzurri, all'apparenza del tutto normali. Ma è con quelli che cerca. Sono quelli che hanno fatto di lui un pittore. Un artista.

«Guardano in un modo particolarissimo.

«Non intendo il modo in cui altri pittori vedono tutte le forme come superfici o tutti gli spazi in prospettiva e scindono quei colori che di primo acchito appaiono puri in un profluvio di sfumature e contrasti. Tutto questo è qualcosa che si può imparare, è una questione di pratica e di pazienza. Ed esistono addirittura ausili per chi non si fida degli occhi: la *camera obscura* per vedere la spazialità come una superficie e strumenti matematici per calcolare la prospettiva. Non è affatto questo. Il modo in cui Gregarius guarda non è qualcosa che gli è stato insegnato da altri, è qualcosa di cui era già dotato. Dalla vita, dalla natura, dalla provvidenza, da Dio? Sono convinto di non sapere ancora da dove gli viene.

«Ma come, esattamente, vede? Un momento, cari amici, un momento.

«Prima vi chiedo d'immaginarvi Gregarius nell'atelier su al terzo piano di questa casa. Forse molti di voi non lo hanno nemmeno visto, però conoscete il secondo piano, perciò fate uno sforzo. Perché è nell'atelier che realizza la sua arte. Dai viaggi riporta gli schizzi, come è già stato detto; riceve le modelle qui, a quanto mi risulta, nel soggiorno, e qui esegue gli abbozzi. Ma è nell'atelier che porta a termine le sue opere, e lassù è sempre solo. Non è una stanza grande. Non ci sono mobili, solo un cavalletto e scaffali con i colori. La luce filtra dalle finestre, ma i vetri sono coperti da stoffa bianca, per impedire ai movimenti delle nuvole o degli uccelli di attirare lo sguardo e disturbare. Qui si può concentrare, qui può distillare le sue impressioni, qui trova quello che fa dei suoi quadri qualcosa di speciale. Quindi, è in piedi al centro della stanza spoglia e luminosa e guarda concentrato davanti a sé. Indossa una camicia ruvida e un paio di calzoni macchiati. Calze bucate. Magari il pavimento è cosparso di schizzi, disegni a tratteggio da ogni parte del mondo. Già, immaginate un paesaggio come quelli in cui portava Abigail durante i voli nel negozio di colori: ogni schizzo è una valle, ogni valle un cantuccio di mondo. Il suo sguardo vi spazia sopra. Contempla il mondo nelle sue numerose parti.

«E, quando Gregarius guarda il mondo, vede... l'uomo!

«Voilà! verrebbe da dire.

«Vi pare strano? Astratto? Non posso che darvi ragione, ma è la miglior spiegazione che sono in grado di dare. Della sua arte, del suo modo di osservare, del suo sguardo, della sua ricerca.

«Scusate, mi sono completamente dimenticato di presentarmi. Mi conoscete solo di nome, ma per Gregarius sono, in tutta modestia, un sorta di mecenate. Il suo benefattore, per riprendere un'espressione assai felice.»

«Ah», dice Hendrick, «sei tu, dunque?»

«Sì, Hendrick. E mi meraviglia che tu non lo sapessi, che non lo avessi capito prima.»

«Non ho ritenuto importante approfondire la questione.»

«Benissimo. Neanch'io ti considero un rivale, oserei dire. Insomma, utilizziamo Gregarius e le sue doti in due modi completamente diversi, io prediligo i dipinti a olio più elaborati alle incisioni illustrative.»

«Verissimo. Dobbiamo... ma non voglio interrompere.»

«Ci mancherebbe. Bene. È vero, ho mandato Gregarius in giro per quasi tutta l'Europa, per eseguire opere su commissione. Alle pareti di casa ho una serie di grandi quadri dei più importanti avvenimenti degli ultimi, numerosi anni. Campi di battaglia e negoziati, guerra e pace, nonché una serie di ritratti di personaggi influenti. Vi descriverò volentieri i migliori, ma prima è indispensabile capire perché ho inviato proprio Gregarius e non qualcun altro, perché ho voluto vedere gli avvenimenti con i suoi occhi.

«Non dovete assolutamente pensare che io faccia il mecenate perché soffro di un'inguaribile e radicata ammirazione per le belle arti e per gli artisti, tanto interessanti. Lo sono diventato per noia. In poche parole, mi sono annoiato per tutta la vita fino a quando non ho conosciuto Gregarius. Inoltre ho una quantità incredibile di denaro. Non faccio per vantarmi, ma sono di discendenza asburgica. Sono nato con cugini e cugine sparsi per metà delle case reali d'Europa e ho la prospettiva di ereditare una fortuna, ma la cosa non è sempre divertente come si potrebbe immaginare. La mia nutrice cantava con voce soave e raccontava graziose, bellissime fiabe, mi mettevano gli abiti più raffinati, mia madre sospirava con infinita tenerezza strizzata nel corsetto, mio padre narrava di storie di caccia senza sangue, i miei zii e le mie zie mi facevano splendidi, luccicanti regali. I lunghi corridoi della tenuta erano freschi e silenziosi, il giardino magnifico, e tutti trattenevano il respiro ed erano costipati perché temevano di essere abbandonati dalla vita e finire in balia della decomposizione se avessero espulso qualsiasi cosa. Quando fui abbastanza grande mi misi al servizio dell'esercito bavarese sotto il conte e grande elettore Massimiliano I per fare qualche esperienza. Ma mio padre provvide a farmi promuovere ancor prima che mi fossi sporcato le ginocchia di terra, e fui trasferito al tepore di una tenda davanti a un tavolo pieno di mappe, lettere e bevande calde: ero diventato uno stratega. L'esperienza più violenta che ebbi fu quando mandai via il cantiniere e il coppiere prima di aver assaggiato il vino e averlo giudicato bevibile. In seguito venni ad Amsterdam nella speranza che questa città fosse davvero sporca lurida e le sue folle fossero chiassose come mi avevano raccontato. Forse lo erano davvero, però venivo in continuazione invitato a feste da famiglie altolocate, piene di luci e musica e balli e cipria e acqua profumata, e dove non riuscivo né a vedere, né a udire, né a odorare la città di là dalle pareti. Infine, a un'asta d'arte, conobbi il nostro caro anfitrione, Gregarius. Ci mettemmo a chiacchierare. Per qualche motivo era incuriosito dalla mia vita, mi subissò di domande. Mi invitò in una bettola e ci ubriacammo. Mi mostrò tutte le strade che desideravo tanto vedere. Mi mostrò il retro di molte di quelle case di cui ero stato ospite: il pattume, le latrine della servitù, le stalle, il fieno e lo sterco. Mi mostrò la merda e la vita autentica. Ero sull'orlo delle lacrime. Trovammo un'altra taverna e continuammo a bere, lui non si stancava di farmi domande. 'Perché tanto interesse per la gente che frequento?' gli chiesi. 'Proprio tu che vivi alla grande. Cosa te ne fai di quei gusci vuoti che si definiscono persone colte?' Lui protestò, si mise a discutere con me. Non ricordo cos'altro ci dicemmo quella sera, ma riuscì quasi a convincermi che dentro quelle rigide spoglie fisiche contenenti null'altro che maniere acquisite, in mezzo alle quali avevo vissuto tutta la mia vita, abitavano veri, autentici animi umani...

«Ma sto divagando. Torniamo all'uomo in mezzo a noi e ai suoi momenti nell'atelier. Allo sguardo, agli occhi.

«Fin dal nostro primo incontro ho riflettuto su quel dono che gli è stato concesso, la sua dote, come la chiamo, di vedere l'uomo nel mondo. Gliel'ho invidiata, e ho cercato di scandagliarla. L'ho fatto ubriacare e l'ho interrogato, per carpirgli informazioni su avvenimenti che avessero contribuito a formare quel dono, la sua visione. E ce ne sono alcune che sembrano spiegazioni, ve ne parlerei volentieri, se... Sì? Dunque.

«Ma, allora, perché non risalire fino al concepimento? Sì, permettetemi innanzitutto di attirare la vostra attenzione su un fatto curioso, che agli occhi dei più non spiega assolutamente nulla, però stuzzica la fantasia.

«È un'idea che mi è potuta venire solo perché vivo da molto tempo in questa città, dove si crede nel commercio più che in qualsiasi altra cosa. Il clero ha perso il suo potere, e ormai esiste una gran quantità di confessioni religiose e di dottrine: qui ci sono calvinisti, cattolici, arminiani, mennoniti, ebrei, gesuiti, probabilmente rosacrociani, anabattisti di diversa foggia e atei. La gente crede quello che vuole. Eh, sì, dovrebbe ormai essere chiaro a chiunque che la religione non è una questione di verità, ma di trovare qualcosa che sia abbastanza vero da valere la pena di essere osservato. Per chi abbia trovato questo qualcosa. Bene. Ma tra i credi attuali ce ne sono diversi che contemplano la trasmigrazione delle anime e, secondo almeno uno di questi, passa un numero ben preciso di giorni dal momento in cui l'anima abbandona un corpo a quando prende dimora in uno nuovo. Se tra noi oggi è presente qualche seguace di questa dottrina, allora varrebbe la pena di accennare al fatto che Gregarius è nato quel particolare numero di giorni dopo il 23 aprile dell'anno del Signore 1616. Perché è interessante? Cos'ha di particolare quella data? Ebbene, carissimo ospite, e tutti voi. Quel giorno morirono sia lo spagnolo Miguel de Cervantes sia l'inglese William Shakespeare. Quel giorno si conclusero due produzioni letterarie che sono state epocali per la satira e la penetrazione dell'uomo, due produzioni letterarie che vengono ristampate ancora oggi, e che sono sicuro terranno testa ai posteri. E, anche se non si è seguaci della menzionata dottrina della trasmigrazione delle anime, sarebbe un'idea stuzzicante immaginare, solo per un momento, che una di queste due anime gloriose e indagatrici abbia preso dimora in Gregarius. E che la ricca esperienza di quell'anima sia la causa della sua ricerca in questa vita. Del suo anelito a penetrare in fondo ai recessi più intimi, sì, sotto tutta la superficie e tutti gli orpelli, fino al cuore di questo folle mondo!

«Come ho detto, quest'idea non spiega nulla. Suggerisce

che la scrittura in una vita e la pittura in un'altra potrebbero semplicemente essere due modi di esprimere la stessa cosa, ci induce a considerare la ricerca dell'artista come qualcosa di più profondo della pratica dell'una o dell'altra modalità espressiva. Ma implica tante altre incognite, solleva tante domande, di cui una semplice potrebbe essere: se Gregarius ha preso la sua ricerca da una vita precedente, allora da chi l'avevano presa i due suddetti scrittori? Quando ha inizio un simile fenomeno, e quando ha termine? Del resto bisogna anche tener conto del fatto che, anche se l'anima è la stessa, i tempi sono nuovi. Colui che cerca vede cose nuove, diverse.

«E questo ci fa fare un passo avanti nel tentativo di capire un po' più a fondo il nostro caro anfitrione. Infatti, che genere di tempi erano quelli in cui nacque l'anima di Gregarius? In quale mondo crebbe, cosa può averlo influenzato sin dalla nascita?

«Qualche ora fa ho accennato al fatto che nacque ad Elsinore, il forziere di re Cristiano IV, ricordate? Là crebbe in una casa poco distante dalla fonderia in cui lavorava il padre. In quella fonderia c'erano due cicli produttivi. Uno era quello solito: la lavorazione dei minerali svedesi, che consisteva nel separare con la fusione il ferro dalle scorie e versarlo nei diversi stampi. L'altro era stato avviato su ordine del re, ed era qui che lavorava il padre di Gregarius. Fin dall'inizio di questo secolo la fonderia ricevette l'ordine di importare campane e rifondere il ferro già lavorato. Doveva essere trasformato in... cannoni.

«Orbene, questo non dice forse tutto su questi tempi?

«Gregarius venne alla luce in un mondo che si preparava a un futuro in cui ci sarebbe stato più bisogno di cannoni che di campane. Più di polvere da sparo che di Cristo, più di boati che di preghiere. Quando Dio non riesce più a tenere a freno il suo gregge, allora ci vogliono le armi! Elsinore non fu certo l'unico luogo in cui avvenne questa rifusione, e infatti passarono appena un paio d'anni dal giorno in cui Gregarius venne al mondo a quando il Centro Europa si lanciò in trent'anni di guerra. Trent'anni di guerra tra governanti cattolici e protestanti. Un caos di alleanze mutevoli e di confini spostati di continuo. A complicare ancora di più la situazione ci fu il fatto che alcuni sovrani nel frattempo cambiarono fede, o che alcuni che si facevano la guerra erano sottoposti allo stesso imperatore, il quale, com'è ovvio, poteva professare una sola fede per volta. Per farla breve, quello stesso ferro che aveva chiamato a raccolta la gente nella casa di Dio ora mandava in cielo palle micidiali, che poi piovevano giù, esplodevano e causavano danni nel tentativo di stabilire quale delle due correnti principali della stessa religione dovesse essere predicata e professata nelle chiese senza campane.

«È quasi abbastanza grottesco da risultare divertente, non vi pare? E non è finita qui. Come ho già accennato, ci sono tantissime religioni in circolazione.

«Dunque. I tempi sono tempi di spaccatura. Ma non sappiamo ancora come questo influenzi il piccolo Gregarius. Quindi permettetemi di saltare subito al suo ricordo d'infanzia più nitido.

«È il primo evento di una certa lunghezza che ricordi. Come faccio a saperlo? Ah, cari amici, come ho detto, l'ho tempestato di domande. E, quando finalmente udii Gregarius raccontare della sua infanzia di carne e sangue e aria fresca nei polmoni, quanto lo implorai di continuare! Mi sembrava di sentire l'odore dell'aria di mare di Elsinore, del legname nel porto, delle aringhe salate. Sentii l'ingannevole sapore di sangue in bocca per essermi avvicinato agli altiforni della fonderia. L'odore polveroso di vecchi arazzi della mia infanzia fu spazzato via, si dissolse completamente, le decorazioni murali della tenuta furono rose dal tarlo della memoria.

«Il ricordo riguarda un processo esemplare, pubblico, che fu tenuto nella piazza della città. La madre aveva portato Gregarius con sé. Era stato commesso un omicidio particolarmente efferato, e il processo era un evento di grande richiamo che la donna non voleva perdersi.

«L'accusato era un uomo corpulento: due mani come forconi, le cosce che parevano quelle di un montone, un cranio largo e sopracciglia irte e lunghissime che sporgevano sopra gli occhi ombrosi. Era seduto su una sedia con i gomiti puntellati contro le ginocchia e scrutava la folla.

«Il pubblico ministero era un avvocato che aveva promosso svariati processi alle streghe e cause simili. Se la passava molto bene da quando Cristiano IV aveva emanato un'ordinanza su 'I cultori delle arti magiche e i loro conniventi'. Quell'ordinanza innescò processi sia contro persone che non avevano detto di essere a conoscenza di streghe e maghi, sia contro tutti gli stregoni che adesso venivano smascherati dai conniventi che volevano evitare di essere perseguiti. Gli avvocati specializzati in materia avevano molto da fare. Questo pubblico ministero si era guadagnato la fama di conquistarsi l'opinione popolare o, se questa mancava, di farla apparire con tutti i mezzi. Il processo prometteva di diventare un ottimo intrattenimento con la giusta combinazione di brivido, raccapriccio e profonda giustizia, altro che le garbate commedie del liceo.

«E sì che il pubblico ministero esordì in maniera drammatica, con piena premeditazione, immagino. Si piantò come impietrito davanti alla folla e si guardò le mani. Come se le sue dita fossero insanguinate, come se avessero appena esaminato il corpo mutilato della vittima. Parlò sottovoce. La vittima, una donna, era stata squartata con lunghi tagli dritti. Dalla caviglia al ginocchio. Dal ginocchio all'anca. Dalla mano al gomito. Dal gomito alla spalla. E dal pube al mento. La stessa pratica, disse, di quando si tortura qualcuno scuoiandolo. Però queste incisioni erano profonde, arrivavano fino all'osso. E la carne era stata strappata dallo scheletro.

«Continuò a fissarsi le dita. Come se avessero sfiorato le ossa scoperte, frugato tra grumi di sangue coagulato. Ai presenti cominciò ad accapponarsi la pelle delle braccia e della nuca. Levò lentamente lo sguardo, quasi avesse difficoltà a riprendersi dal raccapriccio, dalla paralisi. Poi si fece più virulento. Descrisse quale bruto l'assassino doveva essere. Si voltò prima verso l'imputato poi verso la folla, bisbigliò con 's' sibilate, gridò calcando le consonanti, cantilenò lamentosamente con gli occhi socchiusi. Sofferente e affaticato tenne un monologo di quasi un'ora.

«L'imputato dava l'impressione di non ascoltare veramente. Né il lungo monologo né l'accusa quando fu letta ad alta voce. Ma ogni tanto, quando le donne o qualcuno dei giovanotti tra la folla rabbrividivano udendo i particolari, oppure si facevano il segno della croce o gli gridavano ingiurie, sorrideva. A bocca aperta. Il labbro superiore si tendeva verso l'alto, e gli incisivi scintillavano di saliva.

«Infine il pubblico ministero si voltò e gli si avvicinò. Lo fissò intensamente negli occhi e non si prese la briga di sollecitare una confessione. Non gli chiese *se* aveva commesso l'omicidio, gli chiese *perché*. Perché l'aveva uccisa? E perché in quel modo pazzesco? Perché squartarla mettendo a nudo tutti gli organi interni, fino alle ossa? *Perché?*

«L'omone alzò la testa. Gli occhi furono illuminati. E subito il suo viso apparve diverso. Semplice, candido. Aveva un'aria incredibilmente ingenua. Inghiottì la saliva e rispose con voce mite: 'Cercavo la sua anima'.

«Non è straordinario?

«Immaginatevi un bambino, il piccolo Gregers, che stringe la mano della madre. Con un'anima sensibile come quella di Shakespeare. Alza lo sguardo verso quel gigante, che non comprende assolutamente la propria colpa; sembra quasi che abbia ferito quella poveretta inavvertitamente, come quando si apre una noce con un coltellino. Perché aveva fame di anima. Dopo che il gigante lo ha alzato, Gregers vede la luce cadere sul suo volto facendolo sembrare completamente diverso. Si guarda anche intorno sulla piazza e percepisce l'atmosfera divisa: il gigante è ancora solo una bestia che si merita l'impiccagione, oppure è un poveraccio con il nobile desiderio di arrivare all'anima di una donna e un modo tragicamente sbagliato di realizzarlo? Il piccolo Gregers vede il dubbio in qualcuno, in altri vede l'indignazione e, sotto, un segreto piacere. Vede la titubanza negli occhi della gente. Scopre la spaccatura che c'è nell'uomo. Come nel mondo esterno. Da un lato il mondo è in guerra, e dall'altro l'uomo lotta con se stesso. E poi si forma un'altra spaccatura ancora *tra* l'uomo e il mondo. L'insondabile dualismo, che è la condizione dell'uomo, e che il gigante ha tanto goffamente affrontato: che siamo fatti di carne, ma agogniamo con l'anima. E all'anima.

«L'intero processo si delinea agli occhi di Gregarius. Recepisce questa immagine ambigua come una lastra nuda, che venga scalfita da un bulino. Gli si imprime in modo indelebile, come quando s'immerge la lastra nel bagno acido.

«E questa immagine, questa incisione, se la porta ancora dentro. Ha forgiato la sua ambizione artistica. Infatti con la sua arte Gregarius vuole gettare un ponte sopra la spaccatura. Eliminare la duplicità.

«Non guardatemi con quell'espressione scettica, me lo ha detto lui stesso.

«E, inoltre, non è l'unico ad avere questa ambizione. È solo uno dei tanti che, se posso dire, ha reagito in questo modo davanti al mondo di oggi. Considerata come risposta, questa ambizione riguarda quasi più i tempi che non la sua persona. Non dovete assolutamente lasciarvi confondere dal fatto che ha un'ambizione artistica squisitamente enunciata, perché non è questa la sua caratteristica precipua.

«Già, l'unicità di Gregarius consiste nel suo *modo* di cercare.

«Laddove altri artisti con la stessa ambizione volgono lo sguardo verso l'interno per capire il mondo, Gregarius fa il contrario. Guarda verso l'esterno per capire l'uomo.

«Si mette in viaggio per il mondo. Così ha fatto sin dall'inizio.

«Quando Gregarius scappò di casa, come abbiamo sentito, si spinse nientemeno che in Groenlandia. Non sono d'accordo con Jan quando dice che fu un caso, che voleva solo allontanarsi, magari arrivare fino in Svezia. Perché so che Gregarius aveva sentito parlare degli eschimesi dal padre, il quale li aveva visti una volta a Copenaghen. Gli aveva descritto la loro pelle coriacea e i loro occhi neri, e Gregarius lo aveva ascoltato tutt'orecchi. Credo che come mozzo di bordo Gregarius lottò settimana dopo settimana con il mal di mare per raggiungere il paese di ghiaccio e di neve. Già, ma per quale motivo? Per collegare, per gettare un ponte. Credo che una volta finito di lavare il ponte e di vomitare, quando senza forze si sedeva contro il parapetto da qualche parte della nave, Gregarius riuscisse ancora a sorridere. Perché nella sua fantasia c'erano quegli embrioni, quelle vaghe immagini di popoli diversi, di cui aveva sentito parlare e che si era immaginato. C'erano da parecchio, e da piccolo a volte ne aveva avuto paura, altre volte aveva desiderato conoscerli. E nell'arco di poco tempo riuscì a riunire i parti della fantasia con le persone in carne e ossa che li avevano concepiti. Gettare ponti, dall'interno verso l'esterno.

«Un altro fatto curioso che mi piacerebbe menzionare è che, mentre Gregarius sedeva sulla nave sorridendo pieno di aspettative, in questa città c'era uno scienziato e filosofo di nome René Descartes che coltivava lo stesso suo desiderio: collegare la fantasia con la realtà. Con la differenza che Descartes era seduto a un tavolo e sezionava cervelli di animali. Tra i suoi interessi c'erano i pensieri e l'anatomia, e incise il cervello in profondità alla ricerca del punto in cui hanno sede la memoria e la fantasia. Vi prego di notare che sembra quasi il gigante del processo pubblico, seduto là con il bisturi e, infatti, dopo si convinse di aver trovato la dimora dell'anima, la cosiddetta ghiandola pineale.

«I due uomini desiderano la stessa cosa, ma si muovono in direzioni opposte. Mi seguite? Descartes si addentra nella carne più che reale per trovare la fantasia, mentre Gregarius esce nel mondo per collegare la fantasia con la realtà carnale.

«Dunque, immagino che cominciate a capire cosa intendo quando parlo di vedere l'uomo, anzi di vedere dentro l'uomo, guardando il mondo. Per Gregarius all'interno e all'esterno dell'uomo c'è la stessa cosa, e usa la vista come mezzo di collegamento.

«Quindi ho inviato a eseguire opere su commissione un uomo – tanto per tornare al perché sono il mecenate proprio di Gregarius – la cui vista collega gli eventi del mondo con l'intimo dell'essere umano. Infatti, il mio desiderio era di avere dei quadri in cui potessi vedere cosa tutte queste guerre che imperversano in Europa e tutti questi vani tentativi di pace dicono di noi uomini.

«Cosa ho avuto? Già, nella sua arte Gregarius non si lascia intralciare dall'imperativo dei nostri tempi secondo cui l'arte deve ammaestrare e commuovere. Ho avuto quello che ho dato a voi: immagini piene di allusioni. Allusioni a una spiegazione. In questo modo le opere che gli ho commissionato somigliano a quei suoi ritratti che vedete qui: non vi è traccia di ammaestramento. Per contro, i suoi quadri migliori contengono tante di quelle allusioni che ci vogliono anni per capirli. Ho promesso di descrivervene qualcuno, lo so, ma so pure che quelli su cui preferirei soffermarmi non li ho ancora finiti di studiare. Un anno fa ne avrei parlato in maniera diversa da come farei oggi, e di qui a un anno la descrizione sarà ancora cambiata. Allora, quale dovrei scegliere? Quale?»

Constantin sembra veramente incerto. È sempre nella stessa posizione, appoggiato alla parete, e ha un'aria quasi disperata.

Jan lascia la presa intorno al rotolo di corteccia di cannella che ha tra i denti. Finora lo ha usato come cannuccia per bere rumorosamente il *kandeel*, ma ora vuole rispondere all'Affabulatore. «E che mi dici del quadro della Terra di Van Diemen? Non lo avevi ordinato tu? Ho visto gli schizzi, ma non il quadro vero e proprio, non potresti descrivercelo? Infatti, se lo chiedi a me, quella è stata la più grande avventura che ci sia mai capitata.»

Jan si è di nuovo immerso in un ragionamento ed è restio a lasciarlo.

«Ah! Eravamo laggiù dove abitano le tigri, e gli elefanti sono bianchi, dove i serpenti nuotano in mare, e i coccodrilli vivono più a lungo delle persone, sì, laggiù dove le foche hanno la pelliccia e gli uccelli nuotano in mare. Dove nessun uomo bianco aveva mai messo piede, per conquistare terre vergini. Sconosciuto! Non hai ancora sentito il più bello. L'Estremo Oriente. Allora? Non ti dice niente? È stupendo.»

Questa volta nessuno cerca d'interrompere Jan. Lui dimena le braccia come se nuotasse, con un lieve ritardo rispetto alle esclamazioni.

«Mentre navigavamo verso quella destinazione un altro angelo popolò i nostri sogni. I marinai avevano il sonno agitato, e la mattina non c'era verso di tirarli giù dalle cuccette.

«Gregarius raccontò di una donna bellissima e imperscrutabile, piena di passione e di segreti. Scatenata e irresistibile. Alle volte era affabile e amorevole, ma non si poteva mai sapere per quanto. Da un momento all'altro cambiava, colta dall'ira o dalla gelosia, e si metteva a inveire. Nella caccia gli indios del Sud America usano certe piccole frecce che lanciano soffiando nelle canne, e la punta è imbevuta di un infuso velenoso ricavato da un seme. Così potevano essere le sue parole: le sputava con violenza, e quelle si conficcavano nella carne spargendo veleno. Ci voleva pratica per saper prendere una donna simile, per tenersela buona. Farla sentire bene e soddisfatta. Gregarius dipingeva più che mai. Può anche darsi, Hendrick, che secondo te Gregarius fosse guidato dal talento per gli affari, ma io dico di no. Imparò tutto quanto per ingraziarsi quella donna! Proprio in quel periodo produsse una gran quantità di ritratti di persone dalla pelle scura, e li vendeva subito, e i soldi li dava a lei. Le passava somme più che sufficienti per il governo della casa, le comprava regali, trovava in continuazione nuovi vestiti e gioielli. Non andava mai per bettole né si ubriacava alle feste, e per lo più restava in casa. Così lei non aveva motivo di essere gelosa.

«In compenso, quando era felice e soddisfatta e non covava

sospetti, e lui le aveva fatto un ritratto lusinghiero oppure le aveva dato l'ennesimo regalo... allora la sua generosità non aveva eguali! Allora lo coccolava tanto che arrossisco al solo pensiero. Metteva a scaldare l'acqua per il bagno e poi s'immergevano entrambi nella tinozza. Gli lavava via l'olio e i colori dalle dita, gli sfregava le braccia, gli massaggiava i talloni indolenziti. Gli lasciava contare i nei che aveva sulla pancia e disegnare figure tra un punto e l'altro. I sei più grandi tracciavano una forma allungata, che poteva essere una mandorla spigolosa, una fiamma paffuta, il ponte di una nave, la punta di una freccia, ogni volta lui ci vedeva una cosa nuova. Dopo il bagno lo asciugava, lo faceva distendere e si chinava sopra di lui. E i suoi capelli, che erano folti e di un nero lucente come quelli di un'indiana, le ricadevano dalla testa posandosi sul viso di Gregarius. Lo avvolgevano come una notte bellissima, in cui vedeva lei e soltanto lei.

«Era questo il motivo per cui i marinai avevano il sonno agitato, temevano le frecce di quella donna. Scalciavano nelle cuccette quasi che le loro gambe stessero fuggendo. Ma, anche dopo aver sentito descrivere i suoi capelli che erano come la notte, si rifiutarono di alzarsi. Rimasero distesi con gli occhi chiusi e a sospirare, non volevano riemergere dal buio avvolgente del sonno.

«Uh. Ma, come dicevo, eravamo diretti in Estremo Oriente, a Batavia! Anzi no, Batavia non fu che una tappa intermedia. Infatti, quando arrivammo laggiù trovammo un uomo di nome Abel Tasman che voleva spingersi a sud per esplorare la regione sconosciuta chiamata Terra Australis, quella che su molti mappamondi occupa tutto il fondo. Lo prendemmo a bordo. E via, si parte!

«Salpammo dalla sempre verdeggiante Giava con due navi e raggiungemmo il mare aperto. Sembra sempre che ci voglia un'eternità, ma in compenso si racconta in un attimo. Circumnavigammo Mauritius e poi puntammo verso sud, ma non incontrammo niente. Niente. Mare ed eternità. Cambiammo rotta, e ci dirigemmo verso est. Ancora niente. Vento e mare ed eternità.

«Infine avvistammo terra. Davanti a noi si stendeva una misteriosa linea costiera. Nessuno aveva mai navigato da ovest verso l'Australis come stavamo facendo noi, secondo le carte nautiche non era possibile. Ed eravamo troppo a sud, forse era una regione completamente nuova. Abel la battezzò Terra di Van Diemen. Seguimmo la costa per giorni e giorni, verso sud, poi verso ovest e infine verso nord. Era una regione immensa, ma non scorgemmo né abitanti né abitati, era completamente deserta. Non c'era nessuno con cui fare commerci, però con ogni probabilità alla Compagnia avrebbe fatto piacere lo stesso. Potevamo prendere possesso di quella terra.

«Ma le condizioni atmosferiche ci facevano i dispetti. Non potevamo scendere a terra, le piccole scialuppe a remi non riuscivano a superare la risacca. Alla fine il maestro d'ascia che era a bordo con noi si buttò in acqua e nuotò sfidando le onde da solo. E una volta guadagnata la riva piantò la bandiera della Compagnia.

«Ah! Dovresti provarlo un giorno, sconosciuto. La sensazione di conquistare una nuova terra. Prendere possesso dell'ignoto. Uh. Alla salute!

«Subito dopo partimmo per nuove avventure: dovevamo passare a sud dell'America! Non lo facemmo. Arrivammo a un'isola abitata, dove fummo assaliti da uomini dalla pelle color nocciola, alti e robusti, e con il volto dipinto con motivi nero notte, che ci vennero incontro armati di lance su canoe. Prima che riuscissimo a metterli in fuga uccisero sei uomini della ciurma. Corpo di mille diavoli!

«Ma l'ultima parte del viaggio, ecco che cosa mi era venuto in mente. La cosa più bella che abbia mai visto. Era un tratto di mare infido, con vere e proprie montagne appena sotto la superficie, ma non ci crederai! Una miriade di isolotti sparsi che s'innalzavano bruscamente dall'acqua, pareti rocciose grigiastre piene di solchi e di aggetti. In alcune si aprivano cavità, archi che si levavano sopra la superficie del mare. In fondo si scorgevano grotte buie o lagune aperte. Le lagune erano circondate da piante umide dalle foglie grandi, lambite da una luce verde-azzurra. E una profusione di fiori rossi, gialli e arancioni. Le cime delle isole erano ammantate da un tale rigoglio di alberi, palme e sottobosco fiorito che traboccava oltre i bordi come un bouquet da un vaso. Gregarius non vide quasi nulla di quello spettacolo, occupato com'era a disegnare schizzi della conquista e dei selvaggi che ci avevano assalito. Ma una notte lo trascinai sul ponte. Era sereno e non c'era vento. Costeggiavamo lentamente gli isolotti, intuivamo a malapena i profili frastagliati che oscuravano i guizzi delle increspature e, qua e là, i puntini delle stelle basse sull'orizzonte. E i contorni gettavano ombre luminose, è la verità! Quando li superavamo bordeggiando, sul lato sottovento vedevamo un orlo di acqua calma. In quel punto la luna stendeva il suo serico tappeto di riflessi ai piedi della roccia nera. Perfino Gregarius rimase seduto senza spiccicare una parola.» Jan si blocca e rimane a bocca aperta.

Constantin lo guarda inarcando le sopracciglia. «Allora, volevi sapere del quadro della Terra di Van Diemen?»

«Sì, accidentaccio. Proprio così.»

Constantin assume un'espressione scettica, oscilla un po' la testa avanti e indietro. «Non è molto interessante. Raffigura un uomo inginocchiato su una distesa di terra nuda accanto a una bandiera. In una mano stringe un coltello e sta incidendo alcune lettere sul bastone cui è fissata la bandiera. Forse le iniziali del suo nome, non lo so. Quel quadro non è più appeso alle mie pareti, Gregarius ha realizzato opere ben più interessanti.»

Per un breve istante Constantin sembra colto dalla stessa incertezza che lo ha bloccato prima. Poi con una spinta si scosta dal muro. I suoi piedi si muovono a piccoli passi avanti e indietro in uno spazio ristretto. Anche la sua voce perde il timbro reclinato.

«Si potrebbe dire che le meditazioni sui suoi quadri mi hanno guarito dalla noia, ma non mi hanno reso la vita più facile. Ho contemplato la sua rappresentazione delle battaglie marittime fra la nostra repubblica e gli inglesi e riflettuto sulle parvenze nebbiose di figure tra gli spruzzi di spuma e sui ponti deserti delle navi che affondano. Ho osservato la scena che realizzò in occasione dell'avvento dell'assolutismo nel suo paese, e mi sono chiesto perché Federico III sieda da solo vicino a una finestra anziché essere circondato da pompa, celebrazioni e festeggiamenti. Scruta in linea obliqua verso il cielo di Skåne, la regione che poco tempo prima gli era stata sottratta dagli svedesi. E c'è qualcosa di almeno altrettanto insondabile in molti altri suoi ritratti, soprattutto in quelli degli stessi filosofi di Amsterdam, Spinoza e Descartes. Basta un volto e magari una mano o due, e Gregarius riesce a suggerire enigmi interiori, profondi misteri.

«Dalle trattative di pace di Vestfalia, uno degli incarichi più importanti che gli abbia affidato, tornò con un'acquaforte, anche se gli avevo commissionato un dipinto. Un dipinto di almeno un metro per un metro e mezzo. Avevo intenzione di appenderlo in sala da pranzo, dietro il mio posto a capotavola. Mi arrabbiai e gli dissi di rifarlo ma lui si limitò a rispondere che non poteva, l'incisione era l'unica maniera possibile di rappresentare i negoziati. Mi lasciò la stampa e se ne andò. Io riposi il foglio e per un po' mi aggrappai tenacemente al mio disappunto ma, come avrete già indovinato, finii per darle un'altra occhiata. E, per chi la guardi più di una volta, quell'opera contiene un intero viaggio.

«Gregarius ha rappresentato le trattative di pace come se si fossero svolte in due file di tavoli, disposte l'una di fronte all'altra all'aperto, in un parco. Ciò non corrisponde alla realtà, ho saputo che hanno avuto luogo in una sala d'onore, ma lui le ha raffigurate così. La prospettiva è leggermente inclinata, come se lui osservasse da un secondo o un terzo piano. Come se si trovasse in un castello e guardasse la folla e il parco sottostanti. Sulla sinistra il prato è delimitato da un viale di pioppi che corre verso l'orizzonte. Il cielo è solcato da una lunga formazione di nuvole che si allontanano veleggiando dall'osservatore. A ciascuno dei molti tavoli è seduta una delegazione dei regni interessati, composta da un numero di membri variabile fra due e quattro. Il quadro appare molto tumultuoso, ma di primo acchito è difficile capire perché. Però, se si guarda più attentamente la disposizione, si nota che nessuno dei tavoli delle due file è perfettamente dritto: sono tutti leggermente storti rispetto alla retta lungo la quale dovrebbero essere allineati. Inoltre, le sedie dei componenti di ciascuna delegazione sono disposte su altre rette. La parte inferiore delle gambe delle sedie o i pezzi di schienale visibili formano rette, ma nessuna è allineata con un'altra. Né nessuna è allineata con i bordi dei tavoli o con i pioppi, né con l'orizzonte o, se è per questo, con le linee di fuga, perciò c'è una quantità incredibile di rette intersecate, come aghi di pino in un formicaio. In un'incisione, costituita esclusivamente da linee e tratteggi, l'effetto è forte, e probabilmente rimanda al caos di discordie politiche e religiose da cui avevano avuto origine tutte quelle guerre che imperversarono per trenta, cinquanta, ottanta anni, e che qui, al momento di firmare i trattati di pace, non è assolutamente sparito. Ma c'è dell'altro. L'ho scoperto solo molto tempo dopo, poiché non possiedo quel particolare sguardo che si acquista praticando la pittura. Le nuvole del cielo non sono soltanto nuvole. Sono tante e piccole, ma insieme compongono una formazione, e questa formazione non è casuale. Corrisponde con estrema accuratezza all'Europa vista dal basso. Immaginate di montare una mappa dell'Europa in una cornice: la carta è talmente sottile che avvicinandola a una fonte luminosa traspare sul retro. Poi di sistemare la cornice su un cavalletto, come si poserebbe la carta su un tavolo, e di sedervi lì accanto guardando in su dal retro della mappa: la Spagna e l'Italia sono le più vicine e quindi si trovano nella parte superiore del campo visivo. Ed ecco, più giù, vedrete la Francia, tutto il Sacro Romano Impero della Nazione Germanica, e via di seguito. Così appare nell'incisione, perché la carta è vista dal basso *e* da una prospettiva obliqua, che cela a lungo l'Europa a uno sguardo inesperto. I regni meridionali si trovano su in alto sotto la cornice, e giù, verso l'orizzonte, il regno svedese e quello danese si dissolvono in foschia. Se poi si prolungano le rette delle sedie dei delegati con l'aiuto di un righello facendo in modo che questo arrivi a toccare le nuvole, si vede da quali regni provengono. Un espediente raffinato, si potrebbe pensare, ma anche logico e coerente. Poi scoprii che i passaggi da una nuvola all'altra seguono quasi fedelmente i confini dei regni. Alcuni in modo molto netto – i tratteggi sono talmente fitti da formare quasi delle linee spesse –, altri leggermente spostati, altri ancora appena visibili. La forza con cui ha premuto il bulino quando ha realizzato l'incisione è variabile, e perciò lo è anche la profondità con cui i confini si sono impressi nella lastra. Ha disegnato un'Europa diversa con meno confini fissi. In seguito mi sono accorto che l'orizzonte era insolitamente dritto. Nonostante il paesaggio che si stende dietro il prato, è piatto e senza contorni come l'orizzonte del mare, e nessuna figura lo interrompe, nemmeno quelle poche che sono in piedi, che si trovano immediatamente al di sotto a causa della prospettiva. L'Europa sembra sospesa come una vaga idea sopra la testa di tutti quei sovrani e funzionari, che però ne sono nettamente separati. Solo i pioppi svettano collegando la terra all'aria.

«Ormai il mio viaggio addentro a questo quadro va avanti da oltre quindici anni. L'ultima scoperta che ho fatto è che nelle mie vesti di osservatore mi trovo in una posizione particolare. Al secondo o al terzo piano di un castello, mi pare di aver detto, ma a mo' di cornice non c'è il telaio di una finestra né nulla di simile, e il viale di pioppi, che normalmente menerebbe verso il portone del castello, si trova alla mia estrema sinistra. Per certi versi potrei benissimo essere sospeso in aria. E la linea dell'orizzonte è esattamente al centro del quadro, al centro del mio campo visivo. Come osservatore mi trovo sospeso in aria a metà tra i negoziati e l'idea dell'Europa. A metà tra cielo e terra: metà essere umano metà angelo, forse? Non lo so.

«Né servirebbe a qualcosa svegliare Gregarius e chiederglielo. Di questi argomenti parla per indovinelli. Se gli domando in che modo si può essere metà uomo metà angelo, si limita a rispondere: come la carne e l'anima. Se gli chiedo in che modo l'uomo sia intimamente legato alla terra, com'è ai suoi occhi, in che modo l'osservatore è legato a ciò che vede e viceversa, e cosa tenga insieme il mondo, visto che è diviso e fa di tutto per distruggersi e cadere in pezzi, risponde con la massima naturalezza: la forza dell'unione.

«Mi tende una mano distesa con il palmo volto verso l'alto, così, e voi che lo conoscete riuscirete senz'altro a immaginare la sua espressione. Come un attore comico che debba essere serio per un attimo. Poi alza le dita unendo i polpastrelli. L'unione. È l'unione il suo scopo, quando dipinge. Così come è lo scopo della sua vita.

«E, quando gli chiedo qual è la forza dell'unione, prorompe in una risata, perché ha risposto tante di quelle volte che non ha più voglia di ripeterlo.

«Il bacio dell'angelo. Questa è la sua risposta.»

Constantin s'interrompe, e con un'espressione interrogativa porta entrambe le mani all'altezza della testa. Il movimento è talmente rapido che per poco il massiccio anello non gli cade dal dito.

Nella stanza i presenti sembrano più presi dall'esitazione dell'Affabulatore, che a cercare una risposta.

Solo la donna dai capelli grigi riflette. Sorride. «Ma è semplice.»

L'Affabulatore le lancia un'occhiata incredula, e lascia cadere le braccia. Poi sul suo volto affiora un sorriso condiscendente. «Sì, è semplice. Come sempre sotto c'è una storia che fa sembrare tutto semplice. Conosco benissimo la storia del bacio dell'angelo. Ma ci dà una risposta?»

Il sorriso della donna si allarga un pochino, ma non risponde.

«No», riprende Constantin. «Nessuna risposta chiara. Ma forse possiamo lasciare che i presenti giudichino da soli?»

La donna si stringe nelle spalle e inclina la testa di lato.

«Gregarius ha un'abitudine quando dipinge ritratti. Li copre di premure, come copre di premure il lavoro. Come ho già detto, i ritratti li realizza in isolamento. Questo vale anche per il lavoro preparatorio, la fase in cui le modelle gli fanno visita; le fa sempre venire quando è sicuro di non essere disturbato. Non ho mai incontrato nessuna delle sue modelle né conosco qualcuno che lo abbia fatto. Tuttavia, da una rapida occhiata alle pareti, si può presumere che le sue modelle siano anche i suoi angeli. Quando è arrivato a buon punto finisce il quadro di sopra nell'atelier, in completa solitudine. E, quando gli ha dato l'ultimo tocco, esegue sempre lo stesso gesto. Bacia il quadro.

«Lo si può interpretare come un'espressione del desiderio di animarlo, e questa è una bella idea. Ma è capitato un'unica volta, dice, una volta soltanto, però è successo: che il ritratto abbia risposto al bacio.

«È il suo bacio dell'angelo. Ma cosa significa? Che è l'unico quadro veramente riuscito? Che Gregarius, per usare l'espressione di Rembrandt, ha raggiunto il suo scopo? Che è riuscito a dipingere esattamente quello che ha immaginato nella sua fantasia? Che ha unito il suo intimo con ciò che l'olio e i colori formano sulla tela? O con la persona ritratta? O che l'unione riguarda la modella, lui e il ritratto in una squisita trinità?

«Ma, allora, in cosa consiste la forza dell'unione? Non credo che lo abbiamo capito. L'unione è ancora soltanto unione. A volte riesce, il più delle volte no. La parola non ha acquistato sostanza. Che genere di forza è quella che dovrebbe legare tutto questo?»

Nessuno risponde.

Per un po' tutti tacciono.

Intanto io resto seduto. Nel silenzio mi accorgo di essere sazio. Sazio di storie. Come ho accennato, ce n'erano ancora altre in arrivo.

Quella che è stata evocata davanti ai miei occhi è un'immagine multiforme. Ognuno, uomo o donna, ha la sua idea personale di Gregarius. In un certo senso, esistono altrettante versioni di Gregarius quanti sono i ritratti femminili alle pareti della stanza. E parecchie storie sono addirittura rimaneggiamenti dei suoi racconti fantastici; le varie versioni sono, per così dire, repliche di autoritratti. Incisioni ricavate da dipinti che a loro volta si basano su schizzi di diverse composizioni. È come se l'uomo stesso sparisse in uno strato dopo l'altro di tratti e tocchi, e l'unica cosa che si vede nettamente sono alcune parti dell'ambiente circostante. Ma la tela è vasta, contiene una moltitudine vertiginosa di dettagli: persone, luoghi, avvenimenti.

È come se contemplassi una mappa di cinquant'anni di storia europea con i contorni di un viso al centro.

Per poter riuscire a esaminare qualcosa faccio come ho saputo che fanno spesso i pittori quando stanno componendo un quadro: mi concentro su tre punti. Tre dettagli che Gregarius stesso ha dipinto.

Guardo la bandiera che un maestro d'ascia ha lasciato sulla costa della Terra di Van Diemen, che poi diventerà la Tasmania. Un bastone e uno straccio destinati a informare che questo paese appartiene alla Compagnia delle Indie Orientali, piantati dal primo europeo che vi abbia messo piede, e che rimarrà l'unico per molto tempo. Nessuno nota quel bastone. Nessuno lo vede. Ma le navi di Abel Tasman proseguono allontanandosi sull'acqua azzurra, e a bordo hanno altre bandiere. E mi chiedo cosa faranno i nederlandesi quando un giorno passerà qualcun altro e caverà le bandiere dal suolo. Immagino che combatteranno. Così come combatterono con gli spagnoli a Curaçao, con i portoghesi in Africa, con gli inglesi e gli svedesi nel Nord America. È come se non fosse sufficiente combattere con tutti quanti qui, sul piccolo continente: qui non c'è abbastanza spazio per dare fondo a tutte le proprie risorse. Le bandiere sulle coste lontane sono inviti a combattimenti futuri. In verità Abel Tasman non sfida le regole solo come esploratore.

Guardo l'ebreo Menasseh ben Israel. Gregarius lo ha ritratto davanti a una porta scura di Londra nell'atto di bussare. Ha il volto segnato, i tratti sofferenti. Le nocche della mano alzata sono talmente arrossate che la pelle sembra sul punto di spaccarsi. Gregarius lo conosce come il vicino di casa di Rembrandt, e Constantin lo ha pagato per accompagnare Menasseh oltremanica e immortalare il suo bizzarro proposito. Menasseh è fra quelli che si stanno adoperando per portare gli ebrei in Inghilterra. Gli ebrei hanno il divieto assoluto di vivere nel paese, perciò il primo obiettivo è di indurre il parlamento e il Lord Protettore Oliver Cromwell a permetterlo per legge. Riconosco l'espressione del suo volto. È una stanchezza secolare. È la stanchezza del mondo intero. Non sopporta più il fatto che tutta la gente intorno a lui – l'Europa intera, a quanto pare – si sia illusa che è possibile conquistare nuove terre. Non è possibile. Si può scoprire la terra che esiste. Nessuno ha mai conquistato qualcosa che non ci fosse già. Forse è doloroso bussare con quelle nocche scorticate. Forse ha un'espressione tormentata perché la stanchezza lo spinge a farlo lo stesso. Secondo le antiche profezie, quando gli ebrei si saranno mescolati con le genti di tutto il mondo, allora verrà il Giorno del Giudizio. E sarà la fine. Finalmente. Finiranno le illusioni e i conflitti, finirà la cieca dannazione. E, di tutte le genti di cui è a conoscenza, agli ebrei manca solo di mescolarsi agli inglesi.

E guardo René Descartes. Non tanto il suo volto quanto quella mano che ha infilato sotto il mantello apparentemente per posarla sul cuore. Nel quadro, si trova in una stanza piccola ma indefinibile. Il fatto che sia seduto in quella posizione può significare molte cose. Forse è in procinto di partire per la Svezia, dove farà da precettore alla giovane regina Cristina. È un uomo attempato, e da giovane era gracile; forse cerca di capire se le sue condizioni fisiche glielo permetteranno. Oppure si sta accertando che il libriccino consunto sia al suo posto nella tasca. Quello in cui è riportato il sogno. Da quella notte inquieta e intensa lo porta con sé in tutti i viaggi. Aveva fatto un sogno che da allora in poi aveva plasmato la sua vita cosciente. In quel sogno c'erano libri, parlava di conoscenza. Lo aveva decifrato e interpretato appena sveglio, annotando subito tutto quanto. In seguito quel sogno lo aveva spinto a fermare la rotta di rollio tra la matematica e la medicina e altre materie e interessi per investire tutto il suo ingegno nell'enunciazione di un metodo, e poi rifletterci per iscritto, praticarlo e corredarlo di strumenti matematici. Il metodo consiste nel dubitare di tutto ciò che non si può percepire direttamente con i sensi e dimostrare concretamente e razionalmente. Diventerà la pietra angolare delle scienze naturali del futuro. Nel quadro, tuttavia, non è possibile vedere se Descartes stia tirando fuori il libro dalla tasca oppure no. Se stia cercando il sogno per liberarlo, oppure voglia assicurarsi che non çada, e tenerlo per sé. Non è dato sapere se teme che la gente dica che l'idea gli è venuta mentre dormiva, anche se ha impiegato anni di lavoro vigile e tenace per svelare l'intuizione del sogno. Oppure se sia convinto che è un po' troppo strano che il metodo razionale, scientifico, venga rivelato in sogno una notte in una locanda tedesca. Se preferisca serbare il libro come un segreto che si preme contro il cuore.

Mi concentro sui tre punti della grande, larga tela, e il sistema funziona. Crea un equilibrio che fa apparire più distintamente il volto al centro.

Mi accorgo che le storie hanno fatto ciò che solo le storie sanno fare: per un momento mi hanno prestato lo sguardo di un'altra persona. Quando il volto appare fra i tre dettagli della storia d'Europa, mi rendo conto che sto osservando il quadro con il particolare sguardo di Gregarius. Osservando il mondo vedo l'uomo.

Quello che vedo è un uomo giovanile. Un uomo che sfida le

regole, che è disposto a lottare per la sua causa, e che di quando in quando si sente il conquistatore del mondo intero. Come Abel Tasman e il suo maestro d'ascia. Un uomo che all'improvviso può vacillare, colpito da una spaccatura interiore o da un abbattimento pesantissimo. Come Menasseh. Uno che vuole percepire il mondo con tutto il suo essere, uno che vuole capire e sapere. Come Descartes. Uno che allo stesso tempo serba un segreto, che forse addirittura cela il suo segreto a se stesso.

E, dal modo in cui questo giovane parla di sé, odo un visionario convinto di ogni parola che dice. Come Gregarius.

Quella volta, seduto sulla sedia ad Amsterdam, non avevo un termine per definire uno come lui. Oggi l'abbiamo: teenager. Contemplai l'Europa, e vidi un teenager.

La mancanza del termine però non mi priva di quella bizzarra sensazione che coglie l'uomo attempato quando ne contempla uno. O contempla la propria giovinezza, con tutta l'arroganza e la follia. Al vedere l'ennesimo giovane che cerca di appurare se può elevarsi più in alto di chiunque lo abbia preceduto, se – fra tutti proprio lui – può elevarsi al di sopra dei fatti.

Quando, l'anno dopo, scopro che proprio nel 1666, mentre soggiornavo ad Amsterdam, un uomo di nome Isaac Newton ha formulato la legge di gravità, mi sembra naturale. È semplicemente necessario che qualcuno formuli una risposta al fatto che l'Europa sta staccando i piedi da terra.

Una mano scaccia l'immagine. È Constantin che allarga le braccia mentre guarda negli occhi la donna dai capelli grigi. Sembra voler dire che il silenzio gli ha dato ragione. Non abbiamo imparato nulla sulla forza dell'unione, altrimenti qualcuno avrebbe risposto.

Appena lui si volta, la donna cambia espressione. Mentre Constantin torna dov'era per appoggiarsi di nuovo alla parete, lo guarda, quasi volesse consolarlo.

Abigail rompe il silenzio. «Mi sono incuriosita. Non c'è

proprio nessuno che sappia chi sono le donne che Gregarius ha conosciuto?»

Jan, che è rimasto seduto con gli occhi chiusi, scuote il capo. «Sì», risponde inghiottendo la saliva che si è raccolta nella cavità della bocca. «Sì, Mari, ovviamente.»

«E le altre, di cui ci hai raccontato?»

«Non lo so.»

«Sono le donne raffigurate in questi quadri di cui parla Constantin?» La donna guarda la parete con i ritratti chiassosi.

«Molte corrispondono alle descrizioni che ho sentito. Sì.»

«Però non le hai conosciute?»

«No. Mi dovevo occupare della famiglia, quando eravamo a casa.»

La donna giovane vaga con lo sguardo sulla compagnia. «Nessuno le ha conosciute? Nessuno sa chi siano?»

Teste fanno cenno di no, i presenti si guardano a vicenda.

«È davvero incredibile.»

«Io lo so», dice il bambino che ha toccato i ritratti.

Con tutti quegli sguardi puntati addosso abbassa gli occhi.

«È scritto dietro i quadri.»

La curiosità dev'essersi diffusa, perché molti si alzano. I ritratti vengono tirati giù da tutta la parete.

Hendrick è il primo a girare il suo. «Che buffo, anche questa donna si chiama Mari.»

«Che c'è scritto qui?» domanda Jan.

«Perbacco, anche qui c'è scritto Mari.»

«E qui?»

«Mari!»

Ben presto appurano che dietro tutti i ritratti c'è scritto «Mari».

Lo sguardo del bambino vaga sui grandi, e le loro espressioni sbalordite lo fanno sorridere. «E hanno anche tutte delle macchie sulla faccia», dice. Ma questa volta nessuno lo sta a sentire.

Constantin, che è rimasto immobile, indugia con un sorriso

sghembo. «Probabilmente è uno scherzo. Forse dovreste riappenderli e vedere cosa c'è scritto sui quadri di fronte.»

Evidentemente non hanno difficoltà ad attribuire uno scherzo del genere a Gregarius, perché seguono subito il suggerimento. Appendono i quadri ai chiodi e poi tirano giù i numerosi ritratti femminili più sobri. Li girano. Dietro ci sono scritte solo date.

Le date, comprese fra il 1633 e il 1663, rivelano che sono stati realizzati nell'arco di trent'anni. Appena se ne rende conto, Hendrick propone di allineare i dipinti lungo la parete in ordine cronologico. Un paio di giovanotti si mettono subito all'opera.

Appena sono disposti in fila Hendrick fissa i quadri lisciandosi i baffi con due dita. «Certo che è proprio strano. Io sarei propenso a pensare che siano stati realizzati in un arco di tempo non più lungo di cinque anni.»

Constantin, che ha seguito gli spostamenti delle numerose cornici dietro il suo sorriso sghembo, si concentra di colpo. Avanza di qualche passo. «Che strano. E io che credevo di avere ragione. Le donne della parete opposta potrebbero benissimo essere state ritratte in momenti diversi, mentre tutte queste qui sono una sola e quindi Mari, si direbbe. Voilà, il mistero è risolto! Però, riuscite a vederlo? Lo stile cambia. Dal primo all'ultimo di questi ritratti, per il resto identici, potete vedere un'evoluzione pressoché uguale a quella del maestro di Gregarius. Le pennellate diventano più grossolane, la luce un po' più fosca, i lineamenti un po' più incompiuti. Questa evoluzione non è altrettanto evidente negli altri quadri, che sono tutti dipinti un po' frettolosamente, sebbene con abilità e precisione. In tutta franchezza devo dire che secondo me le date si riferiscono senz'altro ai quadri su cui sono riportate. E la cosa strana è piuttosto, come mi pare abbia anche accennato Hendrick, che apparentemente in trent'anni la donna non è cambiata.»

«E che tutte le altre donne si chiamano Mari», aggiunge Abigail.

«Sì.»

Gli sguardi vagano avanti e indietro tra le due serie di ritratti.

«Prima che a qualcuno vengano le rughe a furia di riflettere», dice Jan pulendosi la bocca con la manica, «potremmo svegliare il padrone di casa e chiedergli come stanno le cose.»

«Giusto», dice Hendrick. «Però aspetta un momento. Prima rimettiamo a posto i quadri.»

Hendrick dirige personalmente l'operazione per evitare che qualcuno venga scambiato.

È la donna dai capelli grigi ad avvicinarsi a Gregarius. Porta le mani alle sue guance e gli solleva il viso. «Gregarius?»

Le sporgenze sotto le palpebre si muovono. Gregarius apre gli occhi e la guarda. «Angelo mio», dice.

Lei lo bacia sulla guancia. «Gli ospiti sono ancora qui. E ti vogliono fare una domanda.»

«Mmm», dice lui, e sorride.

Quel sorriso la contagia, e noto che una delle sue numerose lentiggini – o nei chiari – sparisce in una ruga vicino alla bocca, come un occhio che mi ammicchi.

Vado via prima che gli rivolgano la domanda. Mi profondo in ringraziamenti per l'ospitalità, i rinfreschi e i racconti, ed esco dalla stanza. Attraverso il corridoio ed esco. Prima di chiudermi la porta alle spalle sento una serie di esclamazioni di sorpresa e penso che siano il preludio dell'ennesima serie di storie chiarificatrici.

Costeggio il muro dell'edificio e mi soffermo davanti al buco un'ultima volta. Al di sopra del piedistallo vedo la compagnia raccolta intorno a Gregarius e alla donna dai capelli grigi, che ha preso una sedia, l'ha accostata alla sua e si è seduta: si tengono per mano. Gregarius tende il palmo libero verso il cerchio degli ospiti. I suoi occhi sorridono, ma non la sua bocca. Piega lentamente le dita finché le punte non si toccano, e riesco a vedere le sue labbra formare alcune parole, pian piano, sillaba dopo sillaba.

Per ultima cosa voglio vedere cosa c'è scritto sulla targa d'ottone; non sono riuscito a leggerla la prima volta che ho sbirciato. Mi sporgo un po' e guardo verso il basso. Adesso il piedistallo getta ombra sulla compagnia, e intorno vedo solo le due pareti. Perciò il ricordo che porto con me è il seguente.

Da una parte una figura ritrosa, immutabile, senza età. Al centro: bianchezza. Dalla parte opposta un molteplice, policromo schieramento di femminilità.

Titolo: *L'anima di lei.*

◆

Al mio ritorno da Amsterdam non mi annoiai un solo attimo durante i mesi che trascorsi nel mio letto per ristabilirmi. C'era un che di vivifico nella storia di Gregarius e in quello che era successo nella sua casa. Quei ricordi nitidi mi ricolmavano e mi ci soffermavo volentieri.

Soprattutto l'immagine dell'anima di Mari e il ritratto dell'Europa come un signore giovane ed esuberante continuavano a procurarmi nuove impressioni: cominciai a capire il lungo viaggio di Constantin nei quadri che Gregarius aveva realizzato per lui. E mi fece molto piacere appurare che tutti i miei clienti non poterono negare di avvertire un po' dell'eco che sentivo io, una volta che ebbi descritto i quadri.

Per molto tempo dimenticai il motivo per cui mi ero messo in viaggio: l'uguaglianza. Dimenticai la fresca ventata di spregiudicatezza tra gli indaffarati commercianti dei liberi Paesi Bassi, che era l'altro nome della repubblica; dimenticai la sintomatica scoperta di quanto fosse sventata la mia strisciante sensazione che l'uguaglianza era piuttosto scaturita per distrazione, sbadataggine, la mia crescente paura che sicuramente sarebbe stato difficile conservare una cosa conquistata con tanta facilità. Dimenticai la mia riflessione un po' misantropica secondo cui l'uguaglianza mi era sembrata simile all'indifferenza. E che inoltre vigeva soltanto internamente, perché non appena gli abitanti di Amsterdam volgevano lo sguardo oltre i confini della città, verso altri paesi o continenti, di colpo le differenze saltavano di nuovo agli occhi, e vedevano potenziali nemici o schiavi. Il paradosso permaneva.

Forse hai notato che nella storia precedente Constantin appare come una versione un po' manierata di me stesso, un personaggio che si potrebbe sospettare di essere l'emissario dell'autore nella storia. Il motivo è che a lungo è stato quello della compagnia raccolta intorno a Gregarius che capivo meglio, ed è impossibile evitare che questo fatto si ripercuota sulla narrazione.

Iniziai a rendermene conto quando mi ero quasi ripreso del tutto, e l'esperienza della storia cominciava, decisamente mio malgrado, a sfuggirmi di mano. Come Constantin, persi la prima impressione, chiara e intuitiva, di ciò che i quadri mi avevano comunicato. Tutto si trasformava in allusioni confuse e, a poco a poco, in dubbio.

Tentai di opporre resistenza, di cautelarmi. Tentai di mantenere l'idea di un narratore in grado di dare vita ai defunti, che con la parola riuscisse a portare i sogni fuori della notte e la luce negli occhi della gente. E del suo corrisposto amore di una vita per Mari. Insistei sul fatto che i due erano stati sempre insieme e felici. Mi avevano dimostrato che l'amore era ancora grande, perché un essere umano contiene in sé innumerevoli possibilità e, se si deve amare tutto, perfino in un unico individuo c'è incredibilmente tanto cui voler bene. Mi aggrappai alla convinzione che le cose stessero così.

Ma avevo lasciato la stanza. Ero andato via proprio un attimo prima di avere la possibilità di sentire un'altra spiegazione.

Anche i ritratti dell'anima e dell'Europa si screpolarono e si sbriciolarono fino a sparire. Il primo era una composizione casuale di elementi scollegati, priva di un'intenzione artistica. Visto da un punto sbagliato. L'altro era un'idea, che in realtà non era radicata. Si disgregò in quello scompiglio di guerre piccole e grandi, che continuarono a imperversare nei principati e nei paesi e nelle colonie d'Europa dopo il grande congresso di pace di Vestfalia. In questi casi non si poteva certo parlare della forza dell'unione. E, vista in quella luce, anche l'uguaglianza tutto creava tranne unità, piuttosto rivalità reciproca. Quella forza, di cui Gregarius aveva parlato con tanta naturalezza, esisteva veramente?

Non riuscii a resistere. Il dubbio mi vinse. Cominciai a chiedermi se quella domanda che ormai andavo facendo alla gente da quasi duecento anni fosse posta in modo sbagliato. Infatti, se si chiede cos'è l'amore, si presuppone che esista.

SETTECENTO

Un'anima vecchia non può sottrarsi al dubbio. Più a lungo si vive, più termini di confronto si hanno per ogni cosa. Si diventa capaci di dubitare persino delle proprie convinzioni più profonde. Se si indulge a questa pratica per lunghi periodi si cade nella depressione, si vede tutto con un relativismo generale e avvilente, e allora subentra il cinismo, che a sua volta porta al disprezzo e all'odio di sé.

Tenuto conto di questo, posso dire che trecento anni fa non c'era niente che fosse meglio di altro e ben poco di buono. Non c'era niente da imparare perché non c'era niente di nuovo sotto il sole, solo vecchio ciarpame disposto in mucchi nuovi. E non c'era niente da domandare: infatti, chi mai avrebbe potuto darmi una risposta che non avessi già sentito? Né mi poteva essere d'aiuto il fatto che vivere a Copenaghen mi fosse diventato più facile. La caccia alle streghe si era attenuata, e ormai non rischiavo né la pira né gli incendi, al massimo lo scherno o gli insulti: se la gente mi chiedeva chi ero, bastava che dicessi la verità, così nessuno mi avrebbe creduto. E fin qui tutto bene. Ma, quando finisce un tormento, ne arrivano di nuovi, si sa. Dico giusto? Perfino nella mia casetta appartata nel cortile notai senza ombra di dubbio che quella paura che aveva spinto gli inquisitori nella caccia era immutata: aveva semplicemente assunto nuove forme. Aveva colpito la morale dominante come un terrore della sessualità e si era insinuata nell'intelletto come un odio cieco, l'odio profondo e irrazionale per ciò che non si comprende. Eh, sì, me n'ero accorto eccome, che nessuno s'azzardi a smentirmi.

Nemmeno la nuova corrente di pensiero, che avrebbe dato

all'inizio del Settecento il nome di Illuminismo, riusciva a entusiasmarmi. Consideravo i suoi sostenitori un branco di scimmie urlatrici che si sarebbero dileguate nel rigoglio della foresta non appena qualcuno avesse urlato di rimando. E prevedevo che i primi ad alzare la voce sarebbero stati i potenti della società perché sicuramente non avrebbero accettato una popolazione illuminata. La struttura sociale imperante era altrettanto atavica di tutte quelle idee con cui stavano facendo i conti le scienze naturali: e se alle masse entusiaste dell'Illuminismo fosse saltato in mente di fare i conti anche con la distribuzione del potere?

Tuttavia, la maggior parte dei miei clienti era entusiasta. Se si fosse riusciti a trasformare le popolazioni in lettori, in eruditi, non solo gli scrittori avrebbero venduto più libri, ma le loro idee avrebbero avuto un impatto ben diverso: si sarebbero diffuse in tutto il paese, avrebbero raggiunto gli angoli più remoti del regno. Allo stesso tempo il cittadino comune non sarebbe più dipeso tanto dai preti e da altri dotti: con un po' di cultura avrebbe potuto fare scelte illuminate, agire in base al proprio buon senso, raggiungere una libertà personale molto più vasta. E, come disse uno dei miei vecchi clienti – uno che mi conosceva bene ma non si era rassegnato al fatto che nel corso di un paio di decenni di scontento avessi elaborato una spiccata ripugnanza per le discussioni –, il creare libertà per i propri simili era un atto lodevole; anzi, non si poteva addirittura affermare che fosse una possibile espressione dell'amore?

«Cosa?» esclamai. «La libertà?»

«Sì.»

Addusse ragionamenti a sostegno della sua ipotesi, riferendosi tra l'altro ai vecchi romanzi cavallereschi, in cui la libertà era quasi un presupposto dell'amore: solo chi era libero aveva la possibilità di abbandonarsi alle forze dell'amore e di scegliere la sua dolce metà.

«Sono superati», ribattei. «All'epoca perfino le persone libere si consideravano nelle mani di potenze superiori. La dolce metà veniva scelta per loro, e standoci insieme non facevano altro che rassegnarsi al destino. Oggi la libertà ha un suono più freddo, non ti pare? A che serve la libertà a una persona che già si considera un individuo isolato? A essere assolutamente e completamente sola? »

« Non credo. »

« Però così pare, o no? Tutti i tumulti che scoppiano in nome della libertà non hanno forse come fine la liberazione da qualcun altro? E che dire delle guerre? No, nel migliore dei casi la libertà è una difesa per impedire ai vincoli dell'amore di diventare troppo stretti. »

Lui aprì la bocca, ma non fece in tempo a pronunciare la sua protesta che i nostri sguardi s'incrociarono, e se la rimangiò.

Non riuscii a raccogliere nemmeno una storia. Le scartavo ancor prima che attirassero il mio interesse. In genere uscivo poco. E non me la sentivo d'invitare gente a casa.

Però gli scrittori continuavano a farmi visita. Si rassegnarono a leggermi ad alta voce perché non avevo voglia di farlo da me. Al fatto che sonnecchiassi, e che dessi del tu a chiunque, perché non mi andava di ricordarmi tutti quanti, né chi si era convinto di aver conquistato la mia confidenza. Dopo la lettura esponevo le mie critiche, e questa parte della seduta non durava più di dieci minuti. Indicavo tutte le incongruenze, i passi sciatti, patetici, inservibili, meschini o ridicoli, e mettevo in dubbio quelli che nonostante tutto funzionavano senza dar loro il tempo di difendersi. Poi li pregavo di sparire. Ciononostante tornavano con i manoscritti corretti e il taccuino pronto. Alcuni sembravano addirittura trarre un certo piacere nel farsi strapazzare senza avere la possibilità di muovere obiezioni. E non potevo rifiutarmi di riceverli: dovevo pur vivere di qualcosa mentre aspettavo di morire.

Quindi, le storie mi arrivavano in casa. Quella che segue è una delle tante.

Uno schizzo dell'essenza della luce

Fammi diventare una stella fissa
nel firmamento del tuo cielo.
OLE RØMER (1644-1710)

Ho vissuto in un'epoca in cui si riteneva che la conoscenza fosse quello che ci voleva per illuminare la gente. Un'epoca in cui contemporaneamente la scienza si affannava a tirare il cielo giù in terra.

Poco prima di questo secolo Ole Rømer aveva scoperto che la luce non era qualcosa che c'era oppure non c'era. Era una cosa che aveva un'origine e si propagava da un punto all'altro, una cosa che, in altre parole, aveva una velocità. E quella scoperta parve giustificare il formarsi di un'opinione positiva. Ossia che la conoscenza, come una sorta di luce dell'anima, potesse essere propagata al popolo, potesse andargli incontro: forse non era irrimediabilmente ottenebrato.

Si osannavano i geni quali creatori di nuova conoscenza. Uomini come Ole Rømer, che vantavano un talento versatile e un'attività poliedrica. Nel corso della sua vita Rømer aveva messo a punto misuratori astronomici di precisione, macchine planetarie, termometri, reti idriche, codici grafici, una particolare miscela di polvere da sparo, ed era stato astronomo, borgomastro, capo della polizia, giudice di cassazione, docente e rettore dell'Università di Copenaghen, nonché membro dell'Accademia delle Scienze di Francia. Era stato un fulgido esempio. Da uomini come lui, dai geni, si propagava la luce.

Ma, proprio mentre in Danimarca ci si accingeva ad affrontare il compito dell'Illuminismo, Ole Rømer morì. E non c'era nessuno che potesse accollarsi quell'eredità, nessuno che potesse fornire l'Illuminismo di nuova conoscenza.

C'era una vergognosa penuria di nuovi geni. E un parallelo, ardente desiderio che ne emergesse anche uno solo.

Non fui l'unica persona a riporre la mia fiducia in Hans Bogø.

Lo vidi per la prima volta quando aveva diciannove anni, e io quindici. Il mio ricordo è nitido, più di quanto dovrebbe essere possibile considerato che cerco di dimenticare da tanti anni.

La porta era di frassino, dura e liscia al tatto. La dischiusi, osai aprire appena uno spiraglio. L'oscurità del corridoio si chiudeva fitta alle mie spalle, era notte, e, in camicia da notte e a piedi nudi, avevo attraversato la casa di nascosto, salito le scale. Era seduto al lume di due candele, chino sopra un tavolo. Si teneva la fronte con una mano, e tra il pollice e l'indice stringeva la frangia in un ciuffo ritto. Dietro, al centro dell'alta finestra, c'era uno strano apparecchio che non avevo mai visto prima: un cannocchiale su un treppiede, come seppi poi. La parte superiore, un lungo tubo di metallo, era infilata fra le tende trattenute da pinze. Dalla sua bocca usciva a intervalli lo stesso piccolo ritornello: « E se... no, neanche. Ma se... »

« E se... » Poi i suoi occhi scorsero con scarti rapidi e concentrati il foglio che stava sul tavolo. Scivolando sulla carta, la mano destra produceva una serie di schiocchi; l'indice seguiva la corsa dello sguardo da un punto all'altro, ma restava sempre un po' indietro. La mano sinistra, che stringeva la frangia, sembrava accompagnare le svolte dei suoi pensieri, e si muoveva a sua volta facendo oscillare il ciuffo. Mormorii gli uscivano dal naso. A un certo punto si fermò. Trattenne il respiro, le mani immobili. Spalancò gli occhi finché le iridi non furono completamente circondate di bianco. Spostò il capo liberandolo dalla mano sinistra, divaricò le dita. Infine buttò fuori l'aria:

«No, neanche». Tamburellò con un dito sul foglio, poggiò di nuovo la fronte al palmo e ricominciò daccapo. «E se...»

Non riuscivo a staccargli gli occhi di dosso.

Non avevo mai visto nessuno così assorto. Ovvero: non avevo mai visto un giovane in un momento di intimità. Era la prima volta che osservavo tanto deliberatamente una persona convinta di essere sola e dimentica del mondo circostante. Ma secondo me non era soltanto questo; secondo me la sua concentrazione *era* particolare.

Mi ero stabilita presso la famiglia Bogø un mese prima. Fino ad allora i miei genitori erano stati a servizio del gran ciambellano del re il quale, per motivi che non riuscivano a capire nemmeno loro, li aveva mandati dal signor Bogø. Mi avevano portato con sé anche se non ero compresa nell'accordo che li rendeva servi di un nuovo padrone.

La casa era situata nell'eterogeneo quartiere compreso tra Nørreport e Vesterport, non lontano dalla chiesa di Sankt Petri. Il ciambellano di corte ci congedò con le migliori referenze, ma con una vettura di piazza troppo piccola per trasportare tutti i bagagli sul tettuccio. Perciò le nostre valigie erano state appese a una corda fissata sopra la cabina del veicolo.

A un certo punto fummo fermati da un uomo che aveva una voce profonda e roca e allo stesso tempo permeata da un sibilo acuto. Gridò al vetturino, il quale gli spiegò chi aveva a bordo, e mio padre si sporse dall'apertura dello sportello e lo salutò. Ma di colpo si ributtò sul sedile, accostò la tendina e la tenne ferma. Un bastone batté forte contro la portiera. «Scendete con i vostri documenti», risuonò la strana voce. Mio padre rispose che purtroppo era impossibile a causa della valigia che bloccava la parte superiore dello sportello, e tese la lettera di referenze del gran ciambellano oltre la tendina. Ci fu un momento di silenzio e, pallido in viso, mio padre fissò davanti a sé battendo le palpebre, quasi aguzzasse le orecchie o si lambiccasse il cervello. Fuori l'uomo parlò sottovoce con il vetturino, e lentamente la carrozza si avviò.

Quando ci fermammo di nuovo, le valigie e la corda furono tirate giù e mio padre scese. Ci fu un sommesso scambio di parole, e poco dopo la vettura avanzò ancora di qualche metro. Poi mio padre disse a mia madre di scendere, e seguirono dei bisbigli. Infine aprirono completamente la portiera e infilando ciascuno un braccio all'interno mi tirarono giù. Mi trascinarono con presa decisa e camminando a sghembo ai miei fianchi raggiunsero una porta. Mio padre si era sistemato il cappotto sulle spalle a mo' di mantello: tra le braccia e il busto non c'era il minimo spacco, non si vedeva assolutamente nulla. Si profuse in sorrisi. Lo scialle di mia madre ricadeva sul davanti coprendomi come il cappotto di mio padre. Ciangottava con voce fina fina: dovevamo solo arrivare fino alla porta, era la nostra nuova casa, eravamo quasi arrivati, su, su, piccolina.

Riuscii a intravedere solo uno scorcio della strada: era grigia come una giornata di pioggia e deserta. I ciottoli erano grigi, i muri grigio-bruni, le facciate si confondevano in tonalità scure. Il cielo era una superficie bianco-grigia opaca, sebbene non ci fosse nemmeno una nuvola. All'improvviso mi sollevarono oltre la soglia.

Nonostante la grande curiosità che avevo allora, impiegai diverse settimane a venire a capo di quello strano arrivo. La soluzione dei misteri è come la scienza: le risposte sono infinite, ma è la curiosità a determinare quale verrà dichiarata soddisfacente. Non voglio tediare con le varie fasi della mia scoperta: i terzi gradi alle comari del quartiere, l'origliare alle porte, il ritornare dalle malelingue con domande di approfondimento. Quindi, permettetemi di cominciare dal punto in cui finì la mia curiosità: dalla storia del padre di Hans.

L'uomo dalla doppia voce era Severin Bogø. Da giovane aveva lavorato alle dipendenze di Ole Rømer, dapprima come annotatore, poi come assistente scientifico.

Durante le sue osservazioni notturne di stelle e pianeti, per poter rimanere dietro il cannocchiale Rømer si serviva di un annotatore; questi aveva il compito di controllare l'orologio e di trascrivere le posizioni che Rømer gli dettava insieme all'ora. Durante le lunghe notti fatte di lavoro monotono, pause e attese, certi annotatori diventavano loquaci, e a Rømer non piaceva che fossero altri a interrompere il silenzio. Severin, invece, non disturbava: fin dal giorno della sua cresima aveva parlato pochissimo. Infatti, nel periodo in cui la voce di un ragazzo da acuta diventa profonda, quella di Severin dava l'impressione di non sapersi decidere, parlava contemporaneamente con entrambi i timbri. Sembrava un bambino che imitasse il padre e intanto cercasse di coprire la sua voce con la propria. Quando parlava con qualcuno, il suo interlocutore si guardava intorno senza starlo a sentire, e allora, imbarazzato, Severin taceva. Rispondeva solo se interpellato, e lo faceva con le guance pallide e il collo chiazzato di rosso. Ma Rømer non poneva quasi mai domande, non sembrava mai avere dubbi né bisogno dell'opinione altrui, e accolse il mutismo di Severin di buon grado, se non addirittura con rispetto. In anni e anni di notti trascorse insieme, tra loro nacque una confidenza dettata dall'abitudine, e in alcuni periodi Rømer coinvolse Severin anche nel lavoro scientifico che svolgeva di giorno. Severin lo aiutò a graduare gli archi dei suoi quadranti allargati, su cui erano riportati i numeri per la regolazione sia verticale sia orizzontale del cannocchiale. Lo aiutò a calcolare i quozienti di pendenza della nuova, ampliata rete idrica, che Rømer fece installare a Copenaghen, con sollievo tanto dei cittadini nelle faccende domestiche quotidiane quanto dei vigili del fuoco. Aveva il permesso di guardare quando il signor Rømer ideava nuovi apparecchi nei suoi taccuini, anzi a volte, quando non riusciva a trattenersi, apriva la bocca e gli dava suggerimenti pratici. E in alcuni casi, con sua grande gioia, furono accolti nella realizzazione degli strumenti e dei macchinari abbozzati.

Quando la salute del signor Rømer cominciò a declinare, Severin aiutò la moglie a raccogliere e a ordinare i suoi numerosi appunti per evitare che andassero perduti. E durante quel lavoro un'umile speranza crebbe nel suo intimo fino a diventare una tentazione più forte di tutte le resistenze.

In cuor suo Severin sperava di diventare l'erede del genio. Aveva ammirato Rømer fin dall'inizio e lo aveva sempre chiamato Maestro. Poiché Rømer gli aveva mostrato un rispetto crescente, dapprima l'ammirazione si era trasformata nella speranza di uguagliare il Maestro, una speranza umile. Ma poi era cresciuta. Infine, una volta che fu in possesso di tutto il sapere del Maestro morente in forma scritta, la speranza si era trasformata in ambizione. E l'avidità dell'ambizione lo spinse a dividere tutto quanto in due mucchi. Giorno dopo giorno separava il materiale esaminato e portava a casa uno dei mucchi, nascondendolo nella fodera della giacca. Arrivò addirittura a interrogare il moribondo, a fargli domande sulle scritture cifrate che aveva messo a punto per re Federico IV e per suo uso personale. Rømer le aveva utilizzate in lunghi brani nei taccuini, i numerosi volumi che aveva denominato *Adversaria*. Ma il Maestro era o troppo debole o decisamente restio a rispondere, e Severin non riuscì mai a farsi rivelare la chiave dei codici.

Una volta morto e sepolto il Maestro, con tutta la competenza che aveva acquisito tenendo le orecchie ben aperte, Severin passò di nuovo in rassegna il materiale allo scopo di portare avanti uno o più progetti di Rømer. Mettere a punto altri strumenti di osservazione ancora più efficaci, scoprire nuove lune o stelle, ottenere un incarico dal re e, magari, un posto nell'Accademia delle Scienze di Francia.

Ma non ci riuscì. Disegnava e leggeva e cercava di fantasticare, come gli era sembrato che facesse il Maestro in certi momenti, prima di concepire idee decisive. Fu tutto inutile, le idee non arrivarono. Nondimeno, insisté ostinato. Il tempo passò, la vita sociale andò a farsi benedire, la moglie smise di lamentarsi di aver avuto un solo figlio. Quando un giorno la donna sparì, e nessuno seppe dirgli dove fosse andata, si diede per vinto. Severin dovette ammettere che la cosa in cui riusciva bene era la preparazione e il perfezionamento di ciò che gli veniva sottoposto: sapeva rendere i disegni più belli e gli strumenti più maneggevoli. Ma come il genio riuscisse a creare qualcosa di nuovo dal nulla rimase per lui un mistero.

All'età di otto anni suo figlio trovò per caso in una cassa alcuni schizzi di Rømer. E, quando Severin lo scoprì, il bambino aveva tracciato qualcosa sul foglio accanto al vecchio abbozzo del Maestro. Severin diede al briccone una sculacciata coi fiocchi e lo mandò a letto subito dopo cena. Ma quando fece per rimettere il foglio nella cassa scoprì che il disegno di Hans era diverso dagli altri oggetti raffigurati.

L'indomani mattina Severin gli chiese del disegno, e il piccolo Hans spiegò che serviva per fare carte celesti. Si applicavano uno specchio inclinato e una lente all'estremità di un cannocchiale: erano appunto quegli oggetti che aveva disegnato, insieme alla punta del cannocchiale. E poi, se c'era buio totale, la luce sarebbe stata proiettata sulla parete, e allora si sarebbe potuta disegnare la carta in quel punto. Severin fissò il figlio e le manine che avevano mostrato e indicato. Impiegò un po' di tempo a capire che Hans aveva inventato un nuovo strumento.

Da quella mattina si mise all'opera per trasformare Hans in un genio.

Gli fece sistemare la stanza migliore della casa. Scaffali e libri furono portati su in soffitta, in fondo al corridoio e dentro l'abbaino luminoso con le grandi finestre e la torre che terminava in una guglia. Lo stesso tragitto toccò a un tavolo e a uno scrittoio, a vasche e alambicchi. Furono montate pesanti tende per poter oscurare completamente la stanza. Severin dispose sul tavolo tutti gli appunti di Rømer che possedeva: gli schizzi, i calcoli, i commenti personali e tutti gli scritti in codice. Vi sistemò un cannocchiale, una bacinella per l'acqua, lo scheletro meccanico di una macchina planetaria, un vasetto di mercurio e tutto quello che gli venne in mente in fatto di sostanze e di strumenti dalle imprese del Maestro. Accompagnò Hans lassù e gli disse di studiare e disegnare e sperimentare per tutto il tempo che voleva.

Con grande gioia di Severin, Hans era capace di rimanere per più di mezza giornata di fila nella sua nuova stanza. Per un intero anno parve quasi che anche Hans avesse intenzione di diventare un genio, tanto naturale e curioso era il suo rapporto con tutta l'attrezzatura della soffitta. Ma un giorno, mentre era seduto sul pavimento con un libro in grembo, levò lo sguardo come meravigliato: un rumore giù in strada aveva attirato la sua attenzione. Uscì dalla stanza, scese le scale, aprì il portone e... fu afferrato per la collottola e ritirato dentro.

Quel giorno Severin dovette ammettere di essersi assunto un compito gravoso. C'erano tante cose che potevano disturbare Hans, o addirittura attirarlo. Andava difeso e protetto. Ma ci avrebbe pensato lui: così almeno uno in famiglia sarebbe potuto diventare un genio.

In seguito Hans voleva uscire sempre più spesso per stare con i suoi vecchi compagni del vicinato. Preferiva inventare insieme a loro giochi con sassolini e rami, lanciare pietre, giocare a campana e cantare, anziché disegnare e studiare. Severin si vide costretto a chiedere ai vicini di tenere i figli in casa o per lo meno di proibire loro di giocare sotto le finestre dell'abbaino. Infatti Hans non poteva fare a meno di sentirli, e i loro giochi assurdi lo allettavano! Severin diede seguito al suo ordine: si nascose dietro un albero per controllare che i bambini si tenessero alla larga. E dopo appena mezza giornata di appostamenti in cui aveva osservato la vita brulicante della strada giunse alla conclusione che era necessario prendere altri provvedimenti.

Cosparse la strada di sabbia per attutire il fracasso delle carrozze contro l'acciottolato scabro. Riduceva bambini piangenti al silenzio spaventandoli con la sua voce sibilante, accompagnava a casa ubriaconi vocianti. Ma, una volta che ebbe attutito i rumori quotidiani più fastidiosi del quartiere, emerse un nuovo strato di baccano molesto. Servitori spaccavano la legna nei cortili, battevano tappeti, rumoreggiavano con assi da bucato, spazzavano con scope dure. Occorreva un'organizzazione capillare per concentrare la maggior parte dell'attività domestica all'aperto al capo opposto della strada. E poi dovette provvedere a distribuire scope morbide e a dare istruzioni pratiche su come evitare il frastuono causato da pentole di ferro, mannaie e battilardo che arrivava fino in strada dalle cucine. Ma i rumori sembravano non finire mai. Infatti, quando a poco a poco il chiasso domestico cessò, Severin scoprì che sotto c'erano un perpetuo cinguettio, lo stormire del vento tra le foglie e il sibilo tra i fili del bucato. E così, potò cespugli, abbatté alberi, spostò la biancheria sullo spiazzo dei lavori domestici, sgombrò gli spioventi dai nidi di rondine e simili. E mentre già si dava da fare con scale, seghe e asce – ritrovandosi con quattro enormi tronchi da ridurre in tavole – Severin piazzò dei grossi spaventapasseri lungo la gronda e inchiodò un altro strato di assi agli scuri per aumentare l'isolamento acustico. Quando Hans arrivò all'età in cui le risate delle fanciulle sono qualcosa che un ragazzo riesce a sentire a cento metri di distanza, Severin si sistemò in pianta stabile su una sedia davanti alla casa inchiodata e a ogni giovinetta o donna che si accingeva a passarci davanti faceva cenno di stare zitta e l'accompagnava lontano.

Un giorno, che era trascorso in beato silenzio, verso sera Severin fece un salto dal diligente Hans. Allora si accorse che il cannocchiale non era puntato sulle stelle del cielo, bensì verso la strada sottostante: e un aspetto completamente nuovo della sua missione gli divenne chiaro. Smisurato e irrisolvibile. O no?

Severin anticipò la seconda parte del suo piano a lungo termine. Portò Hans in Kannikestræde, dove i professori dell'università abitavano porta a porta, e convinse quegli uomini eruditi a interrogare il ragazzo in astronomia e scienze. Rimasero tutti colpiti. Il ragazzo aveva doti superiori alla norma, era particolare, anzi, probabilmente straordinario, considerata l'età. In questo modo Severin riuscì a mettere in circolazione una voce dalle numerose fonti. In sole tre settimane la zelante curiosità della corte fece in modo che la voce arrivasse nelle sale più interne del palazzo reale. Severin e Hans ottennero udienza nientemeno che da re Federico IV. Durante il colloquio Severin espose il desiderio di avere un aiuto per il suo tentativo di coltivare il prossimo virtuoso scientifico del regno. Asseverò davanti al pio re che Hans sarebbe stato educato nello spirito cristiano: siamo d'accordo, immagino, sul fatto che la scienza esiste per descrivere la bellezza del Creato, non per spiegarla. E assolutamente non per arrogarsi il potere su quello stesso Creato. Vostra Altezza reale mi darà senz'altro ragione sul fatto che solo gli eretici e i visionari si lasciano abbagliare dalla propria vanità e si credono in grado di governare quel che Dio ha creato, non è vero?

Finalmente, con l'autorizzazione del re – e a dispetto dell'obbligo di andare in chiesa, che il devoto re aveva introdotto –, Severin poté imporre al campanaro di ciascuna delle quattro chiese più vicine di avvolgere di bambagia i battagli delle campane. E poté sbarrare la strada a un'estremità in modo da impedire il transito, poté obbligare i dirimpettai a mettere gli scuri alle finestre che davano sulla strada e a tenerli chiusi. In modo che nessuna attività fosse visibile, e nessun movimento potesse attirare lo sguardo del genio.

Severin continuò a stare seduto davanti alla sua casa per controllare che le regole fossero rispettate. Chiunque le infrangesse o si avventurasse per sbaglio nel quartiere si buscava una paternale, e quasi tutti obbedivano terrorizzati. La vista di Severin e il suono della sua voce erano più che sufficienti. Infatti, l'infinità di divieti e rimproveri e restrizioni e avvertimenti che negli anni erano usciti dalle sue labbra aveva arrochito la parte profonda della sua voce e conferito al suo viso un'espressione cupa, severa. Le rughe della sua fronte parevano solchi di carri, le guance s'increspavano come vecchia corteccia di quercia, e gli angoli della bocca pendevano come i rami di un salice piangente. Gli estranei sgattaiolavano rasente i muri o si allontanavano di corsa. I residenti trovarono percorsi che permettevano di aggirare Severin e, se avevano voglia di uscire all'aria aperta, si tenevano nei cortili. L'ultima vegetazione della strada sparì, e la gente rinunciò a curare le piccole aiuole.

All'epoca del nostro arrivo, Severin era riuscito a prosciugare il quartiere di ogni colore e suono. E il suo viso era uno spettacolo talmente orribile che i miei genitori m'impedirono di vederlo quando scesi dalla vettura di piazza per raggiungere l'alloggio della servitù. Non era il caso che mi spaventassi né tanto meno che mi mettessi a urlare. Eravamo stati assegnati al signor Bogø per ordine del re, dopo che una delle domestiche aveva rotto un grigio e propizio silenzio che durava da mesi facendo cadere una pentola di zuppa di rape rosse nel cortile sul retro: tutto quel frastuono, tutto quel colore! Dovevamo mostrarci all'altezza delle referenze, in modo da non essere mandati via.

I miei genitori passarono le prime due settimane a prepararmi alla vista del nuovo padrone, nel caso mi fossi imbattuta in lui per sbaglio. Inoltre, mi istruirono sia sui divieti del quartiere sia sul ferreo regolamento della casa, che vigeva anche nell'alloggio della servitù al piano inferiore. Si poteva camminare solo in punta di piedi, ed era proibito conversare a una distanza maggiore di mezzo metro.

Nella casa risuonavano soltanto gli occasionali passi che Hans faceva avanti e indietro. E, in rari casi, la sua voce, quando chiamava perché aveva bisogno di nuovi libri o materiali per i suoi esperimenti.

La notte in cui trovai la strada per arrivare alla stanza di Hans, mi ero ormai abituata al silenzio sorvegliato della casa. Al crepuscolo perenne. Alle pareti smorte e ai mobili, che quasi non si distinguevano dallo sfondo. La paura di incontrare Severin e di vedere il suo famigerato volto accompagnò i miei passi su per le scale dall'alloggio della servitù nello scantinato fino alla soffitta. Ma l'oscurità incolore non mi fece alcun effetto.

Appena aprii la porta i miei sensi ricevettero una vera e propria scossa. Candele rischiaravano l'abbaino, le fiamme erano di un giallo carico e di un arancione rovente. Hans aveva una sciarpa verde al collo, i suoi capelli erano castani, le tende rosso scuro. Le costole di cuoio dei libri erano cangianti come le pelli di foca e le penne d'uccello, il grigio-azzurro del mercurio negli esili alambicchi mandava riflessi simili al cielo di una notte estiva, e perfino il nero delle stagnature di pece della vasca dell'acqua aveva la profondità degli occhi di una civetta.

Può anche darsi che ad affascinarmi siano stati i colori e i suoni distinti della stanza. E può darsi che l'impressione sia stata rafforzata dalle notizie che avevo raccolto: che il quartiere era stato prosciugato di ogni segno di vita affinché si trasformasse in intelligenza scientifica dentro quella stanza. Che un'intera zona di Copenaghen era stata sbiadita e ridotta all'immobilità, prosciugata e vuotata per procurare nutrimento alle nascenti, brillanti idee di quel giovane.

Ma fu la sua concentrazione a trattenermi.

Non so per quanto tempo rimasi là. Comunque, abbastanza a lungo per desiderare di poter guardare con i suoi occhi. Di vedere quel che vedeva lui, sul foglio e con l'occhio della mente. Per capire la concentrazione. Per sentire qualcosa che potesse assorbirmi in modo così totale. Desideravo essere seduta su quella sedia e sentire quello che sentiva lui. Indugiai là abbastanza a lungo da convincermi che dovevo tornare.

Ero stata cresciuta con le speranze di mia madre che un giovane appartenente alle cerchie per cui lavorava insieme a mio padre mi avrebbe notata, elevandomi alla ricchezza e all'alto rango. I miei genitori mi avevano tenuta in casa anziché mandarmi a servizio, e avevano cercato di darmi una certa istruzione in modo che potessi conversare con persone distinte. Adesso ero cresciuta, e la speranza aveva cominciato a colmarli di tristezza, perché nessun pretendente distinto si era fatto vivo. Temevano che gli umili garzoni avrebbero fatto la fila per chiedere la mia mano, e che non avrebbero avuto un'alternativa con cui tenerli a bada. Quel timore trovava espressione quando mia madre mi pettinava, cosa che faceva molto spesso.

Si metteva dietro di me mentre ero seduta davanti allo specchio. Mi toglieva la cuffia e allentava il nastro che mi legava i capelli. Emetteva sempre un sospiro quando la mia chioma si scioglieva ricadendo sulla schiena. Prendeva un candeliere e lo avvicinava per controllare se c'erano nodi. Spesso prendeva tutti i capelli che riusciva a tenere nella mano libera e li sollevava come per sentire se pesavano, folti com'erano. E a volte le saltava il grillo di accostare pericolosamente la candela per vederli brillare, biondissimi, quasi bianchi. Poi li spazzolava e di quando in quando il suo sguardo correva allo specchio per incrociare il mio. Allora, di tanto in tanto, si bloccava, si incurvava un po' e sospirava di nuovo: «Ah, la tua bellezza sarà la tua disgrazia».

Non raccontai a mia madre dei miei vagabondaggi notturni, né di Hans. Non avrebbe fatto altro che intromettersi, come sempre. Hans era la mia prima occasione di nutrire una speranza tutta mia.

Notte dopo notte, dal corridoio buio dietro la porta osservai il raccoglimento di Hans. Era tutto intento a cercare la chiave dei codici di Rømer. Ad affinare la misurazione della capacità del mercurio di espandersi e contrarsi. A controllare le osservazioni del firmamento di Tycho Brahe e di Ole Rømer, a disegnare e a costruire. Solo che io non lo sapevo. Mi limitavo a contemplare i suoi occhi, i suoi movimenti.

Seguii i suoi lunghi sguardi volti al cielo di là dalla finestra. Ne nasceva sempre qualche nuova occupazione. Ora raggiungeva il tavolo e misurava qualcosa, ora si metteva a costruire un apparecchio o dava inizio a un esperimento. Osservai i sussulti delle sue mani quando disegnava, la presa contratta intorno agli attrezzi quando limava il metallo o piallava il legno. Vidi i suoi esperimenti e le sue elucubrazioni. E i suoi balzi repentini quando tornava alla finestra con vista sullo spazio.

Vidi un ragazzo che voleva cercare di cogliere le stelle come fossero mele e costruire una scatola in cui conservarle.

Udii la sua nostalgia: «E se... no, neanche. Ma se...»

E vidi il tenace giovane che talvolta si limitava a stare seduto con lo sguardo fisso davanti a sé, vacuo, ma vigile, e talaltra si addormentava per la fatica con il petto contro lo spigolo del tavolo e la testa reclinata sulle braccia.

Ogni volta che mi allontanavo dalla porta per tornare a letto, il desiderio della prima notte era diventato più grande, il desiderio di vivere il raccoglimento in prima persona. Ogni volta che scendevo le scale in punta di piedi, il buio tutt'intorno a me si riempiva di una sensazione di solletico. Di un grande, franco «perché?» Perché fa così? Perché tanta tenacia? Cosa vede mai che io non vedo?

Una notte lo trovai seduto sul pavimento accanto alla vasca con una serie di alambicchi. Li estrasse dall'acqua a uno a uno, li misurò con un righello. Li tenne tra le mani per un po' e poi li misurò di nuovo. Dava le spalle allo spiraglio della porta, ma a un certo punto alzò il capo.

«Entra pure.»

Boccheggiai, e subito trattenni il respiro per non fare il minimo rumore. Cercai di vedere se la stanza aveva un'altra porta, anche se ero sicura di no. E mi sforzai di ricordare se c'era stato qualche rumore nel corridoio mentre indugiavo dietro la porta, se lui aveva guardato dalla mia parte, ma non lo aveva fatto. Intanto lui abbassò il capo e riprese il lavoro. Posò un alambicco e ne prese un altro.

«Vieni», disse.

«Chi, io?» bisbigliai.

«Sì.»

Buttai fuori l'aria. Poi mi feci coraggio e aprii pian piano la porta come facevo sempre in quella casa. Per forza d'abitudine avanzai in punta di piedi, fino a trovarmi alle sue spalle.

«Avrei bisogno di aiuto», disse. «Ti dispiace tenere questo?»

Tendendo la mano sopra la testa mi porse un alambicco e io lo presi d'istinto. Sul fondo c'era un cielo notturno liquido.

«Tieni la parte inferiore con la mano chiusa per un paio di minuti.»

Rimasi immobile senza fare nulla.

«Puoi sederti, se vuoi», e indicò l'altro capo della vasca.

Lentamente feci il giro e mi sedetti di fronte a lui. Cercò qualcosa in terra, e prima che rialzasse lo sguardo mi aggiustai la camicia da notte.

«Studi gli esseri umani?» mi chiese.

Cercai di decifrare lo scopo di quella domanda, ma il suo viso era concentrato sull'oggetto che gli mancava. «Cosa intende dire il signorino?» domandai.

«Hai trascorso molte notti dietro quella porta, non è vero?»

Abbassai lo sguardo. Sia per evitare di rispondere sia perché continuava a darmi del «tu». Mentre parlavamo lui continuò a cercare, quindi infilò una mano nella vasca.

«Cos'hai scoperto?» domandò.

«Niente. Non ci ho riflettuto...»

«Non rifletti su quello che vedi?»

«No. Sì... Forse? Non ci ho...»

«Non ci hai riflettuto?»

Lui sorrise senza levare lo sguardo dall'acqua. Mi fece ridere, per un momento.

«No», risposi.

«Hai scaldato il mercurio?»

«Cosa intende dire il signorino?»

«Hai tenuto il mercurio tra le mani?»

«Che cos'è il mercurio?»

«È quello che c'è nell'alambicco. *Hydrargyrum.*»

Abbassai gli occhi e mi guardai le mani. «No.»

Lui assunse un'espressione un po' meravigliata. «Lo vuoi fare?»

«Sì.»

Scaldai il mercurio. Intanto lui trovò il coperchio e chiuse il vasetto con un'espressione soddisfatta. Mi chiese di dargli l'alambicco e io glielo porsi. Dopo aver misurato il vetro appurò che le mie mani erano un po' più calde delle sue. Ma non più di quanto si potesse attribuire al raffreddamento dovuto ai numerosi alambicchi che aveva stretto nelle ultime ore.

«Probabilmente abbiamo la stessa temperatura.»

Dal suo tono di voce sembrava che avesse pronunciato una frase maliziosa, ma non capii in che senso. Abbassai lo sguardo. Avevo le dita intrecciate.

Mi chiese se avevo voglia di aiutarlo con altre misurazioni. Annuii e rimanemmo seduti accanto alla vasca.

Cominciò a parlare tra sé. Continuò per molto tempo, facendo lunghe pause – durante le quali forse aspettava una risposta, solo che io non me ne rendevo conto –, diceva: «Anch'io ho studiato gli esseri umani... Con il mio cannocchiale. Giù in strada... da soli o a coppie. Quanto sono diverse, le stesse persone. Quando sono sole o in compagnia... Ma poi sono sparite e io me ne sono dimenticato... Capisco benissimo perché sei venuta quassù. E puoi continuare a farlo... Entra quando vuoi. Mi sforzerò di essere il più naturale possibile».

Nel periodo che seguì presi ad attraversare la casa oscurata ancora più spesso. Lo osservavo mentre faceva le stesse cose che gli avevo visto fare dallo spiraglio, solo che adesso ero raggomitolata su una sedia e avvolta in una coperta in quella stanza luminosa e piena di colori. Per la maggior parte del tempo Hans sembrava davvero assolutamente impassibile, indisturbato. Ovvero: si comportava come faceva sempre. A ogni modo, se gradiva la mia compagnia non lo dava a vedere, per non disturbare i miei studi.

Impiegai parecchio tempo a capire. Hans era convinto che venissi per studiarlo, come lui studiava la Luna e i pianeti. Cercava di comportarsi come avrebbe fatto se non fossi stata presente. Come se lo osservassi con un cannocchiale da una grande distanza, a sua insaputa.

Lui continuava a occuparsi delle sue faccende e delle sue osservazioni. Quando, di tanto in tanto, interrompeva il silenzio, era solo per spiegare cosa stava facendo, o come si chiamava l'oggetto che aveva sotto mano. Che stava lavorando a una «lega», o stringendo una «molla motrice». O che l'orologio sul muro lo aiutava a leggere bene l'almanacco, perché le stelle raggiungevano una determinata altezza nel cielo in un determinato momento della notte in un determinato periodo dell'anno. Raramente mi chiedeva di aiutarlo come aveva fatto la notte in cui mi aveva detto di entrare.

Quindi, per molto tempo non vidi il vero Hans. Vidi quello che lui pensava di essere.

In seguito ci ho riflettuto. Ogni rapporto inizia con la certezza di essere osservati. Visti. E facciamo finta di niente. Ma per certi versi questo cambia tutto.

Una notte lo trovai seduto nella stessa posizione della prima volta, al tavolo, con la testa appoggiata a una mano, l'indice dell'altra puntato verso un foglio. Ma non udivo il ritornello: dalla gola gli usciva soltanto un debolissimo sibilo di aria trattenuta. Quella notte respirava a scatti con il naso e per lunghi intervalli dimenticava di buttare fuori l'aria. E di quando in quando alzava l'indice per afferrare una penna e disegnare diagrammi su un foglio più piccolo che aveva accanto.

Il ritmo aumentò, i rumori del respiro si fecero più forti.

«*Eureka!*» gridò, e alzò le braccia. Poi mi guardò. «Vieni a vedere. Guarda!»

Indicò i diagrammi, una serie di quadrati divisi ciascuno in nove caselle, pieni di lettere e linee tratteggiate. Alzai gli occhi dal foglio e fissai lui.

«Guarda!» ripeté, e avvicinò di più l'indice alla carta. «Sono riuscito a decifrare il codice del Maestro! Lo vedi?» Scossi il capo. «Il Maestro usa le posizioni riportate in questi diagrammi e gli angoli dei reticoli che contengono come segni. Guarda, qui e qui, è la stessa figura. La lettera è stata sostituita con la figura. E a volte camuffa il tutto con raddoppi, il furbacchione!»

«Allora, cosa c'è scritto?» domandai.

«Non lo so! Non l'ho letto, ho soltanto decifrato la prima frase e qualche parola qua e là!» Si alzò e ridacchiando fece due giri intorno alla sedia, poi si diresse a passo svelto verso la porta e tornò indietro.

«Non lo leggi?»

«No, mi voglio gustare la vittoria! Magari comincerò domani. Ci sono tantissime pagine scritte in quel modo.»

Continuò a girare per la stanza, e intanto buttava fuori l'aria emettendo dei suoni prolungati, quasi volesse recuperare tutte le volte che aveva dimenticato di farlo. Dopo un po' il ritmo rallentò, e si avvicinò a me. Poggiò i palmi contro le mie braccia, strinse pian piano le dita e poi mi guardò con espressione seria.

Infine sorrise di colpo sollevando la fronte. «L'ho decifrato!» gridò.

Mi scrollò le braccia e si mise a saltare, il ritmo si rimpossessò di lui e mi trascinò in giro per la stanza in un ballo strampalato. Ridemmo.

Alle prime, vaghe luci dell'alba uscii dall'abbaino. Mi precipitai giù per le scale buie, e allora mi accorsi che il mio stupore si era fatto più intenso: perché tanta gioia? Qual era la causa di quella felicità? Cosa ci vedeva mai negli appunti di Rømer? I miei piedi sfrecciarono lievi e lesti giù per i gradini. Afferrai il pomello in fondo al corrimano, lo aggirai con un balzo, senza rallentare corsi sul tappeto del ballatoio... e andai a sbattere dritto contro Severin cadendo a gambe all'aria.

Severin si piegò in due portandosi le braccia allo stomaco, di modo che appena mi tirai su a sedere vidi le sue gambe e il berretto da notte. Ai lati del berretto sporgevano i bordi superiori delle orecchie. Divennero talmente rossi che ardevano nella penombra, ardevano per lo sforzo di ridurre un urlo di dolore a un impercettibile suono secco che gli uscì dal naso.

Mi resi conto del gran chiasso che Hans aveva fatto con le sue grida. E, mentre saltavamo, due paia di piedi avevano pestato il pavimento che stava proprio sopra la camera da letto. Forse quel suono secco, quel piccolo *clic*, conteneva anche rabbia.

Severin trasse un paio di respiri molto controllati, quindi si raddrizzò. Ma non fece in tempo ad aprire bocca. Non appena vidi il suo volto svegliai il resto della casa.

La mattina Severin ci chiamò a raccolta in cucina.

I miei genitori sedevano a capo chino al tavolo della piccola zona pranzo; mia madre con una speranza che le aveva già fatto venire le lacrime agli occhi. Severin misurava a gran passi il pavimento e sbuffava facendo sibilare le narici scabre.

Una volta tanto Severin alzò la voce, in modo da far sentire a Hans, che era ancora su nell'abbaino, che c'erano delle conseguenze. Severin rimproverò mia madre e mio padre per aver tenuto nascosta la figlia e averlo gabbato. Avevano tenuto nascosto e taciuto che la loro figlia era quasi una donna, cresimata, pressoché in età da marito. Che per giunta era una furbetta curiosa e bella dalla punta dei piedi alla cima dei capelli: una seducente tentazione per un giovanotto. Puah! Imbroglioni!

Mio padre gli chiese scusa e chinò ancora di più il capo, fin quasi a toccare il tavolo con il mento. Mia madre pianse come una prefica e pestò il pavimento, maledicendo la mia bellezza con parole che quasi si dissolsero nelle bollicine di saliva e nei singhiozzi. Gesticolò con aria rassegnata verso di me, come a dire: cosa potevamo farci? Lei è così e non si può cambiare, il danno è fatto, e siamo costretti a nasconderla. Nessuno ha il coraggio di prendere in casa una come lei!

Severin guardò mia madre con un'espressione ambivalente. Come se fosse sbalordito per essere stato battuto in potenza vocale, e allo stesso tempo stesse concependo un'idea. Le sue sopracciglia ondeggiavano sulla fronte come il miglio delle dune su una spiaggia.

Di colpo cambiò idea. Sentiva, disse, che le sue parole avevano fatto effetto, e non voleva infliggere altre punizioni. Avrebbe, invece, aiutato i miei genitori a trovare qualcuno che mi avrebbe preso a servizio. Qualcuno che mi avrebbe accolto bene. Così tutti sarebbero stati liberi da preoccupazioni e sotterfugi.

La faccenda fu sistemata con urgenza. Non ebbi nemmeno il tempo di dormire che fui condotta fuori città.

Rimasi a servizio nel maniero di Edelgave per tre anni.

Il padrone, che era un signore magro e affettato con un debole per la seta, comandava a bacchetta una nutrita servitù. Dietro le sue mutevoli decisioni i domestici intuivano i rimproveri che la consorte gli somministrava con il peso legittimato dalla sua mole e ai quali lui si conformava. Avevano due figli maschi, di età rispettivamente appena al di qua e al di là dei vent'anni. Uno si chiamava Alexander Victor, l'altro Victor Alexander, perché così aveva voluto la signora. Erano anche praticamente identici, solo che uno aveva i capelli lisci e irti come i petali di un dente di leone e l'altro morbidi riccioli arruffati. I garzoni, che passavano parecchio tempo a disprezzare i modi raffinati dei signorini, li chiamavano Setolo e Truciolo. Di carattere erano diversi come il sole e la luna: Setolo era intellettuale e rigoroso, Truciolo sognatore e romantico.

Al pari di Severin, il signore del maniero era fissato con Ole Rømer. Tusculum, la tenuta dello scienziato, era situata poco lontano da Edelgave, e una volta gli aveva fatto visita. Allora aveva sentito Rømer raccontare delle sue misurazioni, delle sue scoperte e delle sue invenzioni. E Rømer era un uomo che si diffondeva volentieri su argomenti siffatti, per ore. Il signore ne era rimasto completamente stregato e, adesso che Rømer era morto, pensava che la vera genialità di quell'intelletto straordinario non fosse ancora stata scoperta. Questo era un compito che spettava ai posteri.

A questo scopo aveva educato i figli alla rivalità e alla magnanimità.

La rivalità trovava espressione in un gran numero di discipline. I due fratelli giocavano a scacchi, dibattevano, andavano a caccia, tiravano di scherma, scrivevano meditazioni su temi scelti, facevano gare a cavallo, si sfidavano nel tiro con l'arco, costruivano orologi e bussole in formato tascabile, correvano all'anello. Il tutto per vincere o, per lo meno, eclissare l'altro. Nelle discipline intellettuali il signore faceva da giudice e, quando designava il vincitore, il perdente doveva dare dimostrazione della sua magnanimità.

La nobile disciplina della magnanimità consisteva nel tributare un encomio al vincitore. Col tempo anche questa pratica era diventata una gara. Spesso i discorsi duravano talmente a lungo che il vincitore si angosciava per le parole di elogio e si trovava costretto a encomiare l'encomio. Questo secondo discorso innalzava l'encomio precedente fino a superare la vittoria su cui era incentrato. E solo allora il vincitore iniziale poteva ritirarsi dalle fatiche della giornata nelle vesti del vero vincitore, o dello sconfitto magnanimo, o...?

Sviluppando queste due qualità il signore sperava di creare due compagni in grado di apprezzare le rispettive imprese, e allo stesso tempo dotati della voglia e della capacità di superare l'altro. Infatti, in questo modo avrebbero potuto spronarsi a vicenda verso i limiti estremi delle scienze e dell'arte ingegneristica, e magari spostarli.

Mi fu assegnata una stanzetta tutta per me nel grande alloggio della servitù e fui incaricata di occuparmi di tutto quello che le fantesche, i mozzi di stalla, le cameriere personali e il cocchiere non avevano il tempo di sbrigare. Per un bel po' mi limitai a fare il mio lavoro e a sognare a occhi aperti. Lavavo i panni, trascinavo sacchi di farina, foraggiavo i cavalli, tenevo la matassa alla signora, stiravo le tovaglie, sciacquavo le verdure per la cuoca, strigliavo criniere, rigovernavo, sbrogliavo i fili quando la signora aveva perso una maglia.

Ma i miei pensieri erano sempre diretti a est, verso la capitale. Salivano in punta di piedi su per le scale di una casa silenziosa e avvolta in un buio crepuscolare. Su dalla strada grigia e dalla monotonia della vita quotidiana, su verso il calore e la luce e il panorama dell'abbaino. Su da Hans, che era capace di lasciarsi assorbire completamente e di saltellare e di ridere. E la fuga dei pensieri colorava il mio tran tran. Quando mi aggiravo tra gli edifici annessi al maniero, dalla cucina alla stalla e dalla lavanderia alla sala, era come se camminassi in un labirinto grigio alla ricerca di una stanza a colori.

Così trascinavo il mio tempo. Divisa tra il sogno di qualcosa che non era mai veramente stato e una realtà che non volevo affrontare.

Ma fui scrollata dal mio torpore. Un giorno, in un punto del labirinto, mi imbattei nei figli dei signori.

Stringevo un forcone in una delle poste della stalla. Uno dei garzoni mi voleva sempre spazzolare i capelli quando lo aiutavo a strigliare i cavalli, e se lo respingevo mi metteva a fare il lavoro sporco.

I fratelli tornarono a cavallo dalla loro prima visita a Tusculum con le bisacce piene di taccuini. Quella mattina il signore li aveva mandati là con l'ordine di tenere gli occhi aperti durante la visita, perché appena tornati a casa avrebbe assegnato loro un «compito importante». Con meticolosità estrema e ognuno per proprio conto, i figli avevano annotato qualsiasi osservazione fatta nella tenuta. Perfino il più piccolo dettaglio, perfino il numero di righe verticali sulla corona di un orologio da tasca esposto nella casa. Perché non si poteva mai sapere in cosa sarebbe consistito il compito: pensa se...? Avevano trascorso la maggior parte della giornata insieme. Si erano spiati a vicenda temendo di lasciarsi sfuggire qualcosa che l'altro coglieva. Ma, ignorando l'argomento del compito, non erano riusciti a scatenare una vera e propria gara né ad arrivare a conclusioni di sorta: non stavano nella pelle, avevano più che mai voglia di un duello.

Quando varcarono l'alto androne delle stalle, mi lisciai il grembiule e con le dita mi sistemai una ciocca di capelli dietro l'orecchio, ma non feci in tempo a posare il forcone. Setolo mi scorse. Si limitò a lanciarmi un'occhiata distratta e fugace dentro la posta, senza fare una piega, anzi, quasi mi ignorò, come erano soliti fare con la servitù. Ma Truciolo notò che i nostri sguardi s'incrociarono per un attimo. Mi urlò un saluto, e naturalmente vagai con lo sguardo dall'uno per fare la riverenza all'altro. Allora Setolo smontò da cavallo e si avvicinò alla posta. Io tirai a me il battente. Lui tese la mano tra le assi per stringere la mia ma io non la presi. Subito Truciolo lo imitò, con la differenza che fece un inchino e mi rivolse un complimento. Allora Setolo si levò il cappello ed eseguì un complicato saluto, e Truciolo gli si piazzò davanti e recitò una breve poesia, e... dovetti aspettare un'interminabile ora prima di poter uscire dalla stalla.

L'indomani mattina mi svegliai sentendo un fruscio alla porta della mia stanzetta. Scansai le coperte e mi tirai su a sedere poggiando i piedi sul pavimento di mattonelle. Un foglio piegato fu infilato sotto la porta e nella camera si spandette un profumo, dolce come rose canine, pungente come resina. Mi avvicinai e lo raccolsi. Sicuramente era stato intinto nell'acqua profumata: l'odore era nauseante per i miei sensi appena desti. All'interno c'era un disegno maldestro raffigurante due uomini; uno aveva i capelli lisci ed era biffato, l'altro era racchiuso in un cuore, e una freccia indicava i suoi riccioli. Mi chinai fino alla toppa e intravidi un occhio che sparì immediatamente.

Per un attimo non seppi che pesci pigliare. Con la mente vedevo mia madre, udivo le sue esortazioni. Riuscivo quasi a sentirla spingere la mia mano verso la maniglia. Il suo desiderio era in parte diventato il mio. Ma lo scacciai. Mi misi in ginocchio, ripiegai il foglio e lo spinsi sotto la porta a mia volta. Appoggiai la testa sul pavimento davanti alla fessura.

«Grazie, ma...»

Le mie parole indussero i piedi dall'altra parte ad allontanarsi.

Alzai la voce: «E poi, so leggere!»

Avrei dovuto risparmiarmi l'ultima frase. L'indomani mi svegliai con il mal di testa, perché un foglio ancora più grande aveva impregnato e appesantito l'aria con un odore di rose canine.

Arieggiai la stanzetta e lessi un paio di righe, che erano quasi altrettanto moleste dell'acqua profumata. Quella stessa mattina andai a cercare il mittente; non ebbi difficoltà a indovinare che l'autore del disegno fosse Truciolo. I fratelli erano impegnati nell'allenamento di scherma, e mi avvicinai di soppiatto nascondendomi dietro un albero. Riuscii ad attirare l'attenzione di Truciolo, che trovò una scusa per interrompere l'allenamento. Mi raggiunse e si fermò vicinissimo a me. Era affannato, respirava a fatica e i suoi occhi fiammeggiavano. Mi feci scudo con una mano. Gli dissi recisamente di limitare l'uso del profumo. Subito dopo feci un passo di lato per andare via. Lui mi bloccò con un braccio poggiando la mano contro il tronco. Lo guardai. Lui sorrise. Poi accostò il viso al mio arricciando le labbra. Abbassai il capo, passai sotto il suo braccio e corsi via.

Quando mi guardai indietro vidi Truciolo tornare a gran passi all'allenamento oscillando allegramente le braccia mentre Setolo gli lanciava un'occhiata penetrante.

L'indomani mattina trovai accanto alla porta un'altra lettera inodore, sterile. Era piena di parole linde e commenti garbati volti a scusare lo stupido riccetto dai modi infelici e dalle brutte intenzioni. Poi cambiava tono e ne sparlava con espressioni sporche, esortandomi a non degnarlo di uno sguardo. Infine, dopo aver esaltato tutto il mio essere, mi invitava a fare una passeggiata al chiaro di luna, una gita nel bosco nella luce d'argento accompagnati dal bel canto degli usignoli.

In autunno presi l'abitudine di accendere tutte le mattine il caminetto con le lettere dei fratelli, e posso dire che ci sono poche cose in grado di ravvivare braci mezze morte come le adulazioni e le poesie denigratorie. Avevano già smesso da soli di spiare dal buco della serratura e di impiastrare d'inchiostro a turno la bocchetta esterna. Dopo essersi strofinati entrambi un paio di volte un lato del viso fino a farlo diventare rosso e dolorante per non andare in giro con la macchia bluastra – e la prova che avevano spiato – in bella mostra, avevano desistito. Però non avevano smesso di scrivere lettere, sebbene dopo la scena vicino all'albero non le avessi più commentate.

Ero sul punto di cedere al riccioluto Victor Alexander. Le sue lettere erano, sì, fumose e opulente, ma contenevano passi molto belli. E, quando fiammeggiavano, i suoi occhi erano quasi irresistibili. Solo il dubbio riusciva a raffreddare i miei pensieri.

Mi chiedevo se i fratelli mi vedessero veramente. Se non vedessero semplicemente una di cui contendersi i favori. Mi chiedevo quale sarebbe stato l'esito se avessi ceduto alla tentazione: sarei finita in un orribile pasticcio come signora di Edelgave con un cognato eternamente geloso che mi faceva la corte. E pensai a quella speranza che era mia e solo mia.

La domanda se mi vedessero trovò ben presto una risposta. Arrivò il giorno della scadenza per la consegna del compito importante che il signore aveva assegnato ai figli.

Dopo aver lavorato intensamente ciascuno nella propria stanzetta per circa sei mesi dovevano presentare i risultati. Un tavolo era stato sistemato sull'erba dietro la villa padronale, e durante la mattina i figli arrivarono trasportando blocchi informi nascosti sotto lenzuoli e li posarono sul ripiano. Verso l'ora di pranzo, a mezzogiorno in punto, il signore uscì in giardino con una parrucca che spargeva talco e un lungo mantello. Alzò le braccia, batté le mani due volte e, come ci aveva ordinato, tutti noi domestici venimmo avanti affollandoci intorno al tavolo a una certa distanza.

Il signore ci avvertì che stavamo per vedere e sentire qualcosa che avrebbe potuto avere un impatto violento sulle anime sensibili. Era talmente innovativo e moderno, talmente in contrasto con le vecchie abitudini, talmente avveniristico che dovevamo essere preparati a tapparci gli occhi e le orecchie oppure a rischiare di perdere la favella, a uscire di senno! Di lì a poco i suoi figli ci avrebbero mostrato, tra l'altro, il Sole e i pianeti, spiegato che la Terra girava intorno al Sole facendoci vedere come. Avrebbero provato che non esistevano sette cieli distinti!

I garzoni applaudirono e fischiarono, altri urlarono. La cuoca assunse un'espressione preoccupata.

Fu tirato a sorte quale dei due fratelli dovesse cominciare, e vinse Truciolo. Sorridendo tirò via il lenzuolo da una cassa di legno piatta e quadrata munita di coperchio. Era il suo modello meccanico del sistema solare, disse. Aprì pian piano il coperchio scoprendo lo scintillante contenuto. Sembrava fatto interamente di ottone: una lastra con un sistema di anelli racchiusi l'uno dentro l'altro. Al centro c'era un forellino. Tutt'intorno all'anello esterno erano incise figure di animali che si prolungavano fino agli angoli della cassa. Sollevò un po' la cassa inclinandola e fissò alcune sfere di rame a dei piccoli perni che spuntavano tra ogni coppia di anelli. Intanto spiegò che stava sistemando i pianeti. La Terra non era che uno dei pianeti che orbitavano intorno al Sole; indicò la terza sfera rispetto al buco centrale. Con cautela infilò una maniglia nel foro e poi diede un'occhiata al congegno. Si strofinò le dita, buttò fuori il respiro, afferrò la manovella e mise in moto i dischi: i metalli scintillarono nei toni del rosso e del giallo. La Terra si muoveva nel sistema solare, i domestici guardarono con tanto d'occhi.

«Bravo!» gridò il cocchiere, e si mise ad applaudire entusiasta.

La cuoca si afferrò le guance come se avesse paura di precipitare.

Un garzone si lasciò sfuggire una domanda: «Questo significa che la Terra gira su un disco?»

Truciolo rispose con una scossa assorta del capo che fece ondeggiare leggermente i capelli.

Il signore interruppe la dimostrazione mettendosi davanti al tavolo. «Bella domanda! E questo ci porta alla questione successiva.»

Fece un cenno a Setolo, il quale tirò il lenzuolo con tanta disinvoltura che il dispositivo sottostante emise un piccolo schiocco prima di essere scoperto. Setolo non parve udirlo, ma i garzoni cominciarono a bisbigliare.

Il signore li zittì: «Dovete sapere che questo tipo di macchine è di gran moda, è il genere di oggetti che si regalano tra loro i re e gli imperatori. È il non plus ultra della meccanica di precisione! È scienza! Queste macchine dimostrano la capacità di penetrazione che possediamo come esseri umani. Qui, proprio qui, possiamo vedere raffigurato l'intero spazio celeste, l'intero universo, e possiamo prevederne tutti i movimenti!»

Tese un braccio di lato e si fece da parte, lasciando il posto alla macchina di Setolo.

La sua costruzione consisteva in un piedistallo che sosteneva una sfera grandissima, il Sole, e da cui si dipartivano cinque braccia alle quali erano fissate altre sfere molto più piccole.

Il garzone della bella domanda indicò quella centrale delle cinque, la Terra. «Allora gira su un bastoncino?»

«No», rispose con tono supponente Setolo, «né su un bastoncino né su un disco. Non è fissata a niente, si muove nell'etere.»

«È attaccata a una catena, allora?»

«No.»

«E come fa a muoversi in tondo?»

«Adesso lasciatemi fare la mia dimostrazione.»

Setolo infilò una manovella nel Sole e la girò, i pianeti si mossero. La Terra vacillò un po' sul braccio, poi si staccò.

La mano di Setolo si fermò bruscamente. Il suo sguardo inebetito seguì la caduta del globo. Sei mesi di lavoro si trasformarono in lacrime negli angoli dei suoi occhi.

La Terra urtò il tavolo, e la cuoca ansimò. Poi rotolò oltre il bordo, cadde nell'erba, e la donna ansimò di nuovo. I garzoni risero.

«Visto?» disse il garzone irruente a Setolo. Diede un colpetto al mozzo di stalla più piccolo e gli indicò un punto; il ragazzino spiccò un balzo in avanti e trovò la sfera. «Niente gira in tondo se non è fissato a qualcosa.»

«Invece sì», rispose Setolo con voce tesa. «I pianeti.»

Il garzone fece cenno al mozzo, che gli consegnò la sfera. Poi la lanciò in aria, oltre il tavolo. Setolo fece per acchiapparla, ma la mancò e quella finì in fondo al giardino.

«Non mi pare che voli in tondo, eh?» disse il garzone.

Setolo si girò e lo fissò stizzito. «I corpi celesti si muovono in cerchio, fa parte dell'ordine divino!»

Il garzone si staccò dal gruppo e si avvicinò di un passo al tavolo. Sembrava gustarsi la piega che aveva preso la situazione. «Perché?»

«Perché la matematica è divina», rispose Setolo. Il suo viso era al contempo rosso e pallido. «E il cerchio è matematicamente perfetto!»

«In che senso, divino?»

«Dio... usa i cerchi.»

«Perché?»

«Perché...» la voce di Setolo si incrinò. «Perché sono belli!»

Poi emise un suono strano, come se espirasse e inspirasse simultaneamente. Lanciò uno sguardo implorante al padre.

Il signore stava immobile con le braccia conserte e il mento in fuori. Lo fissò a sua volta con impazienza. Setolo accennò qualche gesto, quasi a dire che era impossibile spiegare quel genere di cose a quel genere di persone. Il padre allargò le braccia rassegnato e se ne andò.

I figli rimasero impietriti, senza sapere che pesci pigliare. La presentazione era finita? Avevano sbagliato in qualcosa? Il signore sarebbe tornato per nominare il vincitore?

Dopo un po' cacciarono il cocchiere, i garzoni, le fantesche e la cuoca, ma ordinarono a me di restare. Se il signore non voleva fare da arbitro lo avrei fatto io.

Nel corso del pomeriggio mi mostrarono come funzionavano i rispettivi congegni e di cosa erano fatti. Setolo smontò uno dei pianeti della sua macchina e mi fece vedere le minuscole ruote dentate sistemate all'interno. C'erano ruote dentate nascoste dappertutto: un numero incalcolabile dentro il piedistallo, un paio in ciascun braccio, nei sottili tubi che sostenevano i pianeti e anche in questi ultimi. Così, la rotazione prodotta dalla manovella veniva utilizzata per muovere sia i tubicini sia, con il nucleo rotante al loro interno, le sfere fissate alle estremità. Mi parlò della trasmissione tra le ruote e il numero di denti di cui erano munite, dell'enorme calcolo che doveva far girare ogni singolo pianeta intorno a se stesso e al Sole, e alla velocità giusta. E mi fece vedere la forma dei denti, che variava a seconda che le ruote fossero disposte vicine oppure perpendicolari l'una rispetto all'altra. Insomma, quella macchina era in grado di mostrarmi la posizione dei pianeti e quale faccia fosse rivolta verso la Terra in qualsiasi momento per molti anni a venire. Con una piccola modifica predisposta poteva perfino mostrare le eclissi di Sole e di Luna. Truciolo mi mostrò le vivaci figure che orlavano il cerchio esterno del suo apparecchio. Erano animali dai tratti umani e rappresentavano i segni zodiacali, e tra l'uno e l'altro erano segnati i tropici. Mi diede qualche ragguaglio sia sulle leghe sia sull'arte dell'incisione. Poi sollevò i perni disposti tutt'intorno alle costellazioni, vicino al telaio di legno che circondava l'ottone, e allora si rincuorò. Quella macchina non era a uso dell'astronomia, bensì della sua disciplina gemella, l'astrologia. I pianeti si muovevano con una minor precisione rispetto alla macchina di Setolo, ma si seguivano a vicenda a una velocità abbastanza corretta e nelle orbite giuste. Ed era possibile fissare dei fili ai perni lungo il bordo e tracciare linee tra i segni zodiacali e i pianeti e così facendo illustrare l'astrologia con estrema facilità. Grazie a questa macchina l'antico e vasto sapere riguardante l'influsso dei pianeti e delle stelle sulla vita di noi esseri umani poteva diventare molto più comprensibile rispetto al passato.

Solo nel tardo pomeriggio mi dissero di scegliere il vincitore. Si misero fianco a fianco e mi guardarono fiduciosi. Dissi che si distinguevano ciascuno a suo modo ed eccellevano ciascuno nel suo campo. Perciò non c'era un vincitore.

Sulle prime non ebbero alcuna reazione. Ma, quando capirono che non intendevo aggiungere altro, cominciarono a protestare. Parlarono contemporaneamente e indicarono le macchine decantando dettagli squisiti e... di colpo si fermarono.

Si guardarono brevemente con un'espressione mortificata. Poi s'affrettarono a cedere il passo e a invitarsi a vicenda davanti al tavolo. Quando infine Truciolo cedette, Setolo si sistemò alle sue spalle e cominciò a pronunciare un lungo encomio. Allorché ebbe finito si scambiarono di posto con il capo chino e passi dimessi, quindi toccò a Setolo essere celebrato. Truciolo sottolineò i tentativi di Setolo di illuminare il popolo, si era assunto un compito davvero gravoso, anzi praticamente impossibile, una fatica degna di Sisifo! Infatti, la scienza non toccava minimamente l'animo ignorante della plebe, mai e poi mai. Ma aveva portato con dignità il fardello del compito impossibile che si era assunto volontariamente...

Li fermai quando il sesto discorso elogiò la grammatica, la sintassi e il ritmo del quinto. Volsero immediatamente lo sguardo verso di me, ansiosi. Li pregai di riconoscere che non sarebbe mai stato possibile dichiarare un vincitore tra loro due. *Non* c'era un vincitore, c'era solo un gioco senza fine. E, in tutta sincerità, farne parte era davvero stancante!

Queste furono le mie parole. I fratelli fecero un'espressione delusa.

«Adesso me ne vado», aggiunsi, «così dovrete decidere da soli.»

Non avrei dovuto dire nemmeno questo.

Al tramonto si udì un rumore sinistro. In fondo al prato due voci sbraitavano in una strana armonia, un intervallo bislacco che non accennava a cessare. L'indomani mattina fui cacciata per sempre da Edelgave.

Appena imboccai la strada in cui sorgeva la casa di Severin Bogø un fazzoletto rosso attirò la mia attenzione. Lo spiazzo dei lavori domestici era in piena attività, e il fazzoletto non era l'unico pezzo di stoffa colorata steso ad asciugare sui lunghi fili. Più giù sulla strada giocavano alcuni bambini piccoli. Tre del gruppo si erano messi in uno stretto passaggio tra due edifici e si davano il cambio a emettere un prudente « uh » e poi ascoltavano con tanto d'occhi l'eco della voce tra gli alti muri.

Nell'alloggio dei miei genitori c'era la luce accesa. Mia madre era seduta in cucina e piangeva. Mio padre le teneva le spalle e singhiozzava. La voce mi aveva preceduta giungendo a destinazione prima di me.

Sembrava un dramma fantastico. Il signore di Edelgave aveva due figli maschi, e in tutto il regno la bravura di uno trovava eguali soltanto in quella dell'altro. Segni certi nel Sole e nella Luna promettevano nient'altro che grandi imprese per il futuro. Ma, ahimè, si erano entrambi innamorati della stessa fanciulla. E per giunta con tutto il nobile impeto di cui soltanto gli uomini giovani e liberi della borghesia erano capaci! E lei, lei aveva fatto perdere loro la testa, come solo le ragazzacce che non conoscono né la buona creanza né la gratitudine sanno fare. La storia si era conclusa con un duello di spada, che si era protratto per un pomeriggio intero. Al tramonto la situazione era precipitata. Sfinito e abbagliato dagli ultimi forti raggi di sole dell'orizzonte, uno dei due aveva fatto un affondo fatale. La punta della spada aveva trafitto l'occhio del fratello. In preda a un cieco dolore l'altro aveva brandito la sua arma con estrema violenza. Il primo era rimasto impietrito dall'orrore. La lama si era abbattuta sull'elsa di metallo della mano immobile e l'aveva spaccata in due per poi tranciare la carne nel senso della lunghezza. Il pollice e l'indice avevano mantenuto l'impugnatura ma erano stati staccati dalle altre dita, e la spada distrutta era volata via con un occhio a un'estremità e mezza mano all'altra. Ma il peggio era questo: con la vista imperfetta di uno e la mancanza delle dita prensili dell'altro, i due fratelli non sarebbero stati in grado di realizzare ciascuno per proprio conto nulla che si avvicinasse a quello che sapevano fare prima. Sarebbero per sempre dipesi l'uno dall'altro, non avrebbero mai più potuto rivaleggiare... e guai alla fanciulla che aveva cagionato una siffatta disgrazia!

«Sei stata tu», disse mia madre ad alta voce, «non è vero?»

D'istinto lanciai un'occhiata verso la porta che dava sulle scale, ma non venne nessuno a zittire i suoi sfoghi. Hans doveva essersi trasferito, dal momento che adesso Severin permetteva tanto di colori, luce e suoni.

«Non sei stata tu?»

«Sì», risposi, «ma...»

Non riuscii a finire perché mia madre scoppiò a piangere con rinnovato vigore. Non c'era modo d'interrompere quel fiume singhiozzante di parole: come avrei mai potuto sposarmi con qualcuno di una condizione superiore e con onore, se la mia bellezza faceva perdere la testa a un giovane genio dietro l'altro? Se li lasciavo chi menomato chi apatico? Se non era possibile far ragionare nessun futuro suocero?

«Apatico?» domandai. Mia madre non sentì.

«Sì», intervenne mio padre, «allude a Hans.»

«Hans?»

«Sì. Ha smesso completamente di studiare quando tu sei partita per Edelgave. Se ne stava seduto a fissare il vuoto. Severin era a pezzi, ha fatto di tutto per cercare di tirarlo su di morale. O meglio, quasi tutto. Era ancora talmente arrabbiato con noi e con te che si è rifiutato di farti tornare da Edelgave.»

«E adesso?»

«Probabilmente ancora non ti vuole vedere...»

«No, intendevo Hans.»

«Non lo so. Non abita più qui.»

Lo avevo intuito, ma sentirlo dire mi diede ugualmente una fitta al cuore.

«Lo hanno mandato a fare un viaggio?»

Le parole mi sfuggirono dalle labbra quasi impaurite, mi tappai la bocca soltanto dopo. Avevo sentito dire che i ragazzi di Edelgave si accingevano a fare un viaggio d'istruzione in Olanda e in Francia, che usava così.

Mio padre si strinse nelle spalle.

Poi entrò Severin. Appena varcata la soglia si fermò e alzò le braccia a mezz'aria. Mio padre staccò le mani dalle spalle di mia madre, si avvicinò e mi prese sottobraccio. I solchi nel viso di Severin si spostarono lentamente, quindi al centro, tra le labbra, si aprì un altro squarcio.

«Oh, la vostra bellissima figlia è tornata a casa!»

La voce brontolava e cantava allo stesso tempo. Mio padre allentò la presa, mia madre levò il viso rigato.

«Sì?» disse mio padre temporeggiando.

«E non vi fa piacere rivederla? Non siete contenti?»

«Sì?»

«E allora fate la faccia contenta!» Severin oscillò le braccia in una sorta di gesto d'incoraggiamento. «E vieni qui, ragazza mia, fatti dare una carezza sulla guancia.»

Mio padre mi spinse in avanti con una mano, ma dimenticò di lasciar andare l'altra. Quando lo fece, Severin cominciò a chinarsi in avanti, poggiò una mano contro la coscia e tese l'altra. Le sue nocche graffiavano e pungevano.

Poi si sedette su uno sgabello al piccolo tavolo da pranzo dei miei genitori e parlò con noi quasi amichevolmente. Avevamo sentito la voce che circolava su Edelgave? Ah, un fatto raccapricciante, non è vero? Quel poveruomo, i suoi due promettenti ragazzi si erano feriti a vicenda! Chissà chi era la fanciulla, ero per caso io? No! Oh, buon Dio! Allora dovevo essere caduta in disgrazia. Era questo il motivo per cui ero venuta a trovare i miei? Ah, però. Poteva aiutarci in qualche modo? Magari sarebbe riuscito a trovarmi un posto a servizio da qualche altra parte? Purtroppo non poteva essere da Hans in Kannikestræde, anche se sicuramente gli avrebbe fatto molto piacere. Ma ormai Hans era circondato di attenzioni, visto che il re sosteneva le spese delle sue attrezzature, gli pagava uno stipendio e gli aveva messo a disposizione un alloggio vicino a quelli dei professori universitari. Aveva tutte queste fortune, ci teneva a farmelo sapere. E poi, a proposito, si era anche fidanzato... non era una bella notizia?

Severin ci guardò a turno. «Suvvia, fate la faccia contenta. Dove vai, ragazza mia?»

Rimasi a letto fino all'indomani mattina, senza chiudere occhio.

I miei pensieri erano troppo lucidi, mi impedivano di prendere sonno. Non servì a nulla distendermi sul fianco o sulla schiena o sulla pancia, né fissare a lungo lo stesso punto o chiudere gli occhi e contare i respiri. Fantasie sulla fidanzata di Hans irrompevano di continuo, e cambiavo posizione. Ma anche altri pensieri affioravano con prepotenza.

All'alba ero sicura di tre cose.

In primo luogo, che Severin era un ipocrita. Mi aveva mandata a Edelgave nella speranza che creassi scompiglio e adesso si rallegrava perché lo avevo fatto davvero. I peggiori rivali di Hans nella gara per diventare il genio del futuro erano stati eliminati, e Severin era di ottimo umore. Si divertiva a recitare la parte dello zio bonario e a parlare dei successi di Hans e quasi ad alitarmi in faccia la notizia del fidanzamento.

In secondo luogo, che non avrei potuto convincere mia madre dell'infondatezza della voce arrivata da Edelgave. Le andava fin troppo bene che i due fratelli avessero duellato fino alle luci del tramonto per la mia virtù, che avessero sacrificato un senso e l'uso di un arto per le mie grazie. Come avrei potuto spiegarle che non si erano battuti per me, ma per stabilire chi dei due fosse il migliore? E non in un settore preciso, bensì in qualunque cosa venisse in mente al padre. Anzi, che correvano a perdifiato come cani al minimo capriccio paterno e si battevano solo e soltanto per la sua approvazione. E, se il duello *fosse* stato per una donna, il trofeo del vincitore del duello avrebbe potuto esser chiunque. Nemmeno in quel caso sarebbe stato giusto dire che lo avevano fatto per *me*. Ma come avrei potuto convincerla che le sue supposizioni erano sbagliate, se ormai la voce le aveva confermate?

E in terzo luogo: mia madre aveva ragione, nonostante tutto.

Aveva ragione, e aveva torto. Avevo perduto la compagnia di Hans ed ero stata mandata a Edelgave, perché nel mio sembiante Severin vedeva la minaccia di una disgrazia, proprio come mia madre. Perciò aveva ragione. Ma i fratelli non si erano sfidati a duello per causa mia, perciò aveva torto.

Nonostante la contraddizione il pensiero era molto chiaro. È possibile avere ragione e torto allo stesso tempo unicamente perché la speranza si mescola sempre al timore. La speranza di un fulgido futuro si mescola al timore del contrario. Se avessi fatto un buon matrimonio, mia madre avrebbe avuto ragione nelle sue speranze. Se non lo avessi fatto, avrebbe avuto ragione nei suoi timori.

I figli sono condannati a realizzare le speranze e i timori dei genitori, è inevitabile. Solo quando non saranno più figli potranno – forse – liberarsi.

Severin fu molto scrupoloso nel cercarmi una nuova casa presso cui andare a servizio; gli ci volle tempo. E durante quel tempo sbrigai commissioni per i miei genitori.

Compravo le verdure al mercato vicino a Nørreport, dove i contadini arrivavano dalla campagna e vendevano direttamente dai banchi. La carne la prendevo dai macellai dello stesso quartiere. La birra la prendevo in Nørregade, dove i birrifici sorgevano l'uno accanto all'altro, e di quando in quando dovevamo anche acquistare tessuti in Klædeboderne, tra il quartiere Latino e Gammel Torv. Così presi confidenza con una zona della città: il vecchio quartiere intorno alla casa di Severin pieno di case con le travi a vista e di cortili.

Andai a servizio presso una famiglia di fiere tradizioni militari. Abitava giù al porto, vicino al carcere e alla corderia. Non so se Severin avesse della ruggine con quella famiglia oppure le dovesse un favore. O magari l'una e l'altra cosa. In quella casa tutto avveniva con un rigore estremo: ogni comunicazione veniva gridata in forma abbreviata e ogni spostamento a piedi era una marcia. Il padre era comandante supremo, anche della flotta reale, la madre la titubanza fatta persona. I tre figli maschi avevano la testa affondata tra le spalle, e le braccia incollate al corpo. In quella casa si tenevano quattro cerimonie all'anno, il giorno della ricorrenza della nascita di ciascuna delle figlie, che erano nate morte oppure avevano chiuso gli occhi per sempre prima di compiere un anno. Mi presentavo a servizio tutte le mattine alle cinque e potevo smontare alle sei e mezzo di sera.

Finito il lavoro, facevo spesso una passeggiata per le strade della città e prendevo una boccata d'aria. Presi l'abitudine di seguire un particolare itinerario fino al quartiere vecchio, che attraversavo per poi tornare indietro. Trovavo la vasta gamma di odori della città – perfino il lezzo delle latrine – di gran lunga più gradevole del perenne fetore di prodotti per lucidare della casa dell'ufficiale. E le fresche, improvvise raffiche di vento di gran lunga preferibili alle palpabili correnti d'aria piene di ordini dello sgobbo quotidiano. Attraversavo Amagertorv, percorrevo Kjødmangergade e passavo davanti alla chiesa della Trinità e alla Torre Rotonda. Qui m'imbattevo spesso in studenti diretti in chiesa o nella biblioteca universitaria, che era situata all'ultimo piano tra le volte e il tetto e alla quale si accedeva dalla torre. Di lì raggiungevo Nørregade, quasi sempre passando per Kannikestræde, ma non mi capitava mai d'incontrare Hans.

In Nørregade rallentavo il passo. Le fragranze della tostatura e della fabbricazione della birra, della legna, del malto e del luppolo mi avvolgevano il naso. Davanti ai miei occhi vecchio e nuovo s'incontravano. Di fronte ai birrifici s'ergevano i grandi palazzi dell'università, il bellissimo edificio principale e la famigerata sala anatomica. Mi spingevo fino ai bastioni e, arrivata laggiù, di solito era ora di tornare a casa.

Col tempo feci quel giro un'infinità di volte. I dettagli sfumarono, le fragranze si mescolarono, la città sparì dietro il velo della familiarità. Divenne lo sfondo delle condizioni atmosferiche e delle quantità variabili di pattume e di sporcizia.

Ma in un punto di Kannikestræde c'erano sempre petali di rosa. Non molti, però li scorgevo ogni volta: il rosso spiccava contro l'acciottolato. E quando passavo ai piedi della Torre Rotonda trovavo spesso delle penne d'uccello. Non le piccole piume dei piccioni, bensì grosse penne bianche.

Una sera di disgelo passai come al solito davanti alla Torre Rotonda. Cumuli di neve erano addossati contro il muro come un colletto intorno a un collo, ma a mezzo metro dall'edificio la superficie candida era punteggiata di buchi. Uno era pieno di penne, tutte stipate in un mucchio fitto. Ne tirai fuori una: la punta era grigiastra, probabilmente era stata usata per scrivere. Alzai lo sguardo verso le finestre: chissà chi era che buttava le sue penne da lassù? Ed ecco che mi volò incontro un'altra penna. Si materializzò mentre cadeva nella semioscurità girando su se stessa quasi volesse disegnare una spirale nell'aria. L'afferrai.

Poco dopo udii un rumore cupo, che mi parve provenire dal portone. Fu seguito da un cigolio e da uno sferragliamento. Feci il giro costeggiando il muro con una mano contro i mattoni, il collo teso di lato. Il portone non sembrava aperto. Ma poi feci un altro passo e... da un esile spiraglio Hans mi stava guardando.

La penna mi cadde di mano. Tesi le braccia in avanti ma poi

ritrovai il controllo. Distolsi lo sguardo. Feci la riverenza e rimasi immobile.

Hans non parlò, e io mi rifiutai di alzare lo sguardo. Il silenzio incombeva, a lungo si udì soltanto il fioco gorgoglio dell'acqua sotto la neve. Poi la sua voce si scosse, parve salire a forza su per la gola. «Entra pure», disse.

Vacillai un po' prima che il mio piede acconsentisse a spostarsi. Lui aprì il portone adagio, come per attutire il fracasso, e quando gli passai accanto guardò fuori in strada. Poi lo richiuse alle mie spalle con la stessa cautela.

«Sai, quello che sto facendo è vietato», disse. Io scossi brevemente il capo, poi annuii comprensiva. «Ho avuto l'autorizzazione dall'università a venire qui una volta alla settimana, il lunedì sera, e se non sfrutto il tempo che ho per fare le osservazioni...» continuò.

«Sono contenta che tu mi abbia fatto entrare», dissi.

Lui annuì. Indugiammo per un po' l'uno di fronte all'altra, entrambi esitanti.

Era cambiato. Aveva assunto un'espressione seria, e allo stesso tempo un'aria sbrigativa. Le sue palpebre battevano spesso un paio di volte di fila, le dita si muovevano come rami al vento. Mi sembrava più magro e più alto.

Faceva freddo, nonostante i ceri nei candelieri a muro. Come se l'ultima aria invernale scendesse dall'alto nell'ampia, levigata rampa che saliva senza gradini e sembrava girare come una spirale intorno al centro della torre. Hans alzò un braccio indicando il passaggio con il palmo. Notai l'anello che scintillava come un nastro fra il medio e il mignolo. Salimmo e girammo lentamente.

Feci un commento sull'insolita scala della torre.

«Sì, probabilmente è unica nel suo genere. Si può salire a cavallo fino in cima. Mi hanno detto che lo zar lo ha fatto una decina di anni fa. E a quanto pare la sua consorte lo ha fatto con un tiro a sei. Non so se altri lo abbiano fatto. Io no, io non so nemmeno andare a cavallo. Però si può fare.» Fece una breve pausa e cercò di correggere le ultime parole che aveva detto, affinché le frasi risultassero meno sconnesse e non ci fosse modo di fraintenderle. Io annuii, ma lui insisté. Poi colse un altro possibile malinteso nella chiarificazione e cominciò a correggere anche quella. Mentre il flusso di parole prendeva l'avvio accadde di nuovo, e ben presto Hans cominciò a scalpitare, quasi che le trappole verbali fossero sul pavimento. S'interruppe. «Studi ancora gli esseri umani?»

Mi morsicai il labbro. In effetti non avevo mai studiato gli esseri umani, tanto meno nel modo in cui Hans studiava i pianeti. E se lui era ancora convinto che fossi salita tante volte nell'abbaino spinta da quel motivo – per osservare i suoi movimenti e la sua orbita, per misurare la distanza che ci separava – ormai era troppo tardi per correggere l'errore. Non c'era motivo di provocare altre disgrazie. «In un certo senso...» risposi.

Lui aprì la porta.

Salimmo su per un'angusta, tortuosa scala in pietra che conduceva a una botola. Superata quella uscimmo sul tetto piatto della torre. Intorno a noi c'erano cinque casupole fatte quasi interamente di legno. Tra l'una e l'altra si poteva spaziare con lo sguardo sopra la città, però non riuscivo a distinguere bene i contorni nel buio. Hans mi guidò fino a una casupola e mi fece entrare.

Ciascuno dei due spioventi del tetto era costituito da un grosso telaio provvisto di una botola. Quindi era possibile aprire quasi metà del tetto su entrambi i lati. Al centro del pavimento c'era un grosso quadrante regolabile sia in altezza sia ai lati. Due orologi erano appesi al muro sopra una mensola su cui erano allineate bussole di diverse grandezze. Alla sinistra del quadrante c'erano una sedia e un tavolo su cui erano sistemati un mucchietto di fogli da disegno, un paio di candelieri, una torcia, una scatola di legno di zolfanelli e uno specchio appoggiato contro la parete. Sulla destra c'era un esile cavalletto munito di due aste orizzontali alle quali erano appese delle pezze di pesante stoffa nera che ricadevano sul pavimento.

« È un apparecchio di misurazione anche questo? » Indicai il cavalletto con la stoffa nera.

« No. Nelle notti in cui ci sono troppe nuvole mi dedico ad altri esperimenti, quassù. »

« Quali? »

Aggrottò la fronte. « Di ogni genere. »

« Posso chiedere in cosa consistono? »

« Mi è difficile spiegarlo. Non so ancora qual è il loro scopo. »

« Non sai cosa cerchi di scoprire? » domandai esitante.

« Sì... » Si coprì la fronte con una mano e strinse un ciuffo di frangia, il suo sguardo si fece assorto. « Anzi, no. Credo di saperlo, ma in realtà non lo so. »

I suoi occhi assenti cercarono fugacemente i miei, poi vagarono oltre, ma secondo me capì che il mio stupore non si era attenuato.

« Credo che sia un presupposto della scienza e delle scoperte », mi spiegò. « Colombo sapeva che stava cercando le Indie, e si diresse a ovest. E invece trovò il Nuovo Mondo. Rømer tentò di trovare un metodo esatto per calcolare la latitudine e semplificare così i viaggi per mare, a vantaggio soprattutto dei navigatori. Perché le persone come Colombo potessero orientarsi meglio. E studiò le Lune di Giove e le rispettive fasi. Invece scoprì che la luce ha una velocità... Cercavano una nuova via e un nuovo metodo di rilevamento, e in un certo senso trovarono quello che cercavano. Solo che non aveva l'aspetto che si erano immaginati... Perciò, io so che indago sull'essenza della luce, ma magari finirò per risolvere il problema della latitudine. Oppure scoprirò un nuovo continente. »

Allargò le braccia mantenendo l'espressione seria. Quasi fosse sinceramente convinto che quella era una possibilità, che non si poteva mai sapere.

Lo fissai. Il mio stupore era fatto di mille domande in ordine sparso. Un presupposto delle scoperte? La velocità della luce? E lei chi è? Scoprire un continente? Perché mi hai fatto entrare? L'essenza della luce?

Ma non ebbi il coraggio di porle tutte.

«Non disturbo il tuo lavoro?»

«No. Oggi c'è molta umidità nell'aria, e questo fatto rende difficoltose le osservazioni. Stavo cercando di escogitare nuovi esperimenti...» Indicò gli schizzi, prima di abbassare lo sguardo al pavimento. «E poi sei passata tu.»

Durante la pausa che seguì quasi mi arrabbiai. Perché parlava così? Dal momento che aveva già... portava l'anello al dito.

«E mi hai lanciato la penna?»

«Sì.»

«Hai lanciato tutte le penne che sono giù ai piedi della torre?»

«Sì.»

«Perché?»

«Quando cammini per la città tu non alzi mai lo sguardo.»

Per un momento le mie domande si bloccarono. Lui guardò di nuovo in su.

«È desolante», aggiunse. «Mi è venuta voglia di mostrarti tutto quello che non vedi.» Raggiunse la porta: «Vieni».

Mi portarono i miei piedi, io avrei preferito rimanere dov'ero. Hans mi guidò oltre la casupola fino alla ringhiera che correva lungo il bordo del tetto. Indicò l'oscurità: «Guarda!»

Riuscivo a vedere soltanto sparsi cerchi giallini e quadrati giallo-arancione: i riflessi di lampioni e finestre nelle strade sottostanti. Pian piano i miei occhi si abituarono al buio. E apparvero i contorni di varie guglie di chiese e delle torri degli edifici più alti, alcune superfici avevano un riflesso azzurro-argento. Ben presto intuii le fortificazioni che cingevano la città e la campagna pianeggiante oltre il fossato: paludi, boschi e strade. La vista mi indusse a girare lungo la ringhiera. Vidi il riflesso della luna sulle acque dell'Øresund. E i fiochi guizzi delle onde sul braccio di mare che divideva Sjælland da Amager. Gli edifici lungo il porto si delineavano nettamente. Dietro, ancora campagna, poggetti ammantati di boschi. Più vicino, onde scure si levavano dai comignoli assottigliandosi in linee curve.

Tornai da Hans che stava accanto alla casupola. Era rimasto immobile seguendo con lo sguardo il mio giro d'esplorazione. Piegò il capo all'indietro e alzò lo sguardo. « E lassù c'è altro ancora. »

Lasciai la presa intorno alla ringhiera. Ma non per guardare il cielo: mi raddrizzai.

« Hans », dissi, e lui abbassò gli occhi verso di me. « Devo andare. »

Hans annuì e batté le palpebre.

« Mi racconterai dei tuoi esperimenti un'altra volta », aggiunsi.

« Davvero? » si affrettò a dire.

Ci ripensai: si cade facilmente nella tentazione di fare promesse pur di cavarsi d'impaccio.

« Forse. »

Già mentre tornavo giù ero in preda a una lotta interiore. I ceri in fondo alla spirale si erano spenti, e la rampa buia richiamò una sensazione familiare: quella delle notti in casa di Severin, quando scendevo le scale in punta di piedi.

Ero stata di nuovo contagiata dalla nostalgia di Hans e non sapevo come fosse successo. Allo stesso tempo ero arrabbiata, ma non me ne rendevo conto. Che piacere mi aveva fatto rivederlo! Che sfrontatezza aveva avuto a farmi entrare! Lottai, perché non c'era verso di conciliare la nostalgia con la rabbia.

Proseguii per Kannikestræde e, immediatamente sotto la superficie della neve, scorsi un paio di petali di rosa che avevano conservato il colore nonostante il freddo. Forse Hans aveva lanciato anche quelli, forse abitava dietro quella facciata, lassù, dietro quei vetri.

Senza volerlo levai lo sguardo.

Arrivò la primavera, e facevo sempre le mie passeggiate serali. Ogni lunedì giravo alla larga dalla chiesa della Trinità, in modo da passare a nord, davanti alla parte della navata opposta alla Torre Rotonda. E poi proseguivo per quella deviazione in modo da evitare anche Kannikestræde.

Ma una sera, nei pressi della chiesa, mi sentii pungere il fazzoletto sul cocuzzolo. Spaventata, mi voltai, perché non avevo sentito alcun rumore di passi nelle vicinanze. Non vidi nessuno. Levai lo sguardo: intuii appena che una delle finestre su in alto era fiocamente illuminata, ma chiusa. Poi sentii il solletico sul dorso di una mano, abbassai lo sguardo di scatto e feci in tempo a vedere una penna posarsi ai miei piedi.

Conclusi che la punta della penna spiegava il colpetto che avevo sentito in testa, e superai lo spavento iniziale. Perciò non indugiai a lungo.

Ma mi ero a malapena allontanata di tre passi che Hans arrivò di corsa e mi si parò davanti, trafelato e ansimante. Si fermò proprio di fronte a me e mi fece cenno di aspettare che riprendesse fiato. Quindi si chinò in avanti e puntò le mani contro le ginocchia.

«Dove sei stata?» chiese espirando. Alzò la testa per guardarmi, piegando il collo.

Abbassai gli occhi.

«Sono stato in pena», disse. «Credevo ti fosse successo qualcosa. Che ti fossi ammalata. O ti fossi trasferita lontano.»

Lo guardai, limitandomi a scuotere il capo.

Lui si raddrizzò, e nel suo sguardo stava affiorando qualcosa. «Mi vuoi aiutare?»

Serrai le labbra.

«Posso spiegarti in cosa? Posso parlarti dei miei esperimenti?»

Assunse la stessa espressione di quando aveva trovato la chiave del codice di Rømer. Tutto quell'entusiasmo!

Tacqui, con tutte le mie forze.

Senza che gli avessi dato il permesso, mi prese le mani e mi condusse dentro la chiesa. I suoi piedi scalpitavano come l'altra volta, ma non c'erano trappole verbali in cui rischiasse d'incappare. Erano la fretta e la furia dell'entusiasmo a renderli molleggiati.

Superammo precipitosamente un paio di file di panche e arrivammo a una scala che ci condusse su alla tribuna dell'organo, dove Hans trovò una porta da cui si accedeva alla Torre Rotonda. Salimmo di corsa per un giro fino a un'altra porta che dava sulla soffitta della chiesa, dove c'era la biblioteca universitaria. Là una fila di volumi scompagnati seguiva l'altra, e su qualche scaffale c'erano vecchie cartelle piene di pergamene e mucchi di fogli sparsi, di documenti non ancora pubblicati. Hans mi tirò fino al tavolo dove prima era seduto a studiare. Chiuse il libro, prese il candeliere e si accertò che lo schermo di vetro sottile fosse fissato bene, prima di afferrare anche il volume. Proseguendo, lo infilò in uno stretto spazio in mezzo ad altri. Trotterellando uscimmo dalla porta, corremmo su, su, torno torno, e sempre più su... e poi entrammo nel piccolo osservatorio di Hans in cima alla torre.

Posò il lume sul tavolo davanti allo specchio, si voltò e allargò le braccia divaricando le dita. «Ho una teoria!»

Io aspettai impaziente, e per un momento lui fece un'espressione delusa.

«Cambierà tutto...» disse, cercando di nuovo una reazione nel mio viso. «... Se è esatta.»

«Tutto?» domandai. «Come?»

«Tutto quanto. Tutto quello che conosciamo. Il mondo!»

«Come?»

«Ah, intendi 'in che modo'... Questo lo saprò solo una volta che avrò portato a termine l'esperimento. Ed è per questo che ho bisogno del tuo aiuto. Senza di te non posso farlo.»

«Sarei l'unica persona che...?»

«Sì. E poi tu mi hai già aiutato, conosci i miei modi.»

«Sicuramente non sono l'unica persona a conoscerli, e io non ho assolutamente intenzione di...»

«Stammi a sentire sino in fondo. Siediti qui. Lascia che ti mostri tutto quanto. Che ti spieghi. Siediti, ti prego.»

Mi sedetti.

Lui buttò fuori l'aria, un po' sollevato. «Ho condotto una serie di esperimenti, dall'ultima volta che sei stata qui. E ho tarato i termometri di Rømer per i miei scopi. Ho realizzato vari schizzi, che sono da perfezionare. E... no, daccapo. Dobbiamo rispettare l'ordine di successione con cui ho fatto la scoperta.»

Rifletté un momento. Levò un indice teso davanti al naso: «Prima spiegazione». Mi afferrò per le spalle e mi girò il busto. «Guarda nello specchio. Guarda bene.» Poi spense la candela.

«Ma adesso non riesco a...»

«Sstt! Tieni la testa ferma. Guarda bene.»

Hans si sporse sopra il tavolo e maneggiò qualcosa al buio. Sentii il suo odore: secco come l'aria della biblioteca ma anche dolce come un olio contenente estratto di rosa. D'un tratto udii un breve scoppiettio, uno zolfanello s'illuminò e vidi la mia sorpresa nello specchio.

«Visto?»

«Visto cosa?»

«Che la luce ti è venuta incontro?»

«No.»

«No, vero?»

Riaccese la candela con lo zolfanello, prese il candeliere, afferrò un foglio con l'altra mano e raggiunse con un balzo il cavalletto con la stoffa nera. Alzò il dito: «Seconda spiegazione».

I teli erano appesi sulle due assicelle come lenzuola sui fili del bucato, solo che i lembi scendevano fino a toccare il pavimento. Sul davanti c'erano due tagli di tessuto sottile con un piccolo spazio al centro, dietro un unico pezzo che copriva tutta la larghezza dell'asticella. Hans s'inginocchiò accanto al cavalletto. Con cautela spinse la candela sul pavimento in mezzo ai teli, e la maggior parte della stanza fu oscurata. Solo la parete accanto al cavalletto e il soffitto soprastante venivano colpiti da una striscia di luce. E il viso di Hans, quando ritrasse le mani dal candeliere e mi guardò.

«Riesci a vederla?»

«A vedere cosa?»

«La luce nello spiraglio.» Indicò. «Là, nell'interstizio.»

«Sì», risposi. «Un po' di luce cade sul bordo di uno dei teli.»

«Esatto.»

Hans avvicinò una mano alla candela per coprire la fiamma. La luce sul bordo sparì. «E adesso?»

«Vedo poco. La stoffa che sta dietro sembra grigia anziché nera.»

«Vedi bene», disse lui, e avvicinò immediatamente l'altra mano alla luce. Tentò di coprirla su entrambi i lati. «E adesso?»

«Adesso non la vedo.»

«Già, vero?»

Mi guardò come se le sue dimostrazioni fossero più che esaurienti, e il resto palese.

Trassi un sospiro. «Hans», dissi alzandomi, «non ci capisco nulla.» Mi raddrizzai, ma la mia voce tentennò. «E non voglio che tu cerchi di fare colpo su di me. Né voglio giudicare. Altrimenti andrà a finire male, succede sempre così.»

Poi feci per uscire, intenzionata ad andarmene.

«Non ti muovere.» La sua voce mi fermò. Hans era inginocchiato accanto al cavalletto. «Non ti muovere. Lascia che ti spieghi. Resta.»

Chiusi gli occhi. Trassi un profondo respiro. Controllandomi mi voltai verso di lui.

«È importante», disse. «Non so come... come spiegarlo. Tutta l'idea... l'idea su... l'idea che sta... Il motivo per cui ho... Riguarda l'amore...»

«Non dire così!»

Ormai riusciva a farmi arrabbiare in un battibaleno.

«La teoria...» continuò. «La mia teoria riguarda l'amore.»

Non riuscii a capire se tentasse di minimizzare oppure di correggersi.

«Ascoltala. Poi potrai decidere se mi vuoi aiutare.»

Impiegai un po' di tempo ad annuire. Però a un amico non si può negare di prendere in considerazione la possibilità di aiutarlo.

Rimasi, e Hans raccontò. Raccontò a lungo, raccontò tutta la storia: di come un mistero aveva generato una congettura, che aveva dato inizio a una ricerca. E quella ricerca lo aveva condotto in mille direzioni, ma adesso era giunto al punto in cui i fili stavano per unirsi, e un esperimento per prendere forma. Una storia che qualsiasi scienziato può raccontare. Le singole parti avranno aspetti diversi, ma il fondo di curiosità e di tenacia rimane identico.

Un giorno, poco tempo dopo che avevo lasciato la casa di Severin per andare a stare a Edelgave, Hans aveva trovato per caso uno dei taccuini di Rømer. Sulla prima pagina c'era scritto: «L'essenza della luce?» Nient'altro. Nelle pagine successive il quaderno era pieno di disegni di termometri e di scale graduate in vario modo. Era come se le due cose non fossero collegate, il titolo non aveva nulla a che fare con il contenuto.

Associata al calcolo della velocità della luce la domanda del titolo appariva senz'altro logica. Che la luce fosse una cosa che si muoveva era un concetto del tutto nuovo, e ovviamente dava luogo ad altri interrogativi: allora, cos'è la luce? Cos'è, *in realtà*, la luce? Ma per quale motivo Rømer lo avesse scritto in codice, e come c'entrassero i termometri, Hans non era riuscito a capirlo.

L'argomento aveva occupato i suoi pensieri a lungo, non era riuscito a liberarsene. Si era messo a ideare esperimenti. Aveva deciso di tralasciare i termometri e di concentrarsi invece sulla domanda. Dei numerosi esperimenti che aveva concepito e condotto i due semplici che mi aveva appena mostrato erano i più chiari.

Il primo dimostrava due cose. Che la luce si muove a una tale velocità che non riusciamo assolutamente a seguirne il percorso con gli occhi. Se fossimo in grado di farlo, la prima cosa che vedremmo non appena lo zolfanello s'illumina vicino allo specchio sarebbe lo stesso zolfanello. Successivamente vedremmo lo zolfanello dentro lo specchio, e poi a poco a poco apparirebbe la nostra immagine riflessa: le mani vicino allo specchio, le braccia e infine il volto. Infatti la luce compie un viaggio lungo il triplo, quando dallo zolfanello deve arrivare al nostro viso, allo specchio e poi tornare indietro, fino agli occhi, rispetto a quando deve soltanto percorrere la distanza che separa lo zolfanello dagli occhi. Il fatto che tutta l'immagine divenisse visibile nello stesso momento spiegava anche perché si era sempre creduto che, appena la luce era presente, fosse dappertutto simultaneamente. Era impossibile immaginare una velocità come quella che aveva trovato Rømer.

Inoltre l'esperimento dimostrava che non possiamo *veder arrivare la luce*. Non veniamo colpiti da qualcosa che pensiamo sia la luce, vediamo subito ciò che la luce ci rivela. La luce ci rivela sempre qualcosa, ma ignoriamo la sua composizione.

L'altro esperimento era un'appendice. Dimostrava che non possiamo vedere la luce lateralmente. Sappiamo che passa dietro i teli che vediamo, e colpisce la parete sullo sfondo, ma, quando attraversa l'aria e supera lo spiraglio senza colpire la stoffa, non riusciamo a vederla. Non riusciamo a vedere la luce né dal davanti né da un lato. Finché non ci colpisce è come se non esistesse.

Una volta arrivato a questo punto della sua ricerca, Hans aveva cominciato a interessarsi a quello che succede nel momento in cui la luce colpisce un oggetto. E allora il taccuino aveva acquistato un senso.

La luce emette calore. Avvicina un dito a una fiamma, disse, mettiti sotto il sole: la luce scalda. Forse i termometri sempre più sensibili che Rømer aveva messo a punto erano destinati a carpire alla luce il segreto della sua essenza.

Ma come?

Hans interruppe la sua spiegazione. I rapidi gesti illustrativi si placarono a poco a poco nel silenzio, fino a sparire cedendo a qualcosa che somigliava all'imbarazzo.

«L'ultima volta che sei stata qui...»

Batté le palpebre. Agitò le dita. Modificò la frase, riprese con altre parole.

Dopo la mia ultima visita, spiegò, aveva seguito una nuova idea. Si era documentato sulle opinioni che gli uomini illustri di altri tempi avevano riguardo alla luce, su come la descrivevano. Infatti aveva intuito un nesso tra... e si bloccò di nuovo.

Rise, ma la risata esitò, come se balbettasse.

Il professor Holberg era venuto in suo soccorso, continuò. Il professore, oltre a conoscere bene la biblioteca, insegnava filosofia e metafisica nonché l'oratoria latina: nessuno avrebbe potuto sperare in un aiuto migliore. Ben presto Hans aveva ricevuto conferma della sua intuizione: sembrava che in tutti i tempi regnasse addirittura una comunione di idee tra teologi, scrittori, pensatori e, in certa misura, scienziati.

«E adesso giudica da te, se sei d'accordo anche tu.»

Hans si era di nuovo lasciato prendere dall'entusiasmo, l'imbarazzo svanì.

«Permettimi d'impostare la questione così.» Portò entrambe le mani verso destra. «Da un lato abbiamo la luce. Sul suo conto sappiamo tre cose. Viene da un punto caldo, si diffonde in modo invisibile e a una velocità altissima, trasmette calore all'oggetto colpito. Certamente, non c'è accordo sul calore delle stelle, dal momento che la notte è più fredda del giorno, ma tutte le fonti di luce che possiamo esaminare direttamente sono calde. Dall'altro lato» – portò le mani verso sinistra – «abbiamo l'amore. Sul suo conto sappiamo pochissimo. Non lo possiamo vedere, solo sentire. Tuttavia, negli scrittori si nota una tendenza comune: l'amore passa da un cuore all'altro. Per esempio, nessuno tira in ballo i piedi, e solo pochi accennano alla testa. E quelli che parlano – mi devi scusare, ma per onestà non li posso tralasciare – dei nostri organi sessuali, raramente s'illudono di avere a che fare con l'amore puro. Si potrebbe dire...» – a questo punto fece delle lunghe pause e sottolineò ogni espressione con un gesto – «che l'amore si muove... in modo invisibile... e senza un ritardo percettibile... da un cuore caldo... a un cuore che si scalda. Sono stato abbastanza chiaro? Come la luce... è invisibile mentre si muove... però lo sentiamo quando ci colpisce. Mi segui?»

Dimenticai di rispondere.

Avevo assistito a una metamorfosi. Nel giro di pochi istanti la sua goffaggine si era trasformata in scioltezza e vivacità. Il bambino che coglieva mele stelle era diventato grande. Oppure era emerso l'aspetto più maturo del ragazzo: la nostalgia era percolata nel suo corpo, e lui la seguiva. La seguiva anche adesso, parlandone. Parlava con lo sguardo concentrato, come se non lo facesse per conquistare la mia o l'altrui approvazione, ma solo per arrivare alla meta.

Ovvero: mi aveva sorpreso. E cosa si risponde in questi casi?

«L'essenza della luce», disse, «è simile a quella dell'amore. Quando i teologi parlano dell'amore di Dio, spesso lo definiscono 'la luce dall'alto'. Secondo alcuni l'espressione può anche riferirsi alla grazia, e questa è a sua volta una sorta di dichiarazione d'amore da parte di Dio. Complessivamente questi concetti sono collegati e difficili da separare. A prima vista saremmo anche portati ad associare un sorriso caloroso a un animo luminoso. E un animo luminoso a un'indole amorevole. E...»

Continuò. Tutto il sapere che aveva accumulato uscì a pezzi e bocconi, dal particolare più piccolo all'insieme più grande. Dava l'impressione di aver letto tutta la letteratura universale nel periodo in cui avevo evitato la torre e le penne. E adesso esprimeva i suoi pensieri e li adattava l'uno all'altro, li impilava e li univa e li innalzava a formare una punta, come i mattoni nella volta di una chiesa. Perfino gli ultimi, difficili, quelli da incastrare gli uni con gli altri, li mise a posto quasi giocasse.

L'apice della volta dei suoi pensieri indicava che la luce e l'amore erano due lati della stessa questione, nella loro essenza più recondita in realtà la stessa identica cosa. E lui voleva dimostrarlo, se ne fosse stato capace! Infatti, sappiamo che non possiamo vivere senza luce e, se si potesse dimostrare che l'amore è una forma di luce che alberga nei nostri cuori, allora l'uomo avrebbe trovato la conferma scientifica per amare. Quali influssi avrebbe avuto su tutti quelli che i fautori dell'Illuminismo cercavano di raggiungere? Accendete la luce nei vostri cuori! Amate, non possiamo vivere senza! Non... possiamo... vivere senza.

Di quando in quando l'anello brillava sulla sua mano, e cercai di liberarmi dalla stretta, dalla magia della trasformazione.

«Hans?»

Lui si bloccò.

«Come intendi fare, come dimostreresti...?» Mi trattenni e trovai altre parole. «In cosa vuoi che ti aiuti?»

«Voglio dimostrare che quei sentimenti che suscitano calore dentro di noi si diffondono alla stessa velocità della luce. Ho abbozzato i primi esperimenti. Dobbiamo essere in due. E sarebbe meglio se l'altra persona... fossi tu.»

«Perché?»

«Perché... l'ultima volta che sei stata qui... ho visto un rossore in te, un calore sulle guance, e anch'io... fin da quando mi venivi a trovare su nell'abbaino... È come se... Che fai?»

Corsi giù per la spirale e lui non mi raggiunse.

Ma non mi lasciò nemmeno stare.

Allora mi illudevo che fosse stata la rabbia a spingermi a cercarlo di nuovo. Anche se non avrebbe potuto farlo senza il consenso della nostalgia.

Non colsi la contraddizione insita nel vederlo per dirgli che non lo volevo più vedere.

Il lunedì seguente salii nell'osservatorio, ma non lo trovai. Corsi giù nella biblioteca, attraversai tutte le corsie tra gli scaffali, mi avvicinai a tutti i tavoli. Sguardi scarmigliati mi seguirono in silenzio, ma non il suo. Continuai a correre. L'affanno era sul punto di trasformare la mia rabbia in pianto, e non mi volevo fermare finché non avessi detto quello che avevo da dire. Su e giù per la torre un'altra volta. Aprii tutte le porte, quella della cella campanaria e quella della tribuna dell'organo, quella delle latrine. Quando le richiudevo di schianto rimbombavano, e lungo il muro le fiamme guizzavano. Uscii in strada e per un momento fui sul punto di cedere: di correre a casa o di fermarmi a piangere.

Era ancora chiaro, e la vita della tarda primavera mi passò accanto. Coppie sottobraccio. Innamorati, fidanzati, sposi gremivano la strada. Movimenti morbidi, sguardi eloquenti. Dita prudenti che si cercavano, guance pallidissime che di colpo avvampavano come petali. Diventavano rosse come... rose.

Corsi giù in Kannikestræde. Mi piazzai sopra i resti dei petali di rosa, che erano spiaccicati contro i ciottoli. Chiamai senza sapere se mi trovavo sotto il palazzo giusto. Gridai per non piangere.

«Hans! Hans Bogø! Hans!»

Ed ecco che venne giù un petalo di rosa. Mi adirai talmente tanto che non riuscii a spiccicare una parola. Un istante dopo lui apparve alle mie spalle con le mani dietro la schiena.

Dovetti deglutire tre volte per riacquistare la favella, e allora solo una barriera di parole poté trattenere le lacrime. Mi voltai e parlai senza nemmeno una pausa. Non doveva buttare oggetti dalla finestra per attirare la mia attenzione, non doveva lanciare penne e petali di rosa dal cielo, non doveva assolutamente cercare nobili scuse per le sue azioni. Non doveva allettarmi a guardare in alto, se potevo vedere soltanto qualcosa che mi era negato, doveva smettere di sfruttare la mia debolezza, anche se lo aveva fatto in buona fede, per malignità o per studiare gli esseri umani, le loro emozioni e i loro comportamenti irrazionali. Non doveva venire a parlarmi in pieno viso di calore e di amore, non doveva mettersi in ginocchio e implorarmi di restare, non volevo, non volevo farmi coinvolgere nelle sue relazioni segrete, non volevo *essere* la sua relazione segreta. Non doveva passare tanto tempo con me, a onta e risentimento di chiunque fosse l'altra, quella che sicuramente stava lassù dietro le tende e ascoltava e piangeva, non volevo causare altra infelicità intorno a me, non volevo dimostrare che aveva ragione mia madre!

Lui sembrava un enigma angosciato. «Tua madre?... Dietro le tende, chi?»

«La tua fidanzata! Non voglio determinare la sua infelicità. Né la tua. Né la mia. Non voglio rovinare... rovinerebbe anche me. Se ostacolassi il tuo... la tua... Perché fai quella faccia?»

«Perché... non ho nessuna fidanzata.»

Ero sicura che avesse detto la verità. Era così sorpreso e imbarazzato allo stesso tempo, così sgomento. Tese una mano da dietro la schiena verso di me: il polpastrello del pollice sanguinava.

Era come se in quel momento la posizione eretta fosse assurda. Per un istante le mie gambe resistettero alla caduta, mentre io cedevo. Ma le lacrime si trattennero senza l'aiuto della barriera.

Hans mi afferrò. Con la mano sanguinante mi cinse la vita e mi premette a sé, per impedire a entrambi di cadere. Mantenne l'equilibrio tendendo l'altro braccio in fuori, e allora intravidi la rosa che lo aveva punto facendogli uscire il sangue. Doveva averla stretta: questo lo capii. Ma non capivo nient'altro. Tutte le mie convinzioni vacillavano intorno a me come un cielo rotante. Per un attimo cercai di sentire le mie parole con le sue orecchie, ma nella vertigine non riuscivo a immaginare le sue. Non riuscivo proprio a raffigurarmi il modo e la forza con cui le mie parole lo avevano colpito.

Indugiammo così per un po', colpiti e colti nell'unione.

Hans aveva comprato l'anello per sbarazzarsi delle preoccupazioni di Severin.

Fin dal giorno in cui mi aveva mandato a Edelgave, Severin

aveva temuto che un'altra ragazza sarebbe entrata nella vita del figlio privandolo della capacità di lavorare. Quando Hans si era trasferito in Kannikestræde, si presentava spesso a casa sua senza preavviso interrogandolo diffusamente sulle sue faccende, sul suo importante lavoro e sulla portata di questo. E ricordava tutto quello che Hans gli diceva. Alla sua visita successiva s'informava su ogni particolare: era capace di indugiare a lungo con la fronte solcata di rughe che si diramavano e si spostavano come le crepe nel ghiaccio polare, e sembrava fare le domande seguendo una lista imparata a memoria. Prima di andarsene lo salutava sempre da parte dei domestici, che pensavano tanto a lui, aggiungeva. Gli auguravano ogni bene e, a proposito, volevano anche sapere se si era trovato una fidanzata. Infatti, la notizia li avrebbe rallegrati molto.

La spesa per un anello d'oro vero, secondo Hans, non era un prezzo eccessivo per sbarazzarsi di tutte le preoccupazioni che non erano le sue personali.

Aveva annunciato il fidanzamento durante una visita nella casa paterna. Aveva spiegato di aver incontrato una ragazza a una festa in casa del professor Holberg ma, poiché era di Bergen come il professore, ci sarebbe voluto un po' di tempo per organizzare le nozze. E nei mesi successivi aveva fatto in modo di avere risposte esaurienti e pronte sugli studi, sugli esperimenti e sulla fidanzata fittizia, quando Severin lo interrogava in proposito. Si era abituato a portare sempre l'anello per non essere colto di sorpresa dalle sue visite improvvise, o nelle occasioni in cui gli capitava di frequentare conoscenti del padre. E a poco a poco l'interesse smisurato di Severin era scemato, e le sue visite si erano diradate. In compenso Hans aveva dimenticato che portava l'anello al dito.

Mi raccontò tutto questo a casa sua. Eravamo saliti nel suo appartamento per non destare altro scalpore in strada.

Interrompeva spesso il suo racconto. Prima si stupiva e mi guardava negli occhi, poi annuiva ed esclamava: «Sì, è andata proprio così! » a mo' di conferma. Perché, evidentemente, senza rendermene conto scuotevo in continuazione il capo.

I miei pensieri ripercorsero a perdifiato i nostri incontri, le nostre conversazioni. A caccia di parole che avrebbero dovuto rivelare, di sguardi che avrebbero dovuto smascherare l'inganno, di comportamenti che dicessero l'indicibile. In un certo senso, non c'era altro. Avrei dovuto capire da ogni particolare quello che adesso sapevo. Era la mia cecità a scuotermi, a farmi scuotere il capo. Non è l'amore a renderci ciechi, pensai. Siamo ciechi soltanto finché crediamo che non ci sia.

Hans si tolse l'anello e tacque. Io ero seduta in una poltrona morbida, lui stava in piedi, le braccia ciondoloni. Aveva posato la rosa premendosi l'indice contro il pollice. Intanto le dita dell'altra mano giocherellavano con l'anello.

Mi guardai intorno. Come nella casupola sulla Torre Rotonda c'erano tanti strumenti, perfino là, in mezzo al soggiorno tra i mobili: orologi, quadranti, specchi e un grosso cannocchiale davanti alla finestra. Hans seguì il mio sguardo e cominciò a spiegare. Rømer aveva abitato nell'appartamento attiguo e fatto osservazioni dalla finestra. E da quella stanza poteva emularlo. Era un po' come stare in cima all'isola di Hven e verificare le osservazioni di Tycho Brahe, era... Questa volta il mio cenno di diniego lo zittì.

Ci guardammo.

Gli sguardi tra le persone hanno una certa durata e, quando questa viene superata in silenzio, si riempiono di significato, come una tempesta riempie una vela. Pian piano il suo respiro si fece più intenso. Di colpo il suo petto fremette, e lui strinse l'anello. Poi si girò dall'altra parte.

« Che c'è? » gli domandai.

Hans scosse il capo. Raggiunse una finestra senza guardarmi. Poggiò le nocche contro il davanzale. Inspirò con violenza. Poi fece mezzo giro su se stesso e gesticolò, ma dalle sue labbra non uscì nemmeno una parola, solo un suono mezzo soffocato. Provò di nuovo: lo stesso suono. Poi cadde in ginocchio.

Mi vennero le lacrime agli occhi.

«Cosa vuoi dirmi, Hans?»

«Voglio chiederti...»

Tese una mano: tremava.

«Adesso che mi vuoi aiutare, pensavo che forse noi... se mai tu... se vuoi...»

Chiuse la bocca e deglutì. Infine, timidamente, lo disse: «Fammi... diventare una stella fissa nel firmamento del tuo cielo».

I suoi tremiti mi contagiarono. Mentre mi prendevo le guance l'aria vibrava dentro di me.

Poi risi. Con le lacrime agli occhi, ma risi.

Era così goffo. Non sembravano nemmeno parole sue. Perché dovevano sembrare una poesia? Perché tirare in ballo il cielo e le stelle, l'universo intero? Perché avrei dovuto trasformarlo in una stella fissa? Perché gli uomini dicono certe cose? Se i suoi occhi mi chiedevano semplicemente di amarlo?

«Preferisco tenerti quaggiù con me», risposi.

Poi venne quello che ho cercato con tutta me stessa di dimenticare. La nostra estate. La nostra felicità.

Dimenticai il mio lavoro noioso, dimenticai il tempo che passava, dimenticai me stessa. E il fatto strano è che in seguito ho cercato di dimenticare anche tutto l'oblio. Non ho voluto serbare il ricordo della gioia di essere assorti, immersi.

Ogni sera dall'abitazione dell'ufficiale mi precipitavo in Kannikestræde o alla Torre Rotonda. Ogni sera mi fermavo soltanto quando andavo a sbattere contro il petto di Hans, e lui mi afferrava. Ogni sera i preparativi continuavano.

Parlavamo e disegnavamo e girovagavamo nelle notti bianche.

Parlavamo soprattutto della teoria di Hans. Lui raccontava e spiegava e cercava di rendere comprensibile almeno una parte delle cose che aveva passato metà della sua vita a studiare. Perché potessi partecipare meglio all'ideazione dell'esperimento. Mi mostrò quanto erano nitide le stelle quando le si osservava dal fondo del pozzo al centro della Torre Rotonda, che quelle più luminose erano visibili anche di giorno. Quindi, la luce di una fonte può attraversare indisturbata quella di un'altra, al contrario di quanto accade, per esempio, alle acque di due fiumi, che finiranno inevitabilmente per mescolarsi. Annotai tutto quello che Hans disse sulla luce. Lui indicò di nuovo verso l'alto, e d'un tratto spiegò come la latitudine e i minuti primi d'arco erano legati alle stelle, al tempo cronologico e alla rotazione della Terra. A casa, in soggiorno, allestiva esperimenti con lenti e specchi, faceva passare raggi luminosi dalla finestra in mezzo ai mobili, poi li riuniva, li rifletteva e li propagava. Mi mostrò dove erano particolarmente caldi e riuscivano a far fumare la carta. Spiccava salti di gioia quando i miei cenni di diniego si trasformavano in cenni di assenso; quando infine capivo come la luce subisse l'influsso di una lente di vetro convesso. Come la lente fosse in grado di riunire i raggi di luce quasi fossero pagliuzze legate in un covone, come il calore fosse più intenso nel punto in cui il fascio era più sottile, come si concentrassero al massimo in un punto, il punto focale. Annotavo e lui mi afferrava per le spalle e si metteva a ballare per l'entusiasmo.

Poi realizzammo schizzi di installazioni e discutemmo il loro possibile uso. Cercavamo l'esecuzione giusta per l'esperimento. Quella che avrebbe dimostrato un nesso chiaro e indiscutibile.

Durante le nostre camminate parlavamo della sostanza di tutta la questione: la luce e l'amore. La sostanza dell'esperimento, della teoria, della nostra estate, della vita. Parlavamo di come l'amore accende una luce negli occhi, sparge luce e gioia, rende gli innamorati «raggianti», accende «la fiamma» nel petto e così via... e ridendo ci stupivamo. Infatti, tutti ne parlavano come se le due cose quasi coincidessero: e come mai prima d'ora nessuno aveva preso in considerazione il nesso tra i modi di dire e la realtà, non lo aveva preso sul serio? Come mai a nessun altro era balenata l'idea che aveva avuto Hans? Il velo della familiarità è davvero tanto impenetrabile?

Sentivamo come quelle conversazioni ci scaldavano. Dal petto verso l'esterno, verso l'alto, sotto forma di un fremito che scorreva immediatamente sotto i capelli, fin nelle dita delle mani e dei piedi. Come se il calore aumentasse finché ci occupavamo del nostro amore. E nella notte tutt'intorno a noi fiorivano le rose.

Una sera eravamo su nella casupola in cima alla Torre Rotonda. Io ero seduta al tavolo e scrivevo in bella alcuni appunti che Hans aveva preso durante le sue ricerche nella letteratura. Si trattava di un resoconto di quello che René Descartes aveva scritto sulla natura della luce. Hans era disteso in terra su uno dei teli neri e leggeva un'opera di Isaac Newton. Avevano entrambi scritto sulla rifrazione di raggi luminosi, sui prismi e sui colori della luce. E Hans voleva includere nella sua teoria anche questo aspetto dell'essenza della luce.

Le sue dita vagavano leste sulle pagine, aveva gli occhi sgranati. Poi si bloccò. Posò il libro e tese il corpo al massimo con la schiena contro il pavimento e le mani dietro la nuca.

«E se...» disse. «E se si considerasse la questione nel seguente modo: la luce è di per sé bianca o incolore, ma, quando viene rifratta, si formano colori, i sei colori dell'iride. Analogamente, forse si può anche rifrangere l'amore in sei parti, in sei aspetti, che però allo stesso tempo possono essere compresi in uno solo. Quali potrebbero essere questi sei aspetti?»

Posai il quaderno e mi unii alla riflessione.

«Sei modi di provare amore?» domandai.

«Sì... aspetta un momento.»

La mia domanda lo aveva già spronato oltre.

«L'amore, si sa, nasce in una relazione», disse. «Esistono sei tipi di relazioni affettive tra gli esseri umani?»

«L'amicizia.»

«Tra madre e figlio.»

«Tra fratelli, immagino?»

«Sì. Tra uomo e donna.»

«Ti riferisci al matrimonio?»

«Sì.»

Mi sedetti sul pavimento accanto a lui. «Ti riferisci al matrimonio?»

Quella ripetizione lo confuse, mi guardò meravigliato. Poi rise, e batté le palpebre un paio di volte. Subito dopo: gravità. «Sì.»

Annuii. «Ho capito bene, allora.»

«Sì, immagino di sì.» Batté di nuovo le palpebre.

Per un po' non parlammo. Mi avvicinai ancora di più. Lui sorrise e si girò su un fianco.

«Ma sono soltanto quattro», disse. «E non me ne vengono in mente altri. Forse non è il modo giusto di suddividerlo.»

«Forse no», dissi dandogli una spinta.

Hans rotolò di nuovo sulla schiena.

Mi protesi sopra di lui. «Non ti viene in mente proprio nient'altro?»

«No», si affrettò a rispondere. Poi il suo sguardo cambiò. «Sì.»

Una ciocca dei miei capelli cadde sul suo viso. Hans la raccolse con il dorso della mano e la portò dietro il mio orecchio. Poi la mano si bloccò. Si posò sulla mia guancia. Scese fino al mento, adagio, curiosa. Io abbassai il viso verso il suo, lui levò lo sguardo dalla mia guancia ai miei occhi. All'improvviso sembrava un bambino che avesse visto una cometa o un'altra cosa che non riusciva a capire. Poi però tese le labbra verso le mie.

Erano fresche, ma divennero subito calde. La lingua scottava. Poco dopo mi tirò giù accanto a sé e fece scorrere una mano verso le mie reni. Le dita affondarono negli strati di stoffa, il suo respiro si fece rapido e pesante. Le mani, anche le mie, brancicarono, ci baciammo finché la ricrescita della sua barba non mi fece bruciare le labbra.

Mi tirai su a sedere. Il suo sguardo si fece subito ansioso e interrogativo. Scossi il capo per tranquillizzarlo. Dietro le spalle trovai l'ultimo fiocco del corpetto del vestito e lo slacciai.

«Mi aiuti?»

Lui annuì con aria grave. Si mise in ginocchio dietro di me e afferrò i lacci. Aprì il vestito. Mi fece uscire.

Passarono ore, non so quante. Prima che ci ritrovassimo distesi l'uno accanto all'altra, nudi, su mucchietti di vestiti. Eravamo sudati. Hans aprì un battente del tetto e poi si sdraiò di nuovo. Mi prese la mano con la stessa delicatezza con cui aveva fatto tutto il resto. Rimanemmo distesi a guardare il fiume luminoso della Via Lattea. A respirare. Fino al mattino.

Poco prima dell'alba la notte divenne talmente fredda che ci coprimmo. Ci sedemmo sul pavimento l'uno di fronte all'altra. Restammo seduti con sorrisi pieni di domande e di imbarazzo. E risposte e una nuova intimità.

Hans ruppe il silenzio. «Adesso lo sento ogni volta che mi guardi.»

«Cosa?»

«Il calore nel petto.»

«Ci stai ripensando?»

Annuì.

«Come, 'lo senti'?» domandai.

«Prova anche tu. Prova a sentire adesso.»

Anch'io riuscivo a sentire il calore. Ma non solo nel petto. E ancora non capivo cosa volesse dire Hans. Tuttavia quell'effetto segnò l'inizio dell'elaborazione dell'esperimento definitivo.

Da allora ripetemmo molte volte la seguente prova: ci mettevamo seduti l'uno di fronte all'altra e pensavamo all'amore. Senza parlare, ci limitavamo a pensare, o a percepire. E il calore aumentava. Nel petto, nelle guance. Variavamo la prova: soltanto uno di noi due pensava all'amore, mentre l'altro si portava una mano al petto e avvertiva quando arrivava il calore. Funzionava. Diventammo talmente bravi da sentire il calore non appena l'altro aveva concepito il pensiero. Ovvero: in realtà era impossibile stabilire se arrivasse prima il pensiero oppure il calore. Ma questo valeva anche per la luce nello specchio: viaggiava a una velocità tale che uno vedeva immediatamente la propria immagine. E secondo la teoria l'amore viaggiava alla stessa velocità. Era possibile che non fossimo in grado di distinguere perché eravamo seduti tanto vicini. Perché la velocità dell'amore era tale che i nostri sensi non riuscivano a percepirla.

Perciò abbozzammo l'esperimento finale nel seguente modo: da una grande distanza uno dei due doveva trasmettere il proprio amore all'altro per mezzo di una lente, che lo concentrava in un raggio ben definito. L'altro doveva tenere un termometro contro la pelle del petto e registrare l'aumento della temperatura nel momento in cui veniva colpito. Entrambi i processi dovevano essere registrati da due cronometristi muniti di orologi sincronizzati. Così avremmo potuto verificare se l'amore venisse ritardato dalla distanza, o se anche in questo caso il ritardo fosse talmente infinitesimale da non essere registrabile. E facendo il raffronto con una seconda prova senza lente avremmo potuto stabilire se l'amore si lasciasse deflettere e concentrare dalla lente, come la luce. Se in questo modo fossimo riusciti a dimostrare che sia l'alta velocità sia la deviazione per mezzo di una lente valevano per l'amore come per la luce, la teoria di Hans era destinata al successo.

Appena delineata l'idea, Hans ingaggiò soffiatori e fabbricanti di lenti e di strumenti di precisione. Dovette ricorrere alla disponibilità e alle conoscenze del re; furono fatti arrivare i migliori artigiani dall'Olanda e dalla Svezia, perché in tutta la Danimarca non esistevano produttori di vetro. Una volta che furono tutti riuniti, ed era stato trovato un interprete, Hans spiegò cosa dovevano fabbricare e perché. Avevamo bisogno di un grande termometro, a forma di disco leggermente incurvato e composto da due strati di vetro sottile separati da un interstizio. Il disco doveva aderire il più possibile allo sterno e contenere una grossa quantità di mercurio, in modo da evidenziare anche una variazione minima della temperatura, e doveva essere munito di una scala graduata. Inoltre avevamo bisogno di una lente che fosse il più grande possibile, preferibilmente alta quanto un uomo, con una curvatura minima. Questa andava sistemata su un cavalletto che potesse essere inclinato leggermente e non solo stare in posizione perpendicolare. Infine avevamo bisogno di due orologi molto particolari. Non dovevano mostrare le ore e i minuti, bensì un'unità di tempo molto più piccola del minuto. Dovevano quindi avere un'unica lancetta che girava rapidamente. Una volta caricati, dovevano andare *esattamente* alla stessa velocità, per *almeno* dieci minuti... e allo stesso tempo dovevano essere trasportabili in corsa! Quella stessa sera capimmo che avremmo dovuto aspettare un bel po' prima di poter realizzare l'esperimento. Il fabbricante di lenti non si era mai cimentato con qualcosa che avesse un diametro maggiore di dieci centimetri, e l'orologiaio aveva difficoltà a ottenere una grande precisione senza l'utilizzo di un pendolo, cui doveva rinunciare perché gli orologi dovevano essere portati a mano. La messa a punto, i processi di lavorazione avrebbero richiesto tempo.

Intanto cominciammo a cercare il posto giusto per l'esperimento. Hans mi portò giù ai laghi nella zona palustre fuori Copenaghen: sopra l'acqua il raggio della lente non avrebbe incontrato ostacoli. Ma, una volta caricati gli orologi, i cronometristi avrebbero impiegato molto tempo a correre in due direzioni opposte lungo la riva fangosa, per raggiungere rispettivamente il mittente e il destinatario. E, più a lungo funzionavano gli orologi, più imprecise diventavano le misurazioni. Inoltre avremmo potuto avere la sfortuna che il raggio fosse interrotto dal passaggio di una barca. Nel caso delle strade, che peraltro avevano dei lunghi tratti rettilinei adatti allo scopo, il traffico costituiva un problema ancora più grande.

Passammo molte sere a cercare, ma una mattina il problema fu risolto. Avevo convinto Hans a mettere da parte la ricerca per una volta, e ci incontrammo nella casupola sul tetto della Torre Rotonda. Quando le stelle cominciarono a dissolversi nell'azzurro, ci avventurammo fuori avvolti solo nei teli di stoffa per vedere l'alba. Nuvole gialle e rosa si stendevano in esili strisce in fondo, verso sud, e le seguii con lo sguardo ancora più giù, fino a Vesterport. E là notai che si vedeva un pezzo del bastione di Schack. S'ergeva sul lato nord di Vesterport come uno dei punti alti da cui le guardie tenevano d'occhio chi si avvicinava alla città. Lo indicai. Invece di cercare un tratto lungo, pianeggiante e deserto fuori città, avremmo potuto collocare la lente lassù, in cima alla torre, e il destinatario poteva mettersi sul bastione. Hans mi diede un bacio sulla guancia e si sarebbe messo a ballare se non avesse rischiato di far cadere la stoffa.

Con un'espressione che ho sentito usare da persone che hanno viaggiato molto, la buona stella di Hans era in ascesa. Presso la corte e tra gli eruditi della città. Dopo l'arrivo degli artigiani stranieri voci insistenti avevano cominciato a imperversare, e le aspettative nei suoi riguardi andavano crescendo. Severin non esitò a organizzare un banchetto in onore di Hans al quale invitò alcuni benpensanti della città.

Mi ero abituata a vedere Hans quasi tutte le sere e non riuscii a tenermi lontana. Andai a trovare i miei genitori.

Per l'occasione era stata ingaggiata una fantesca. Mia madre l'aveva messa ai fornelli, mentre lei serviva a tavola facendo la spola a ritmo serrato tra la cucina e la sala delle feste. Appena mi vide si limitò a salutarmi con un cenno del capo continuando a sistemare concentrata un vassoio. Mi sedetti a parlare con mio padre al tavolo nell'angolo.

Gli chiesi della sua schiena che gli dava il tormento da un po', ma non fece in tempo a rispondermi che mia madre tornò giù con un commento sulle labbra.

«Proprio non li capisco. Sicuramente hanno sentito le voci

come noialtri, e se ne stanno seduti composti a mangiare e a brindare e a parlare di tutto tranne che di questo. E Hans non apre bocca. E io ne so quanto prima!»

Prese un altro vassoio con bevande e sparì di nuovo.

«Quali voci?» domandai a mio padre.

«Su Hans.»

«Ah, sì?»

«Sì.»

«Cosa si dice sul suo conto?»

«Tante cose. Tante cose.»

«Quindi le hai sentite anche tu le voci?»

«Me le ha riferite tua madre. Però sono disposto a giurare che non se l'è inventate tutte lei.»

«Cos'hai saputo?»

«Be'. Qualcosa a proposito di tirare giù le luci del cielo. Qualcosa a proposito della velocità dell'amore. Roba di cui non m'intendo. E voci secondo cui Hans diventerà professore, se tutto va bene.»

Alle mie spalle la sguattera si raschiò la gola. Lo sguardo di mio padre vagò di lato sopra la sua spalla verso di me e poi proseguì in direzione del pavimento; annuì.

«Mi pare che occorra altra legna», mi disse. «È meglio che provveda.»

Rimasi seduta. Mi resi conto che, se anche l'avessi tenuto, Hans sarebbe diventato una stella. Anche se fosse rimasto quaggiù con me sarebbe diventato una stella fissa. Nel cielo della scienza. Sarebbe stato una di quelle stelle che i futuri scienziati ammirano e da cui si fanno guidare.

Mia madre tornò di nuovo giù. «Bene, ci siamo! Hanno cominciato a fare domande. Quindi può darsi che la situazione si sblocchi.»

«Cosa stanno chiedendo?»

«Ah, non ha importanza. Tanto, sono tutte sciocchezze. Non disturbarmi!»

Si affrettò verso le scale con un piatto da portata in ciascuna mano.

Poco dopo scese di nuovo, i tacchi rimbombavano contro i gradini. Passando fissò il tavolino di servizio, e intanto dava la stura.

«Aspettate e vedrete. Questa poi!»

«Che è successo?»

«Ovviamente vogliono sapere se sia possibile. Infatti, non lo è. Chiedono se secondo lui sia possibile dimostrare qualcosa sull'amore con gli strumenti di precisione e la scienza e tutto il resto. E lui si limita a rispondere: 'Aspettate e vedrete'. Ma non può dire sul serio!»

Mio padre tornò con la cesta piena di legna. Domandò alla sguattera se c'era qualcos'altro di urgente da sistemare, ma quella gli rispose no grazie. Allora si sedette massaggiandosi i lombi.

«Non mi hai detto come va. Hai male?»

Per tutta risposta mio padre tese la bocca e respirò a denti stretti.

«Adesso se ne sta zitto!» udii esclamare dalle scale. Mia madre arrivò con piatti da portata vuoti. «Gli hanno chiesto se è vero di quella donna di cui abbiamo sentito tutti, e lui non risponde.»

«Quale donna?» domandai.

«La sua assistente. Ammesso che ne abbia una. Pare che sia una donna. Questa è bella! Una donna!»

«Certo che non ti sfugge niente», dissi.

«Ah, non posso mica tapparmi le orecchie e contemporaneamente portare questi qui, ti pare?»

Scosse il capo e posò i piatti.

Poco dopo mio padre fu mandato a togliere i lenzuoli dai mobili su in soffitta e approntarla perché gli ospiti potessero vedere il posto in cui tutto era cominciato. Mia madre stava raccogliendo le stoviglie su nella sala.

D'un tratto Hans apparve in cucina. Lo guardai spaventata.

Lui salutò educatamente per evitare che la sguattera notasse qualcosa. Quasi troppo educatamente. «Buongiorno. Quanto tempo è passato. Volevo approfittare dell'interruzione del pranzo. Vi andrebbe di prendere una boccata d'aria fresca insieme a un vecchio conoscente?»

Gli risposi di sì. Hans mi porse il braccio.

Uscendo dovetti soffocare una risatina. Ci sedemmo fuori sui gradini.

Alzai lo sguardo verso le finestre. Non c'erano ombre in vista. Poi gli presi la mano tra le mie e la strinsi per un po'. Scrutai in fondo alla strada mentre gli carezzavo il palmo. Toccai l'anello e lo girai tra le dita.

«Mi sa che corrono voci su noi due», dissi.

«Sì. Ma io non ho rivelato nulla. Credono ancora che sia fidanzato con una ragazza di Bergen. Secondo me nessuno sa che sei tu la mia assistente.»

«Ma non potremmo... Quanto dobbiamo aspettare ancora?»

«Fino a dopo l'esperimento. Allora mio padre non potrà opporsi. Se gli spiegherò quanto sei stata importante in tutta la questione, non ti scaccerà. Anzi, tutt'altro, direi. Allora potremo sposarci.»

Mi baciò. Era un po' nervoso. Dopo, alzammo entrambi lo sguardo verso le finestre.

«Volevo solo vederti un momento», disse, e sorrise.

Annuii e ci alzammo. Mentre salivamo verso la porta, Hans si fermò.

Era socchiusa.

Con una spinta la spalancò: ed ecco là mia madre, con la parte inferiore del viso coperta dalle mani e gli occhi pieni di lacrime.

«No», proruppe da sotto le mani. «No, no, no.»

Lasciò la stretta intorno alla bocca e cominciò a sventolarsi il viso.

Superai Hans di corsa e la presi per le spalle. «Non una parola!» dissi. «Con nessuno!»

Lei scosse il capo con un'espressione completamente smarrita. La costrinsi a girarsi e la guidai attraverso la cucina, oltre la sguattera e dentro la stanzetta dei miei.

Impiegai parecchi minuti per farmi ascoltare da lei.

Seduta su una sedia, pestava il pavimento con i tacchi, mentre si teneva di nuovo la bocca per attutire i suoni che ne uscivano: «Uh. Ah. No. No, no. Uh!»

Finalmente le sue esclamazioni cessarono, e si asciugò gli occhi. Adagiò le mani in grembo e alzò lo sguardo verso di me. «Sono così felice.»

Poi scoppiò di nuovo a piangere.

Hans tornò dagli ospiti. Poco dopo scese mio padre. Udimmo i suoi passi, e mia madre lo chiamò nella stanzetta. Gli raccontò subito di me e di Hans. Intanto lui si sedette. Infine mi guardò.

«È vero?»

«Sì. Ma promettetemi di tenere la notizia per voi.»

«Per quel che mi riguarda, non ci sono problemi», disse lui. «Quanto a tua madre, invece...»

Le lanciò un'occhiata. Lei lo guardò offesa e lo colpì sul braccio con il fazzoletto. Poi lui sorrise con fare canzonatorio, e a lei sfuggì una risatina. Quindi si ricompose.

«Lo prometto anch'io.»

Poco dopo mio padre decise di coricarsi. Mi diede il bacio della buonanotte e mi salutò. Mia madre mi accompagnò fuori e mi abbracciò, stringendomi forte. Quindi lasciò la presa e giunse le mani, portandosele al grembo. Mi fissò negli occhi senza distogliere lo sguardo.

Capii che adesso la speranza non era solo mia. Era anche sua.

Arrivò l'autunno. Il 20 ottobre del 1728 era tutto pronto.

La grande lente, che misurava quasi un metro di diametro, era sistemata in cima alla Torre Rotonda, e accanto c'erano un cannocchiale montato su un treppiede e una lanterna. Quando, appena terminate le mie mansioni in casa dell'ufficiale, ci incontrammo davanti alla chiesa di Nostra Signora, Hans aveva con sé il termometro e gli orologi. Poco dopo arrivarono i nostri assistenti, un orologiaio di Copenaghen che aveva fornito parti del meccanismo dei cronometri e suo figlio. Dovevano occuparsi della misurazione sincronizzata del tempo.

Il primo buio era calato sulla città. Concordammo gli ultimi dettagli. Hans parlava talmente in fretta che più di una volta dovette ripetere le parole ai nostri aiutanti a una velocità più contenuta. Aveva gli occhi lucidi. Ci separammo: Hans si diresse alla torre, mentre io portai il termometro sul bastione di Schack. I due cronometristi aspettarono un po', poi caricarono gli orologi e si misero a correre ciascuno in una direzione. Pochi minuti dopo l'orologiaio mi raggiunse. Salì e si mise in posizione con carta e penna. Poi alzò una bandierina verde e fece segnalazioni verso la torre.

Il grande momento era giunto. L'esperimento aveva avuto inizio.

Innanzitutto bisognava regolare la lente. La forte luce della lanterna doveva attraversare la lente, il cui punto focale era fissato sul bastione e poi, sotto forma di un lungo, sottile cono, colpirmi con la punta al centro del petto. Aspettammo traendo profondi respiri. A ogni giro della lancetta, l'orologiaio tracciava un'asta sul foglio.

Infine intravedemmo un raggio su, su, sopra la città. In un primo momento era puntato a nord-ovest e leggermente verso l'alto. Aveva riflessi arancione e guizzava in modo strano, aumentava e diminuiva d'intensità come la luce di un falò. Ma non c'era né nebbia né foschia, l'aria era limpida, la visibilità buona. Pian piano il raggio girò verso ovest. Lo fissai. La luce cambiò. Divenne più bianca e più stabile, ma opaca come quella di un cielo grigio. Qualcosa mi diceva che quella non era la luce della lanterna.

Lanciai un'occhiata all'orologiaio: anche lui fissava sbalordito il cielo. Aggrottò le sopracciglia e mi guardò fugacemente con una punta di paura negli occhi, prima di rammentarsi del cronometro. Non era la lanterna. Era qualcos'altro. Hans aveva saltato la parte introduttiva e aveva già avviato l'esperimento vero e proprio. Mi accostai il termometro al petto. Il raggio divampò, la luce si fece più intensa, più bianca. E molto altro ancora.

Non posso sapere a cosa pensasse Hans in quel momento. All'amore, forse. Forse per lui aveva quell'aspetto.

In tal caso l'amore di Hans era la somma della sua vita. E, se lo donava a me, mi donava la sua vita. Forse era veramente così.

Oltre a far convergere la luce, la lente ne aumentava l'intensità: era uno spettacolo di cui non ho mai visto l'eguale. Non sono più riuscita a dimenticarlo.

Un fulgido raggio fluttuante, scintillante, indefinito. E tuttavia a forma di un lungo, sottile cono sdraiato dalla torre sino alla fortificazione, dove la punta formava la sommità di un altro cono invertito, che proseguiva sopra il fossato, oltre il terrapieno verso l'interno, in direzione di Tusculum. Era, sì, bianco, ma pullulava di tratti serpeggianti di colori che non diventavano mai colori veri e propri, bensì sfumavano nel candore vibrante del raggio. Pullulava di immagini, di accenni, che apparivano e scomparivano come corpi nell'acqua che non salissero mai in superficie: immagini che non emergevano mai, ma c'erano. Mentre il raggio girava, vedevo tutti gli accenni andare e venire, tutti i sentori, i colori, le immagini; vidi le sue componenti. Hans irradiava al contempo la curiosità di un bambino, l'armeggiare delle dita con cannocchiali, alambicchi e grossi libri, l'entusiasmo dell'invenzione, l'impazienza fremente di fronte a tentativi che erano sul punto di riuscire per la prima volta. E dieci anni di solitudine in una soffitta; lunghi sguardi fuori della stessa finestra, primavera, estate, autunno, inverno, la malinconica meraviglia davanti agli alberi che sparivano, e gli uccelli, le voci, i colori che si ritraevano fino a dissolversi e rendere la solitudine più accentuata. E la concentrazione dimentica di un giovane, al contempo la sua unica fuga e gioia. Sopra Copenaghen, Hans irradiava l'energia accumulata dei respiri trattenuti di centinaia di bambini, di scope immobilizzate, di batticarne fermati, di pentole afferrate prima di sbattere contro il pavimento, di parole inespresse, di canzoni taciute, di grida bloccate nel petto; la piena arginata dall'attesa muta di un'intera strada, di centinaia di vite soffocate. Ed ecco che fuoriuscirono tutti i colori da una casa oscurata, tutta la luce da dietro le facciate di un quartiere grigio, tutta la tensione dell'anelito all'eccezionale di un intero paese. Tutto quanto racchiuso nella speranza di un uomo di meritarsi di essere amato.

Il raggio puntò verso ovest, l'orologiaio annotò meticoloso un altro giro della lancetta.

Guardammo in alto sopra di noi, e il raggio ci superò, proseguì per un tratto verso sud. Poi si tuffò di colpo tra le case di Lille Sankt Clemens Stræde che sfociava su Vesterport alla nostra destra. Guizzò su e giù un paio di volte, poi la sua fuga terminò e parve indicare il tetto della casa all'angolo della strada che costeggiava la fortificazione. La punta non si vedeva, era dall'altra parte del tetto. La lancetta dell'orologio compì più di un giro, udii la penna grattare la carta due volte.

Quando infine riapparve, il raggio oscillava violentemente, e l'orologiaio mi guardò spaventato, la mano con cui teneva l'orologio tremava. Tirai fuori il termometro e controllai il livello del mercurio ma, sebbene dentro di me la tensione fosse aumentata, la temperatura era rimasta invariata. Lo sistemai di nuovo contro la pelle. Levai lo sguardo.

Ed ecco che il raggio di luce scese a precipizio verso di noi.

L'orologiaio spiccò un salto di lato, io aprii la bocca e ansimai. Il raggio era a pochi metri sopra di me e stava rallentando. Per un istante rimase sospeso immediatamente sopra la mia testa, e i miei capelli si sollevarono con una sensazione di crepitio. Poi accaddero due cose, in successione talmente rapida che non so quale fu la prima e quale la seconda.

Un uomo uscì dalla casa di Lille Sankt Clemens Stræde e raggiunse di corsa la fortificazione gridando a squarciagola: «Al fuoco! Al fuoco!» E il raggio scese e mi colpì in petto.

Il mio cuore si fermò, e fui invasa da una sensazione che non so descrivere. Un calore si diffuse in tutti gli arti: conteneva più di quello che avevo visto nel raggio in cielo, molto di più, non trovo le parole per esprimerlo. Il calore era talmente intenso che mi avrebbe dovuto provocare dolore, ma non lo fece. Mi inondò sotto forma di piacere, gioia, beatitudine, lasciando una sensazione ardente, esultante in ogni singolo poro della pelle.

In compenso il termometro si surriscaldò ed esplose. Una goccia di mercurio bollente colpì un punto della mia pelle fremente e sensibilissima: sul mento. Il dolore annientò la sensazione di beatitudine, sopraffece bruscamente i miei sensi come il buio quando si spegne la luce in una cantina. Scansò ogni cosa, riempì ogni percezione: gettai il capo all'indietro e, scostandomi dal vapore e dalle gocce, dal raggio, caddi in terra. Ruzzolai nell'erba con gli occhi chiusi. Nelle immediate vicinanze l'orologiaio cacciò un urlo. Diverse persone ai piedi del bastione cominciarono a gridare «al fuoco» con voci spaventate.

Prima di comprendere appieno quel che stava succedendo, prima che i miei sensi potessero distogliersi vuoi dal dolore vuoi dalla sensazione interrotta di calore e di piacere, prima che il mondo riacquistasse la sua forma solita, braccia mi sollevarono e mi portarono via.

Il vento aveva ghermito le fiamme, l'incendio si propagava verso est lungo la viuzza e giù per altre strade, su, verso Gammel Torv. La gente si riversava fuori da Vesterport impugnando secchi per attingere acqua nel fossato oltre la fortificazione.

La luce era diventata fuoco. La città era in fiamme.

Tornai all'appartamento di Kannikestræde. Era deserto. Scesi di nuovo giù in strada. Era mezzanotte, e l'incendio aveva acquistato una violenza tale che il calore si sentiva fin là, a centinaia di metri di distanza dal crepitio delle fiamme.

Il vento di ponente minacciava di spingere l'incendio su per Nørregade, fino a Klædeboderne, alla chiesa di Nostra Signora e a Kannikestræde. Mi avviai verso la Torre Rotonda, con il bagliore alle spalle: di quando in quando udivo schianti fortissimi da cui si sprigionavano getti di scintille che passavano su in alto turbinando come tentacoli.

Hans giaceva esanime sul tetto. Schegge di vetro erano disseminate tutt'intorno al cavalletto: la lente non c'era più. Dall'interno di una delle casupole proveniva un uggiolio simile a quello di un cane.

Mi precipitai da Hans, lo scrollai, lo chiamai, gridai il suo nome. Il cuore gli batteva talmente forte che sollevava la stoffa della camicia sul costato, ma non riuscii a svegliarlo. Corsi dentro la casupola e vi trovai nascosto l'altro cronometrista, il figlio dell'orologiaio. Era seduto con lo sguardo fisso sull'orologio, che ormai si era bell'e fermato: ansimava, e ogni respiro rinnovava il monotono uggiolio. Siccome non reagì alle mie parole, gli diedi dei buffetti sulle guance con entrambe le mani.

«È caduto da solo!» sbottò. «È caduto da solo!»

E ripeté le stesse quattro parole fino a quando non gli diedi qualche altro colpetto. Quindi sbottò raccontando tutto quello che era successo, dal momento in cui ci eravamo separati fino a quando non era scoppiato il finimondo; le parole gli uscivano dalla bocca quasi con lo stesso timbro del piagnucolio.

Quando con un cannocchiale il ragazzo aveva visto il padre fare le segnalazioni con la bandierina verde giù dal bastione, Hans era rimasto a guardare il cielo per diversi minuti. Il ragazzo aveva dovuto dargli un colpetto perché iniziasse l'esperimento. Hans si era messo dietro la lente, che ancora era tutt'altro che nella posizione giusta, ma non aveva preso la lanterna. E aveva chiesto al ragazzo da quale parte dovevano girare la lente, come se lo avesse dimenticato. Aveva una voce stranissima. Allora il ragazzo aveva visto il raggio partire dalla lente e penetrare l'oscurità della sera. E aveva visto che il raggio scaturiva da Hans. Gli esili filamenti di luce si formavano come un ventaglio scintillante dal suo petto e colpivano l'arco della lente che poi li raccoglieva e li mandava sopra la città. Hans tremava. Stringeva il cavalletto, ma era malfermo sulle gambe e solo lentamente lo aveva girato nella direzione giusta. Poi all'improvviso aveva perso i sensi, o quasi. Era caduto contro il cavalletto e ci si era aggrappato, evitando di accasciarsi completamente. Il ragazzo non sapeva che fare, non osava posare l'orologio e la penna, perché se lo avesse fatto non avrebbe potuto controllare i tempi mettendo a repentaglio tutto l'esperimento. Intanto, Hans era appoggiato immobile al cavalletto, e il raggio puntava su un tetto della periferia della città. Il ragazzo aveva di nuovo preso il cannocchiale per guardare in quella direzione. Dal tetto saliva un esile filo di fumo. Allora aveva gettato gli attrezzi, era corso da Hans, lo aveva aiutato a rimettersi in piedi e aveva inclinato la lente verso l'alto. Quindi era tornato indietro per raccogliere l'orologio. Da quel momento in poi avrebbe dovuto anche guardare nel cannocchiale per aiutare Hans a rimettere il raggio in posizione. Contava i giri della lancetta e s'imprimeva i numeri nella mente perché non aveva il tempo di tracciare le aste sul foglio, guardava nel cannocchiale e dava istruzioni a Hans.

Era talmente indaffarato a passare dall'orologio al cannocchiale che non aveva notato cos'era successo. Aveva soltanto udito lo schianto quando la lente era esplosa. Guardando in quella direzione, aveva visto Hans disteso sulla schiena tutto cosparso di schegge, come tanti finissimi fiocchi di neve.

Il ragazzo aveva di nuovo gettato gli attrezzi per aiutare Hans, ma non era riuscito a farlo rinvenire. Allora si era messo a cercarci con il cannocchiale per vedere se stavamo accorrendo, se stavamo venendo in soccorso. Ma giù sul bastione aveva visto il padre vacillare di qua e di là, piegato in due, con le mani sul viso. Io ero carponi e scrollavo con forza il capo. E vicino a noi era scoppiato un incendio.

«Non è stata colpa mia», disse. «Non è stata colpa mia! Non ho fatto niente, è esplosa, così, non sono stato io. Dov'è mio padre?»

«Non lo so.» Gli presi la testa per costringerlo a guardarmi. «Mi devi aiutare.»

In qualche modo riuscimmo a trascinare Hans giù per le scale. E poi ancora giù per la rampa a spirale, lungo la strada e su nell'appartamento. Lo distendemmo nell'alcova. Il suo cuore martellava ancora, aveva la fronte madida di sudore. Non c'era verso di svegliarlo.

Lo fissai e scossi il capo. Perché aveva saltato la parte introduttiva dando subito inizio all'esperimento? Cosa aveva in mente? Perché tanta fretta? Gli presi una mano tra le mie e la strinsi. Forte, credo. Perché aveva voluto fare quell'esperimento? Perché mi aveva chiesto di aiutarlo a realizzarlo? Perché aveva fatto venire gente per fabbricare gli strumenti di precisione e tutto il resto? Perché mai aveva voluto dimostrare qualcosa? Se gli occhi...

Non mi mossi dal suo capezzale. Il ragazzo rimase con me fino al mattino. Il pigolio monotono scemò: tornava solo a ondate, che poi cessavano. Gli carezzai le guance, e vegliammo accanto all'alcova. Di quando in quando sembrava che una luce incandescente aleggiasse sopra Hans. Un rovente arco giallorossiccio, come il riflesso della volta celeste sopra la città.

Poco dopo l'alba risuonarono colpi di cannone nel quartiere, là dove il fuoco aveva attecchito, ma non sentimmo nessun edificio crollare. A ogni sparo il ragazzo tremava, e mi afferrò la manica, la mano, la strinse. Poi arrivò la madre. Il padre era tornato a casa con la febbre e un'ustione scura sul viso, e non aveva voluto dirle niente. Soltanto dove, forse, avrebbe potuto trovare il ragazzo. E, ora che la febbre si era abbassata, la donna aveva trovato il coraggio di lasciare il marito per andare a prendere il figlio.

Il ragazzo le cinse la vita con le braccia, e finalmente l'uggiolio si trasformò in pianto. La madre abbassò gli occhi, guardò il volto pallido e lucido di Hans e scosse il capo, ma non disse nulla. Prese il figlio per mano e lo condusse via in fretta e furia.

Ora che non avevo più la compagnia del ragazzo, cominciai a vagare da una stanza all'altra, avanti e indietro, fra l'alcova e le finestre. Giù in strada passavano carri, quasi tutti carichi d'acqua, alcuni di barili contenenti polvere da sparo. Poco dopo si udì un boato, più forte dei cannoni, seguito da un interminabile fracasso di pietre contro pietre. Corsi di nuovo alla finestra, e allora vidi che il fuoco aveva saltato Nørregade per attaccare la chiesa di Nostra Signora. La grande guglia si mosse, crollò, svanì. Un altro boato attraversò le strade, ogni cosa: gli apparecchi nella stanza, i fogli di rame e gli alambicchi di vetro rimbombarono. Giù dalla piazza si levavano grida e pianti, la gente trascinava fuori della chiesa oggetti che nel corso della notte aveva portato dentro nella speranza che gli spessi muri li avrebbero protetti. Ormai mancava poco e sarebbe toccato a Kannikestræde.

Mi precipitai di nuovo da Hans. Mi era venuta un'idea, una vaga idea. Una di quelle cui non si crede ma che bisogna provare per forza.

Lo tirai fuori dall'alcova sul pavimento. Nel soggiorno lo misi a sedere con il tronco afflosciato contro la parete. Rotolai uno degli specchi fino ai suoi piedi. La mia idea era più o meno questa: se aveva scaricato tutta la sua energia vitale sotto forma di un raggio dal petto, ed era questo il motivo per cui aveva perso conoscenza, allora, per risvegliarlo, dovevo convogliare di nuovo il raggio dentro di lui. Mi pigiai dietro le sue spalle, lo afferrai sotto le braccia e lo alzai. Infilai una gamba in mezzo alle sue e lo misi a sedere sulla mia coscia, come un bambino. Gli girai il busto in modo che si trovasse di fronte allo specchio.

In un primo momento non accadde niente.

Anzi, no, un fremito gli scosse i pollici. Lo raddrizzai, gli alzai il mento e gli scostai i capelli dalla fronte. Era pesante da tenere, si afflosciava come una bambola.

Le sue mani cominciarono a ghermire l'aria, una gamba

scattò in un calcio maldestro. Poi, per un po', niente. La coscia su cui era seduto mi formicolava e mi bruciava, avevo la sensa zione che mi si stesse gonfiando il piede. Poggiai il petto contro la sua schiena e lo afferrai per la cintola in modo da impedirgli di cadere. La testa di Hans trovò il controllo del proprio peso. Drizzò la schiena, unì le ginocchia. Gli occhi si spalancarono, la bocca si aprì, il busto si contrasse... e vomitò.

Quando si ritirò su i suoi occhi erano ancora sbarrati, e mi guardavano assorti nello specchio. Annusò, sentì l'odore che c'era nell'aria.

«Dobbiamo uscire», disse.

Dalla Torre Rotonda vedemmo il fuoco fagocitare a uno a uno gli alloggi dei professori di Kannikestræde e il palazzo di Hans. Di lì a poco le fiamme cominciarono a lambire i collegi universitari. Dietro, l'università era in fiamme, accanto, proprio di fronte alla torre, il collegio di Regensen stava ancora in piedi. Ormai era mattina inoltrata.

Hans correva di qua e di là sul tetto, di casupola in casupola, raccogliendo apparecchiature, vecchi strumenti che Tycho Brahe e Ole Rømer avevano inventato e fatto realizzare, e li sistemò in un mucchio vicino alla scala. Lo seguii e cercai di fermarlo, volevo scendere e allontanarmi dall'incendio, e volevo che lui venisse con me. Ma non mi stava a sentire, non c'era obiezione che tenesse. Gli dissi che gli strumenti non erano importanti, l'importante era che si mettesse in salvo lui. Dissi che sicuramente la torre non sarebbe stata intaccata dalle fiamme, dato che era altissima e costruita solo di mattoni. Dissi che gli strumenti si potevano rifare, lui no. Gli gridai che se non mi stava a sentire lo avrei sbattuto in terra e lo avrei rimesso in un'alcova finché l'incendio non fosse stato spento. Hans non reagì.

In un certo senso, non c'era già più.

Quando le fiamme si riversarono fuori delle finestre di Regensen, afferrai il cannocchiale dell'esperimento e cercai di colpirlo. Lo strumento si spezzò contro il suo avambraccio, che lui alzò senza guardarmi. Se la botta gli fece male, non se ne curò; con un'espressione vacua proseguì verso la casupola che non aveva ancora perlustrato.

Portò fuori un ultimo strumento, lanciò una breve occhiata al mucchio e si mise a cercare un sacco in cui mettere tutto quanto. Non lo trovò, andò di casetta in casetta, aumentando la velocità dei passi. Infine si fermò di colpo e mi fissò, quasi senza riconoscermi.

«La biblioteca», disse. «Gli scritti del Maestro.»

Quindi corse giù per la scala ed entrò nella soffitta della chiesa dove erano raccolti tutti i libri.

Quanto a me, indugiai per un po'. Spaziai con lo sguardo sopra la città. In oltre metà del mio campo visivo l'orizzonte bruciava. Da Nørreport fino a Vesterport, e di lì fino al canale era pieno di fiamme e di fumo, come una coltre sopra gli edifici che crollavano. Sentivo che i miei occhi stavano diventando come quelli di Hans: sbarrati, lucidi. Fui colpita dall'immensità dell'incendio.

Mi attardai a scrutare il mare di fuoco. Con le braccia lungo i fianchi.

Poi dentro di me avvertii un cambiamento. Una sensazione come di resa. Totale.

Ma a favore di qualcosa.

Suo. Nostro.

Se Hans aveva intenzione di morire tra le fiamme, per lo meno potevo farlo anch'io.

Lo trovai dietro un mucchio di libri. Estraeva i volumi a uno a uno, con entrambe le mani, a velocità frenetica. Appena ne aveva afferrato uno lo tirava a sé di scatto e, mentre ruotava il busto, lo apriva a caso: se non riconosceva nemmeno una parola lo lanciava nel mucchio, girandosi di nuovo verso gli scaffali.

Non era solo. Due giovani studenti erano saliti fin lassù sfidando il pericolo. Anche loro erano venuti per salvare almeno qualcosa del sapere del regno fissato per iscritto, qualcosa di tutto ciò che era raccolto in quella soffitta. Cercavano libri che a loro avviso fossero indispensabili per i posteri.

Provai ad aiutare Hans. Avevo visto sia la grafia sia la scrittura cifrata di Rømer, e perciò mi misi a fare la cernita di pile di libri, ma procedevo lentamente, dovevo sfogliarli da cima a fondo per essere sicura.

La luce cambiava in continuazione: ora nuvole di fumo passavano davanti alle finestre facendo ombra, ora fiamme salivano in cielo tingendo di arancione la luce del giorno. Rumori sempre diversi si accavallavano al quasi costante cupo rombo di sottofondo. Di quando in quando questo veniva rafforzato dai boati dei cannoni o dalle esplosioni: cercavano ancora di distruggere case e cortili, di realizzare fasce tagliafuoco lungo le strade più larghe. Era tutto un frantumarsi di travi e uno sfrigolare di vapore, un crepitio di legna e un cigolio di vetri, un sibilare di nocchi e uno stridere di metallo, rimbombi di zoccoli e tonfi di piedi.

Nella biblioteca faceva sempre più caldo. Ma più sudavamo e più ci sbrigavamo. Hans cominciò a sgombrare un intero scaffale per volta spazzandolo con un braccio. Lanciava un'occhiata a quei libri che finivano aperti sul pavimento, magari ne raccoglieva uno per esaminarlo, me lo lanciava e poi passava allo scaffale successivo. Uno degli studenti cominciò a respirare a fatica emettendo un suono cupo.

Lo strepito dell'incendio si spostò sopra le nostre teste. Il fuoco doveva aver attecchito nella struttura del tetto della chiesa, nelle travi e nei correntini che sostenevano l'ardesia. Hans se ne accorse: rovesciò una libreria e fissò concentrato il disordine prima di spingere la successiva. Lo studente affannato stramazzò in terra. Mi avvicinai di corsa e lo trascinai fuori sulla rampa a spirale della torre: il pavimento di pietra era un po' più fresco.

Mentre l'incendio imperversava sopra di noi continuammo la caccia. La caccia al sapere scelto del futuro. Quello che non doveva andare perduto. Gli appunti di Rømer, quello che aveva portato Hans alla sua idea. Quello che io avevo scritto mentre mettevamo a punto l'esperimento. Anche se al primo tentativo aveva portato la distruzione, il nostro sapere doveva essere conservato!

Tizzoni cominciarono a penetrare attraverso il soffitto, a piovere giù lungo una parete. Per la seconda volta dopo aver lasciato il suo appartamento, Hans si fermò e mi guardò, e questa volta mi riconobbe.

Mi cinse le spalle. Mi strinse come aveva fatto quando mi aveva toccata per la prima volta. Ma l'entusiasmo non c'era più, solo la gravità. Da un occhio scendeva un esile rivolo di lacrime. Ignorò i primi crepitii di carta che ardeva.

Scrutai la luce nelle sue pupille. Tutti i rumori sparirono per un istante.

Ma solo per un istante.

«Va'», mi disse.

Scossi il capo, ma non riuscii a parlare. Lui mi girò e mi guidò adagio attraverso la stanza. In mezzo a due librerie giaceva l'altro studente. Hans mi lasciò un momento e gli si avvicinò. Con una mano gli afferrò il petto della camicia e lo sollevò, trascinandolo. Mi mise una mano sulla schiena e mi guidò fino alla porta. Distese lo studente accanto all'altro. Mi spinse via adagio, giù per la rampa.

Mi voltai verso di lui. Hans fece per chiudere la porta.

«Va'», ripeté. E, quasi di slancio, aggiunse: «Ho bisogno che tu raccolga quello che butto giù».

Non voglio cercare di spiegare perché gli obbedii. Non sempre «perché?» è la domanda giusta.

Giù in strada l'aria sembrava fredda, anche se Regensen ancora bruciava proprio di fronte all'ingresso della torre. Coi vestiti zuppi e cascanti feci il giro della chiesa fermandomi nel punto in cui una volta ero stata colpita in testa da una penna.

Era sera, le stelle si nascondevano dietro il riflesso dell'incendio. Hans aveva aperto le finestre su, sotto il timpano: all'interno la luce era già forte. Non si avvicinò alle finestre, quindi non riuscivo a vederlo, però libri volavano giù a intervalli regolari. Sembravano sfrecciare attraverso una cornice di fuoco, per poi divampare appena fuori all'aria aperta. Infine scendevano pian piano sotto forma di cuoio fumante e di sottili falde di cenere. Provai a chiamare Hans ma l'incendio inghiottì anche la mia voce.

Qualche passante mi afferrò per trascinarmi via di lì, ma mi divincolai. Alzai gli occhi verso la distruzione, la perdita, il sapere in fiamme. La pioggia di cenere che per ogni rovescio rivelava che Hans era vivo. Che avrebbe fatto in tempo a scappare di lì. Anche solo fino alla torre, sarebbe bastato.

Avevo l'impressione che le pause si facessero sempre più lunghe. Forse era vero. Uno schianto risonante dietro il muro annunciò che la campana era precipitata sfondando le volte. Una luce divampò nella navata.

Un altro libro volò fuori e si ridusse in cenere. Una lunga pausa. Un altro.

Il tetto crollò.

Urlai.

Il tetto si ruppe in qualche punto del colmo, si piegò su se stesso. E gridai. Venne giù dall'alto soffitto della navata come una frana di pietre. E il mio grido ammutolì.

Un'ondata d'aria e di polvere si levò nella direzione opposta. Salì dalla navata, attraversò la biblioteca, poi lo squarcio nel tetto. La corrente sollevò in aria un mare di pagine in fiamme, che si sparsero formando un cerchio. Al centro del cerchio, dove la corrente era più forte, la polvere fu sospinta verso l'alto come il getto di una fontana, e illuminata dal basso, dall'interno. E, come pomi d'oro che danzano sugli zampilli delle fontane più squisite, il getto sollevò in aria una figura. Una figura in fiamme fu scaraventata in cielo su una colonna luminosa, e io non riuscii più a gridare. Chiusi gli occhi, li serrai, e me li coprii con le mani. E non so perché ma espressi un desiderio, gli mandai un desiderio, che in quel momento non capii, e stento a capire ancora adesso.

Che tu non possa mai cadere.

È stato l'incendio a indurmi a cercare di dimenticare. Dimenticare proprio quella speranza per cui avevo lottato tanto a lungo. Dimenticare Hans e la sua sorte. Il mio primo amore e la sua brusca fine.

Nei momenti in cui non ci sono riuscita, ho cercato di scrollarmi di dosso le immagini dell'incendio, di scacciare l'orrore, pensando a quel desiderio. Voltandolo e rivoltandolo senza lasciarmi disturbare dal resto. Così quel desiderio è diventato la porta delle cose dimenticate.

All'inizio mi rifiutavo di ripensare alla nostra estate. Allora mi sembrava che la misura della profondità del dolore fosse quella della felicità. Allora ero convinta che quel desiderio fosse l'espressione della mia rabbia: Hans aveva scelto la vita per me e la morte per sé, mi aveva impedito di rimanere con lui. E visto che non mi era concesso né di vivere né di morire insieme a lui, visto che mi aveva abbandonata a quel modo, allora che non tornasse mai più, ecco!

In seguito cambiai idea in proposito. Mi convinsi di aver espresso quel desiderio perché qualcosa dentro di me cercava di proteggermi, perfino mentre stava succedendo, mentre lui si librava in volo. Di proteggermi dal pensiero della caduta, della pelle ustionata, dell'impatto.

Il ricordo doveva essere della sua ascesa, non della caduta. Il ricordo doveva riguardare la luminosità della sua aspirazione. Non la tragedia della sua aspirazione. Hans voleva coniugare la scienza con l'amore. Ma non ci riuscì. Forse non è possibile. Forse le due cose non hanno nulla di sensato da spartire, sebbene abbiano in comune la nostalgia. Ma mentre mi coprivo gli occhi mi era assolutamente impossibile sopportare il pensiero della tragedia.

Adesso è diverso.

Il ricordo non deve essere né una cosa né l'altra. Ho una vita serena cui appoggiarmi. Sono sposata a un uomo che coltiva desideri raggiungibili, però i suoi occhi sono capaci di ardere. Abbiamo tre figli, una femmina e due maschi. Il più grande studia teologia, e scrive bellissime poesie. Non ci manca nulla, stiamo bene, e posso ricordare con una visione diversa. Posso aprire la porta, cominciare a ricordare.

E capisco che quel desiderio ha senso solo se nell'amore c'è un aspetto che somigli alla luce. Generoso. Che non distingua tra il punto di partenza e quello d'arrivo. Se nell'amore c'è un aspetto che rende l'essere umano in grado di desiderare qualcosa per un altro senza tener conto di se stesso.

Hans desiderava diventare una stella nel mio cielo.

E il fatto che gli abbia augurato di non cadere mai giù ha senso soltanto se lo feci perché lo amavo, e non *malgrado* il mio amore.

E il fatto che io possa cominciare a ricordare ha un senso soltanto se l'amore c'è ancora, anche se non può più colpire il suo cuore mortale.

Nel vertiginoso lasso di tempo che passò dal momento in cui chiusi gli occhi a quando li riaprii, trattenni il respiro.

Quando li aprii, il mio sguardo salì lungo la colonna: era diventata più alta. Era sormontata da un puntino luminoso.

E, nello stesso istante in cui il mio sguardo vi si posò, il puntino si librò. Non girò per precipitare, proseguì verso l'alto, a velocità sempre crescente. E l'aria uscì dal mio corpo, ripresi a respirare.

Sfrecciò su nel cielo, sparì nello sfavillio.

Come una stella cadente rovesciata.

♦

Anch'io assistei all'incendio, sebbene da una distanza maggiore. Durò tre giorni. Un quarto della città fu distrutto. Il vecchio quartiere compreso tra Nørreport e Vesterport era irrecuperabile, e negli anni che seguirono furono costruiti nuovi edifici, le strade furono rifatte di sana pianta, in modo da essere meno numerose e più ampie.

La mia casa non subì danni, ma solo per quella volta.

Alma, l'autrice della storia che hai appena letto, un giorno del 1752 si presentò a casa mia con un quaderno scritto fitto.

Si sedette su una sedia accanto al mio letto. Le avevano consigliato di rivolgersi a me, disse, avrebbe rispettato la discrezione che esigevo, e sperava che fosse reciproca. Poi cominciò a leggere ad alta voce.

Ascoltai.

In un modo che non mi capitava più di fare da molto tempo.

In un modo che quasi non ricordavo più.

Appena ebbe finito, alzai gli occhi e la guardai.

«È tutto vero?»

All'epoca, non facevo una domanda che non fosse retorica da una vita.

La storia di Alma non era perfetta. Una cosa siffatta non esiste. Probabilmente avrei potuto rileggerla trovando un difetto, una certa nebulosità, magagne o nei di bellezza. Ma non avevo voglia di modificarla.

Le assegnai ugualmente un compito, ma solo perché tornasse e mi rileggesse la sua storia. Le raccomandai di andare a teatro a vedere una delle commedie del professor Holberg, e poi di delineare più nettamente i suoi personaggi secondari per accentuare la satira e la critica, che erano chiaramente nelle sue intenzioni.

Tornò appena una settimana dopo. Mi misi comodo tra i cuscini e ascoltai. Lei lesse dall'inizio alla fine e chiuse il nuovo quaderno. Mi guardò impaziente.

Mi stropicciai il mento.

«A quanto pare hai capito che ti ho assegnato il compito un po' per finta?»

Lei non rispose.

«Posso chiederti se sei stata così, ehm... gentile da prendere in prestito qualche tratto del mio volto per Severin?»

Abbozzò un sorriso. «Delineato nettamente, come hai detto.»

«Posso chiederti perché?»

«Era un vecchio che non riusciva a realizzare il sublime in prima persona e scaricò il problema sugli altri.»

Pronunciò la risposta con un tono reciso e tutto d'un fiato, quasi fosse una frase che si era preparata, forse con l'intenzione di dirla. Spostai un cuscino e girai il busto verso di lei.

«È in questi termini che parlano di me in città oggigiorno?»

«Non le persone con cui ho parlato io.»

«Ah. Allora sei tu a pensare che quella descrizione mi si attagli?»

Si strinse nelle spalle. «Nel mio racconto, tutto quello che impone al vicinato gli si ritorce contro. Perfino gli alberi che ha abbattuto si delineano sul suo viso.»

«Sì», convenni. «E questo vale anche per me, è questo che vuoi dire?»

Non rispose. Ma il suo sguardo era fermo.

Distolsi gli occhi. Annuii.

«Cosa sai sul mio conto?» domandai.

«Solo quello che il tuo viso tradisce.»

Due settimane dopo aveva copiato la storia in bella. Me la lesse di nuovo ad alta voce. E mi meravigliò che avesse lasciato alcuni particolari marcati.

«Credevo avessi parodiato il compito che ti avevo assegnato», dissi dopo, «per prendermi in giro. Ma adesso vuoi conservarlo? Devo ammettere che mi riesce difficile prendere il paragone come un complimento.»

«Infatti, le mie intenzioni non erano cortesi. Deve essere inteso nello stesso spirito schietto per cui ti ho sentito lodare da altri.»

Ancora una volta mi fissò con quel suo sguardo fermo. Ancora una volta non riuscivo a sondare la profondità delle sue parole, a capire quanto ci fosse sotto. E ammetto volentieri che la cosa mi affascinava. Era, a mio giudizio, di gran lunga il tratto preponderante della sua bellezza.

Smisi di protestare. «È una bella storia. Si può leggere a più livelli e perciò offre molte possibilità di interpretazione.»

«Grazie.»

«Non c'è di che.»

«Che genere di interpretazione hai in mente?»

«Ce ne sono parecchie.»

«Però tu ne hai in mente una.»

La stessa espressione nei suoi occhi.

Distolsi lo sguardo. A lungo.

Non so se la mia si possa definire una decisione. Ma cedetti.

«Dubito che tu riesca a immaginare cosa significhi, in particolare, per me. Ma quello che la tua storia mi dice è... che bisogna amare gli altri anche se devono morire.»

Una volta che ebbi ceduto, qualcosa cedette anche dentro di me. Qualcosa di antico. E di pesante.

Lei mi contemplò. Il suo sguardo si fece affabile, premuroso. Mi mise delicatamente una mano sui capelli. Da tempi immemorabili non mi commuovevo a quel modo.

Alzai gli occhi e la guardai.

Disse: «Il problema non è soltanto tuo».

Nei giorni seguenti dormii molto. E quando ero sveglio ripensavo alle sue parole e non facevo praticamente altro. Non riuscivo a sviscerarle, erano insondabili. Quasi fossero capaci di contenere, di comprendere tutto il mio essere, la mia vita. Cose che lei non poteva sapere, cose che non avevo rivelato a nessuno per secoli. Quando le aveva pronunciate, per un momento mi ero sentito giovane e sprovveduto: solo molto tempo dopo avrei capito cosa aveva detto veramente. E vecchio e goffo: non riuscivo a seguire i suoi agili pensieri.

Un giorno mi alzai presto e mi sciacquai il viso alternatamente con l'acqua calda e fredda. Lo frizionai con olio di mandorle. Tirai fuori i miei stivali da viandante. Scrissi un elenco di indirizzi delle persone che potevano averle consigliato di rivolgersi a me. Indossai il cappotto e m'infilai la lista in tasca. Presi il bastone e attraversai il cortile. La incontrai nell'androne.

«Arrivo in un momento inopportuno?» mi chiese.

«No. No, affatto.» Feci mezzo giro su me stesso. «Vieni pure dentro.»

«Ma non stavi uscendo? Sono solo venuta per farti una domanda, posso fartela e tu mi puoi rispondere subito, così puoi...»

«No, Alma, no. Vieni dentro, insisto. Ti preparo un tè.»

Entrammo in casa. Tirai fuori un bollitore e lo riempii d'acqua. Tolsi un paio di anelli dalla stufa e lo misi sopra la fiamma. Lei seguì i miei movimenti tardi. Mi aiutò a tirare giù il barattolo del tè dalla mensola. Alla fine pensò sia alla bevanda calda sia a sfilarmi gli stivali.

Quando finalmente mi fui accomodato nel letto, mi domandò: «Cos'è che vuoi da me?»

«Ci arriveremo. Qual era la tua domanda?»

«Volevo solo sapere a chi dovrei rivolgermi con una storia come la mia.»

«Be', è semplicissimo.»

Le diedi i nomi di un paio di tipografie. Lei li annotò. Posò il foglietto e accostò la tazza di tè alle labbra, quindi parlò da sopra l'orlo: «Allora, dimmi, cos'era che volevi da me?»

Soffiò sul vapore.

«Tu mi hai raccontato la tua storia», dissi. «Ora voglio raccontarti la mia.»

Levò lo sguardo dal tè e mi guardò in faccia. Mi raddrizzai un po' e scostai leggermente il viso.

Seduto, con la tazza calda fra le mani, guardai dritto davanti a me. E le raccontai tutto. Tutta la storia della mia vita. Come ero cresciuto, come avevo vissuto da giovane, amato e lottato. Che avevo voltato le spalle all'amore, e mi ero vendicato di quelli cui ne davo la colpa. E gli altri miei misfatti. Che mi avevano considerato immortale e immortalato in una canzone, e che avevo compiuto cent'anni e più e a poco a poco me n'ero convinto anch'io. Che da allora gli anni erano passati a rilento con un rimpianto che non si attenuava, con un rimorso che non serviva a niente. E con i miei tentativi di comprendere l'essere umano e l'amore.

Lei reagì con immedesimazione, raccapriccio, lacrime. Commossa, mi metteva una mano sulla spalla e poi la ritraeva, avanti e indietro. Alla fine rimase seduta immobile con lo sguardo fisso nel vuoto, come me.

Quando ebbi finito, indugiammo un po'. Vuotai la tazza. Il tè era freddo come le mie mani.

«Quello che non riesco a capire», dissi, «è che il mio problema sia lo stesso di tutti gli altri. Sono circondato da persone che in un certo senso si trovano nelle stesse condizioni di Hans Bogø. Sono pronte a sacrificare la propria vita per convincersi che l'amore esiste. Vogliono prove, conferme. Per evitare di convivere con il dubbio eterno.»

Lei annuì con un impercettibile fremito intorno alla bocca. Lo vidi con la coda dell'occhio.

Ripresi: «Anch'io sono stato colto dal dubbio. Ma, d'altro canto, non ho bisogno di prove. Non saprei che farmene, sicuramente non riuscirebbero a convincermi. E, ciononostante, il mio problema è identico al loro. Anch'io sono costretto ad amare alla cieca. Senza sapere cosa sia questo sentimento. E cosa comporti. A parte la perdita, la perdita certa. Sai spiegarmi come sia possibile?»

Non rispose. Si limitò a guardarmi.

Quasi aspettassimo una risposta dal silenzio.

Dopo un po' si alzò. Si chinò verso di me e mi baciò la fronte. Fece un paio di passi verso la porta. Indugiò un istante senza voltarsi.

«Grazie», disse.

Fu difficile riuscire a far pubblicare la sua storia. Era donna. E sebbene le sue considerazioni psicologiche e i suoi commenti sulla scienza oggi possano sembrare ingenui o forse addirittura scontati e antiquati dal punto di vista letterario, toccavano sul vivo i suoi contemporanei. Soprattutto considerato che venivano da una donna. Quanto all'elemento sessuale, avrebbe potuto farle perdere completamente l'onore e il rispetto. E non solo. Ed era proprio per questo che nel racconto non aveva citato il suo nome – nemmeno riportandolo nei dialoghi, in cui con tutta probabilità Hans lo aveva pronunciato – e aveva descritto soltanto i suoi capelli. Per questo, che aveva dichiarato di avere due figli maschi e una femmina, mentre in realtà erano due femmine e un maschio. Voleva pubblicare la sua storia senza essere riconosciuta. Ma le tipografie la rifiutavano con scuse poco convincenti. Si rivolse a botteghe sempre più sospette. Un giorno dovette subire l'umiliazione di un tipografo che le si piantò vicinissimo bisbigliandole di bruciare senza indugi il quaderno e fare invece un disegno della scena di sesso in cima alla Torre Rotonda, perché per quello sì che era disposto a pagare.

Ero combattuto riguardo alla sua battaglia. Ero infuriato con il tipografo libidinoso e non solo con lui, ero infuriato per Alma e non solo per lei, ma allo stesso tempo ero grato per il loro rifiuto.

Perché così lei tornò a farmi visita.

Veniva da me, e man mano acquistò familiarità con la mia casa. Appena varcava la soglia, per prima cosa riempiva d'acqua il bollitore e metteva un ciocco nella stufa. Il più delle volte veniva nel primo pomeriggio, mentre facevo un sonnellino, e i rumori sommessi mi svegliavano. Poi accostava una sedia al mio letto e si sedeva. Mi raccontava dell'ultimo rifiuto, io lo anatomizzavo e finivo per attribuirlo alla paura: erano dei vigliacchi, quei tipografi. E mi infervoravo. Mi sistemavo un altro cuscino dietro la schiena. L'acqua bolliva e lei preparava il tè.

Poi seguiva una lunga conversazione piena di pause di un silenzio abissale.

Pian piano, finii per amare Alma. Si tratta di una parola che maneggio con estrema prudenza, ma a questo proposito la uso.

Probabilmente il nostro non era quello che i più intendono per un rapporto d'amore. Ci limitavamo a parlare e a cercare di imparare l'uno dall'altra.

Lei era sposata, e io non avevo alcuna intenzione di farla mia. Il corso dei secoli mi aveva insegnato che è impossibile possedere un essere umano. Né mi facevo illusioni su un rapporto fisico. Ma questo fatto implicava una libertà. Potevo amarla senza pretendere nulla, vecchio e decrepito com'ero.

Cominciai a pensare che finalmente con lei avrei trovato pace.

Con il tempo lei perse il marito. Il figlio ed entrambe le figlie. L'apprendere a quel modo cosa significasse essere vecchio come me non le faceva piacere. Però era contenta che la capissi. Le tenevo le mani senza dire niente.

Un giorno compì ottantacinque anni. Diede una festa per il genero ancora in vita, per i nipoti e i pronipoti e i due figli di pronipoti. L'indomani passò da me con due tipi di torta.

Sistemò i dolci sul tavolo da pranzo e mise a bollire l'acqua. Ero sveglio e la seguii con lo sguardo. Mentre aspettava che il tè fosse pronto tagliò i dolci. A un certo punto posò il coltello, con un gesto un po' convulso, ansimò debolmente, si portò la mano al petto e lo premette con l'interno del polso.

Quando si avvicinò al letto, le feci posto e sistemai due cuscini accanto a me.

«Mi sa che oggi hai bisogno di sedere sul morbido», le dissi.

«Grazie.»

Sistemò le tazze e i piatti sulla sedia e si sedette vicino a me. Mi prese la mano e la strinse.

«È il cuore?» le domandai.

Annuì. «E non ho nulla da rimproverargli. Anch'io sarei stanca se avessi battuto ininterrottamente per ottantacinque anni.»

«Sta per arrivare il momento?»

«Credo di sì.»

Mangiammo e bevemmo in silenzio. Posammo i piatti sulla sedia e ci coprimmo ben bene le gambe con le coperte. Rimanemmo seduti a fissare il vuoto. Come due bambini che sono stati messi a letto ma non riescono a dormire.

«C'è una cosa che devo sapere», ripresi.

«Sì», disse lei. Girò un po' il capo e incrociò il mio sguardo. «Anch'io.»

«Veramente?»

«Sì. C'è posto anche per te in questo vecchio, stanco cuore.»

«Ma...»

Impiegai un po' di tempo a ritrovare la voce.

«Non capisco. Credevo fosse perché non era ricambiato. Ma tu mi dici che... E ciononostante sono ancora vivo.»

«Sì.»

Mi mise una mano sulla guancia screpolata.

Nel 1795 la mia casa andò a fuoco. Un altro devastante incendio infuriava a Copenaghen.

Uscii in tempo e riuscii a portare con me il bastone e gli stivali da viandante, poi percorsi le strade più in fretta che potevo. Verso la casa di Alma.

La trovai fuori in strada che guardava le fiamme. Aveva gli occhi lucidi.

L'afferrai sotto il braccio.

«Ti sei fatta male?»

Mi fissò per un momento. Con uno sguardo assente. Poi si voltò verso le fiamme.

«Tutto sparisce di nuovo», disse.

Stramazzò in terra. Esanime.

Al funerale sgattaiolai in fondo alla chiesa. Mi sedetti su una panca da solo. E di colpo il mio polso accelerò. Il mio petto divenne caldo come un falò. Un fiotto di lacrime si riversò sullo sparato della camicia per spegnere il fuoco.

L'amavo ancora.

Ma il mio amore non era come la luce: io avevo un motivo.

Amavo per morire.

OTTOCENTO

Entrai nel diciannovesimo secolo con pochissime cose. Di Alma mi restavano soltanto un ricordo e un quaderno con una storia. Il quaderno me lo aveva dato suo genero: uscendo dal funerale mi era passato vicino e lo aveva lasciato sulla panca accanto a me senza dire una parola. I miei soldi si erano volatilizzati durante l'incendio della casa: li avevo nascosti sotto un'asse del pavimento. Fui ospitato da un cliente mentre altri provvedevano a costruirmi una casetta nuova.

Inoltre, non avevo più lo stesso fardello che avevo portato attraverso altri secoli. Alma lo aveva alleggerito. Semplicemente convincendomi che non era soltanto mio.

Ogni quindici giorni andavo a sedermi per un'ora presso la tomba di famiglia. Cercavo di conciliarmi con la mia gratitudine, che era oppressa dalla perdita.

Per un periodo andai a lavorare in una tipografia. Allo scopo di far pubblicare la storia di Alma. Pensavo di riuscire a guadagnarmi una sufficiente benevolenza per realizzare il mio intento. Ma le mie dita pasticciavano con i piccoli caratteri nei cassettini e, quando il padrone mi passò alla contabilità, ero troppo lento. Mi disse di trovarmi un'altra occupazione. Mi offrii di lavorare gratis ma secondo lui sarei stato comunque una spesa perché intralciavo mani più veloci.

A ogni modo, riuscii a portare qualcosa con me. Un rinnovato interesse per i libri.

Arredai la mia nuova casa con un divano e due grandi librerie. Le riempii di articoli della tipografia e grosse partite di libri presi dai robivecchi. Non appena li ebbi messi a posto, tirai giù dagli scaffali un libro dopo l'altro: li avevo letti quasi tutti. Però mi sembravano nuovi. Perciò li lessi. Le storie e le idee erano le stesse, ma mi dicevano cose diverse rispetto a prima: leggevo per intravedere nello specchio delle storie la mia trasformazione.

Mi lasciai completamente risucchiare dal mondo dei libri. Quando non parlavo con qualche scrittore leggevo. Speravo di farmi assorbire, ci provavo. Perché a quanto sembrava mi era impossibile morire, se non avevo niente per cui vivere.

Alla fine del diciannovesimo secolo, nel dicembre 1899, mi fu recapitato un singolare manoscritto da Skagen. Era un voluminoso pacco chiuso da una cordicella. Quel giorno non avevo altri impegni, e perciò cominciai ad aprirlo mentre mi dirigevo verso il divano. Appena allentato lo spago, i lembi della carta si aprirono e una gran quantità di pagine scompagnate scivolò fuori spargendosi sul pavimento come foglie d'autunno. Una firma su un foglietto triangolare attirò il mio sguardo: Diderik Uffe Grønlev. A poco a poco mi ricordai di due occhi azzurro ghiaccio. Un giovanotto che passava spesso in tipografia.

I fogli erano presi da diversi libri, i più grandi staccati dalla cucitura della costola e aperti, i più piccoli strappati pagina a pagina. Sopra i caratteri a stampa si stendeva una scrittura multicolore in pittura a olio, irregolare e con grumi di pigmenti. Là dove il colore sbiadiva, la grafia era seguita da un'ombra, come se fosse vergata con un pennino o una penna dalla punta spezzata.

Mi sedetti in terra e cominciai a leggere. All'inizio le pagine sconnesse mi portarono avanti e indietro nella trama e nel tempo, e il senso mi sfuggiva. Per raccapezzarmi nell'ordine di successione disposi il manoscritto in un grande disegno sul pavimento. E mentre un altro secolo si dileguava spostai i fogli ripetutamente, finché non cominciò a profilarsi l'immagine d'insieme.

Mosaico di filosofia vissuta

In me manca la contrapposizione fra pensiero e vita.
FRIEDRICH WILHELM NIETZSCHE (1844-1900)

Nondimeno, incontriamo innanzitutto la filosofia come un mostro dalle tante teste che parlano ciascuna una lingua diversa.
ARTHUR SCHOPENHAUER (1788-1860)

Figli cari,

non so cosa sia la felicità. Però quando c'è tutto ha un senso.

Dopo, se ne sa quanto prima. È come se ci si fosse distratti mentre succedeva. E allora come si fa a trovare la strada per tornare indietro?

Tutto quello che aveva a che fare con la felicità mio padre lo chiamava grazia. Perciò io non lo facevo.

Lo chiamavo la saggezza della vita. Perché aveva un senso di per sé. La vita aveva senso, in quel preciso momento. E poi spariva. Era impossibile venirne a capo.

Così è la saggezza. Inspiegabile. E fugace.

Penso che tutti siano saggi, di tanto in tanto. E poi... non lo sono più.

Però vorrebbero esserlo.

♦

La maggior parte di noi ha perduto la felicità. Oppure non l'ha ancora trovata.

È la stessa cosa. O almeno, si manifesta nella stessa cosa.

Perseguiamo. E lo scriviamo nelle costituzioni: abbiamo il diritto di ricercare. E di trovare, direi. Tutto considerato.

A me sembra di aver perduto la felicità il giorno in cui sono nato. Che sia defluita insieme alle acque, quando mia madre prese una delle due decisioni importanti della sua vita: che ormai aveva aspettato fin troppo, dopo di che si premette il pancione. Le acque colarono giù per le sue gambe portandosi dietro la felicità. Urlò tanto da far cigolare le travature, e la canonica cedette fino al colmo. Il tetto si spostò un pochino verso est, e i puntoni verticali dei muri laterali s'inclinarono nella stessa direzione. Poi venni alla luce.

In seguito mia madre mi ha raccontato che la prima cosa che afferrai dopo aver imparato a gattonare furono le sue scarpe. E che le succhiai. Qualche anno dopo me le infilavo spesso e ci camminavo in giro un po' impacciato. Quasi che la felicità le avesse inzuppate quando le era colata giù per le gambe, e adesso io esercitassi il mio diritto di essere umano: volevo assaggiare la felicità e provarla indosso.

Ma non è così semplice.

Mia madre era scettica. Mio padre prete.

Ora non lo sono più.

All'inizio mia madre si prese cura di me. Mi teneva disteso in una cesta sul tavolo della cucina mentre lavava e stirava e inamidava e marinava e salava e tagliava e friggeva e cuoceva e bolliva. Preparava sempre troppa roba da mangiare. Forse perché temeva di prepararne troppo poca.

Con tutto quel cibo crebbi in fretta, e allora mi sistemò sul pavimento. Laggiù riuscivo a vedere i topi. Gradivano molto le noci. Quando decideva che dovevo avere qualcosa di buono, mia madre mi dava le nocciole. E quando non mi vedeva io le facevo rotolare fino ai topi. Erano contentissimi. I loro nasi fremevano e gli occhietti tondi erano lucidi. E così eccomi là seduto sull'assito sconnesso e consumato, e intanto crescevo e guardavo i topi.

Alle volte mia madre si fermava nel bel mezzo delle faccende e mi guardava con un'espressione dispiaciuta. Poi scuoteva sempre un po' il capo. Di tanto in tanto si sedeva su uno sgabello e mi prendeva in braccio. Mi carezzava i capelli biondi, mi teneva un po' le mani. Mi strofinava le dita mentre le guardava. Quindi mi fissava negli occhi e poi scuoteva di nuovo il capo con aria dispiaciuta. Quasi a dire che mi amava ben oltre le sue capacità. O qualcosa del genere. E scusa. Sempre scusa. Non aveva idea di quanto bene mi voleva, quindi non si sforzava più di tanto. Mi dava le nocciole e preparava da mangiare. Scusa.

Quando mi passava vicino a volte mi saltava il grillo di afferrarla per una caviglia. Allora mi facevo trascinare disteso sulla pancia in giro per la cucina, da una parte all'altra. Dal caldaio del bucato alla gamba del tavolo, dalla vasca di salatura ai tegami di coccio. Come una palla al piede alla ventura. Forse proprio per questo si sfilava le scarpe e me le dava per giocarci. Perché ero una palla al piede.

Mio padre era di là nel suo studiolo, dove scriveva tutti i suoi sermoni. Solo di tanto in tanto veniva in cucina per vedere se tutto era a posto. E non gli piaceva vedermi con un paio di scarpe da donna ai piedi. Era sconveniente. Si precipitava da me e mi sollevava tirandomi fuori dalle scarpe. Poi mi rimetteva giù a sedere, andava da mia madre e le infilava le scarpe mentre lei continuava a preparare da mangiare.

«Così deve essere», diceva indicando i miei piedi scalzi.

Ma mia madre credeva che ce l'avesse con lei. «Sì», rispondeva, «scusa.»

Poi mio padre si tirava su, le carezzava una guancia e tornava nella sua piccola biblioteca.

Era impossibile capire se in lui c'era approvazione oppure rimprovero quando ispezionava la cucina e correggeva l'indecenza. Non era mai veramente arrabbiato, lo faceva e basta. E un po' più tardi lo rifaceva. All'epoca era stranamente indecifrabile. Come un pensiero pensato a metà.

La canonica era situata a Svindelev. Dopo le urla di mia madre e la mia nascita non smise più di cedere. Di anno in anno il tetto si spostava e i muri lo seguivano. Mentre crescevo divenne sempre più sghemba e sempre più bassa.

Di tanto in tanto mia madre chiedeva se era l'alito di Dio a schiacciare la casa. Se lei aveva sbagliato in qualcosa. Ma secondo mio padre era il vento di ponente. Anche se fuori gli alberi non diventavano più storti di quanto non fossero già.

Con il passare del tempo bastava guardare i miei genitori per capire che abitavano in una casa sbilenca.

Mio padre passava tutto il tempo in piedi nello studiolo a ripassare i sermoni con le spalle rivolte verso il muro di ponente. Da lì riusciva a guardare fuori della finestra, in direzione del rosseggiare dell'aurora mentre si inculcava il messaggio nella testa. Predicava all'alba. E non si spostò nemmeno il giorno in cui il muro cominciò a pigiare contro la sua nuca. Perché quello era il suo posto di sempre: così era. E là rimase a parlare della Trinità inclinandosi sempre più in avanti per ogni anno che passava.

Mia madre trascorreva quasi tutto il tempo in piedi davanti al tavolo della cucina, rivolta verso ovest. Verso il sole della sera, che indorava le verdure prima che lei le sminuzzasse. Guardava le galline fuori in giardino e, via via che il muro si avvicinava, lei pendeva sempre più all'indietro.

Le volte in cui li vedevo baciarsi, quando mio padre afferrava mia madre in vita e premeva le labbra contro le sue, i loro corpi collimavano ancora, solo che erano tutti storti come la casa. Dalle caviglie in su pendevano nella stessa direzione. O meglio, ciascuno nella propria, ma in modo armonico, quando stavano l'uno di fronte all'altra.

Via via che gli anni passavano e mia madre si inclinava

all'indietro, divenne sempre più sensibile. Non sopportava la minima agitazione. Lo si capiva dal suo sguardo. Non potevo giocare in cucina. Né fare rumore o correre di qua e di là, né tirarla per le sottane. Insomma: non potevo. Però non diceva niente. Solo quando mi arrampicavo sugli alberi che riusciva a vedere dalla finestra della cucina chiamava mio padre. Allora lui veniva fuori e mi ordinava di scendere giù in terra da noialtri. E da dietro la finestra mia madre mi guardava con un'espressione dispiaciuta: vorrei tanto riuscire a sopportarlo, ma non ce la faccio. Capiscimi, tutto mi schiaccia, lo vedi da te che quasi mi stende. Scusa.

Con mio padre era il contrario. Più pendeva e più sembrava sicuro.

Ogni volta che mi aveva richiamato giù dagli alberi da noialtri, mi veniva vicino. Mi guardava come se avessi un paio di scarpe da donna ai piedi. Poi si scostava di un passo. Ma siccome pendeva la sua testa svettava sopra di me, tanto che dovevo piegare il collo all'indietro al massimo. Lo fissavo dritto in viso. Lui mi parlava pianissimo.

«L'uomo è fatto per camminare sulla terra», diceva. «Così è, e così deve essere.»

Quando faceva così e diceva così, mi sentivo piccolo piccolo.

Nella pieve la gente cominciò a parlare del pastore pendente.

Prima, quando era più o meno dritto come quasi tutti, si limitava a leggere ad alta voce dalla Bibbia. Cantilenava le parole, adagio e distintamente. E concludeva chiudendo le Sacre Scritture e dicendo: «Così è. Amen!» Allora in chiesa venivano solo pochi fedeli. La domenica si mettevano in cammino verso le pievi vicine.

Ora, invece, si sporgeva completamente dal pulpito. E parlava rapito alla congregazione. Come a un'alba. O sottovoce come a un bambino. Si protendeva sopra i fedeli con un'aria infinitamente incline alla verità, sommessa e rapita.

Aveva anche smesso di leggere ad alta voce. Con il tempo il suo busto si era talmente piegato in avanti che l'abito talare copriva le pagine contenenti il sacro verbo. E, anziché combattere con la pesante stoffa nera, imparò a parlare a cuore aperto. Si sforzava di ricordarsi quanto più possibile dalle mattine trascorse nella sua piccola biblioteca, da quelle recitazioni sotto il muro storto. E quando la memoria lo tradiva si limitava a inventare. S'infervorava e fissava ogni singolo fedele come un sole nascente. Predicava con il vento di ponente alle spalle.

I fedeli affluivano in massa alla chiesa. Si precipitavano alle panche. Si sedevano e fissavano quello sguardo sicuro. Forse anche loro si sentivano piccoli piccoli. E se ne compiacevano. Visto che il pastore era tanto sicuro, doveva esserci del vero. Fintanto che lui parlava non erano sfiorati dal minimo dubbio.

E perciò tornavano.

Un giorno mio padre mi venne a prendere in cucina. Non avevo né indossato scarpe da donna né fatto chiasso. Avevo sette anni.

Mi portò di là in soggiorno e disse: «Adesso ti voglio insegnare una cosa».

Annuii.

«Sai cosa significa la parola filosofia?»

Scossi il capo.

«Significa amore per la saggezza.»

Scandì la frase. Perciò mi sembrò una cosa grandissima. Come un regno soleggiato ammantato di fiori chiari. Di pascoli immensi. Noccioli. Magico.

Amore e saggezza nella stessa parola: filosofia. L'avrei imparata volentieri.

Si diresse verso lo studiolo e aprì la porta. «Vieni.»

Lo raggiunsi a passi lenti. Lo superai. Ed entrai.

C'erano libri dappertutto. Fianco a fianco e inclinati nella libreria storta. Ammassati nell'armadio e nei cassetti. Impilati sul pavimento, ammucchiati sulla scrivania, accatastati sul davanzale. Mi costruì uno schienale. Spinse un grosso e vecchio registro parrocchiale contro il muro di ponente e ne impilò altri sopra. Libri sempre più piccoli, e in cima una piccola, voluminosa Bibbia. In modo che le costole formassero una superficie verticale sotto la parete inclinata.

Mi accomodai, e da quel giorno fu mio padre a prendersi cura di me. Seduto alla scrivania, raccontava e mostrava e spiegava. Io occupavo il mio posto sul pavimento e ascoltavo e imparavo.

Conoscendolo meglio, il regno della filosofia non divenne meno magico, anzi. In un certo qual modo conservava un po' del suo mistero. Entrarvi era tutt'altro che facile.

Tutte le prime cose che imparai mi servirono appena a socchiudere la grande porta dorata. Prima le lettere, poi le parole. Poi le frasi. Poi parole lunghe e frasi difficili. E poi tutto quanto in un'altra lingua. E in altre due ancora. Perché nel regno della filosofia si parlavano tutte le lingue.

Intanto mio padre mi spiegava cosa c'era in serbo per me. Mi parlava degli abitanti immortali di quel regno, i grandi pensatori. Da Platone ad Agostino, Descartes, Leibniz e Kant.

Kant era speciale, disse. Immanuel Kant. Morì nel 1804, lo stesso anno in cui ero nato io.

La fama di mio padre arrivò lontano. Adesso erano gli abitanti delle parrocchie vicine a venire nella nostra, a riversarsi in massa nella sua chiesa. La gente voleva parlare solo con lui, e finì per diventare il padre spirituale di quattro parrocchie.

Girava in lungo e in largo, inclinato come un'ombra, e partecipava alle gioie e alle pene della gente. Pregava per gli ammalati. Vegliava ai capezzali, parlava ai moribondi, a cuore aperto. Consolava gli afflitti. Benediceva i bambini, teneva la mano alle giovani madri negli ultimi istanti se il parto esigeva la loro vita. Ascoltava chiunque, quale che fosse il suo cruccio. Faceva quel poco che poteva.

La gente era convinta che fosse molto intelligente. Qualunque tormento o pena gli riferisse, lui prendeva la mano del fedele dicendo: «Si è già visto». Questo era il suo modo di consolare. Morti improvvise, acciacchi, malattie, suicidi, bambini rimasti senza madre, persone che impazzivano per il dolore: si era già visto. In questo modo dava alle persone un po' di sicurezza, non erano né le prime né le uniche. In un certo senso non erano sole. E saperlo le confortava. Qualunque batosta l'esistenza riservasse loro, si era già visto. Così era.

Quando mio padre non c'era, cercavo d'imparare la filosofia da solo, ma non resistevo a lungo. Non trovavo risposte alle mie domande, e queste mi si accumulavano dentro. Quando diventavano troppe andavo fuori a spaccare la legna. O a scolpire. Mi sedevo in mezzo alle galline e facevo apparire forme intagliando il legno. Volevo realizzare qualcosa che non si fosse già visto. Era difficile.

Quando scolpivo, i pensieri badavano a se stessi. Sovente mi capitava di pensare al regno della filosofia e ai suoi abitanti immortali, ed ero sicuro che là ci fossero soltanto forme arrotondate e armoniose. Nemmeno una stonatura. Dietro la sua porta tutto era bellissimo.

Un giorno mi misi a scolpire una figura che somigliava a un uccello. Il pezzo di legno era buono. C'erano pochi nocchi, e quelli che c'erano erano morbidi. Perciò le forme divennero arrotondate. Erano proprio come le volevo, anche se non le avevo mai viste prima.

Quando fu finita, mi misi a fare le penne per completarla. Raccolsi penne di gallina bianche e penne di gallo nere. Bruciavo le barbe, ma solo per metà, solo da una parte. Affondavo un bastoncino arroventato nella parte rigida centrale, in modo da squagliarle in un'unica massa. A formare qualcosa che a sua volta non si fosse già visto. Un piumaggio mai visto.

A volte riuscivo a confezionare una penna che era bianca da una parte e nera dall'altra. Poi la giravo tra le dita. Se era storta, girava con difficoltà, e si spaccava. Ma, se teneva, i colori si mescolavano e sembrava grigia. Non appena avesse spiccato il volo, l'uccello sarebbe stato grigio e magnifico come un airone.

Lo chiamai l'uccello del buon augurio. Forse sarebbe riuscito a volare dentro il regno luminoso senza conoscere tutte le parole.

Ma mancava ancora molto.

Quando ebbi imparato il latino e il tedesco e il francese e avevo cominciato a leggere i libri dei pensatori, scoprii un fatto strano. I filosofi non erano particolarmente felici. Le loro parole non contenevano quasi traccia della luce del regno della filosofia. Erano di una serietà incredibile.

La cosa mi mise in agitazione.

E, quando era in casa, mio padre mi leggeva ad alta voce passi delle opere di Kant. Era disteso di fianco su una branda in soggiorno, aveva sempre più difficoltà a stare seduto normalmente su una sedia. E io sedevo sul pavimento e fissavo la copertina.

Già il nome mi fece un certo effetto. Immanuel Kant. Lo esaminai alla luce di tutte le mie conoscenze linguistiche, e non mi piacque. *Manuel* derivava da qualcosa che aveva a che fare con la mano: maneggiabile. Come prefisso, *im* era una negazione. Non maneggiabile. E poi *kant*: canto, spigolo, margine.

Uno spigolo non maneggiabile. Un margine che non si può afferrare.

E dalle opere capii che lo spigolo era la coscienza. La coscienza era il margine del mondo, il confine con l'interno dell'uomo. Però la coscienza non vede il mondo così com'è. Non è in grado di farlo. Utilizza strumenti come il tempo e lo spazio e il rapporto di causa ed effetto. E per mezzo di quegli strumenti ci presenta il mondo.

Noi vediamo solo la versione mediata. Mai il mondo così com'è.

Anche questo mi mise in agitazione. Quasi più di tutta quella gravità.

Cominciai a convincermi che non avrei mai capito la filosofia. E non ci avrei nemmeno mai provato se mio padre non si fosse ammalato.

Andammo su a Skagen. Per la luce e l'aria. Non che non avessimo quelle cose anche a casa. Ma si diceva che a Skagen fossero diverse. Ed era vero. Fecero effetto.

Tutta quella cura d'anime aveva logorato mio padre. Ma la luce e l'aria gli giovarono. Passammo alcune settimane piacevoli.

Alloggiavamo alla locanda. Non conoscevamo nessuno in quella città, però già il giorno dopo il nostro arrivo ricevemmo una visita. Un pittore passò a salutarci. Ci aveva visto arrivare e voleva dirci che eravamo benvenuti nel suo atelier, se ne avevamo voglia.

Io ne avevo voglia. Ed ero abbastanza grande da poterci andare da solo con lui.

Mentre eravamo diretti al suo studio mi fece parecchie domande sui miei genitori. Aveva certi colleghi in città cui sicuramente avrebbe fatto molto piacere conoscerli, e magari anche farli posare per un ritratto. Gli artisti avevano sempre avuto una predilezione per i tipi eccentrici, disse. E lui non aveva mai visto nulla di simile.

Nell'atelier c'erano quadri dappertutto. Su cavalletti, sul pavimento, su tavoli e sedie. Nella maggior parte c'era molto cielo. Molta aria e molta luce. Il pittore disse che a volte impiegava giorni e giorni a trovare il particolare colore della luce.

In alcuni erano ritratte anche persone, e le persone non avevano margini. La pelle e i vestiti sbavavano leggermente, mescolandosi a tutto quello che c'era intorno. Come se il confine tra gli esseri umani e il mondo non sapesse decidersi dove stare. Non mi piaceva. Non era maneggiabile.

Ben presto rientrai alla locanda, ma qualche giorno dopo tornai con i miei genitori. Ebbi il permesso di spostare i quadri, perché andavano sistemati sul pavimento quando li doveva guardare mio padre, e il più in alto possibile quando arrivava il turno di mia madre. Passarono altri pittori, e presero accordi con i miei per le pose. Completamente sopraffatta, mia madre si appoggiò al davanzale. Mio padre elogiò le opere, strinse la mano ai pittori dicendo che dipinti del genere si erano già visti. E si mise a discutere con loro sulla realtà trascendentale dell'arte. Lo ascoltarono finché lui non crollò. Non si era ancora ristabilito completamente.

Intanto io guardai ancora una volta quei margini indefiniti. E mi resi conto che mi stavo calmando. Forse perché nei quadri potevo guardare il non maneggiabile senza concepirlo col pensiero. Nei punti in cui il cielo incontrava le persone, le pennellate di colore erano agitate. Quindi non c'era bisogno che lo fossi io.

Dopo una settimana di permanenza a Skagen mio padre era completamente guarito. Ma allora si ammalò mia madre.

Non doveva né preparare da mangiare né fare le pulizie, era fuori di sé dalla disperazione. Secondo me si chiedeva se avesse un solo motivo per alzarsi. A ogni modo, un giorno restò a letto, con le membra tutte pesanti. E là rimase per il resto del soggiorno. Però – scusa – non voleva essere di peso a noialtri.

Allora mio padre mi portò su a Grenen. Il punto in cui due mari s'incontrano e le onde s'infrangono le une contro le altre. Non ho più dimenticato quello spettacolo.

Non perché era bellissimo. Il tempo era grigio e nessuno sprazzo di sole indorava la spuma. Forse perché era inaspettato. Non era una cosa che sarei riuscito a immaginare a priori.

Mi soffermai a lungo sulla punta di Grenen seguendo con lo

sguardo la linea lungo la quale s'incontravano le onde. S'infrangevano storte le une contro le altre, le creste si trasformavano in spuma e goccioline. Mio padre stava dietro di me, inclinato come un'onda, i gomiti posati delicatamente sulle mie spalle. Il vento agitava il suo cappotto. Canticchiava qualche inno.

Non riuscivo a far quadrare le cose. Di solito il mare è semplicemente il mare. Adesso, invece, ce n'erano due, e le onde s'infrangevano le une contro le altre.

In seguito ho visto un quadro ambientato a Skagen. Raffigurava un bambino che scruta un mare quasi scintillante. La luce è dorata. È solo, completamente rapito da quello spettacolo, meravigliato e un po' perplesso. Come davanti a un altro regno. Io stavo nella stessa posizione. Alle mie spalle c'era un frangivento che sibilava, e c'erano nuvole e vento e onde che s'incontravano. Intanto io stavo nella stessa posizione di quel bambino.

E furono quelle onde ad aprirmi la porta della filosofia.

Dopo un po' mi riscossi e corsi dentro l'acqua. Misi un piede in ciascun mare. I flutti battevano contro le mie cosce, e mi bagnai fino alla pancia. Tesi le braccia per acchiappare un po' di spuma. Minuscole gocce si depositarono sui miei palmi. Alcune crebbero. E, quando una goccia s'ingrandiva fino a toccarne un'altra, succedeva una cosa strana. Dapprima restavano immobili come due cerchi che si sfioravano appena. Allora sotto la superficie vedevo qualcosa muoversi, girare al loro interno. E poi succedeva tutto in gran fretta. L'acqua si spostava sulla mano. Le gocce venivano risucchiate a formarne una sola grande.

Corsi a riva e chiesi a mio padre come fosse possibile.

Lui guardò la mia mano e disse: «Tutte le cose tendono all'unità».

Poi mi rimisi nella stessa posizione del bambino del quadro. Solo che adesso guardavo mio padre.

Non disfeci la mia valigia. La rifeci.

Al suo interno lasciai due dei piccoli ritratti che ci avevano regalato. Raffiguravano soltanto il viso dei miei genitori, il pittore aveva tralasciato il resto. Accanto misi qualche indumento smesso di mio padre, già da un paio d'anni gli cadevano in modo strano. E ci misi alcune penne, penne dritte che potevo utilizzare per l'uccello del buon augurio. Aveva ancora un'ala nuda.

Sistemai la valigia sul pavimento della cucina accanto alla porta che dava sul giardino, mezza infilata sotto il tavolo. Lì nessuno l'avrebbe notata. Dopo il nostro viaggio a Skagen, né mia madre né mio padre l'avrebbero scorta.

Dal giorno in cui mia madre si era alzata dopo varie settimane trascorse confinata a letto nella locanda, non aveva più raggiunto l'altezza di prima. I suoi piedi toccavano il pavimento, ma la sua testa non superava il livello a cui era rimasta coricata per tanto tempo. Giù nella taverna stava con i piedi a un tavolo vicino a un muro e il collo adagiato su un altro contro quello opposto. La sostenemmo, quasi la portammo a braccia fino alla vettura che ci ricondusse a casa. Il collo non sembrava in grado di sorreggere la testa. Perciò adesso aveva gran difficoltà a guardare dritto in avanti per seguire il lavoro delle mani al tavolo della cucina. E quando si prendeva una pausa guardava per aria, dritto nell'aldilà. Guardare fino a terra metteva a dura prova le sue forze.

Una volta che si fu rimesso definitivamente, mio padre raggiunse la stessa inclinazione di un'onda che stia per frangersi. Il suo sguardo fissava dritto in terra e doveva sempre portare uno specchietto in tasca e tirarlo fuori quando qualcuno gli voleva parlare. Se il suo interlocutore gli stava di fronte, lo teneva davanti a sé di piatto, in modo da vedere il suo viso, ma capovolto. Se era così gentile da mettersi al suo fianco, poteva tenere lo specchio un po' di lato e vederlo nel verso giusto. Dal sagrestano si fece costruire uno sgabello su cui salire quando stava sul pulpito. Altrimenti non sarebbe riuscito a sporgersi dal bordo.

Dallo sgabello fissava direttamente le file di panche e parlava a cuore aperto dei risentimenti e dei rancori e dei vizi e della lussuria e di tutta la miseria che portavano con sé. L'uditorio si diradò un po'. Venivano a sentirlo solo chi condivideva le sue idee e i bigotti.

Quando mi impartiva lezioni, rimaneva disteso a sfogliare i libri senza dire niente. Fino a quando non trovava una citazione che gli piaceva e la leggeva ad alta voce.

«E così è», aggiungeva. Poi riprendeva a sfogliare.

In questo modo scoprii che quello che aveva detto a proposito delle gocce era una citazione da Leibniz. Forse tradotta un po' con l'accetta. Era l'idea principale di Leibniz. Ne aveva addirittura fatto realizzare un emblema: un cerchio con inscritto un uno. *Tutte le cose anelano all'uno.*

«E così è.»

Alzai gli occhi e guardai mio padre. Il suo corpo inclinato a dismisura. La sua inclinazione alla verità. E pensai che in fondo non era così e basta.

Infatti le gocce si muovevano. Perché anelavano, come tutto. Si muovevano. Perché non avevano intenzione di continuare a essere semplicemente così.

Un giorno mia madre mi disse di andare fuori a spennare una gallina.

Prima raccolsi alcune penne, poi acchiappai la gallina che le altre beccavano di più. L'afferrai per le zampe, le sbattei la testa sul ceppo e quindi la mozzai. Poi la lasciai. Volevo permetterle di correre fino all'ultimo respiro.

Si precipitò sul tetto.

Non credo che avessi pensato a quanto la casa era diventata storta. Con tutto che aveva seguito i miei genitori, o viceversa, comunque in perfetta corrispondenza.

La gallina senza testa corse fino al muro e lo scalò senza difficoltà. Corse su per la finestra della cucina, e la macchiò di spruzzi di sangue, e continuò finché non andò a sbattere contro la paglia della gronda. Con un sussulto si lanciò sul tetto per poi crollare e giacere immobile.

La raggiunsi e mi misi a sedere.

Mentre spennavo la gallina sentii degli scricchiolii. Poi un tonfo, breve e forte, e per un istante la superficie che mi sosteneva sparì. Dimenai braccia e gambe, persi l'equilibrio. Non riuscivo in alcun modo a rimanere aggrappato, ma poi sotto di me sentii di nuovo il piano inclinato. Scivolai lentamente giù dal tetto, lungo le travature e le pietre storte, infine atterrai nel giardino.

Quando feci per entrare in casa con la gallina in mano mi bloccai: si era abbassata di un pochino. Avevo i piedi sul pavimento della cucina e la testa fuori. A mezzo metro dal telaio della porta. E leggermente al di sopra.

Capii che ormai non potevo più stare dentro casa. Non senza chinarmi, o inclinarmi. Perciò non entrai.

Mi abbassai e con una mano trovai la valigia. E con l'altra scambiai la gallina morta con l'uccello di legno.

Poi me ne andai. Svindelev sparì alle mie spalle.

Se si anela bisogna muoversi.

♦

Non so se la felicità si trovi in un posto preciso. Però quando c'è si è portati a credere che il luogo c'entri qualcosa. Perciò si resta nei paraggi.

♦

Avevo spesso sentito di gente che era partita per la capitale per trovare la felicità. O per cercarla. Perciò andai a Copenaghen.

Già il viaggio mi rese leggero. Attraversai a piedi Fyn e Sjælland e mi assottigliai e divenni snello. Quasi che tutto il cibo di mia madre non riuscisse a restare attaccato a uno spirito libero come me.

Attraversai da parte a parte la città con la mia valigia e l'uccello di legno. Nel vestito buono smesso di mio padre. La gente scoppiava a ridere appena mi vedeva. I visi si crepavano come tanti vasi. Divenni ancora più leggero. Spinsi il petto in fuori: ecco arrivare uno che tutti salutavano con una risata.

Quando giunsi a Gammelholm, ero talmente leggero che bussai a una porta, così, senza motivo. Una donna mi venne ad aprire e ci mettemmo a chiacchierare. Anche lei rideva molto, e io spinsi il petto più in fuori che potei. Venni a sapere che aveva sentito parlare di me. Conosceva mia zia, che le aveva parlato di me di recente. Infatti mia zia aveva ricevuto una lettera di mio padre in cui la informava che avevo abbandonato il focolare domestico, e la pregava d'intervenire se mi avesse visto. Ma quella donna, l'amica di mia zia, lo avrebbe fatto volentieri in sua vece, disse. In casa c'era posto. Avevano già avuto uno studente a pensione, ma era andato via l'anno prima. Se volevo, potevo entrare a vedere se la sistemazione faceva al caso mio.

Chiuse la porta alle mie spalle e mi scrutò a lungo.

«Che ci fa un giovincello in gamba come te qui a Copenaghen?»

«Voglio trovare la saggezza della vita», risposi.

Lei inarcò un sopracciglio e schiuse le labbra. Poi mi prese per un braccio e mi condusse di sopra per un'ampia scala e poi dentro una stanza. Dissi che non avevo mai visto niente di così bello, che mi sarei stabilito là volentieri. La donna annuì e mi sorrise.

Rimase nella stanza mentre disfacevo i bagagli. Rimase a guardare mentre appendevo i ritratti sopra il letto e sistemavo l'uccello sullo scrittoio. Mi chiese di cosa fosse fatto, l'uccello. Le spiegai come avevo fabbricato le penne.

«Quindi hai fuso le penne del gallo con quelle delle galline?»

«Sì», risposi.

Lei annuì e dischiuse di nuovo le labbra. «Allora sei già sulle tracce della saggezza della vita.»

Lo disse in un modo che mi fece sorridere a lungo.

L'amica di mia zia era molto dritta. Sotto, in mezzo alle stecche e ai merletti delle sottane, s'ergeva a perpendicolo come un pino.

E mi metteva di buon umore. Mi faceva molte domande sui miei pensieri, e ben presto concluse che quello che avevo detto a proposito della saggezza della vita aveva a che fare con la ricerca della felicità. E che la saggezza aveva a che fare con la filosofia. E poi mi trovò un insegnante da cui potevo apprendere le nozioni giuste per essere ammesso all'università, dove era possibile studiare la filosofia. E mi passava anche un mensile in modo che potessi comprarmi i libri.

In cambio di tutto questo mi chiese di darle una mano in casa. Riuscì a farmi sorridere perfino con quelle parole. Dicendole come sapeva fare lei. Ma, quando le chiedevo se dovevo andare a prendere il carbone o spolverare, non era mai necessario. C'erano una cameriera e una cuoca, e riuscivano a fare tutto.

Anche suo marito era dritto, era un colonnello. Destinato a diventarlo per nascita. La sua famiglia era vissuta in quella casa e aveva prestato servizio nella flotta del re mettendo al mondo solo figli maschi da oltre cento anni, di generazione in generazione. Zoppicava e si portava spesso una mano all'inguine. Un giorno, quando gli chiesi cosa gli fosse successo, rispose: «Un maledetto incidente». Poi aspirò la saliva dai denti senza aggiungere altro. Era restio alle lunghe chiacchierate. E aveva due chiazze scure intorno agli occhi.

Quando lui non era in casa, a volte la signora mi chiedeva di scendere e farle compagnia a tavola. Allora ci esercitavamo nella conversazione. Sosteneva che dovevamo farlo, perché a uno come me sarebbe tornato utile.

La conversazione toccava spesso lo stesso argomento di quando, nella mia stanza, mi chiedeva a cosa pensassi, solo che si alzava immancabilmente dal suo posto a capotavola e mi raggiungeva sedendosi sulla sponda davanti a me. E dopo un po' mi chiedeva se avevo voglia di conoscere la saggezza della vita.

«Sì», rispondevo ogni volta, «molto volentieri.»

Allora si tirava su il vestito e le sottane e mi ordinava di cercare.

Lei sapeva dov'era. Almeno, questa era la mia impressione. Comunque, se esitavo troppo a lungo aiutava le mie mani nella direzione giusta.

Il mio insegnante se ne stava per lo più seduto in poltrona ad arrotolare palline di tabacco e a infilarle nella pipa. E poi sghignazzava. Di tutte le citazioni che mi aveva insegnato mio padre. Di tutti i solenni messaggi dal regno della filosofia, che recitavano così e cosà, e così era.

Quando sghignazzava, era come se la cosa non fosse affatto tanto grave, come se nonostante tutto i filosofi fossero contenti. Anche se praticamente non si vedeva. Riusciva quasi a calmarmi.

Un giorno mi confidai con lui; mi sembrava di poterlo fare. Gli parlai dell'agitazione che Kant mi suscitava. E lui sghignazzò.

«Kant è al contempo profondo e molto minuzioso», disse, «ed è per questo che spaventa. Eh, dacci invece dentro con Hegel.»

Allora si sporse in avanti e cominciò a raccontare. Di Georg Wilhelm Friedrich Hegel, il nuovo grande pensatore *in spe*. Aveva scritto un bizzarro libro, *Fenomenologia dello spirito*. Era pieno di digressioni e piste false, ma prometteva bene per il futuro. Era lucido nel pensiero fondamentale, era critico nei confronti della Chiesa, e allo stesso tempo segnava una rottura con Kant. Era un tentativo di formulare il grande concetto unificante, proprio quello di cui un secolo giovane aveva bisogno! Non riuscii a capire quest'ultima affermazione: eravamo nel 1821.

«E sai una cosa incredibile?» disse il mio insegnante. «È figlio di una donna che si chiama Maria Maddalena!» E sghignazzò facendo uscire sbuffi di fumo dalla pipa.

Quello stesso giorno mi recai in una piccola tipografia, di cui mi aveva dato l'indirizzo il mio insegnante. Con i soldi della signora acquistai una copia tutta per me del libro, che si sarebbe potuto intitolare *Scienza dei fenomeni dello spirito*. E corsi a casa a leggere.

Per Hegel tutto era come le due gocce d'acqua nella mia mano a Skagen. Tutto era due gocce che s'incontravano e si toccavano. Qualcosa si muoveva al loro interno, e poi diventavano un'unica goccia.

Se una delle gocce era un essere umano e l'altra un oggetto, allora s'incontravano nei sensi. Là si toccavano. E qualcosa si muoveva. L'uomo aveva un termine per definire l'oggetto. E con quel termine l'uomo metteva qualcosa di sé nell'oggetto. E la percezione dell'oggetto penetrava nell'uomo per collegarsi al termine. In questo modo si creava un concetto. E il concetto conteneva sia l'oggetto sia l'uomo, dal momento che si erano compenetrati. Il concetto era la nuova goccia.

Questa goccia poteva collocarsi vicino a un'altra. Il concetto poteva incontrare, per esempio, la coscienza. E allora tutto ricominciava daccapo.

Una settimana dopo, quando ebbi letto tutto il libro, dalle sue pagine ritagliai un ritratto di Hegel e lo attaccai a una delle cornici che stavano sopra il letto, coprendo il viso di mio padre.

Quella stessa sera la signora m'invitò giù a fare conversazione e, dopo che ebbi parlato a lungo del libro, la signora cominciò a cercare la saggezza della vita addosso a me. Mi aprì i pantaloni e mi fece mettere in mezzo alle sue gambe, tirandomi a sé. Poi mi premette i lombi con un movimento ondeggiante delle mani finché non riuscii più a parlare. Emettevo solo suoni inarticolati e avevo l'affanno.

Dopo mi diede un bacio.

Quella notte non riuscii a chiudere occhio. Ero convinto di avere ragione. Certo, poteva anche darsi che Kant avesse concimato il terreno. Ma con Hegel era stato seminato, e adesso la filosofia sarebbe fiorita. E sarebbe fiorita in tedesco. Ci sarebbe stato scritto Germania, e ancora Germania su tutte le opere erudite del secolo.

Una volta alla settimana mi recavo nella tipografia e chiedevo se c'erano novità dalla grande Germania. Mi rivolgevo sempre al vecchio dietro la scrivania, perché mi lasciava sbirciare le nuove edizioni. In questo modo riuscivo a farmi bastare i soldi e a procurarmi il meglio del meglio.

La signora veniva spesso su in camera mia e mi rivolgeva delle domande, ma senza che facessimo una conversazione vera e propria. Mi chiedeva come andava con la felicità e se ero riuscito finalmente a capire la saggezza della vita. Rideva molto delle mie risposte, e io spingevo il petto in fuori.

Quello che trascorsi a Copenaghen fu un periodo bellissimo.

Una sera fui invitato giù a mangiare addirittura con il colonnello e la signora.

Chiesi se dovevamo fare conversazione. Il colonnello mi scrutò a lungo. Le chiazze scure intorno ai suoi occhi divennero bluastre. Ma non mi rispose.

Poi, zoppicando, si avvicinò al tavolo e si sedette.

La signora non mi degnò neppure di uno sguardo. Poi prese posto.

E così feci anch'io.

C'era silenzio.

Cominciai a raccontare del mio insegnante, il quale mi aveva detto che ero quasi pronto per l'università. Il colonnello batté una mano sul tavolo e disse: «Non se ne fa niente!»

Poi fu servita la zuppa.

La cameriera uscì dalla stanza di corsa. Si lisciò il grembiule con le mani. Sulla porta si voltò e prima di chiuderla ci guardò furtivamente a uno a uno. I cucchiai tintinnarono contro la porcellana fine. Il colonnello vuotò il suo piatto e io il mio. La signora, invece, arrivata a metà, si bloccò portandosi una mano alle labbra.

«La mia signora aspetta un bambino», disse il colonnello.

«Auguri!» esclamai. Lanciai un'occhiata alla signora: «È per questo che avete poco appetito?»

Il colonnello batté di nuovo la mano sul tavolo. Lo guardai, un po' confuso. Lui sorrise, ma solo con la bocca. «Mi sai spiegare come ha fatto a rimanere incinta?»

Sembrava molto impaziente di avere una risposta.

«Non ne sono sicuro», risposi. In tutti i libri che avevo letto non c'era scritto nulla su quelle cose. La storia dell'appetito altalenante l'avevo sentita quando una futura mamma aveva rifiutato l'eucaristia nella chiesa di mio padre: quando era rientrato a casa lui imprecava ancora.

La signora si era tolta la mano dalla bocca. Sospirò e dischiuse le labbra. Quel gesto mi fece venire in mente la storia del gallo e delle galline. Provai un gran senso di sollievo e mi schiarii la voce: «Immagino che succeda come con gli animali, il maschio salta in groppa...»

«Alt!» gridò il colonnello. Poi abbassò la voce a un sussurro: «Ti prego di non paragonare mia moglie a un animale».

«Ma quando marito e moglie...» insistei. Ci tenevo a rispondergli, ora che sapevo cosa dire.

«Alt!» gridò lui di nuovo. Giunse le mani con un sorriso che pareva forzato. «Mi spieghi com'è possibile che un uomo con i genitali maciullati torni a casa e trovi la moglie incinta?»

In quello stesso istante la porta si socchiuse. La cameriera agitò la testa come se volesse farmi vedere una cosa fuori in corridoio. Il gesto mi confuse, e impiegai parecchio tempo a concentrarmi sulla nuova piega che aveva preso la domanda.

«Sto aspettando la tua risposta», disse lui.

La cameriera cominciò ad agitare la mano verso di sé guardandomi con insistenza. Quasi saltava, tanto scuoteva il braccio. Il colonnello schioccò la lingua. I miei occhi guizzavano di qua e di là. A quel punto la cameriera imitò un orso che allungava la zampa, o forse un leone.

Il colonnello si alzò. «Devo interpretare il tuo silenzio come una conferma che c'entri qualcosa in questa faccenda?»

«Non vedo proprio come», risposi.

Mi aveva lasciato completamente interdetto: adesso le risposte da dare erano diventate tre. Cosa voleva sapere? Come restavano incinte le donne? Come ci restavano senza i genitali del marito? Oppure se io c'entravo con il fatto che un uomo dai genitali maciullati potesse trovare la moglie incinta?

Il colonnello serrò i pugni e poi li riaprì fino a drizzare completamente le dita. Continuando a guardarmi negli occhi inclinò adagio la testa all'indietro di modo che il collo s'ingrossò. E poi di nuovo in avanti. Le chiazze blu notte intorno ai suoi occhi erano grinzose come pergamena sgualcita. Camminò lentamente lungo il bordo del tavolo. A ogni passo batteva un dito sul ripiano. E si udiva l'aria vibrare nel suo naso.

Superò il candelabro che stava al centro. Poi la cameriera interruppe i suoi gesti muti: «Scappa, idiota che non sei altro! Scappa!»

Non feci in tempo a rendermene conto che ero su in camera. Le mie mani turbinavano di qua e di là come foglie d'acero in una tempesta. I ritratti, i miei vecchi vestiti volarono dentro la valigia. Mi precipitai verso le scale.

Il colonnello mi aspettava in fondo. Somigliava a quell'orso che la cameriera aveva imitato prima. Un lungo fiume di parole uscì dalle sue labbra sotto forma di un cupo brontolio: «Accidentaccio, che razza di figlio di un prete, che arriva in città e fa l'ingenuo e pianta il suo seme in una famiglia onesta, ospitale e ligia al sovrano, porcaccia la miseria, che razza di zoticone bastardo, che... » e via di seguito.

Alzò il piede e lo poggiò sul primo gradino. Io boccheggiai. E mi cadde di mano l'uccello. Ruzzolò giù per un paio di gradini, poi sbatté contro uno spigolo e proseguì descrivendo un arco in direzione della testa del colonnello.

Lui lo vide e spostò il busto indietro. L'uccello di legno cadde su uno degli ultimi gradini e con un violento rimbalzo volò in avanti centrandolo nell'inguine. Il busto del colonnello, che si stava raddrizzando, cambiò direzione con un vigore tale che il movimento successivo fu bloccato solo quando lui batté la fronte contro la scala con uno schianto.

Udii un trambusto proveniente dalla sala da pranzo. Squillanti voci femminili che parlavano in fretta e protestavano. E la cuoca che disse: « Ma il padrone mi ha chiesto di dargli il fucile ».

Mi precipitai giù per le scale scavalcando la schiena del colonnello. Afferrai l'uccello per l'ala nuda e infilai la porta.

Mi guardai indietro una sola volta. Vidi il colonnello con un bernoccolo rosso sulla fronte. Vacillava un pochino. Le mani della signora poggiate sulle spalle, scrutava il buio con uno sguardo semicieco.

Affrettai il passo. Corsi a perdifiato. A quel paese. Verso la Pomerania. Con gli occhi scuri del colonnello sul collo.

♦

A Berlino trovai un amico. Perciò non mi allontanai di lì.

Mi guardò una sera mentre vagavo in una piazza alla ricerca di avanzi di cibo. E mi girai a guardare. Da quando ero arrivato in Germania era la prima persona che non mi gridava dietro né rideva di me.

Non so se i tedeschi ridessero in modo diverso dagli abitanti di Copenaghen, o se fossi cambiato io. Però la cosa non mi piaceva.

Quando ero arrivato nella Pomerania Occidentale a bordo di una nave mercantile, camminavo ancora a testa bassa, come se avessi lo sguardo del colonnello sul collo. I miei arti erano diventati magri a furia di correre e di mangiare solo quello che riuscivo a trovare per terra, e come abito da viaggio indossavo i vestiti di mio padre. Per le strade di campagna venendomi incontro la gente mi chiamava a gran voce e poi mi superava a tutta velocità. Nelle città mi accoglievano con una risata. Ma i venditori si mettevano a gridare quando giravo tra le bancarelle e mendicavo cibo. La situazione non migliorò quando la mia pancia cominciò ad arrotondarsi. Più mi nutrivo di frutta di scarto e di tuberi, più quella s'ingrossava. Quasi fossi incinto di qualcosa. E quelli che ridevano risero ancora più forte.

Infine ero giunto a Berlino. Là il mio amico mi guardò senza ridere.

Guardò il mio uccello. E la mia pancia. Poi mi si avvicinò e mi chiese chi fossi.

Non seppi rispondergli. La sua era una domanda impegnativa.

Allora mi domandò cosa ci facessi a Berlino.

«Sono venuto qui spinto dall'amore per la saggezza», risposi.

Lui sgranò gli occhi. Per comprendere le parole, forse.

Gli spiegai il significato della parola filosofia. Allora capì un po' meglio. «Quindi vuoi studiare.»

«Sì, magari.» E gli dissi che avevo letto Hegel, e che da allora avevo desiderato venire in Germania. Ero partito un po' precipitosamente, ma non sempre i desideri si realizzano secondo le nostre aspettative.

Mi domandò cosa avrei voluto farci con la saggezza se avessi avuto la ventura di trovarla.

«Voglio viverla», risposi.

«Viverla?»

«Sì. Altrimenti non avrebbe senso, no?»

A volte ti accorgi quando stai dicendo una cosa vera. Una cosa che hai coltivato nella mente a lungo, senza rendertene bene conto. È completamente nuova, mai sentita prima, ma non fa una grinza. Ti senti avvolgere da un'atmosfera, grande e al contempo sottile e fragile. E la persona cui l'hai detta ti fa capire che adesso potete anche stare senza parlare per un po'.

Indugiammo per qualche istante. Lui mosse il capo in modo quasi impercettibile. Dapprima di qua e di là. Poi in su e in giù.

Infine ripresi, quasi che quell'atmosfera mi avesse dato un colpetto sulla spalla: «Prima, però, la devo conoscere, perciò dovrò cominciare col vivere il mio amore».

Aveva un suono elegantissimo in tedesco. *Meine Liebe leben.* E, appena lo dissi, la mia pancia sparì.

Il mio primo amico si chiamava Ludwig. Gli era stato imposto il nome dei numerosi re francesi che si chiamavano Louis, però in tedesco. Vestiva bene e parlava un bellissimo francese. Viveva insieme alle tre sorelle. I genitori erano morti in un incidente, e lui amministrava da solo la casa e l'eredità. La casa era più grande di quella del colonnello e della sua signora a Gammelholm, e sorgeva nei pressi della Porta di Brandeburgo, e anche quella piazza mi sembrava più grande di qualsiasi piazza di Copenaghen.

Mi propose di andare a casa con lui a fare un bagno e a mangiare qualcosa. Sembrava impaziente. Una volta arrivati mise sotto la coppia anziana che costituiva la servitù. La donna portò acqua calda per il mio bagno, e prima che mi fossi asciugato l'uomo fu mandato a recapitare alcune brevi lettere di Ludwig.

L'indomani si presentò un'intera dozzina di giovanotti. Si radunarono nel soggiorno, dove stavo finendo il pasto del mattino. Mi rivolsero le stesse domande che Ludwig mi aveva fatto la sera prima, e io risposi allo stesso modo. Il tono era un po' cambiato, ora che dicevo quelle cose per la seconda volta. Ma loro rimasero di stucco.

Ludwig si piazzò davanti a me. «Non è fantastico? Mentre noi ci affanniamo a studiare chiedendoci a cosa mai ci servirà, ecco che arriva un piccolo, miserabile danese e ce lo spiega. Dobbiamo vivere l'amore per la saggezza. Per poi vivere la saggezza. È tanto semplice!»

Gli altri applaudirono. Ludwig andò a prendere dello champagne e brindammo. Mi diedero tante di quelle pacche sulle spalle che ebbi difficoltà a inghiottire l'ultimo boccone e a pulirmi con il tovagliolo. Innaffiai con le bollicine e mi venne il singhiozzo.

Uno disse che ero un goffo piccolo savio, e risero in coro. Risero, però non risero come gli altri tedeschi della Pomerania e del Brandeburgo. Mi piaceva il modo in cui ridevano.

Ludwig mi portò all'università.

Strada facendo mi spiegò che all'università le verità facevano la fila. E si prendevano a spinte. Fichte, che era stato professore di filosofia, era morto nel 1814. Molti si erano candidati per quell'incarico prestigioso, e un bel po' avevano mandato emissari in città per parlare bene di loro e male degli altri. Tre anni prima del mio arrivo l'incarico era stato offerto a Hegel, che aveva lasciato la sua cattedra di Heidelberg per conquistare Berlino. Aveva rivali ovunque. Ma in quegli anni era il primo nella fila delle verità.

Quando entrammo nell'aula avevo ancora le bollicine dello champagne nella pancia. La grande sala era gremita, la gente era stipata nelle file di banchi, qualcuno stava in piedi lungo il muro. Hegel aveva da poco pubblicato le sue lezioni di filosofia del diritto e questo fatto aveva attirato altri discepoli. Gli studenti si zittivano a vicenda. Ludwig mi spiegò che Hegel parlava sottovoce. Ma era più sapiente di un'enciclopedia e la gente voleva che ci fosse silenzio per poter cogliere le sue perle.

Infine Hegel fece il suo ingresso. Prese posto dietro la cattedra, diede un'occhiata ai suoi appunti. Si schiarì la voce e parlò senza alzare lo sguardo. Però lo stavano ad ascoltare. L'attenzione era palpabile. Mi sembrò che le bollicine si diffondessero in tutto il mio corpo. Ascoltavano con una tale intensità che sentivo un formicolio sotto la pelle.

Non avevo dubbi. Dovevo assolutamente tornare. Hegel era talmente sicuro che non aveva bisogno di alzare la voce.

Tornando a casa Ludwig raccontò che venivano spesso fissate lezioni per lo stesso giorno e la stessa ora di quelle di Hegel. Le doveva tenere un certo Schopenhauer, Arthur Schopenhauer, un nuovo rivale. Sceglieva quegli orari apposta, perché voleva sbaragliare la verità di Hegel. Ma si trovava puntualmente costretto ad annullarle perché nessuno aveva voglia di starlo a sentire. Tutti volevano ascoltare Hegel. (Il semestre successivo annunciò un nuovo ciclo di lezioni... e l'annullò. E andò avanti così, anno dopo anno.)

La sera tutti gli amici si riunirono di nuovo a casa di Ludwig. Mi chiesero cosa ne pensassi della filosofia di Hegel. Risposi che era come due gocce d'acqua sul palmo di una mano. Allora mi fissarono tutti quanti, a lungo. In un modo che mi indusse ad approfondire.

Raccontai delle onde di Skagen. Del mare diviso che incontrava se stesso. E delle gocce. «Per lo spirito», dissi, «il mondo è come un lucernaio nella pioviggine. Tutti i fenomeni assumono la forma di gocce, e le gocce si uniscono, a due a due. Alla fine le gocce di pioggia si uniscono a formare l'acqua. E allora si vede che tutto proviene dallo stesso mare.»

Ludwig si batté una mano sulla coscia. «Questo è davvero troppo bello per tenercelo per noi!»

Gli altri confermarono in coro: «Ben detto!»

E prima che la serata fosse trascorsa avevamo programmato la prima soirée.

Di colpo avevo un'intera dozzina di amici che mi prendevano a pacche sulle spalle. Dormivo nella bellissima stanza degli ospiti. Mangiavo bene. Berlino inaugurò un nuovo, vibrante periodo.

Le soirée erano serate di conferenze filosofiche. Era giunto il momento, disse Ludwig, di vivere il nostro amore per la saggezza. Le verità non dovevano più fare la fila, andavano raccolte, goccia a goccia. E tutti dovevano contribuire.

Sgombrammo la sala più grande. A un capo erigemmo un podio. Lungo il bordo anteriore fissammo i proiettori: schermi lucidi e concavi muniti di portacandele sul fondo, come nei teatri. Arredammo lo spazio con alti tavoli rotondi. Alzammo il lampadario. Distribuimmo inviti, affiggemmo locandine all'università. Incoraggiammo la gente a venire e a esporre la propria interpretazione della verità.

Alla prima soirée c'erano cinquanta ospiti, seduti in gruppetti intorno ai tavoli. Candele ardevano nel lampadario, sui davanzali e sui tavolini lungo le pareti. I vecchi domestici servivano acqua minerale in caraffe. Il pubblico aveva la voce limpida e gli occhi stellanti.

Ludwig aprì l'incontro. «La verità si manifesta quando i tempi sono maturi. Così scrive Hegel.»

Fece una breve pausa. Poi continuò dicendo che lo scopo della soirée e di quelle che sarebbero seguite era di tirar fuori tutte le idee sulla verità. Dovevano essere formulate, dovevano levarsi e rimanere sospese in aria come tante gocce. E poi dovevano essere discusse. Perché in questo modo le gocce si sarebbero mosse. Si sarebbero incontrate, mosse e unite.

«Emergerà la verità delle verità. Per questo siamo qui. Saremo i testimoni del grande evento.»

Poi passò a presentarmi, il piccolo goffo savio venuto dalla Danimarca. Salii sul podio. Tenni un discorso sul nostro comune mentore, Hegel, e sul suo pensiero.

Dissi che lo spirito è l'unità che sottende ogni cosa. Dalla quale scaturiscono tutti i fenomeni. Lo spirito è come il mare, e ogni fenomeno, ogni individualità è una goccia distaccata. La vita, così come la conosciamo, comincia quando l'individuo si distacca, perché allora lo spirito si scinde e il movimento diviene possibile. Dissi pure che lo spirito come unità è senza movimento. È come un mare scintillante, morto e immobile. Ma, nel mondo che conosciamo, il mare si è diviso in due, e ha avuto inizio un movimento infinito. Un'onda dopo l'altra incontra un'onda dopo l'altra. S'infrangono le une contro le altre nel tentativo di annullare la scissione del mare e ridiventare tutt'uno.

«La vita e il mondo sono movimento», dissi. «Ma il mare quieto è in tutti noi. Siamo gocce che s'incontreranno e si uniranno. Prima o poi.»

Dopo, Ludwig mi raggiunse sul podio per fare da moderatore. Avviò la discussione sulla conferenza del giorno.

Ben presto si formarono due schieramenti. Secondo un gruppo avevo detto che lo spirito era morto, e che questa era la questione essenziale. Secondo l'altro la cosa più importante che avevo detto era la seguente: lo spirito è in tutti noi! L'unico punto su cui i due gruppi riuscirono a trovarsi d'accordo era che se lo spirito era morto, ed era in noi tutti, allora la morte doveva essere in tutti noi. Per il resto regnava il disaccordo.

Ludwig pose un paio di domande di approfondimento ai membri dei due schieramenti che si erano infervorati di più nella discussione. Ma non permise loro di diffondersi troppo. Li interrompeva per interrogare la controparte. Le opposte fazioni gridavano sempre più forte. Ludwig smise d'interrompere e ben presto le grida presero ad accavallarsi. Le voci si mescolavano e le parole ci turbinavano intorno alle orecchie. L'aria cominciò a vibrare. Il lampadario tintinnava.

Ludwig mi cinse la spalla con un braccio e mi guardò. Poi spaziammo con lo sguardo sulla folla e credo che pensammo la stessa cosa. Ecco che comincia. Questa vibrazione è il movimento. Scuoterà le gocce fino a unirle nella grande Verità.

Mi fu data l'opportunità di stabilirmi in maniera più permanente nella stanza degli ospiti. Anche se non potevo pagare. Fu Ludwig a deciderlo, come tutte le altre questioni della casa.

Era come un padre per le tre sorelle. Quell'atteggiamento risaliva al funerale dei genitori, quando le ragazze non avevano fatto che piangere. Ludwig aveva trattenuto le proprie lacrime e le aveva consolate, giurando che avrebbe speso l'eredità per restituire la felicità alle sorelle.

Con tutta l'attività che adesso c'era in casa, le ragazze erano più allegre. Come non le aveva mai viste prima. Grazie a me. Avevo portato la vita e la gioia.

Ecco perché.

Ludwig aveva uno sguardo tutto particolare. Era convincente almeno quanto il suo fervore. Era serio, ma non pesante. Solenne senza essere altezzoso. Molto difficile da contraddire. Riusciva a osservare tutta la situazione in una sola volta. Le sorelle e il dolore e la nuova vita nella casa. E poi si posò su di me.

Ecco perché.

Sarei rimasto volentieri anche senza. Ma mi fece un gran piacere ricevere un simile sguardo.

Appesi i ritratti e tirai fuori la scultura dell'uccello. Poi mi adoperai per rendere felici le sorelle.

Beathe era la più grande, aveva la mia stessa età: diciott'anni. Era tonda, non grassa, ma tonda dappertutto. E aveva lunghi capelli castani.

Dava una mano a organizzare le conferenze e avrebbe tanto voluto partecipare alle discussioni, ma era convinta di essere troppo ignorante. Allora l'aiutai a migliorarsi. La invitai su in camera mia dove le riferivo le lezioni dell'università.

Mi chiedeva degli argomenti più disparati, e le sue domande erano molto brillanti. Le sue parole parevano purissime. Non avevano ancora trovato il loro oggetto, non erano diventate concetti. Sembravano quasi senza forma.

Mi chiese dello spirito. Lo paragonai al mare, come avevo fatto tante volte. Ma lei domandò ancora. Lo paragonai all'aria, perché lo spirito è invisibile e privo di peso, ma muove tutto quello che si può vedere e pesare. E lei domandò ancora. Lo paragonai alla terra, perché dallo spirito tutto viene e allo spirito tutto torna.

«Ma allora cos'è?» domandò.

«Tutto. È i suoi attributi e tutt'altro.»

«E l'altro cos'è?»

Quindi ricominciammo daccapo. Ma la parola ancora non prese forma.

Col tempo mi convinsi che fosse un'ottima filosofa. Non si stancava mai di domandare. Glielo dissi. Allora le sue guance tonde arrossirono.

Un giorno chiesi a Beathe se aveva voglia di fare conversazione. A suo dire era quello che facevamo da mesi.

«Ma no», protestai, «nient'affatto.»

La misi a sedere sulla scrivania. Lei sgranò gli occhi. Anche quelli riuscivano a diventare completamente tondi. Alzai il vestito e cominciai a frugare con le dita. Lei mi lasciò fare. Senza guidare le mie mani. Dopo un po' mi domandò cosa stessi facendo, le parole le uscirono tra due ansimi.

«Cerco la saggezza della vita», risposi.

Le s'inumidirono gli occhi. «Un bellissimo modo di dirlo.»

Mi lasciò continuare ancora un po'. Ma all'improvviso mi scansò le mani e si tirò giù il vestito sopra le ginocchia. Poi uscì dalla stanza.

La cosa si ripeté. Parecchie volte. Io le davo lezioni e lei mi faceva domande. Poi ci mettevamo a fare conversazione, e lei voleva sapere cosa stessi facendo. Io le davo più o meno la stessa risposta ogni volta, mi pare. Poi lei mi bloccava e andava via.

Chissà perché la sua reazione mi infondeva una gran nostalgia.

Avevo nostalgia di quei momenti in camera mia. Delle sue domande. Del rumore del suo respiro. Della vista delle sue cosce tonde. Perfino della sua stretta intorno alle mie mani quando le scansava. Mi infuriavo quando si tirava giù a forza il vestito. Ma subito dopo la nostalgia mi invadeva. La volta successiva m'infuriavo ancora di più. Dopo sei mesi quell'andazzo arrivò a farmi vedere le stelle, sia bianche sia rosse. Ma lei non faceva in tempo a uscire dalla stanza che mi tornava la nostalgia.

La pazzia mi colse sul serio solo molti anni dopo. Ma credo sia stata Beathe a seminarla in me.

Dopo circa un anno che vivevo in casa sua, Ludwig mi pregò di dare lezioni anche alle altre sorelle, Caroline e Daphne. Le mie lezioni avevano tinto di rosso le guance di Beathe, disse, e dato al suo sorriso un tocco di donna, miele e segreti. E inoltre Caroline e Daphne avevano espressamente chiesto lezioni individuali.

Poi Ludwig mi guardò: tu sei mio amico, loro sono le mie sorelle. Quello che le rende felici, rende felice anche me. E io la mia felicità la divido con gli amici. Ecco perché.

Caroline e Daphne mi facevano meno domande di Beathe. Però mi ascoltavano ed erano brave nell'apprendimento mnemonico. Ed erano molto interessate a fare conversazione. O almeno a esercitarsi in quell'arte. Infatti si sedevano sulla scrivania e tiravano subito un po' su il vestito e le sottane. Poi mi prendevano le mani e le avvicinavano a sé chiedendo cosa facessi. E appena rispondevo le scansavano. Si lisciavano il vestito e mi ringraziavano per la lezione. E andavano via. Esattamente come Beathe. A parte il fatto che Daphne ridacchiava sempre quando chiudeva la porta.

La mia nostalgia divenne triplice, quasi insopportabile. Il mio collo si fece grosso a furia di ingoiare saliva. I miei occhi divennero sporgenti a forza di guardare e toccare solo per un momento. E un giorno mi accorsi di avere i testicoli gonfi.

La nostalgia cambia le persone, credo.

Le chiamavano le sorelle alfabetiche. Tra l'una e l'altra correva un anno di differenza. E, per molti degli studenti che si presentavano alle soirée nella casa vibrante, l'alfabeto dell'amore finì per cominciare così: Alfa, Beathe, Caroline, Daphne...

Alfa era la sconosciuta, il primo, titubante amore. Le tre sorelle erano quelle che si anelava a raggiungere. Un giorno. Forse. E sempre ammesso di esserne degni.

Le sorelle cambiarono le soirée.

All'inizio Beathe aiutava i vecchi domestici a servire l'acqua nelle caraffe e a cambiare i lumi nei candelieri. E quando arrivava il momento ascoltava un pezzetto di conferenza. Si fermava a un tavolo o vicino a un davanzale e ascoltava, sbirciava l'oratore. Allora quello cominciava a balbettare. Oppure arrossiva e diventava molto poetico. A quel punto lei abbassava lo sguardo e usciva dalla sala. E l'oratore scuoteva il capo e cercava il filo che aveva perduto.

In seguito cominciarono a dare una mano anche Caroline e Daphne. Poi qualcuno della dozzina scoprì che, quando le sorelle erano visibili durante le discussioni conclusive, le voci degli studenti cambiavano tono. Alcune diventavano più brusche, altre più chiare nella dizione, altre ancora quasi melodiose. Vibravano ciascuna a suo modo. Perciò le sorelle dovevano salire sul podio dove tutti potevano vederle. Furono nominate moderatrici.

Ludwig affisse nuove locandine in città. *Soirées discoursives!* c'era scritto su alcune. *Soirées discourtoises!* su altre. Non ci importava se le discussioni erano rigorose e razionali oppure indecenti e millantanti. Purché vibrassero.

Una volta che le sorelle divennero un elemento fisso delle soirée, i conferenzieri cominciarono a dedicare i propri interventi a una o più di loro. Le esaltavano, quelle donne prosperose, le decantavano. Per un periodo la pratica s'intensificò sempre più.

Gli studenti affluivano a centinaia, la casa era gremita una sera sì e una no. Sul piccolo palco giovanotti camminavano avanti e indietro lungo il proscenio, allargavano le braccia, si portavano le mani alla bocca a mo' di imbuto e vomitavano la loro più intima opinione. Giù in sala altri si rivolgevano a Ludwig per iscriversi a una lunga lista d'attesa per prendere la parola. Tutti volevano salire sul palco per farsi vedere e sentire e per decantare. Correva voce che certe mattine le sorelle, ciascuna per proprio conto, prendessero il tè con l'oratore che avevano preferito la sera precedente. E l'inventiva aumentò. C'era chi scriveva tutta la conferenza in versi. Chi declamava accompagnato dal liuto. Altri ancora esibivano ritagli di carta che simboleggiavano l'universo, la scissione tra oggetto e soggetto, o l'unità e la duplicità. Le sorelle ridevano e applaudivano. Un'infinità di oratori si iscrisse a parlare. La lista divenne talmente lunga che fummo costretti a limitare la durata degli interventi. No, gridavano, no, la verità non è breve! Incaricammo le sorelle di agitare una campanella allo scadere del tempo, e quelli obbedivano al suo suono. Obbedivano e rispettavano i tempi, ma in compenso parlavano più in fretta. O cantavano più in fretta. Inspiravano come mantici e buttavano fuori infinite stelle filanti di parole fino a diventare paonazzi. Alcuni raggiungevano uno stato bizzarro. Mentre le parole scorrevano in un flusso rapido e i piedi rimbombavano contro il pavimento, accompagnavano il ritmo del discorso battendosi lo stomaco o il petto. Le palpebre vibravano, le iridi sparivano, e il biancore iniettato di sangue dei globi oculari ruotava nelle fessure ammiccanti. Intanto le caraffe danzavano sui tavoli, le candele guizzavano, lo stucco si sbriciolava, e appena la campanella suonava l'oratore crollava esausto. E subito quello successivo balzava sul podio. Con il collo del piede rotolava sul fondo quello che si era accasciato e attaccava. Le cose potevano andare avanti così per un'intera serata. Più di una volta capitò che l'ultimo studente fosse costretto a sedersi su un mucchio di corpi esanimi per poter stare sul piccolo palco. E, una volta che aveva finito, si apriva la discussione della serata, che quanto a impeto non era da meno. Il mucchio veniva svegliato con acqua fredda e i corpi cominciavano a districarsi gli uni dagli altri. Nel frattempo si procedeva a dividere il pavimento in tante caselle tirando righe con il gesso, per tenere separate le persone e per trattenere gli schieramenti opposti dalle scazzottate, quando la discussione avesse toccato quei temi del giorno che erano ancora chiari nelle loro menti. Allora le sorelle s'impadronivano della scena. Scrivevano liste di quelli che volevano intervenire, e li indicavano, a uno a uno. Gli studenti saltellavano e alzavano la mano. Si arrampicavano gli uni sulle spalle degli altri e agitavano la mano. Urlavano e fischiavano, scalpitavano e pestavano i piedi. Il pavimento oscillava e scricchiolava, gli arazzi sventagliavano lungo i bordi. I domestici attraversavano la sala barcollando e si lamentavano di arti tremanti e di dolori alle articolazioni, le nocche, le ginocchia e i gomiti gonfiati dall'artrite. Le porte sbattevano, lo stucco si sbriciolava nelle cornici delle finestre, l'intonaco del soffitto cadeva a falde, i vetri si crepavano trasformandosi in mosaici biancastri, tutto vibrava, vibrava, la casa tremava, nei muri si aprivano crepe dal pavimento al soffitto.

Non chiudevo quasi occhio. Le soirée si prolungavano fino a giorno fatto, e passavano ore prima che l'ultimo fremito si placasse nel mio corpo. La mattina c'erano le lezioni all'università. I pomeriggi passavano con le lezioni alle tre sorelle. E tre conversazioni interrotte.

I miei occhi protrusi diventavano rossi, i tendini del mio collo sporgevano come terzaroli sotto una vela lasca. I miei testicoli crebbero e tutto il resto si ritirò.

Un giorno Beathe mi chiese cosa fosse quel grosso bozzo che avevo nei pantaloni. Avevo difficoltà a spiegarlo. Allora mi tolsi i pantaloni e le mostrai in che stato ero ridotto.

Indugiai davanti a lei con gli occhi iniettati di sangue. Stremato, magro come un chiodo e con due testicoli che facevano ombra alle cosce. Le dissi che avevo nostalgia. Che forse era questo il motivo.

Lei mi fece cenno di avvicinarmi.

Alzò il vestito. Lentamente mi trasse a sé. Sospirò. Ebbi un capogiro. O qualcosa di simile. E vidi stelline bianche dappertutto anche se non ero arrabbiato.

Non ricordo altro. Solo che a un certo punto urlai tanto forte che il mosaico bianco ghiaccio cadde da una delle finestre. E Beathe sgranò gli occhi e urlò insieme a me.

Più tardi, quel pomeriggio, diedi lezioni individuali nella stanza prima a Caroline, poi a Daphne. La sera tutti i vetri erano caduti giù dalle finestre.

Mi svegliai tre mesi dopo. Sicuramente devo aver dormito durante i miei studi e sognato durante le lezioni.

Quando mi svegliai i miei occhi erano rientrati nelle orbite e il collo era tornato sottile. I miei testicoli erano rimpiccioliti. E le pance delle sorelle cresciute.

Adesso si teneva una sola soirée alla settimana. Le sorelle non nascondevano i pancioni, e gli studenti non nascondevano le facce deluse. Quelli che tenevano le conferenze parlavano più lentamente. L'anelito alla verità era ridotto a un fuoco senza fiamma nella voce.

I vetri furono sostituiti, e i muri della casa vennero a patti con le crepe. I domestici recuperarono in parte l'uso degli arti. La sete di sapere delle sorelle si placò un po' e dimezzammo le lezioni individuali. Di quando in quando c'era un momento di calma e allora tiravo fuori le penne dalla valigia, le squagliavo, le univo e poi le applicavo sull'uccello di legno. E trovai il tempo di rileggere la *Fenomenologia dello spirito*.

Avevo avuto un gran daffare con la lettura dei nuovi scritti di Hegel sulla filosofia del diritto e sulla scienza filosofica. E a recuperare almeno in parte il mio svantaggio nei confronti della sua sconfinata erudizione enciclopedica. Ma, durante la rilettura, m'imbattei in una citazione. Parlava dell'unione del sommo e dell'infimo. Del fatto che la natura «unisce l'organo del suo supremo compimento, l'organo della creazione, con l'organo che serve a pisciare».

Doveva essermi sfuggita la prima volta che avevo letto il libro. Oppure l'avevo fraintesa.

Abbassai lo sguardo sul mio bassoventre. Ero svuotato, e le sorelle erano piene.

Nel mio intimo si affacciò un confuso sentore. Correva dentro il mio corpo come una gallina decapitata.

Scesi di sotto e trovai le sorelle. Erano tutt'e tre nel salottino delle chaise-longue che ricamavano. Appena entrai mi guardarono in modo strano. Forse ero pallido. Domandai se eventualmente era possibile che le loro pance fossero piene di bambini. Si guardarono sgranando gli occhi. Poi si misero a ridacchiare.

«Certamente», rispose Beathe.

«Ho creato io quei bambini?»

A questo non risposero né sì né no. Abbassarono lo sguardo sui ricami. Ripresero in mano l'ago quasi contemporaneamente. Caroline accennò al fatto che tutt'e tre avevano avuto molti corteggiatori. E si erano trovate da sole con più di uno. Non si poteva sapere con sicurezza.

Mi guardò. «Non è vero?»

Poi si chiusero come ostriche.

Nel mio intimo il sentore crebbe senza una direzione. La gallina decapitata ruzzolò dentro il mio cuore.

Scrissi una lettera al colonnello di Copenaghen in cui lo informavo che, sebbene non ne fossi sicuro, mi ero reso conto che sussisteva la possibilità che eventualmente avessi contribuito alla gravidanza della sua signora. E, con il senno di poi, avevo capito che era quella la spiegazione che lui aveva voluto sentire. Quindi, siccome adesso potevo dargliela, mi sembrava corretto farlo.

Se avevo una responsabilità ero disposto a prendermela. Scrissi esattamente così.

Non posso sapere come reagì. Non ricevetti risposta. So soltanto che la lettera fu trovata addosso a un soldato morto nel 1849 nella guerra tra Danimarca e Germania. Immagino che quel soldato fosse il mio primogenito.

Le sorelle partorirono lo stesso giorno. La levatrice correva da una stanza all'altra. I domestici artritici aiutarono come meglio potevano. Recipienti di acqua fredda e pentole di acqua calda furono portate su e giù per le scale. Quanto a me, rimasi in cucina badando al fuoco della stufa. Il liquido rosa nei recipienti che tornavano giù mi preoccupava. Ludwig girava senza posa intorno al tavolo della sala da pranzo.

Beathe ebbe un maschio, Caroline e Daphne una femmina ciascuna. Tutti e tre nacquero vivi.

L'indomani Ludwig mi chiamò in sala da pranzo.

Sotto il soffitto di quella stanza aleggiava un'atmosfera, una vibrazione stranamente stanca e pesante. Quasi aspettasse qualcosa su cui discendere, intorno a cui avvolgersi.

Ludwig indugiò a lungo senza aprire bocca. Si guardò intorno. Poi parlò delle sorelle e dei neonati. Delle condizioni in cui la casa era stata ridotta dalle gazzarre passate. Del suo ruolo paterno nei riguardi delle sorelle. Poi toccò a me: siamo amici da quasi quattro anni, tu hai portato la gioia e abbiamo brindato. Hai portato la vita, che ha vibrato. Adesso, tutto questo è risultato in tre vite concrete. E c'è un limite al numero di persone che posso mantenere.

Perciò.

Lo stesso sguardo. Solo che adesso non era piacevole.

L'atmosfera discese su di me avvolgendomi.

◆

Forse la felicità è uno spiraglio in una vita piena d'amore. È la definizione più bella che mi venga in mente.

Ma si richiude come una ferita.

◆

Abitai quell'atmosfera stanca per circa sei mesi. Da qualche parte, contro il muro di un palazzo.

L'unica cosa che penetrava nel mio alloggio era il fetore dell'orinatoio. S'impregnava nei vestiti e in fondo ai polmoni sotto forma di un sapore. La mia pelle divenne giallognola. Le acque del fiume Spree erano gelide, e ci facevo il bagno soltanto quando il lezzo o il colore diventavano troppo forti. Quanto al sapore, non c'era niente da fare.

Passavo le giornate a fare il giro della dozzina di miei amici. La maggior parte mi sbatteva subito la porta in faccia. Qualcuno mi stava a sentire per un po' e mi dava un obolo. Nessuno aveva posto in casa. E m'intrufolavo alle lezioni all'università. Ma se mi avvicinavo troppo agli altri scoppiava una baraonda. Si turavano il naso oppure sventolavano libri verso di me, e mi buttavano fuori. Mi fermavo solo se c'era parecchio spazio.

A poco a poco cominciai a star male. Forse la mia abitazione era insalubre.

Mi rivolsi a un medico. Lui mi visitò ma non trovò magagne. Né malattie. Gli raccontai dell'atmosfera che abitavo. Allora mi guardò attentamente negli occhi. Borbottò tra sé: «Forse è lo spirito che è debole e malato».

Poi si mise a esaminare il mio cranio. Lo premette con le dita alla ricerca di imperfezioni.

Fu allora che la pazzia si manifestò chiaramente per la prima volta.

Sapevo Hegel a menadito e nessuno doveva contraddirlo.

Era il mio maestro nella filosofia. Avevo il suo ritratto incorniciato nella mia valigia, e la vita di strada mi aveva già insegnato a difenderne il contenuto.

Prima che il medico avesse finito, mi alzai e parlai con estrema chiarezza: «Se stai esaminando il mio cranio per vedere se lo spirito è malato, allora hai già emesso una sentenza nei suoi confronti. Hai ridotto il mio spirito a un pezzo d'osso. Come se tutta la mia vita spirituale fosse ridotta a ossa e cartilagini. Ma, come scrive Hegel, 'per un essere umano un osso non è di per sé niente, tanto meno la sua vera realtà!' E posso rispondere alla tua azione soltanto in un modo...»

Alzai l'indice e glielo puntai contro il viso. Il mio dito fremeva di collera. E gli recitai un'altra citazione che riassume il pensiero di Hegel sull'argomento: «'Tutto sommato, si potrebbe spingere la risposta fino a spaccare la testa a chi pronunci una simile sentenza...'»

Dopo di che seguii le istruzioni. Gli spaccai la testa.

♦

Credo che questo valga per tutti i filosofi che ho letto.

La prima volta che li lessi li intesi benissimo. Solo che li fraintesi.

Li presi alla lettera. Forse perché mi mancava il senso dell'umorismo. Forse il senso dell'umorismo è ciò che conferisce alle parole la giusta forma e dimensione, che ce le fa vedere in un contesto.

In tal caso ho conosciuto molti giovanotti privi del senso dell'umorismo.

Ma tant'è. In fondo, la maggior parte di noi vive così: preferiamo fraintendere piuttosto che non intendere affatto.

◆

Una mattina fui svegliato da due poliziotti che mi tirarono su dalla melma e mi sbatterono in prigione. Non feci nemmeno in tempo a prendere la valigia e l'uccello.

La mia cella era minuscola. La divisi con i ratti per cinque anni. Era nel seminterrato, il pavimento era di terra battuta. In primavera e in autunno l'acqua sgorgava stillando per poi sparire di nuovo come le maree.

Le guardie avevano paura di me. Perché ero silenzioso. Le sentivo bisbigliare in proposito fuori nel corridoio. Gli altri detenuti picchiavano alle porte. Chiamavano a gran voce le guardie e i compagni. Lanciavano le gavette, e se erano più di uno nelle celle si picchiavano e si prendevano a morsi. Mi sembrava un comportamento naturale, dopo tutto erano segregati. Io, invece, avevo sfondato la testa a un uomo, e adesso me ne stavo seduto sulla paglia del pavimento senza dire una parola. Ritiravo il vitto con calma. Ringraziavo educatamente quando passavano a riprendere la gavetta.

Per mia grande fortuna mi tiravano dietro libri. Venivano infilati tra le sbarre dell'apertura sotto il soffitto. Sempre senza preavviso, sempre con una rapidità tale da colpirmi senza darmi il tempo di reagire al frullo. Libri avvolti in piccoli tagli di tessuto. Penso che me li mandasse Beathe.

Usavo la stoffa per rattopparmi i vestiti, e leggevo i libri lentamente. Tiravo per le lunghe perfino quelli più insulsi, leggendoli lettera dopo lettera. Imparai a riconoscere i caratteri di alcune tipografie. E, quando non riuscivo a cavare più niente dalle lettere, esaminavo la carta. Il verso delle fibre, le irregolarità dello spessore. Le pieghe dei fogli e la cucitura delle costole.

Poi un giorno una grossa opera mi colpì alle spalle. Mi diede una scoppola, rimbalzò in aria e atterrò nel mio grembo. *Die Welt als Wille und Vorstellung*, «Il mondo come volontà e rappresentazione». Di Arthur Schopenhauer. Quello che aveva annullato le sue lezioni perché nessuno lo voleva stare a sentire. E che nessuno leggeva. Ancora.

Schopenhauer divenne il mio secondo maestro.

Schopenhauer è l'ideale per un uomo recluso.

Una volta cominciato, lessi il libro tutto d'un fiato. E riconobbi molte cose. Come in Hegel, c'era un mare da cui tutto aveva origine. Solo che il mare non si chiamava spirito, ma volontà. E quando gli individui si staccavano, non si verificava solo il movimento, bensì si verificavano lotte e sofferenze. Gli individui non erano gocce che si staccavano e s'incontravano e si muovevano e si univano. Erano organismi che si divincolavano dal mare con la mera volontà. La volontà di vivere. E quando s'incontravano lo facevano per imporre ognuno la propria volontà. Sconfiggere l'altro. Vincere.

Chiusi gli occhi. Ancora una volta mi raffigurai le onde di Skagen. E ora vidi pure che non s'incontravano per annullare il confine tra i mari e unirli di nuovo. Lottavano per sopravvivere e per essere dalla parte vincente.

Rimasi seduto con gli occhi chiusi, forse per diversi giorni. Per capire bene.

Ascoltavo l'ambiente circostante con la stessa intensità del pubblico di Hegel. Sentivo i miei compagni di detenzione litigare. Da qualche parte ce n'erano due che si azzuffavano per la sbobba tiepida ogni volta che passavano il vitto. I ratti si azzuffavano per quella versata, udivo le loro strane strida. E pian piano si aggiunsero altri particolari, che erano a malapena rumori. Udivo l'umidità del pavimento penetrare nella paglia. Il marciume che divorava una pagliuzza dietro l'altra, mentre da parte loro le pagliuzze s'affannavano a prosciugare la terra. Udivo il lavorio della malta fra le pietre. L'edificio che lottava con la forza di gravità per restare in piedi. Perché la forza di gravità è mera volontà, ed è la volontà che ci tiene a galla nonostante tutto.

C'è solo una via d'uscita dall'eterna lotta. L'uomo deve rinunciare a tutti i suoi desideri, liberarsi delle sue speranze. Innalzarsi al di sopra della sua stessa volontà. Ritrarsi da essa. E dalla vita. Così scriveva Schopenhauer.

Mi consolò. E strinsi i denti.

Quel libro mi procurò una nuova occupazione. Tentai d'insegnare quello che avevo letto.

Quando arrivava la prima gamella del giorno, di solito non era ancora sbobba ma solo chicchi cosparsi di acqua tiepida. Avena, orzo o grano. Rare volte riso tondo. Bevevo un po' della broda e lasciavo il resto.

Arrivavano i ratti. Alzavano il muso per annusare la gamella. Si raccoglievano in branco prendendosi a spinte. I più grassi stavano sempre davanti.

Mentre si ammollavano pian piano, prendevo un chicco per volta e lo davo a uno dei ratti più magri. Ben presto quelli più grassi si avvicinavano alla mia mano facendosi largo a spinte. Allora li prendevo e li rimettevo vicino alla gamella. Dove potevano sentire l'odore di cibo ma non mangiarlo.

«Tanto vale che impariate a rinunciare alla lotta», dicevo loro. «Perché nessun individuo può vincerla. Prima o poi la volontà della morte vi prenderà tutti quanti, e allora chi avrà vinto?»

Così, pian piano i magri si lasciarono addomesticare mentre i grassi gridavano. Alcuni morirono, altri si aggiunsero. Quanto a me, divenni tutto anchilosato e magro. A forza di dar via il cibo e per giunta sprecare energie nell'addestramento dei ratti. Gli occhi dei secondini si fecero ancora più spaventati quando sbirciavano dentro la mia cella. Ma la lettura e l'addestramento erano gli unici svaghi che riuscivano a distogliere la mia attenzione dal rumore dell'infinita lotta dell'esistenza.

Nel 1831 le guardie entrarono nella mia cella. Mi tirarono su di peso dalla paglia e mi trascinarono fuori. Ero pelle e ossa e avevo un po' di barba e capelli arruffati. Non facevano fatica a portarmi, camminavano a passo svelto. Quasi fosse un sollievo sbarazzarsi del Domatore di ratti, del Mutolino, del Reggilibro. Mi avevano affibbiato parecchi soprannomi. Mi portarono a braccia di sopra e fuori. Poi mi lasciarono davanti al cancello.

Ero stato messo in libertà. L'unica cosa che avevo con me era il libro di Schopenhauer. Mi ero addormentato con il volume in mano, e lo stringevo ancora fra le dita rattrappite.

Le mie braccia si rianimarono e mi massaggiai le gambe finché non sentii il sangue riprendere a circolare. Poi mi alzai in piedi.

Trovai la casa di Ludwig nei pressi della Porta di Brandeburgo. Alzai lentamente il braccio e bussai. I colpi erano quasi impercettibili. Provai ripetute volte. Solo quando battei il libro contro la porta con entrambe le mani e tutte le forze udii un rumore di passi all'interno. Mi venne ad aprire Beathe.

Appena mi vide soffocò un gridolino. Si coprì la bocca con entrambe le mani. Con uno sguardo dispiaciuto mi pregò di aspettare fuori, di non avvicinarmi. C'era il rischio che trasmettessi la malattia.

«Quale malattia?»

«Il colera!»

«Il colera?» ripetei rimanendo immobile. «Allora, forse, mi hanno liberato per questo?»

«E che ne so?»

Poggiò il palmo della mano sul battente, pronta a spingerlo. Ma indugiò un momento. «Comunque, qui non puoi stare. Stiamo facendo i bagagli. La città è in sfacelo, e l'università... Hegel è morto, Schopenhauer è scappato. Tutto è in sfacelo. Qui da noi...»

Si portò il dorso di una mano sotto il naso e abbassò lo sguardo. Un sussulto le scosse le spalle. Poi mi guardò tra le lacrime e fece per chiudere la porta.

Infilai il libro contro lo stipite e la fermai.

«Cos'è successo?»

Dovetti aspettare un po' prima che dall'interno arrivasse una risposta. Dietro la porta la sua voce aveva un suono cupo.

«Caroline ha perduto la sua bambina. Hai perduto una figlia. È meglio che tu te ne vada.»

«Era mia...?»

«Sì, erano tutti tuoi. E sono ancora tuoi i due che... Mi prendo cura io di loro. Infatti Daphne si è sposata. Ha lasciato la figlia qui. Adesso te ne devi andare.»

La porta si chiuse.

Andai via.

◆

A volte Schopenhauer ha ragione. A volte potrebbe benissimo essere la *volontà di vivere* a farci andare avanti. Di certo non è la felicità.

◆

Camminai e camminai e camminai ancora e mi fermai solo una volta arrivato a Francoforte sul Meno. Davanti a uno specchio esposto in una vetrina.

Non riconoscevo praticamente nulla dell'uomo nello specchio. Perciò mi fermai a guardare. Studiai quella figura là dentro. Come qualcosa che vedevo per la prima volta.

Aveva una postura ricurva, ingobbita. Le spalle erano scese. Il collo piegato in avanti e verso il basso. La pancia era gonfia e quasi a punta intorno all'ombelico. Le ginocchia erano leggermente flesse e insieme ai piedi puntavano in due direzioni diverse. La pelle del viso cascava flaccida sopra gli zigomi e le mascelle. Era cosparsa di chiazze in cui mancavano ciuffi di barba.

D'istinto consultai *Il mondo come volontà e rappresentazione*.

Schopenhauer ha molte opinioni sul corpo. In esso risiede la nostra cognizione, scrive. La coscienza. Perciò il corpo lo percepiamo direttamente. È la cosa di cui possiamo fidarci di più al mondo. Per contro, incontriamo il mondo esterno attraverso i sensi. *Attraverso* il corpo. Come una rappresentazione che deriviamo da ciò che apprendiamo dai sensi. Ma senza altre prove.

Viceversa, scrive Schopenhauer, il corpo è espressione del nostro carattere. Era questo il passo che trovai. Quello che dice che i tratti del corpo sono l'immagine evidente del nostro carattere interiore.

Alzai gli occhi dal libro, guardai lo specchio. L'immagine del mio carattere.

Poi scoppiai a piangere.

Indugiai là a lungo. La gente passava accanto a un carattere moscio, curvo, stremato, senza spina dorsale e cadente. Uno smidollato che se ne stava con un libro in mano davanti a un vetraio e singhiozzava.

Ma un signore si fermò accanto a me. Lo vidi come un'immagine indistinta nello specchio. Si chinò per guardare dentro il libro, per leggere il frontespizio. Poi si raddrizzò e mi scrutò. Liberai un altro scroscio di pianto rattenuto. L'uomo annuì pian piano.

«Sì, sì», disse. «Voi avete capito.»

Poi si allontanò.

In seguito mi capitò d'incontrare Arthur Schopenhauer a Francoforte sul Meno. Abitava in quella città. E sono sicurissimo che fosse lui. Mi rincamminai. Nel mondo. Quel mondo di cui immaginavo l'esistenza. Senza averne le prove.

Uscito dalla città m'imbattei in una botte da vino. Stava in un fosso ed era priva del coperchio. Aveva un'aria derelitta. Probabilmente era caduta dal pianale di un carro.

Dentro era scurita dal mosto e dagli anni. Le assi emettevano un tanfo secco ma leggero e anestetico. Non feci in tempo a esaminarla più attentamente che crollai e dormii come non facevo da sei anni.

Quando mi svegliai era tarda primavera. L'erba alta del fosso mi inondava di riflessi verdi. Riuscivo a vedere solo un pezzettino di cielo. In lontananza intuivo voci di bambini che giocavano. Rimasi disteso.

Il vento muoveva le pagine della mia unica proprietà, il libro di Schopenhauer. Allungai un dito verso la carta svolazzante. Si posò su un rigo su cui c'era scritto: «Probabilmente i filosofi pratici sono i più felici». Ci riflettei un po' sopra.

Non avevo forse sempre cercato la felicità? E non avevo forse sempre voluto vivere la filosofia? E per filosofia pratica non s'intendeva forse fare della filosofia il proprio mestiere?

Mi arrampicai fino alla strada e trovai una selce. La battei togliendo un paio di schegge per affilarla. Poi tornai giù alla botte e cominciai a incidere la citazione nelle assi.

Mi ci volle parecchio tempo. A giorno fatto i bambini che avevo sentito raggiunsero il campo per giocare. Il mio martellare e grattare li incuriosì. Alcuni si avvicinarono al fosso e mi guardarono dall'alto. Uno mi domandò cosa facessi. Risposi che stavo aprendo una bottega.

«Dove?» domandò.

«Qui.»

Aggrottò la fronte.

«Voglio dare buoni consigli alla gente», spiegai. «Dillo pure a tutti quelli che conosci. Possono venire a chiedere consiglio al filosofo pratico.»

Nell'arco del pomeriggio vennero altri bambini, uno o due per volta. Volevano sapere cos'era un filosofo pratico.

«È uno che fa quello che pensa, invece di pensare a quello che fa», risposi. Ed evidentemente alcuni si accontentarono di quella spiegazione.

Altri mi chiesero di fare un esempio.

«Siccome ho deciso di aiutare gli altri perché sono stato aiutato a mia volta, lo faccio», dissi, «invece di mettermi seduto a pensare al modo migliore in cui potrei aiutare.»

Alcuni diedero a vedere che era una spiegazione talmente logica che in realtà non spiegava un bel niente. Ma dovevano aver sparso la voce perché di lì a pochi giorni arrivarono clienti dalla città.

Il mio primo cliente era un uomo alto con due occhi piccoli e un naso aquilino. Gli diedi il benvenuto e mi affrettai a spiegare in cosa consisteva la mia consulenza. Dissi che avrei letto la sua personalità, e solo in base a quella lettura avrei potuto dire qualcosa. In un certo senso, la risposta dipendeva da lui.

L'uomo si strinse nelle spalle. «Ho provato di tutto, quindi perché no? Quanto costa?»

«Il mio compenso lo decidi tu. A seconda che ritenga il consiglio buono. E per il primo compenso ti darò due consigli.»

«È così che fai affari, tu?»

«Sì.»

«Devi essere pazzo.»

Comunque, mi illustrò il suo problema. La moglie lo tradiva. E lui non riusciva né a fare a meno di lei né a guardarla.

Lo fissai con espressione seria. «Vedo che sei simile a un'aquila. Ma forse non te ne rendi conto. Devi vedere il tuo problema come un'aquila, da un'altezza vertiginosa. Allora, probabilmente, non ti apparirà così grande. E poi ci sono tante altre cose belle da guardare.»

Lui strizzò un po' gli occhi. «E dovrei guardare le altre cose?»

«Certo.»

«Vuoi dire che anch'io dovrei...» Non finì la frase.

«Non lo so», dissi.

«E se poi lei si arrabbia?»

«Perché dovrebbe arrabbiarsi?»

«Be', perché... no, hai ragione. Perché si dovrebbe arrabbiare? Già, perché!»

Mi strinse la mano.

« Grazie », disse. « Grazie mille. »

Poi tirò fuori un paio di monete. Anche se gli avevo dato un consiglio solo.

Dopo arrivarono altri clienti. Sia uomini sia donne. Il mio mestiere divenne quello di decifrare il carattere della gente.

Arredai la botte in modo da poterci dormire la notte. Trasformai i miei vestiti in una coperta che chiudesse l'apertura e mi proteggesse dalle correnti d'aria. In compenso non avevo niente da mettermi di giorno, perciò alzavo la botte in piedi per nascondere la mia nudità.

Dispensavo consigli sui rapporti familiari, sui problemi economici, sui dolori, sull'alimentazione, sul lutto, sull'amore. Decifravo ricchi e poveri, storti e dritti, magri e grassi, impettiti e gobbi, e ben presto in un baleno. Infatti, con un po' d'esperienza, arrivai a riconoscere qualcosa di uno in un altro e a suddividere i clienti in categorie.

La maggioranza era costituita da scettici. Gran parte degli scettici erano uomini. Che con tutta probabilità erano stati mandati da me dalle mogli. Quando parlavo a uno scettico del suo carattere, cominciava a chiedermi come facessi a essere sicuro di quello che dicevo. Non lo ero, rispondevo, ma, se era disposto ad ascoltarmi, magari sarei riuscito ad aiutarlo ugualmente. Allora mi stava a sentire per un po'. Finché non m'interrompeva con un'altra domanda o saltava direttamente alla questione su cui voleva un consiglio. Pagavano meno di tutti. Poi c'erano gli stoici. Prendevano le mie parole con una serenità sublime. Spesso erano molto eretti, irrigiditi, quasi inclinati all'indietro, con un piede davanti all'altro e i talloni ben piantati in terra. Non parlavano molto, magari annuivano e, appena avevano ottenuto una risposta, mi pagavano e facevano dietro front per andare via. E c'erano i romantici, che non riuscivano a trattenersi dal commentare l'incredibile capacità della natura, della provvidenza o di Dio di conferire un significato perfino al tratto più piccolo. Ma pensa, andavi in giro con il carattere addosso senza saperlo. Finché un bel giorno non incontravi uno come me. Hai altro da dirmi? E infine c'erano i positivisti. Quelli che nella mia attività vedevano un futuro migliore. Tutte le città dovevano avere un filosofo pratico, tutti hanno diritto a un buon consiglio. Erano molto incuriositi dal mio passato, dal motivo che mi aveva portato a quella decisione. Perciò, se non c'era nessuno che faceva la fila, raccontavo. Della mia vita, della mia infanzia, di Copenaghen, di Berlino. Della vita di strada e del carcere. Più di un positivista dovette asciugarsi le guance prima di congedarsi calorosamente. A quel punto spesso avevano dimenticato di farsi dare il consiglio per cui erano venuti. E tornavano con altre monete.

Nel giro di poco tempo i miei affari prosperarono. Dovetti applicare un doppio fondo nella botte per avere un posto dove mettere tutti i soldi.

L'inverno arrivò e scoraggiò tutti tranne i romantici a interpellarmi. Così il doppio fondo divenne la mia dispensa per la stagione fredda. Ma la primavera portò nuove provviste.

L'inverno successivo mi potei permettere di affittare una camera. Ogni sera lasciavo la botte e portavo i soldi con me. Tutti i pomeriggi tornavo alla botte con i pochi clienti e li consigliavo per un paio d'ore. E solo con il ritorno del caldo mi trasferivo di nuovo nella botte.

Quando iniziai il mio terzo anno come filosofo pratico il numero di clienti era aumentato. Appartenevano ad altri ceti sociali rispetto ai primi: c'erano commercianti, conti e baroni, gente che si presentava con un intero seguito di domestici. E i consigli che davo riguardavano la politica, i commerci, l'arte della guerra e le tasse.

Mi pagavano generosamente. Perché ce la mettessi tutta, credo. Il fondo su cui stavo si alzò rapidamente. Salivo sempre di più per ogni giorno che passava. Dopo un mese dovetti mettermi seduto dentro la botte per poter guardare negli occhi i miei clienti. E prima che arrivasse l'autunno l'avevo vuotata due volte in una banca della città.

Sull'altro lato della strada cominciarono a spuntare altre

botti, si era sparsa la voce della tintinnante botte piena d'oro che era stata rotolata dentro la banca. La mattina i proprietari arrivavano a piedi dalla città, s'infilavano nelle botti e si spogliavano. C'erano chiromanti, veggenti, ipnotizzatori e ciarlatani, e gridavano l'uno più forte dell'altro per rubare clienti alla concorrenza. Alcuni spostarono le botti al centro della strada, e ben presto la scena sembrava un mercato: arrivarono borsaioli, e i normali viaggiatori avevano difficoltà a entrare a Francoforte sul Meno da quella parte.

Una delle prime mattine pungenti di settembre accadde un fatto bizzarro.

Una vettura di piazza arrivò dalla città aggirando le numerose botti disseminate sulla strada. Quindi si fermò, fece inversione e si arrestò a una certa distanza da me. Scese un bambino, avrà avuto sugli otto anni, forse nove. Venne verso di me con lo sguardo grave. Si fermò vicino alla botte.

«Chi sei?» mi domandò.

«Sono il filosofo pratico, decifratore di caratteri e consulente di ricchi e poveri.»

«Cos'è un filosofo pratico?»

«È uno che fa quello che pensa.»

Mi guardò a lungo. E io guardai lui. Probabilmente aspettavamo qualcosa.

«Ma se non fai niente», disse infine.

«Sì, invece», ribattei, «do consigli.»

«A chi?»

«A tutti. Ricchi e poveri.»

«Quindi pensi per gli altri?»

«Sì. Si potrebbe dire così.»

«E fai anche quello che pensi al posto degli altri?»

«No, questo tocca a loro. Quello che dovevo fare io, l'ho fatto. Ho smesso la mia volontà e mi sono messo al servizio degli altri.»

Inclinò la testa un po' di lato. «Quindi, non fai niente?»

«No.»

«E non pensi nemmeno a niente?»

Capii la sua obiezione logica e cercai di rispondere. «Sì, penso che devo fare quello che faccio.»

«Sempre?»

«Sempre.»

«Non pensi ad altro?»

Su quella domanda dovetti riflettere. Ma credo che il bambino prese il mio silenzio per una risposta, probabilmente era convinto che se non facevo niente non pensavo nemmeno.

A ogni modo, cambiò argomento. «Potrei avere un consiglio?»

«Sì.»

«Dove posso trovare mio padre?»

«Non hai un padre?»

«Sì. Però non so dove sia.»

«Nemmeno io lo so. Forse dovresti chiederlo a tua madre.»

«Lei mi ha detto di chiederlo a te.»

«Davvero? Mi dispiace, ma non ti posso aiutare.»

Mi guardò con un'espressione impaziente. «Questo non è mica un consiglio.»

«No, però in compenso è gratis.» Gli sorrisi. Ma lui non fu contento. Allora mi venne in mente un'idea: «Il mio consiglio è: ti devi aiutare da te».

Lui scosse il capo e si diede per vinto. Si riavviò verso la carrozza. Indugiò un momento accanto alla portiera e mi guardò. Poi montò.

E giù caddero una valigia e un uccello di legno, lo sportello fu sbattuto e la vettura sparì...

Da allora non ho più rivisto il mio secondo figlio maschio, ma sono fermamente convinto che fosse lui. Ne sono persuaso. Corsi a prendere il mio uccello e la mia vecchia valigia. Fissai con occhi vacui il punto dell'orizzonte che la carrozza aveva lasciato.

Un senso di disagio correva all'impazzata dentro il mio corpo. Come la volta in cui mi si era affacciato il sentore di aver messo incinte le sorelle alfabetiche. Di avere una responsabilità di qualche sorta. E ancora una volta il disagio colpì il mio cuore come una gallina senza testa.

♦

Cosa si fa con una responsabilità che si ha ma non si può prendere? Cosa si fa di una gallina senza testa nel cuore?

Sistemai l'uccello e la valigia nella botte e la rotolai via dalla grande fiera degli indovini fino alla banca. Tenni la quantità di monete che osavo portarmi dietro in viaggio.

Anche Hegel aveva avuto un figlio illegittimo, ma, una volta che si era sposato e aveva i mezzi necessari, lo aveva adottato e accolto in seno alla famiglia. Mi misi in viaggio per trovarla. La responsabilità.

♦

L'Europa è grande. Ovunque giungessi chiedevo informazioni. Su Beathe e su suo figlio, che probabilmente era in compagnia di una bambina della sua stessa età e di Ludwig. Immaginavo che avessero cambiato cognome e si fossero inventati un altro passato, per evitare di dover spiegare le parentele complicate e semillegittime. Però avevano nomi di battesimo comuni, non c'era bisogno che li cambiassero.

Scesi in Italia, feci il giro della Francia, della Spagna, dell'Olanda, e addirittura dell'Inghilterra. Visitai un'infinità di case estranee nella speranza che quella Beathe o quel Ludwig fossero i miei conoscenti. E a intervalli regolari tornavo al punto di partenza, a Francoforte sul Meno. Alla banca, ogni volta che le monete stavano per finire.

Presi l'abitudine di specchiarmi prima di andare in banca. Appena arrivavo in città, per prima cosa raggiungevo il negozio del vetraio e mi fermavo davanti alla vetrina. Là avevo modo di studiare l'evoluzione del mio carattere nell'arco degli anni. Con mia sorpresa, mi sembrava positivo. Lentamente ma inequivocabilmente la mia schiena si raddrizzò. Le gambe si distesero, i piedi divennero paralleli, e la pelle del viso si fece più soda e si adeguò alle rughe che l'età mi dispensava. La pancia perse l'informità, e il petto si riempì un po'. Quasi che la volontà di prendersi una responsabilità sia in grado di spianare perfino l'uomo più ricurvo. Rinvigorito e rincuorato, di volta in volta andavo in banca a ritirare i soldi per poter riprendere il mio viaggio.

Durante una delle mie soste davanti allo specchio rividi Schopenhauer. Si fermò come se mi avesse riconosciuto dall'ultima volta, nonostante gli anni che erano passati. Di nuovo mi misurò con lo sguardo, prendendo nota dei miei cambiamenti. Poi, arrivato al viso, annuì.

«Sì, sì», disse. «La penetrazione rafforza.»

Mi girai verso di lui. «Scusate, voi siete Arthur Schopenhauer?»

«Sì.»

Gli strinsi la mano e lo ringraziai per aver scritto il suo libro. Mi aveva aiutato a superare gli anni di detenzione, ci tenevo a fargliele sapere. Sorrise. Almeno questa fu la mia impressione, tese gli angoli della bocca al massimo.

Ci fermammo un po' a parlare. Mi disse che stava scrivendo un seguito. O un ampliamento, visto che prendeva spunto dallo stesso identico pensiero. Ma quel pensiero era talmente profondo, disse, che l'uomo della strada aveva bisogno che fosse voltato e rivoltato e ripetuto per ogni aspetto della vita per poterlo intendere.

Mi domandò anche quale effetto avesse avuto su di me la penetrazione, cosa mi avesse raddrizzato, per così dire. Ma quando risposi andò via subito.

Dieci anni di viaggi si conclusero a Röcken, a sud-ovest di Lipsia.

Era autunno ed ero stato a Berlino per verificare se avessero fatto ritorno in quella città, ma non li avevo trovati. Poi mi ero diretto di nuovo verso sud e, tra Lipsia e Weimar, nella città di Lützen sentii parlare di un certo Karl Ludwig, che era pastore e amministratore comunale nel villaggio di Röcken. Essendo diretto a Weimar, per me era di strada, e decisi di tentare la sorte ancora una volta.

Arrivai alla casa della famiglia, vicino alla chiesa, nella mattinata del 15 ottobre 1844. Appena bussai, la porta fu spalancata e un uomo mi tirò dentro.

«Era ora», disse. Poi mi strappò di dosso la giacca e mi spinse verso la camera da letto, da dove provenivano forti gemiti.

«No, no», dissi. «Avete capito male, sono venuto per...»

«Prestare assistenza al parto, sì, lo so, la levatrice ha da fare. Erdmuthe è di là con Franziska, potete darle una mano.»

Poi chiuse la porta alle mie spalle, e indugiai vicino al muro con lo sguardo rivolto al pavimento. Franziska, la moglie di Karl Ludwig, era distesa in un grande letto e ansimava violentemente, mentre l'anziana Erdmuthe le asciugava la fronte. Poi Franziska ansimò ancora più forte.

«Ci siamo», disse Erdmuthe, «andate a prendere dell'acqua.»

Uscii dalla stanza, Karl Ludwig mi vide e indicò in direzione della cucina. Trovai un recipiente di vetro e lo riempii d'acqua. Quando tornai nella camera da letto Erdmuthe stringeva una testa insanguinata tra le gambe di Franziska e tirava con delicatezza. Poggiai il recipiente vicino al letto e mi girai di spalle. Ma Erdmuthe mi pregò di prendere il suo posto, non aveva forza nelle mani. «Dovete tirare leggermente, e quando esce il corpo dovete afferrarlo da sotto.» Mi misi al lavoro, Franziska affondò le mani nel lenzuolo, urlò, e poi ecco che accadde.

Il bambino uscì, presi quel piccolo corpo viscido. Scivolava tra le dita, ma lo afferrai saldamente e mi tirai su. Dopo un profondo sospiro di Franziska ci fu un istante di silenzio. Poi risuonò l'urlo del piccolo nuovo membro della famiglia Nietzsche.

Mai in vita mia ho udito un urlo simile. Mi agghiacciò da capo a piedi. Come un senso di gelo nei muscoli, una mano fredda sul cuore, una morsa intorno al midollo. E si fece ancora più alto. Il recipiente di vetro si spaccò. L'acqua si sparse in tante gocce che penetrarono nel pavimento. Abbassai lo sguardo sulla bocca urlante e sul viso paonazzo. Le mie dita diventarono come uncini, forse gli diedi una stretta. L'urlo si fece sempre più forte. Coprì il suono delle campane della vicina chiesa. Cominciò ad attaccarsi al mio intimo, ai recessi più profondi. Dove hanno origine i sogni della notte. Lo misi giù nel letto tra le braccia di Franziska, mi turai le orecchie, ma l'urlo non accennava a cessare. Si fece più alto e si propagò. A Francoforte sul Meno lo specchio di una vetreria andò in frantumi. A Berlino, in una casa abbandonata nei pressi della Porta di Brandeburgo un muro crollò. A Svindelev la canonica tremò e cedette un altro pochino. Dentro, fra i muri inclinati, mio padre si accasciò e i suoi occhi si dilatarono.

Più tardi spiegai a Karl Ludwig che non mi avevano mandato per prestare assistenza al parto. Cercavo un amico che si chiamava Ludwig.

«Tanto meglio», disse, «adesso avete trovato un amico in me. È andato tutto bene.»

Mi offrì una tazza di tè per il disturbo. Lo ringraziai e la bevvi. Mi tremava la mano e mi sbrodolai. Dissi che dovevo andare. Mi diede un po' di pane per il viaggio. Lo ringraziai e mi congedai.

Inciampai sulla soglia e barcollando mi allontanai dalla casa. Agitai la mano senza girarmi e svoltai un angolo. E mi resi conto che non riuscivo a smettere di barcollare.

Uscii dalla città camminando stranamente a scatti. Il mio corpo s'inclinava in avanti e indietro, di modo che di tanto in tanto dovevo mettermi a correre, o retrocedere di un paio di passi. Quasi che l'urlo circolasse dentro di me come una palla di ferro che spostava l'equilibrio.

Così si conclusero i miei tentativi di trovare mio figlio. Non riuscivo a tener fede alla responsabilità. Tutto a un tratto il compito di reggermi in piedi bastava e avanzava.

Qualche settimana dopo una lettera mi raggiunse a Weimar. Mio padre aveva avuto una fitta al cuore il 15 ottobre, e il braccio sinistro era ancora tormentato dai dolori. Mia madre mi pregava di tornare a casa.

◆

Se si perde la felicità quando si nasce, la si ritrova quando si muore?

◆

La canonica mi arrivava al petto. Ormai il tetto era storto come tutto il resto. Mi sedetti e bussai.

Mia madre venne fuori. I suoi capelli strusciavano in terra come un velo alle sue spalle sebbene fossero poco più lunghi di una spanna. Allargò le braccia e fu lì lì per cadere all'indietro. Forse per la gioia.

Mio padre riposava in soggiorno. Ormai era talmente inclinato in avanti che a mia madre bastava infilargli una coperta e un paio di cuscini sotto perché fosse disteso e potesse dormire.

Mio padre aveva fatto quattro chiacchiere con il teologo destinato a succedergli nel ministero alla sua morte. L'uomo era andato via un'ora prima. «Un giovincello ottuso», era sbottato mio padre. E poi aveva chiesto i cuscini.

Appena si svegliò e mi vide fu contento. Allora mia madre cominciò a tirare su col naso e andò di là in cucina. Forse non lo aveva informato che stavo per arrivare. Forse credeva che non avrei fatto in tempo. Forse era passato parecchio tempo dall'ultima volta che era stato contento. Mi disse di sedermi accanto al suo giaciglio in modo che potessimo parlare. Rimanemmo là per giorni.

Parlavamo dall'alba al tramonto interrotti soltanto dai pasti e dai suoi improvvisi colpi di sonno. Era molto cambiato. Faceva tante domande e parlava pochissimo. Ogni volta che gli raccontavo qualcosa della Germania o di altri posti, diceva: « È così? È veramente così? » E poi si perdeva nei propri pensieri. E quando, a sua volta, raccontava della pieve, di cosa succedeva, e di come stavano i parrocchiani, spesso si bloccava. « Però non sono sicuro... » diceva.

Gli raccontai di Copenaghen e di Berlino, delle nuove correnti filosofiche. E del carcere. Ma dovetti giocoforza essere prudente. Visto che lui se ne stava disteso a fare domande e non era sicuro.

Perciò non gli parlai dei miei figli. Non gli parlai del mio delitto. Ed evitai di spiegargli l'atteggiamento della nuova filosofia nei confronti del cristianesimo. Fu tutt'altro che facile. Cominciai a balbettare. La lingua mi s'inceppò. Ma non lo diedi a vedere, continuai a parlare. E mio padre ascoltò pazientemente.

Quando infine si metteva a parlare di filosofia a sua volta, nominava un certo Kierkegaard. Un pensatore danese e cristiano che scriveva molti libri. Di recente, quello stesso anno, aveva pubblicato *Il concetto dell'angoscia*. Così parlava mio padre. Sempre quelle due parole. Kierkegaard e angoscia.

« Come interpreteresti il mio carattere? »

Rivolgendomi quella domanda sorrise. La storia della mia attività di filosofo pratico lo aveva tirato su di morale. Con quella impresa dimostravo di essere l'erede di grandi uomini. Monaci che erano diventati un modello per molti. Vivendo l'ideale, senza beni. E le categorie in cui suddividevo i clienti lo divertivano molto. Gli riuscì quasi di dar suono alla risata. E smise di parlare del filosofo danese.

Su sua richiesta, ripassai le categorie tre volte e mia madre ci raggiunse per sentirlo ridere. Poi, però, ecco che lui mi rivolse la domanda fatidica.

Cercai di svicolare, lo ammetto. «Tu non rientri bene nelle categorie», dissi.

«Dai, provaci lo stesso.» Il suo sguardo era pieno d'impazienza.

Provai di nuovo a svicolare, ma la mia lingua me lo impedì. E sentii la pressione dall'interno perché, come ha scritto il mio secondo maestro, la verità non è una meretrice. Abbassai gli occhi sulla figura distesa di mio padre e all'improvviso dissi quello che vedevo: «Sembri uno talmente incline alla verità che tutto gli scivola addosso».

Lui fece una smorfia e si strinse il braccio sinistro. «Veramente? Cosa vuoi dire?»

«Te lo spiego subito!»

La mia esclamazione mi colse completamente di sorpresa. Ma sentivo una pressione interna, le omissioni avevano cominciato a venire a galla, e continuai: «Di una cosa il mio mestiere mi ha dato la certezza: la convinzione risiede nella testa. Se è sana e buona conferirà al portatore una postura eretta. Se è troppo ferma, però, allo stesso tempo aggiungerà una certa rigidità del collo. Se invece è contro la sua natura, opprimerà il suo fisico, piegandolo su se stesso e facendogli ciondolare la testa. E la tua convinzione ha, da quando ero piccolo, descritto quasi tutto quel quarto di arco di circonferenza che c'è tra la tua altezza massima e il suolo. Come se anelasse alla polvere senza curarsi del corpo in cui risiede. È talmente ferma e contro la tua natura che ti vuole seppellire a testa in giù».

La mano destra di mio padre aumentò la stretta. Con il pollice si strofinò tutto il braccio sinistro e poi lo portò in direzione del petto. Ma certe volte uno non vede quello che vedono i suoi occhi. Lo nota solo dopo, nella memoria. Solo allora.

Continuai a parlare. Mi uscì di tutto. Cose che avrei preferito tacere. Però le dissi. La casa scricchiolò, come se si tirasse su. Il vento di ponente mi soffiava alle spalle.

Parlai a cuore aperto. Forse ormai non ci si pensa più, ma quando ero ragazzo si diceva che il cuore era la sede delle profezie. E non c'era verso di fermarlo.

« Poco tempo fa ho aiutato un bambino a venire al mondo », dissi. « E la sua convinzione sarà completamente diversa dalla tua. Non considererà la filosofia un sostegno della teologia, lo strumento del cristianesimo. Non troverà conforto spirituale nei mercanti della Chiesa. Non crederà che il mondo sia scaturito da Dio, bensì dallo Spirito o dalla Volontà. E perciò non si appoggerà a Dio, sarà costretto a trovare la forza dentro se stesso. Sarà costretto a trascinarsi sulla fredda vetta del pensiero lucido, e di lì spazierà con lo sguardo sull'eterna lotta delle volontà, e magari da sopra le nuvole griderà giù a noialtri come tutto quanto possa apparire diverso. La sua libertà sarà robusta, il suo cuore temprato, le sue parole scenderanno a precipizio giù nelle valli come un vento gelido, e allora... Allora non sarai l'unico prete che verrà buttato a terra dalle raffiche! »

Continuai ancora a lungo. Mi diffusi sul bambino e sul futuro e sul cammino di mio padre verso la tomba. Le parole erano vere, anche quelle sul futuro. Troppo vere. Ma questo non ha importanza.

Gli incoraggiamenti non mi sono mancati, ma da allora non ho mai più interpretato il carattere a nessuno. Un fatto del genere non mi era successo ai tempi in cui ero filosofo pratico, e non si sarebbe ripetuto. Il cuore non avrebbe più avuto modo di traboccare.

Non so quante delle parole che dissi furono sentite da mio padre. Non so quando la sua mano si bloccò nella stretta intorno alla carne che copriva il cuore. Quali delle mie parole lo uccisero.

La notte prima del funerale il mio cuore mi parlò sottovoce. *Quel che la vita unisce, la morte non può separare.* Quando mi svegliai per qualche motivo ero sicurissimo che mio padre si sarebbe portato mia madre nella tomba.

Nella chiesa c'era molta gente, parrocchiani e parenti venuti da vicino e da lontano: la mia zia paterna di Copenaghen. Sul pulpito c'era il giovincello ottuso, quello che era venuto a noia a mio padre. Guardò dritto davanti a sé, fino al capo opposto della navata. Parlò sommessamente e divagando del carattere indomito di mio padre e della sua vita al servizio del Signore. Le frasi sembravano rimanere sospese lassù, sotto le volte, senza scendere veramente fino a noi.

Quando ci raccogliemmo intorno alla bara per portarla fuori, mia madre si avvicinò a un angolo. Corsi da lei, mi accovacciai e le presi la mano.

«Ci pensiamo noi uomini a portare la bara.»

«Voi uomini e io», disse lei.

«Ma è troppo pesante.»

«Sciocchezze. Ho sostenuto tuo padre per tanti anni e negli ultimi l'ho portato in braccio. E non credo che adesso pesi di più.» Afferrò la maniglia.

«Ma...»

«No! Niente proteste. Faremo come dico io. Così è!»

Quella è stata l'unica volta che l'ho sentita insistere. Quella fu la sua seconda grande decisione. E dopo non chiese scusa.

Quando noialtri sollevammo la bara, lei fu costretta a tendere il braccio sopra la testa per riuscire a stringere la maniglia. Dovette spingerlo verso l'alto, mentre noi lo tenevamo lungo il fianco. E lo sforzo quasi le faceva toccare il pavimento con la schiena.

Fuori l'erba era bagnata dopo la pioggia della notte. Mia madre camminava davanti e il suo vestito s'inzuppò appesantendosi. A passo lento ci inoltrammo nel cimitero.

Due assi erano disposte di traverso sopra la fossa. Insistei perché ci muovessimo con estrema lentezza mentre portavamo la bara sopra la buca. Ma mio zio avanzò a passetti talmente piccoli che quasi non alzava i piedi. E batté la punta di una scarpa contro un'asse.

Mollò la presa e ruzzolò di lato. Forse per evitare di spingerci. In compenso, il peso maggiore ci fece vacillare. Cercammo di calare la bara sulle assi. Ma mia madre, che nella sua posizione innaturale non poteva girarsi per vedere cosa succedeva, continuò a tenere il braccio teso e la bara sollevata. Al capo opposto il feretro colpì l'asse che nel frattempo si era messa di sghembo e s'inclinò leggermente di lato sbattendo contro il bordo della fossa. Il legno duro vibrò, due o tre uomini persero la presa intorno alla maniglia e si scansarono con un balzo per lo spavento. La bara cominciò a cadere all'indietro. Slittò sullo spigolo dell'asse sghemba che a sua volta scivolò sull'erba bagnata, e la parte posteriore finì dentro la fossa. Gli unici che ancora la tenevano eravamo io e mia madre...

Così andò che mio padre scese nella fossa a testa in giù.

E prima che il feretro toccasse il fondo fui costretto anch'io a lasciare la presa. Mia madre sembrava convinta che finalmente stessimo adagiando la bara sulle assi. Invece un'asse batté contro l'altra e insieme si spostarono. Lei, che sin dalla mia infanzia era sempre stata sul punto di essere travolta, si sentì mancare la terra sotto i piedi e contemporaneamente fu trascinata all'indietro dentro la fossa dal peso morto della bara.

Nessuno reagì. In certe situazioni non si sa assolutamente cosa fare. Perfino quelli che si erano scansati con un balzo e avevano ansimato e imprecato se ne stavano impalati a guardare dentro la buca.

Dopo un po' la raggiunsi, ma il mio timore era già certezza. Era morta nella caduta.

Nella canonica c'era un'atmosfera opprimente come una cappa. I convenuti erano seduti in terra con il soffitto a pochi centimetri dalle loro teste, quindi non c'era letteralmente lo spazio perché quella cappa potesse sollevarsi. La stanza era piena di pause.

Alcuni parrocchiani portarono le birre fuori e si misero a parlottare sottovoce. Quando rientrarono per ringraziare del banchetto e salutare, mi fissarono con espressione grave. I bambini avevano gli occhi sgranati e, se li guardavo, li distoglievano immediatamente.

«Imbalsamare i cadaveri è sciocco quanto conservare scrupolosamente i propri escrementi.» Così scriveva il mio secondo maestro. Per lui la morte era una faccenda priva di sentimentalismi.

Era un argomento che riprese nel seguito del suo libro, e ricordai le considerazioni che aveva fatto durante il nostro incontro. L'essere umano ingerisce il cibo e considera naturale il fatto che poi venga eliminato di nuovo. Il corpo si separa dalle proprie scorie per fare posto ad altro cibo. Analogamente, dovrebbe essere naturale che i singoli esseri umani muoiano per fare posto a nuovi individui. Il corpo viene eliminato per fare posto. La morte non è che un'eliminazione all'ennesima potenza. E perché affliggersi per un evento naturale? Perché opporsi alla morte, come facciamo tanto spesso noi esseri umani?

Perciò, tre giorni dopo il doppio funerale, tornai al cimitero. Volevo onorare i miei genitori, celebrare l'eliminazione naturale. Infatti loro erano morti, mentre io ero vivo. Avevano lasciato il posto a me, in perfetta osservanza dell'ordine naturale. Volevo rendere loro omaggio per questo.

Mi calai i pantaloni. Mi accovacciai sulla loro tomba. Avevo mangiato abbondantemente. Trassi un grosso respiro e a fatica buttai fuori quel che ricordavo delle parole del mio maestro: «'Espirazione, eliminazione e decomposizione sono morte. Inspirazione, alimentazione e procreazione sono vita. Espirazione, eliminazione e decomposizione sono morte...'»

Me la presi comoda e lasciai che le parole girassero in tondo. Come a dire: grazie per la vita, accetto la vostra morte.

Un ragazzino mi guardava da dietro un albero. Lo salutai con un cenno della mano. Lui ritrasse la testa, e poco dopo lo vidi sgattaiolar via.

Ma prima che avessi finito tornò insieme al becchino. L'uomo conficcò la vanga nel terreno, si piazzò con le braccia conserte e in un primo momento non gli parve necessario dire qualcosa. Si limitò a guardarmi, mentre il ragazzino si nascondeva dietro di lui. Perciò continuai.

«E questo cosa accidenti significa?» domandò infine.

«Tutti moriamo un po' per ogni giorno che passa», risposi. «Celebro la piccola morte e l'ordine della natura.»

«E quello stronzo chi lo toglie?»

«Si trasformerà in terra da sé. A meno che non lo si faccia seccare e lo si conservi.»

Lui diede un calcio a una zolla di terra che mi colpì come una grandinata. Alzai sbalordito lo sguardo. Il becchino afferrò la vanga e si avvicinò di tre passi, con fare talmente deciso che mi alzai. Mentre lui infilava la vanga sotto lo stronzo, cercai di sistemarmi i pantaloni ma non feci in tempo. I suoi passi decisi m'inseguirono attraverso il cimitero, mentre mi tenevo i pantaloni con entrambe le mani. E quando scavalcai il muretto lui brandì la vanga e mi lanciò dietro lo stronzo.

Corsi alla canonica. Poco dopo fu circondata da una folla.

Mi gridavano che ero un profanatore di tombe. E quelli che avevano parlottato sottovoce il giorno del funerale gridavano che avevo ammazzato mia madre. L'incidente era premeditato. E sicuramente avevo pure a che fare con la morte di mio padre. Ero un duplice omicida. Altrimenti di certo non avrei profanato la loro tomba.

Ben presto fuori si raccolse talmente tanta gente che sembrava un assedio. Barricai le porte. E quando mi sentirono armeggiare si misero all'opera a loro volta. Spaccarono i vetri, ma le finestre erano talmente vicine al terreno che solo i bambini potevano infilarsi nei telai vuoti. E non avevano il coraggio di farlo.

Intanto io strisciavo carponi dentro la casa alla ricerca di un'apertura incustodita da cui poter uscire. Ma davanti a ogni buco c'era qualcuno di guardia. E cominciarono a gettare sabbia all'interno, manciate di polvere fine che mi fece tossire. Avanzai strisciando verso il centro della casa per respirare un po' d'aria che non contenesse sabbia. Rimasi disteso per un po', in preda a un senso di malessere. Probabilmente non avevano tutti i torti sulla storia di mio padre.

Fuori l'agitazione aumentò, come se la folla si contagiasse da sola. Le voci erano quasi isteriche. Poi s'udì chiocciare. E una serie di tonfi.

Di colpo la casa si riempì di galline senza testa. Correvano tutt'intorno, mentre il sangue usciva a fiotti dalle loro gole. Il suono sommesso di unghie sul pavimento. E di corpi pennuti che sbattevano contro mobili e muri. Quei fiochi rumori erano molto peggio delle grida di fuori. Le galline senza testa giravano su se stesse e le une intorno alle altre. Come se tutti i sentori senza direzione e le responsabilità declinate mi spingessero fuori a giudizio. Mi raggomitolai sotto lo spazio del tetto dove c'era ancora un po' d'aria fresca. Una gallina mi venne addosso. Un'altra. E altre ancora. I tonfi squarciarono i miei pensieri. Portai i piedi sotto il corpo e saltai in aria a tutta forza...

Penso che la pazzia e la paura siano in grado di aumentare le forze. Sfondai il tetto di paglia come una lancia. E atterrai in piedi in cima alla casa. Emisi un urlo per lo sforzo. La folla si bloccò. Asce e polvere e voci si fermarono a mezz'aria. Dovevo avere un gran brutto aspetto. Pieno di sabbia e paglia e sangue di gallina. E penne, forse.

Quasi tutti si limitarono a fissarmi, i bambini indietreggiarono. Mi girava la testa. Ma dimenai le braccia e la mia voce tuonò: «Su, venite avanti! Venite con il peccato e la colpa e la vergogna. Venite con le vostre leggi e la vostra fede cristiana, tutto quello che secondo voi ho violato. Venite con le accuse, venite con le botte... con me non attacca! Ho vissuto come filosofo, e so cosa significa essere fraintesi. E puniti per questo. Volete punirmi perché *voi non capite*. Come hanno fatto i tedeschi. Ho passato cinque anni in galera. Però domai i ratti, e potrei rifarlo. Perciò, fate pure. Venite avanti! Quello che non uccide, fortifica!»

Poi tesi tutti i muscoli e ruggii come una belva. Alcuni fecero subito dietro front per andare via. Ruggii di nuovo saltando più in alto che potevo. Quando atterrai si udì prima uno scricchiolio e poi un boato. La canonica crollò, definitivamente e completamente. Appena cadde in terra una nuvola si alzò intorno al tetto, e la gente fuggì in tutte le direzioni. Io la rincorsi.

La inseguii per strade e vicoli, ruggendo. In seguito mia zia mi raccontò com'erano andate le cose. Ospite di certi parenti nei giorni successivi al funerale, stava attraversando il villaggio a piedi quando l'assedio aveva raggiunto il culmine e io ero venuto fuori. Personalmente ricordo pochissimo.

A ogni modo, li rincorsi. Avevo i capelli pieni di paglia gialla e i vestiti insanguinati, sembravo un animale ferito con la criniera ispida. La gente si nascondeva dietro gli angoli delle case e si metteva in guardia a vicenda gridando. I padri avvertivano le madri e le madri i figli. Ovunque arrivassi, i gruppi si disperdevano e le donne urlavano. I bambini strillavano e la ghiaia schizzava in aria.

I ragazzi più grandi facevano prove di coraggio. Mi passavano accanto di corsa per farmi cambiare direzione. Poi si giravano e gridavano a quelli che erano nascosti dietro il muro successivo: «Arriva la bestia! Arriva la bestia bionda!»

Per un giorno Svindelev si trasformò. Era una città spagnola in cui un toro era scappato e correva per le strade, mentre i giovanotti giocavano a fare gli eroi e fischiavano e ammiccavano alle ragazze. La bestia bionda imperversò finché, accecata dall'agitazione, non smise di concentrarsi sui suoi tormentatori e proseguì dritto. Attraverso lo Jylland, lo Schleswig, l'Holstein, e ancora più giù...

♦

La pazzia contiene la stessa sensazione di libertà della felicità.

Si è liberi, ma completamente soli. Disimpegnati, liberi dagli altri. Senza gli altri. Senza contesto.

Quando non fa troppo male la pazzia è una felicità solitaria.

♦

Nella vetrina del vetraio di Francoforte sul Meno era esposto uno specchio nuovo. Andai in banca e prelevai quel che restava del mio capitale. Acquistai un appartamento signorile sul lato opposto della strada. Lo arredai con drappeggi rossi dappertutto. Bordeaux, rosso sangue, rosso aurora, a seconda dell'illuminazione. Sistemai in giro capienti ciotole di vetro piene di monete e circondate da grossi ceri. Assunsi tre floride cameriere. E invitai tutti i più ricchi della città alle mie soirée.

Era arrivato il momento della menzogna.

I miei maestri mi avevano colmato di verità. Ma nessun altro la capiva quando la vedeva. Né i pensieri di Hegel sullo spirito che non può essere ridotto a carne e ossa, né la profonda accettazione di Schopenhauer della morte come parte dell'eterna lotta della volontà cieca. La verità aveva fatto di me un emarginato, di volta in volta.

Perciò adesso era arrivato il momento della menzogna. Dal principio alla fine. Mi sarei immerso in miraggi e illusioni, fantasie e inganni, nella libertà irresponsabile, in tutta la più sfrenata mendacia della vita!

Le soirée divennero un grande richiamo. Il miglior pasticciere della città forniva i dolci, mentre i vini li importavo dai castelli italiani che avevo visitato durante il mio lungo viaggio per l'Europa. Ingaggiai musicisti per suonare musica per pianoforte e da camera di Bach e di Beethoven, cantanti per cantare lieder di Schubert, attori per leggere brani delle opere di Goethe là, nella città natale dell'autore. Nostalgia tedesca. La retribuzione faceva parte dell'intrattenimento. I ricconi e le signore infilavano le mani nelle ciotole di vetro e lanciavano monete addosso agli artisti durante le esibizioni. E addosso ai due giovani pittori ingaggiati per spogliare le cameriere e sistemarle nei drappeggi rossi per ritrarle mentre la borghesia stava a guardare.

In quella cornice i ricchi si sentivano a proprio agio. Era la giusta combinazione di cultura alta e bordello, mi bisbigliarono.

Ben presto alcuni degli ospiti preminenti fondarono l'Associazione per le Arti, le Scienze e il Futuro. Anche quella ebbe sede nel mio appartamento, che andava sotto il nome di Cenacolo Diderik.

Il Cenacolo Diderik era il tempio delle gran risate.

L'Associazione per le Arti, le Scienze e il Futuro organizzava conferenze. Pagava viaggi di studio in ogni parte d'Europa a studenti entusiasti ai quali veniva espressamente chiesto di analizzare le prospettive future delle tendenze in cui s'imbattevano. Quando, tornati, dissertavano nel cenacolo, avevamo modo di sganasciarci dalle risa per i loro deliri giovanili sulle infinite possibilità della vita e del futuro. E per il fatto che si potessero comprare gli inganni altrui.

Ridevamo anche dell'immedesimazione degli artisti. Dei loro visi afflitti quando cantavano i lieder. Delle labbra tremanti, delle fronti corrugate e degli occhi lucidi rivolti al cielo. Ma gli lanciavamo le monete solo quando tiravano fuori i sentimenti in maniera plateale.

Il mio contributo personale all'intrattenimento consisteva nel leggere lettere ad alta voce e farne la parodia. Fin dall'inizio invitai Schopenhauer a tutti gli eventi dell'associazione ma lui declinava sempre. E io presentavo i suoi rifiuti: « Caro Diderik, ancora una volta devo declinare l'invito. Sto scrivendo altre duecento pagine su un argomento che nessuno capisce e di cui nessuno ha voglia di leggere. A proposito, che ne diresti di vendere una tiratura dei miei libri ai vostri eventi? Non è facile far ammettere agli altri che la vita è sofferenza. Ma lo è, Diderik, e io non verrò alla tua festa perché i ricevimenti non sono una cura contro la sofferenza, ma solo un noioso prolungamento di questa. Certo, scrivi che ci sono cameriere nude, e che sono belle come statue. So bene di aver scritto che le persone belle come statue dovrebbero essere nude, ma questo presuppone che le si consideri opere d'arte. Un continuo presente, un quadro così puro e perfetto che non necessariamente dobbiamo volerci fare qualcosa, per poter mollare la nostra volontà. Fa' come i santi, diffondi la mancanza di volontà! La tua ultima trovata è un'offesa, Diderik. Il fatto che tu abbia incorniciato la lista degli ospiti dell'evento e scritto sotto *tat twam asi* è un insulto. *Tat twam asi* significa 'questa cosa vivente sei tu', e vuol dire che ogni forma di vita ha la stessa origine: le piante, gli esseri umani e gli animali. Come sai, l'ho usata nei miei libri, perché si attaglia alla mia filosofia. Ma, Diderik, non voglio essere paragonato al branco di idioti beoni e libidinosi che si voltolano nel tuo porcile! »

Gli ospiti urlarono dalle risate.

Poi arrivò il momento del vino e dei giochi di società. Ci bendammo gli occhi e strisciammo carponi in giro per il labirinto di drappeggi rossi. Assaggiavamo le cosce delle donne per capire se fossero la fonte della felicità. Ci scambiavamo i vestiti con loro, camminavamo con le loro scarpe, come avevo fatto con quelle di mia madre. E ridevamo.

Ridevamo di questi giochi di società, e ridevamo gli uni degli altri. Io ridevo dei corpi dei ricconi, che si gonfiavano come il sacco vocale di una rana gracidante, e quelli ridevano di me che stavo diventando come loro, pallido e scintillante di un liquido untuoso. Ridevano della reciproca infedeltà e di tutti i litigi che scoppiavano quando qualcuno aveva scambiato il partner. Ridevamo dei rispettivi tentativi d'incalzare la felicità con un paio di scarpe da donna, ridevamo degli sguardi imploranti dei poveri sotto il balcone, mentre li bersagliavamo con le bottiglie gridando che nessuno stava meglio di chi non possedeva niente. Ridevamo forte e fragorosamente del loro falso concetto della beatitudine della ricchezza, ridevamo della romantica aspirazione del mondo intero alla ricchezza, alla verità, alla lealtà, all'amore, qualunque cosa, preferibilmente tutto e preferibilmente subito. Ah!

Un giorno in mezzo a tutte quelle risate comparve l'urlo.

Era stato battezzato Friedrich Wilhelm Nietzsche, e si presentò una tarda sera del 1869. Aveva venticinque anni e un paio di irti baffi, però lo riconobbi subito. Dalla bocca, dalle labbra sotto i baffi, dalla lingua. E dagli occhi. Non erano più serrati sotto le palpebre e appoggiati sulle guance grinzose, ma guardavano ancora il mondo come se fosse capitato in un posto assai sconvolgente.

Lo accolsi a braccia aperte. Indossavo un velo e uno dei grembiulini delle cameriere e nient'altro. Lo presi sottobraccio, gli mostrai la casa e lo feci bere.

Percorremmo il labirinto rosso dei drappeggi. Il pavimento sotto i nostri piedi era una massa attaccaticcia di cera, lievito di vino, colori a olio, liquidi corporei, avanzi di dolci e monete che si erano incollate. Qua e là c'erano pozze di vino a forma di suole di scarpe. Dalle stanzette e dai vicoli ciechi dietro la stoffa arrivavano sospiri e gemiti, strimpelli, discorsi cantilenati, tintinnii di bicchieri, risate e brontolii. E, sotto tutto il chiasso, il fioco rumore di bollicine d'olio che scoppiavano, di piedi contro il pavimento appiccicaticcio, di saliva, di lingue, di segreti. Di quando in quando persone rubiconde ci passavano accanto, e i drappeggi ondeggiavano sfiorati o spinti dai corpi con movimenti ritmici. Gli mostrai la serie di quadri che i miei pittori avevano realizzato per me in colori ambrati e cupi: *Gocce su mani di bambino*, *Serata vibrante a Berlino*, *Il filosofo pratico e i principi*, *Conversazione nella sala da pranzo del colonnello*. Solo *La bestia bionda verso nord* parve divertirlo perché la bestia stava calpestando una canonica, mentre gli altri gli indurirono lo sguardo. Gli mostrai le mensole con i regali. Le spille con i profili di donne conosciute, che usavamo in alcuni dei nostri giochi di società, non destarono più di tanto il suo interesse. Derise con poche frasi la serie di puntesecche in piccole cornici che ritraevano famosi compositori e pensatori. Quanto alla collezione di figure di dei greci, di statuine indù importate dalla lontana India, e di un paio di Buddha, la giudicò fuori posto.

Gli feci bere altro vino, e i suoi occhi divennero sporgenti, come se fossero spinti dall'interno. Come se l'urlo premesse contro i globi oculari. Lo lasciai e lui vagò per il labirinto da solo per qualche ora.

Di quando in quando mi capitava di vederlo. Mentre conversava con vari ospiti li fissava con quegli occhi in fuori e spiegava che il suo sguardo penetrava la loro psiche, arrivando dritto alla mentalità schiavista tedesca sotto la boria e i modi da donnicciole. Quando passava da una stanzetta all'altra correva cercando di afferrare le onde dei drappeggi come un bambino sotto una pioggia di manna, ma, appena membra nude apparivano tra due teli, si scostava spaventato. Più tardi tirò giù le statuette dalla mensola e le schierò in gruppi sul pavimento come un esercito formato dalla truppa, dagli ufficiali e dai generali. I generali litigavano, diede loro voce: Apollo inveiva contro Dioniso, Buddha si azzuffava con Visnù. Li sbatté l'uno contro l'altro facendo risuonare il metallo mentre cantava a squarciagola un'aria di Wagner.

Quando alcuni ne ebbero abbastanza e fecero per accompagnarlo fuori, lui li subissò di urla, gridò che erano un branco di anime paurose e marce e, peggio di tutto, erano nobili, anzi no, erano stupidi, anzi no, erano tedeschi! In cinque lo sollevarono e lo portarono giù per le scale, mentre lui continuava a urlare: lo buttassero pure fuori, i vinti sarebbero sempre stati loro. Infatti lo buttavano fuori perché non sopportavano la vista della vera grandezza, dell'autentica raffinatezza e classe, della lucidità di pensiero, non sopportavano la vista di uomini come lui. E, dopo averlo portato giù, lo scaraventarono fuori in strada, e lui urlò che si sarebbe vendicato, sì!

E l'urlo rimase sospeso nell'appartamento per i successivi vent'anni.

Gli ospiti divennero più numerosi. Gli artisti divennero benestanti. Le cameriere rimasero incinte e furono rimpiazzate. Da donne isteriche.

Affluivano al cenacolo da tutta la Germania. I loro medici le avevano mandate alle sorgenti curative di Wiesbaden, e per molte Francoforte sul Meno era di strada. Soffrivano di stanchezza, vertigini, affanno, nervosismo e insonnia, come tutti noialtri. Però avevano avuto la diagnosi di isteria, e i loro medici avevano rinunciato al trattamento normale, consistente in massaggi dei genitali finché le donne non raggiungevano il *parossismo isterico*, una sorta di contrazione spastica cui faceva seguito il rilassamento. Nel cenacolo le aiutavamo volentieri leccando a tutta possa, e non fui l'unico a perdere gli ultimi denti, che furono staccati dal lavorio della lingua.

Il vino scorreva a fiumi e insieme a quello i secreti, e lo strato rossiccio sotto i nostri piedi crebbe. Il pavimento s'innalzò verso il soffitto. E con il passare del tempo tutto quello che c'era nell'appartamento parve subire una compressione come il vapore in una camera pressurizzata.

Le conferenze si trasformarono in brevi comunicazioni sui risultati della scienza e sull'avanzata della tecnica. Fuori tutto procedeva più in fretta, le macchine a vapore sbuffavano, il telegrafo ticchettava, l'elettricità si diffondeva, la Terra veniva avvolta dal fumo e dai cavi. I miei pittori realizzavano quadri riempiendo piccole tele con puntini microscopici di tinte diverse, come se nemmeno i colori o i soggetti avessero una continuità, neanche tra loro, come se ogni cosa fosse ridotta in atomi. E, quando gli ospiti ridevano delle conferenze e dell'arte, lo facevano brevemente, tanto che sembravano gridare. Aprivano la bocca e fischiavano come le sirene di una locomotiva, era come se la pressione fosse all'interno, insieme all'urlo. Si gonfiavano come animali in putrefazione, i capelli avvizzivano, quasi che i pori li spingessero in fuori e verso l'alto.

E di notte tutto quanto continuava, l'urlo riempiva i miei sogni, il cuore bisbigliava. Un viso viscido e paonazzo urlava, gli occhi due fessure piene d'acqua, la lingua attorcigliata dalla pressione. Faceva esplodere i vetri e crepare le campane, si spargeva, per la Germania, per tutta l'Europa. Come un lamentoso vento di ponente imperversava dappertutto, sopra scogli, campi e paludi, attraverso valli, boschi e arbusti, graffiava i fianchi delle montagne e abbatteva intere foreste. Penetrava sibilando il cuoio e gli indumenti e s'infilava sotto la pelle di tutti indistintamente, stridendo si precipitava verso il cuore e il midollo, s'insediava come un polso precipitoso e una ruga sulla fronte, si manifestava sotto forma di movimenti involontari, di palpebre che battevano, di narici vibranti, di piedi oscillanti, di tamburellii di dita, e si lasciava percepire come una paura del passato e un'insostenibile speranza nel domani.

Continuò, e intanto il pavimento raggiunse quasi il soffitto; respiravo a fatica, e alla fine non riuscivo più a distinguere il giorno dalla notte né la notte dal giorno. E un giorno o una notte ricevetti una lettera da Dio, un'accozzaglia di detti sconnessi, frasi intere e incompiute in una trama indecifrabile. C'era scritto: «Sono sulla fredda, limpida vetta, sono l'eccezione, guardate che uomo, io sono l'uomo superiore, io sono Zarathustra, il mondo è corrotto e frainteso, io lo reinterpreto, io rivaluto tutti i valori, io smaschero ogni cosa, io sono l'eccezione, guardatemi, scrivo nel miglior tedesco, non si è mai visto, tutto sarà nuovo, tutto è ripetizione, che tornerà, s'innalzerà, tornerà, tornerà ancora, io sono...» e via di seguito: non riuscivo a cavarne un senso e crollai.

♦

Mi lasciarono in una cesta davanti a un portone di Berggasse, a Vienna. Ero sdentato, paffuto e calvo. Sbavavo ed ero coperto soltanto da un pezzo di stoffa intorno alla vita. Accanto a me, nella cesta, c'erano la mia piccola valigia, l'uccello di legno e un biglietto: «Caro signor Sigmund Freud, il nostro amico ha bisogno d'aiuto. Riceverete quanto vi spetta».

Il signor Freud mi trovò, fui portato su in un appartamento e adagiato su un divanetto.

Cominciò ipnotizzandomi, aveva imparato a farlo dal famoso monsieur Charcot, che teneva sedute pubbliche in un grande ospedale nella periferia di Parigi, dove la gente poteva assistere mentre visitava donne isteriche. L'ipnosi mi rese apatico, strinsi l'uccello di legno, con lo sguardo vacuo fisso davanti a me. E non dissi niente, non risposi alle sue domande.

L'indomani provò con un altro metodo. Mi diede un po' della cocaina che di solito utilizzava per disintossicare gli oppiomani. E allora accadde qualcosa.

Mi alzai e cominciai a parlare. Snocciolai lunghe citazioni di Kant, piene di inquietudine e in tedesco. Continuai con Leibniz, per passare bruscamente a coniugazioni latine e a brani di sant'Agostino. Quindi continuai con il francese, frammenti di Descartes, parlavo come faceva Ludwig quando era al massimo del suo umore vibrante. Poi fu la volta di un paio di parole in greco che avevo imparato a memoria in onore delle sorelle alfabetiche. Quindi una pappardella in danese di quelle che mio padre aveva imparato a memoria da Kierkegaard. E infine mescolai il tutto, parlando sempre più in fretta. Le mie mani assunsero la forma di teste munite di becchi che parlavano ciascuno una lingua diversa, le dita dei piedi oscillavano accompagnando il ritmo, la bocca gridava in tedesco, e una lunga discussione tra dieci filosofi in cinque lingue si fece sempre più animata fino a rasentare la collera, poi di colpo mi piegai in avanti, affondai le mani nelle cosce sopra le ginocchia, battei le ciglia, ansimai emettendo un prolungato suono compresso e rilassai i muscoli al punto che senza volerlo celebrai la piccola morte dell'eliminazione sul tappeto operato a pelo raso.

Di tutto questo non ho nessun ricordo. Me lo ha raccontato Freud.

Perciò non so se erano stati alcuni membri dell'associazione a portarmi a Vienna. E se erano loro che pagavano. Fatto sta che lui mi prese in analisi.

Innanzitutto mi spiegò che quella lettera non me l'aveva mandata Dio. Probabilmente era stato Nietzsche.

Aveva sentito dire che Nietzsche era diventato pazzo. Completamente ottenebrato. Stando alle voci era successo in piazza Carlo Alberto a Torino poco dopo che aveva ultimato la sua autobiografia, *Ecce homo*. In quel libro passava in rassegna la sua opera e spiegava perché scriveva libri tanto belli, e perché lui era un destino, uno cui era toccato in sorte di cambiare la Storia. E poi, colto da un'improvvisa compassione per un cavallo preso a frustate, si era gettato al collo dell'animale precipitando in uno stato che nessun medico era riuscito a curare. Dopo una valanga di lettere ad amici e conoscenti firmate con una gran quantità di nomi diversi, lo avevano cercato e trovato in casa che invocava donne a gran voce.

Freud s'interessava al fatto dal punto di vista professionale ed era in rapporti epistolari con un'amica del filosofo per capire meglio cosa ci fosse sotto quell'episodio. Cosa fosse successo al caso Nietzsche. Disse che in un'altra occasione Nietzsche aveva scritto che Dio era morto, e perciò era difficile spiegare perché fosse ricorso al nome di Dio come mittente della mia lettera. E la mia non era l'unica.

Dissi a Freud che forse sarei riuscito a spiegarlo. Avevo letto alcuni dei libri di Nietzsche. Ammisi subito di non sapere se fosse un filosofo, nei suoi scritti non si poteva dire che ci fosse un pensiero unificante. Però era arrabbiato. Inveiva contro tutto quello che era cristiano, tedesco o a favore della società, rifiutava di sana pianta le sue origini. Gridava di essere l'eccezione. Ma, dissi, conosceva anche il grande verbo del nostro maestro comune: «Questa cosa vivente sei tu». E a mio avviso quel verbo lo si poteva applicare a tutti quelli contro cui aveva inveito. Perciò, in un certo senso, aveva inveito contro se stesso. E forse si era reso conto proprio di questo. Forse voleva proteggere il cavallo, per la semplice ragione che era vivo. E, quando lo aveva fatto, aveva smesso di fare distinzioni. Tra sé e tutto il resto. Tra l'eccezione e la regola. E, se non faceva più distinzioni, non era nemmeno possibile dire che Dio fosse morto, oppure vivo e parte della sua stessa persona.

Credo di essermi interrotto. E non ricordo se dissi a Freud che in un certo senso mi sembrava anche bella. La lettera.

A partire dal terzo giorno di analisi la mia memoria riprese a funzionare. Ma non come prima.

Da un giorno all'altro riuscivo a ricordare cosa avevo fatto, di cosa avevamo parlato, Freud e io. Ma tutto quello che riguardava il periodo precedente il mio arrivo a Vienna era in qualche modo sbagliato. Come se il passato volesse ingannarmi.

Per il primo, lungo periodo ci occupammo della storia della mia vita. Avevo ottantacinque anni, e tanto da raccontare. Freud era seduto su una sedia con le spalle rivolte al divanetto e fumava. La sua voce era un po' incrinata. Fumava il sigaro e, dal momento in cui lo accendeva a quando, ormai ridotto a un mozzicone, scaldava la punta del successivo, da dolce l'odore si faceva acre. Però ogni tanto posava il sigaro e prendeva appunti. Oppure lo allontanava per un momento dalla bocca per fare un commento. Le sue osservazioni mi sembravano scettiche. Così arrivai alla conclusione che doveva esserci uno sbaglio.

In seguito mi chiese di fare associazioni. Lui diceva una parola e io dovevo dire quello che mi veniva in mente appena la sentivo. Bacio: corpi ben assortiti. Sesso: fare conversazione, figli illegittimi. Gallina: responsabilità. Roba del genere. La luce filtrava in linea obliqua nella stanza, nell'arco della giornata si spostava dalle dita dei miei piedi alla pancia, mentre me ne stavo disteso a fare associazioni. La mia testa rimaneva in ombra. Fissavo la polvere che si cullava senza peso nella striscia di luce, come avevo fatto in passato con quella molto più sottile della cella del carcere. E rispondevo senza riflettere.

Andò avanti così per diversi mesi, una o due volte alla settimana. Più tempo del solito, disse Freud, raramente gli era capitato di occuparsi di una vita tanto lunga, e tanto complessa. Come un mosaico a tanti colori. E come nel caso del mosaico, aggiunse, bisognava allontanarsi dal singolo colore per cominciare a vedere l'immagine d'insieme.

Ma poi un giorno raccolse i suoi appunti. Girò la sedia. Ed espose la sua analisi.

Era terribile.

Tutto quello che sapeva di me. Che io non sapevo.

Tutto quello che il passato si era tenuto per sé.

Tutto quello che la psiche non voleva che sapessi.

Niente era com'era. In un certo senso tutto era falso. I miei genitori non erano né storti né inclinati, si trattava di uno scherzo che mi aveva giocato la fantasia. In realtà avevo visto che mio padre era la figura dominante e che mia madre lo assecondava. Come una brava e giudiziosa moglie qualsiasi, disse Freud. E non era nemmeno vero che la canonica si fosse abbassata. Avevo avuto quell'impressione perché ero cresciuto e mi sentivo oppresso dalle autorità rappresentate dai miei genitori, soprattutto da mio padre. Così era. Probabilmente non era vero che il colonnello di Copenaghen zoppicasse e fosse sterile. Con la fantasia che avevo potevano benissimo essere dei tratti che gli attribuivo per scaricarmi la coscienza dopo aver sedotto la moglie e averla messa incinta. Mi illudevo di avergli donato quel figlio che aveva tanto desiderato, mentre in realtà avevo fatto di lui un cornuto e un patrigno sotto il suo stesso tetto. La lettera che gli avevo spedito in seguito era una prova della mia coscienza torbida. E non era affatto vero che la casa di Berlino vibrasse. Si trattava di una convinzione illusoria secondo la quale la verità avrebbe demolito tutto quanto, se mai un giorno fosse apparsa. Ammesso che esistesse. Ma quella che temevo era la verità su me stesso, e col tempo la mia paura non aveva fatto che peggiorare, via via che la rimuovevo. E questo i sogni lo dimostravano chiaramente, perché lo stesso tema ricorreva nei miei incubi, mentre vivevo quello che io stesso chiamavo la menzogna. L'intero continente sarebbe andato distrutto se la verità fosse riuscita a sfuggire, se quello che chiamavo l'urlo fosse trapelato. L'urlo, avevano rivelato le mie associazioni, era legato a Nietzsche, e quindi alla filosofia e alla mia rappresentazione della verità.

E Freud andò avanti su questo tenore. Non ero stato in carcere, ero caduto in depressione. In un buco nero, in fondo al baratro, giù nel buio con solo un piccolo raggio di luce di speranza. La botte non era una botte ma una bara. Infatti, era fatta di assi, e io mi ci ero coricato quando la depressione mi aveva fatto desiderare di morire. E mio figlio, che era apparso un giorno, non era mio figlio bensì l'immagine del desiderio di ricominciare daccapo. Perciò era un ragazzino filosofico, e perciò avevo lasciato la bara dopo aver parlato con lui.

Pregai Freud di smettere. Ma lui continuò. Mi aggrappai alla coperta del divanetto e scoppiai a piangere.

Non avevo né questo né quello, e non avevo organizzato cenacoli per i signori distinti di Francoforte sul Meno. Avevo creato uno spazio dove potevo vivere il mio bisogno nevrotico di coltivare una forma di sesso che cozzava contro il cristianesimo, la concezione del mondo di mio padre. Ma non ero riuscito a realizzare il mio intento.

E poi Freud mi diede il colpo di grazia.

Non avevo vissuto la filosofia. Avevo vissuto una vana ribellione alla prima autorità della mia vita: il padre, Dio.

Non la smettevo più di piangere.

Dove ero stato tutta la mia vita? Cosa avevo fatto? Chi mi ero creduto di essere?

Annullai le sedute successive. I miei occhi non si asciugavano più. Con tutta quella pioggia non sarei riuscito a udire niente.

Quando tornai fu per sentire se avevo vissuto. Questo lo dovevo sapere. Se c'era stato almeno qualcosa di reale.

Quel giorno Freud era completamente diverso, molto gentile. S'informò sulla mia salute. La risposta che gli diedi fu tutt'altro che esauriente, ma lui annuì lo stesso. E mi diede delle spiegazioni.

Se l'ultima volta era stato tanto severo e meticoloso nella sua interpretazione, la colpa era di mio padre. Il compito di Freud era di indebolire le autorità non riconosciute nella vita della gente. E nel mio caso si era trattato di un compito che non aveva potuto eseguire con delicatezza. Nel mio caso l'autorità era talmente rimossa che aveva dovuto assumersi lui stesso il ruolo di un padre brusco e severo. E ora provavo una certa malinconia, vero?

Annuii e tirai su col naso. E immediatamente sentii il forte bisogno di spiegargli perché.

Avrei voluto dirgli che lui era come Kant. Era questo il motivo che mi faceva venire da piangere. Il fatto che non vediamo il mondo così com'è. Che ci sono dei confini tra noi e il mondo, e sembrano inafferrabili. Da tutto quello che lui aveva detto capivo che non era solo colpa della coscienza, ma anche della psiche. La psiche avvolgeva la coscienza e le mostrava immagini distorte. Dei miei genitori, della casa della mia infanzia e di tutte le conseguenze, di tutto il mondo circostante. Immagini che io avevo preso per vere. Vediamo il mondo così come vogliamo vederlo. Addirittura come vogliamo vederlo *inconsciamente*. E allora che si fa? Da che parte cominciare?

Avrei voluto dire questo, e sicuramente anche altro. Ma non feci in tempo. Freud aveva tantissime domande da farmi.

Voleva che gli raccontassi ancora di Nietzsche. Infatti, oltre ad averlo incontrato personalmente, avevo anche letto alcuni dei suoi libri: cosa ne pensavo dei suoi concetti filosofici? Per esempio, del concetto dell'*eterno ritorno*? Infatti è una realtà psicologica per l'essere grezzo, tutto ritorna, costantemente. Ma come lo avevo capito nell'esposizione di Nietzsche?

E così parlammo di Nietzsche. Del fatto che fosse affascinato da grandi artisti di sesso maschile come il compositore Wagner, e della sua paura delle donne. Del concetto di *volontà di potere*, e della sua ambizione di riformare il mondo intero.

Parlammo, e la cosa mi mise a disagio; mi sembrava perfettamente inutile, dal momento che ormai la diagnosi era fatta.

Ma, quando la seduta terminò, Freud fu addirittura affabile. Mi ringraziò per la chiacchierata e a mo' di chiusa tornò sulla storia della mia vita. Mi diede una pacca sulla spalla e disse che con il mio vissuto di lì a un paio di generazioni avrei potuto essere il capostipite illegittimo di mezza Europa. Non è cosa da poco, disse ammiccandomi con un sorriso.

Ci fu ancora qualche seduta. Freud voleva sapere di Karl Ludwig, il padre di Nietzsche. Ma io non ero più sicuro di averlo conosciuto. Ricordavo solo un indice puntato, e mi sembrava che mi mostrasse la cucina, ma probabilmente quel dito più che altro rivelava qualcosa sul mio conto.

E poi Freud diede forfait. Cominciò ad avere attacchi anche lui. Era convinto che fossero di origine psichica, e si diede da fare ad analizzare i propri sogni. E così Nietzsche e io dovemmo arrangiarci. Del resto la mia terapia era conclusa.

Restava solo la questione se avessi vissuto.

Ma probabilmente non era di competenza di Freud.

◆

Ho pensato ininterrottamente durante il viaggio da Vienna a Skagen. A come sia stata veramente la mia vita. Se io abbia vissuto nella realtà. O in una *mia* realtà. Se sia mai riuscito ad afferrare la realtà vera.

Se la felicità sia stata quando si sono incontrate.

Non lo so.

Ho fatto una tappa a Svindelev. Dovevo vedere se la canonica c'era. Se restavano tracce della mia vita. Se qualcosa di quello che ricordavo poteva essere vero, se la mia memoria conteneva almeno un po' di realtà.

C'era. Il tetto era schiacciato contro il terreno, i muri erano crollati verso est. Al centro del tetto c'era un buco. Dal buco intravidi gli scheletri di galline senza testa.

E ho pensato mentre scrivevo.

Penso che la menzogna costituisca una parte consistente della verità. Penso che, per quanto strano, ciò che viviamo è vero. Può darsi che copra qualcos'altro, però c'è. Quindi, probabilmente, bisogna cominciare da lì. Da dove, se no?

Ma personalmente sono troppo vecchio per cominciare. Al massimo posso continuare, ancora per un po'.

Un pittore mi ha messo a disposizione una stanza. L'ho arredata secondo le mie vecchie abitudini.

Uno dei ritratti è un po' malconcio. Quando mi sono ritrovato di nuovo in piedi sul tetto della canonica la valigia mi è caduta di mano per il sollievo. Avevo vissuto! Probabilmente al suo interno l'uccello del buon augurio ha preso a beccate il ritratto che ho coperto con i volti nell'arco degli anni. C'è un buco nella testa di Freud, di Schopenhauer, di Hegel e di mio padre. La tela è sfondata. Si vede il muro dietro.

Ho pulito le penne del vecchio uccello di legno. Ne ho realizzate alcune nuove, ho coperto l'ala nuda. L'uccello è arruffato. Credo che riesca a volare solo col pensiero. Però è un bel pensiero.

E domani voglio ugualmente uscire a provare. Sull'estrema punta di Grenen. Su, dove s'incontrano i mari. Le onde. Come penne che si uniscono. Come persone che si congiungono, fremono, si contengono a vicenda. Uscire a vedere cosa c'è in serbo.

♦

Cari figli,

non so cosa sia la felicità. So che c'è stata. So che non sono riuscito a trattenerla. Forse non è possibile. O forse ho agito in modo sbagliato.

Forse è una questione pratica. Forse avevo ragione a sostenere che la felicità è la saggezza della vita.

È la vita a conoscerla. Non il pensiero.

Perciò, sono tutt'altro che un modello. Il saluto che vi rivolgo è una preghiera.

Perseguite la felicità. Ma non qui.

Distinti saluti
Diderik Uffe Grønlev

◆

Appena finito di leggere, mi ritrovai seduto in terra con un senso di spossatezza. Mi vedevo riflesso in numerosi frammenti della storia, e non erano tutti una vista piacevole. Ma non era tanto questo, quanto, piuttosto, il fatto che Diderik fosse cresciuto con una concezione dell'amore come nient'altro che una parte del vago sogno di felicità del singolo.

Abbracciai con lo sguardo i miei libri, gli scaffali, la mia biblioteca. Il mio comodo divano con le curve giuste per accogliere il mio corpo. Il tiepido cantuccio vicino alla stufa. E sospirai. Lanciai uno sguardo alla mensola accanto alla porta. Gli stivali da viandante. Sicuramente non avrei potuto fare a meno di rimettermeli, se volevo capire cosa c'era nell'aria adesso.

NOVECENTO

Per forza d'abitudine mi proposi di recarmi là dov'erano le storie. Ma nel ventesimo secolo non era così semplice. Era evidente che stavano lasciando i libri, proprio come ci erano entrate quattrocento anni prima. Ma era impossibile stabilire in maniera inequivocabile dove si stessero trasferendo.

Nel 1906 vidi un film. Fu proiettato nel nuovissimo Cinematografo di Vimmelskaftet. Uno dei miei clienti, che ci era già stato, aveva pontificato con tanta insistenza sulla magia delle immagini animate raccomandandomi appassionatamente di farlo anch'io, che andandoci avrei in ogni caso scelto il minore di due mali. Era una breve cronaca sulla vita quotidiana di Copenaghen ma, come il comportamento del mio cliente mi aveva fatto presagire, fu un'esperienza unica. Non riuscii a fare a meno di scostarmi di lato quando sullo schermo un passante venne verso di me, né di seguirlo con lo sguardo quando sparì oltre il bordo dell'immagine. Anche la maggior parte degli altri spettatori ebbe la stessa reazione, si davano spallate, facendo scoppiare un trambusto in sala. Alla biglietteria mi avevano detto che erano disponibili anche altri tipi di film, con attori e una trama scritta come a teatro, e pensai che quel genere di storie avrebbe potuto avere un impatto fortissimo.

Il proprietario del Cinematografo era un certo Ole Olsen, che possedeva anche uno stabilimento cinematografico tutto suo. Lo andai a trovare, con l'intenzione di farmi assumere per poter familiarizzare con quel nuovo, potente mezzo di comunicazione.

Accettò la mia forza lavoro perché gliela offrii a un prezzo irrisorio. Ma ebbe difficoltà a trovarmi qualcosa da fare: non avevo praticamente alcuna dimestichezza con tutto quel processo. Le sceneggiature erano basate sulla trama e sulle immagini in un modo completamente diverso da quello cui ero abituato. Non avevo il coraggio di fare il tecnico delle luci perché non avevo mai visto l'interno di una lampadina, e avevo soltanto sentito parlare della potenza dell'elettricità che, tra l'altro, veniva utilizzata per giustiziare la gente in modi che ricordavano i roghi delle streghe. La comparsa era una possibilità, ma con il mio aspetto particolare avrei lavorato pochissimo. E non avrei potuto nemmeno fare il regista dal momento che ancora non conoscevo bene quelle storie visive. Finii per aiutare il direttore della fotografia. Giravo la manovella sul lato della grossa cassa della macchina da presa.

All'epoca la pellicola veniva fatta ruotare davanti all'obiettivo manualmente, e l'operazione doveva innanzitutto avvenire a un ritmo perfettamente costante, e per di più al medesimo ritmo costante in ogni nuova ripresa. In questo modo la luce di ciascun fotogramma risultava uniforme e, in fase di proiezione, la trama del film si sarebbe svolta alla stessa velocità dall'inizio alla fine. Poiché mi lasciavo catturare raramente dall'azione, dai gesti un po' ingessati degli attori, dalle grida del regista o dalla preoccupazione del direttore della fotografia se ci fosse abbastanza pellicola vergine nel rullo, ero l'uomo giusto per quel lavoro.

Quindi, per alcuni anni il mio ruolo fu quello della mano che incamerava la storia. La catturava, quasi girassi il mulinello di una canna da pesca. In un certo senso, era esattamente lo stesso ruolo che avevo avuto da quando nel Cinquecento avevo iniziato a raccogliere storie, perciò mi andava benissimo. Nel 1911, lo stabilimento era ormai cresciuto, non forniva più film solo al Cinematografo, ma a tutto il mondo. Fu battezzato Nordisk Film e divenne un luogo talmente dinamico e idolatrato che mi eclissai.

Nel 1928 udii un dramma radiofonico. Lo stesso cliente appassionato di tecnologia si era presentato da me con una voluminosa cassa di legno munita di bottoni e di riquadri rivestiti di tessuto, aveva girato i pomelli e spostato di qua e di là quella che chiamava l'antenna. Infine si era seduto. Mentre una voce sconosciuta e incorporea parlava alla stanza senza farsi interrompere, alzando la propria lui mi spiegò che appena l'anno prima la Radiofonia di Stato era riuscita a realizzare quello che certi miei clienti del Secolo dei Lumi sognavano: che il messaggio raggiungesse ogni angolo del paese. La radio aveva raggiunto la diffusione nazionale. A quel punto fu annunciato il primo dramma radiofonico per tutta la nazione danese, e lui mi zittì sebbene non avessi aperto bocca.

Anche quell'esperienza mi spinse a cercare lavoro, ma negli studi radiofonici ferveva già una grande attività e resistei giusto il tempo di farmi una vaga idea.

Il suono trasmesso via etere e le immagini animate divennero le pietre angolari dei cosiddetti mass media del ventesimo secolo, e le storie non esitarono a farne la loro nuova dimora. Ma durante gli anni che intercorsero tra le mie carriere in questi due mezzi di comunicazione scoprii anche un'altra tendenza.

Notai che le storie si stavano, per così dire, trasferendo nella realtà. Marx, un allievo di Hegel, aveva scritto una storia sulla lotta di classe e sulla società ideale e, per intervento di altri, questa si trasferì dai suoi libri in paesi interi, che andarono incontro a rivoluzioni e rivolgimenti politici. La prima guerra mondiale sembrava un esempio dei conflitti descritti da Nietzsche, più estesi e più brutali che in passato. Quella tendenza tenne, e un'altra se ne aggiunse. In seguito si arrivò addirittura a trasferire parti di una storia ancora più antica nella realtà: un paese, Israele, fu fondato in base ai racconti biblici.

Avevo già visto storie trasferirsi dai libri nella realtà; questo movimento era dovuto al fatto che per poter essere formulate le storie devono prendere forma nella coscienza dell'uomo, e la formulazione non è che il primo, esitante passo verso la loro realizzazione.

Però avvertivo un nuovo vigore nel modo in cui il bagaglio di grandi storie dell'umanità veniva agito, vissuto.

Quando l'ingegnoso racconto della psicologia si affermò in quella parte del mondo in cui mi trovavo, lo considerai una sorta di bilanciamento. Il forte bisogno di cambiare il mondo, tutti gli sconvolgimenti che aveva portato con sé e che ancora erano in atto, in poche parole tutto quell'agire in grande, aveva bisogno di un contrappeso d'immedesimazione. E secondo la psicologia non solo l'uomo creava la Storia universale, ma la Storia universale aveva ripercussioni sull'individuo.

Prendiamo un esempio corrente: la stretta di mano. Questo semplice gesto non solo esprime la simpatia o l'antipatia della persona che saluta e il modo in cui vive il contatto fisico, tutte cose forgiate dall'infanzia e dall'adolescenza. È anche un'usanza determinata culturalmente, il risultato di una lunga e variegata tradizione, e che probabilmente ai tempi dei tempi ebbe origine come una ripetizione quotidiana di un gesto simbolico tratto da una delle storie primigenie dell'umanità. Che a sua volta è forgiata da... cosa ne sappiamo? Ogni azione racchiude una storia imperscrutabilmente lunga, anzi si potrebbe addirittura dire che, anche se tentiamo di cambiarla o all'opposto di accettarla, la Storia universale alberga comunque in noi.

Il bilanciamento, quindi, riportò dentro l'uomo quelle storie che tramite i libri e altri mezzi di comunicazione avevano invaso la realtà. Dove avevano avuto origine molto tempo addietro.

Fino ad allora questo movimento circolare non mi era apparso tanto evidente. Ora, per motivi che non riuscivo a capire, attirò il mio interesse. E apparentemente non solo il mio. Molto tempo prima che osassi pronunciarmi sui suoi effetti e sulle sue implicazioni, persone erudite si rivolsero ai media dichiarando al mondo intero che ormai finzione e realtà si confondevano.

A mo' di conclusione di questo concetto affermarono che ormai il potere consisteva nel creare racconti capaci di smuovere il mondo. E un'anima vecchia, quale sono io, può solo aggiungere che è sempre stato così.

Il mondo degli uomini è tessuto da quelle storie in nuce che chiamiamo sogni. E alcuni sogni si affacciano nella realtà in modo che chi li alberga venga investito di potere.

Verso la fine del secolo mi divenne chiaro che il mio interesse era stato destato perché ero sulle tracce di una nuova storia: il meraviglioso racconto di come il mondo diventi sempre più piccolo.

L'immagine è tanto bella quanto assurda.

E con questa immagine la circolazione delle storie mi divenne ancora più chiara. Tramite i mass media perfino una storia insignificante poteva fare il giro del mondo e trasformarsi in realtà per una moltitudine di persone. Plasmarne la vita e i pensieri. Trasferirsi nel loro intimo e creare sogni e magari nuove storie. Fenomeni normalissimi quali il bisogno, la morte e l'amore formarono un soffice flusso di storie che da ogni parte del mondo raggiungeva destinatari in ogni parte del mondo. Questo flusso era costante e poteva scaturire da un punto qualsiasi e raggiungere un punto qualsiasi, e includerti in qualsiasi momento. La circolazione era globale e in teoria comprendeva tutti indistintamente, ed era quindi la causa dell'assurda impressione che la Terra rimpicciolisse.

Il cliente appassionato di tecnologia che mi aveva fatto conoscere il cinema e la radio era morto, ma il figlio era diventato scrittore e frequentava la mia casa. Gli feci installare un paio di apparecchi in modo da poter seguire una parte della circolazione. Così scoprii che il tema più urgente in quel flusso era lo stesso delle confessioni di Diderik: la ricerca della felicità.

Il tema sembrava addirittura incastonato nello scheletro intorno al quale veniva costruita la maggior parte delle storie. Erano quasi senza eccezione incentrate sulla felicità. O sul tentativo di spiegarne l'essenza o cosa si dovesse fare per raggiungerla: farsi belli, fare soldi, fare sesso, restare giovani, acquistare cose, fare moto, coltivare fiori, non fare niente, fare viaggi, trovare l'anima gemella, una verità, un ideale, una fede. Oppure, su un esempio agghiacciante del suo contrario: l'infelicità, la sofferenza.

Ascoltai a lungo i media elettronici, ma poi mi volsi di nuovo al racconto principale sulla nostra Terra che diventava sempre più piccola.

Conteneva molte digressioni, e seguendole approfondii la natura della questione molto più di quanto non avessi fatto in precedenza. In pochissimo tempo ripresi un andazzo familiare ma non particolarmente piacevole, quello di essere sempre in movimento. Solo che adesso non andavo da una pieve all'altra, ma da un continente all'altro, e prima di restare completamente senza fiato trovai di nuovo lavoro.

Era in un'organizzazione che chiamava il racconto «globalizzazione». Questa organizzazione era fondata sul sogno che sia possibile finanziare la felicità. Cercava di farlo per tantissima gente in tantissimi posti, e in questo modo le si strinse intorno una tale quantità di altri sogni che fu investita di un grande potere. Là incontrai alcuni dei protagonisti del racconto.

La loro caratteristica più interessante era che, sebbene si adoperassero unilateralmente a realizzare il racconto della globalizzazione, si rendevano benissimo conto che una cosa vale per tutte le storie di tutte le epoche.

Il punto non è se siano vere.

Ma se siano abbastanza vere.

Sinfonia dell'amore comprato

... e in questo, come in tanti altri casi,
egli è guidato da una mano invisibile
a perseguire uno scopo
che non rientrava assolutamente nelle sue intenzioni.
ADAM SMITH (1723-1790)

Henrik Øberg Pingmann passerà alla Storia universale.

Questa affermazione è di suo padre. E mia.

Sofus Øberg, preside della prestigiosa scuola privata Facit, la pronunciò davanti agli ospiti in occasione della cresima di Henrik. Quella frase non voleva essere un tentativo di ricollegarsi alle citazioni bibliche del pastore per dire che tutti noi abbiamo un posticino nella grande partita, e per il Signore nessuna buona azione è sprecata. Era il culmine di un infervorato discorso sull'intelligenza di Henrik, che dopo otto anni di studi esclusivi sotto l'orgogliosa supervisione paterna stava per avviarsi verso la sua scelta. Nel silenzio che seguì il culmine, Sofus lanciò un'occhiata ferma sopra le teste degli ospiti seduti al lungo tavolo, ripiegò il testo del discorso e con uno dei tovaglioli di seta acquistati per l'occasione si tolse dalla bocca la saliva montata a neve dalla foga. Quindi levò la coppa di champagne per brindare, l'alzò nella luce che penetrava nella sala dei banchetti, e dal bicchiere il liquido sospinse verso l'alto uno spumeggiante scroscio di pioviggine dorata facendo scintillare sopra di lui il logo della scuola, che era inciso nel cristallo di rocca, come un ologramma multicolore, quasi a dire a eventuali parenti svegli che quell'affermazione non ammetteva discussioni, era una luminosa realtà.

Se ho fatto mia la sua affermazione, non è stato in alcun modo perché l'intelligenza di Henrik lo ha avviato in una carriera che ridurrà l'albo d'oro delle personalità danesi a un misero elenco di poveracci.

Vorrei tentare di attirare l'attenzione sulla versione riveduta, ancora inedita, della straordinaria tesi di Henrik: «Le graduazioni dell'amore».

Facciamo iniziare la storia di Henrik nel punto in cui tutto va bene, e la vita sta per cominciare davvero, nel punto in cui tutto è luminoso e allegro come nelle canzoncine d'altri tempi con le quali si viene tirati su in un paese come la Danimarca, canzoncine che spesso sotto la gioiosa superficie nascondono violenza e morte, e perciò instillano immediatamente nei pargoli la diffidenza nei confronti dell'allegria.

Sulla cima verde verde verde di un poggio sorgeva Facit, immersa in un parco ben curato. Qui lepri e scoiattoli, cervi e qualche tasso immusonito potevano muoversi senza pericolo tra le cinte di vaporose querce e fitti abeti ai due lati del grande tappeto erboso rasato che dietro il bianco edificio principale della scuola digradava dolcemente come mezza sinusoide verso le acque dell'Isefjord. Dal suo posto tra due massi al centro del prato un'asta meticolosamente eretta faceva beccheggiare, garrire e schioccare nel vento la bandiera danese, uno spettacolo che dal mare veniva moltiplicato dai piccoli vetri a piombo dei bovindi tondeggianti con vista sul fiordo.

Dal giorno in cui, a sette anni, Henrik si era trasferito dall'abitazione del preside, situata a un numero civico di distanza dalla scuola, in una camera singola di uno degli alloggi appartati della Facit, a plasmare la sua mente fu soprattutto il mondo di quella scuola fatto di idilli verdeggianti, di distese aperte ma contenute in una cornice rassicurante e di una potenza nazionale efficiente e governata con rigore. Dall'alto di un albero che s'ergeva nella parte del parco antistante la casa paterna aveva scorto i ragazzi in divisa seduti sul prato in gruppi di lettura, aveva sentito le loro voci sommesse nel vento, nei giorni caldi li aveva visti sguazzare con i piedi in riva al mare, e aveva osservato gli allievi degli ultimi anni mentre issavano i più piccoli sull'asta della bandiera, lasciandoli a urlare e a dimenarsi finché il bidello non arrivava in soccorso. Involontariamente, il piccolo Henrik aveva drizzato la schiena preparandosi all'idea che la sapienza è un soffice, immenso prato – che si può calpestare – delimitato da un'ombrosa e selvaggia boscaglia, che il suo centro è un solido basamento da dove puoi essere innalzato fino alla vetta, e in fondo al quale si stende un mare misterioso dove non puoi fare il bagno senza sorveglianza.

Henrik non era ancora in grado di capire che tutto questo era perfettamente in linea con l'influsso suggestivo cui Sofus Øberg pensava quando a suo tempo aveva approvato la proposta del paesaggista, il quarto e ultimo della serie che aveva incaricato di misurarsi con il compito di trasformare il vecchio istituto malandato e coperto d'erbacce, l'ex riformatorio, poi manicomio, in una rispettabile scuola d'élite. E il fatto che sua madre, il professore associato di economia Henriette Pingmann, tesoriere del consiglio di amministrazione dell'allora futura scuola privata, avesse approvato con riluttanza quel costoso progetto, era una questione felicemente dimenticata in nome del matrimonio.

La pedagogia maschia che con tanta eleganza si accompagnava all'immagine carica di simbolismo dell'istituto quanto si attagliava agli insegnanti meticolosamente selezionati, già durante il primo anno da alunno di una scuola d'élite, impose alla piccola schiena di Henrik il primo giogo fortificante. Molto presto si rese colpevole di due normali trasgressioni: il furtarello di una focaccia all'uvetta dalle cucine a un'ora tarda e affamata della notte, nonché una minzione nel parco un'altra notte in cui Ulrik il Grassone si era addormentato nel gabinetto dell'alloggio costringendolo a uscire fuori nel buio a gambe incrociate in mezzo agli alberi, dove il verso immaginario del tasso immusonito del parco lo mise in fuga con i calzoni intorno alle caviglie. L'indomani mattina, all'ora della sveglia, aveva un odore compromettente e un paio di graffi sanguinolenti sulle guance. L'insegnante lo buttò giù dal letto, poggiò una mano sulla sua spalla e affondò il pollice nel morbido incavo della clavicola. Henrik sentì il sano e naturale bisogno di confessare le sue colpe. Una volta preso il via, un'ammissione tirò l'altra, e quei passi falsi tanto superflui per un monello ben educato ammontavano, a giudizio della direzione, a sei ore di punizione oltre l'orario scolastico, da scontare nella mensa. Così, per tre sere di fila gli altri alunni ebbero modo di leggere la sua penitenza scritta cento volte sulla lavagna accanto al menu, quando la campanella dell'economa li chiamò a raccolta per la cena. Dopo i tre pomeriggi di punizione il preside si ritenne in dovere di convocare il colpevole su nel suo ufficio per un richiamo formale. Henrik si presentò per la prima volta nell'ufficio del padre, e Sofus lo scrutò in un silenzio imperioso finché, al pari di un qualsiasi allievo disobbediente, non si fu sprofondato nella poltrona a uovo dall'altra parte della scrivania rettangolare di quercia. Sofus gli ordinò di elencare le sue trasgressioni, ma Henrik si mise a parlare dell'insegnante che gli aveva affondato il pollice nella carne. Allora Sofus si alzò e mollò un ceffone all'alunno. Quindi passò a spiegare – ancora esclusivamente nella sua veste di capo d'istituto, beninteso, senza cadere nell'orrendo pantano del nepotismo – che quelle regole che tutti i genitori degli allievi della scuola avevano approvato, anzi, spesso addirittura applaudito al momento di iscrivere i pargoli, valevano anche per lui, e che dopo un altro richiamo verbale e uno scritto rischiava l'espulsione, i cui casi precedenti si erano spesso rivelati causa di profonda vergogna e grande rammarico per i genitori che aspettavano a casa, capisci, giovane Pingmann, non sarebbe affatto divertente per tua madre e per tuo padre. E mise in chiaro che era meglio non mettere in discussione né il corpo insegnante né la condotta o le intenzioni dei singoli docenti. Henrik fece un timido cenno del capo e Sofus lo interpretò come la conferma che aveva capito l'antifona. Con un'espressione autoritaria lo accompagnò alla porta, che poi richiuse con un analogo impercettibile cenno del capo, una constatazione a posteriori di giustizia fatta. Più tardi, per mero caso, quando Henrik telefonò a casa per informare la madre del richiamo, Sofus ebbe la gradita occasione d'interpretare la faccenda da un altro punto di vista. Strappò il telefono di mano alla moglie e spiegò – questa volta esclusivamente nella sua veste di padre che lavorava sodo, che si rompeva la schiena per potersi permettere di mandare il figlio in una delle migliori scuole del paese – che, anche se il preside poteva sembrare brusco e brutale, probabilmente lo faceva di proposito. E che forse Henrik avrebbe fatto meglio a tenere per sé la storia delle punizioni fisiche, sì, proprio lui, la cui madre teneva così tanto alla sua istruzione da far parte del consiglio di amministrazione della scuola, probabilmente aveva anche una sorta di responsabilità di proteggere la scuola dai turpi pettegolezzi e dalle maldicenze: perciò riga dritto, d'accordo, ragazzo mio?

Sebbene possa sembrare un carico troppo gravoso per Henrik, la sua schiena dava l'impressione di rafforzarsi tanto con questo primo giogo quanto con gli altri che si aggiunsero in seguito. Come se la sua colonna vertebrale si raddrizzasse e si correggesse meglio sotto il carico, come se, al pari del pennone che aveva un'aria tanto stranamente assurda e scalcinata quando la sera veniva alleggerito del peso della bandiera, fosse fatta per sollevare e portare pesi. E, se fino ad allora era cresciuto poco e niente, Henrik prese il via, cominciò a schizzare in aria con precisione ed equilibrio, come se portasse sempre tre libri sulla testa e uno su ciascuna spalla. La sua andatura era leggera, misurata e controllata e ben presto poté vantare una massa muscolare atletica e una curvatura lombare alta e squisita. Con gli anni questo equilibrismo d'adattamento del corpo ai fardelli psichici arrivò a riflettersi graziosamente in un carattere socievole. All'età di tredici anni Henrik era diventato un alunno capace di unire nella propria persona il modello di virtù con il bellimbusto, facendosi così benvolere da tutti. Dopo una notte in compagnia degli autoproclamati Invincibili Quattro, l'indissolubile banda di scapestrati non ancora espulsi, una notte trascorsa sul tetto dei dormitori, in cui i cinque ragazzi avevano solo i pigiami e una bottiglia di vodka per scaldarsi sotto il cielo d'ebano, in cui sottobraccio, le sopracciglia inarcate e un giocoso tono minore, cantarono «*Mira la luna che si specchia nelle acque del fiordo della figa...*», dopo una notte come quella Henrik era capace di strofinar via le borse sotto gli occhi con l'acqua fredda e passare la giornata senza che nessuno si accorgesse di qualcosa. Era addirittura capace di andare a lezione, seguire l'insegnante con lo sguardo attento, cogliere il nocciolo dell'argomento del giorno e porre quel genere di domande che s'ingrazia certi insegnanti, perché senza bagnarsi le scarpe e senza difficoltà danzano sulla striscia di sabbia tra l'immenso prato della sapienza e il suo mare inesplorato e così facendo costringono l'interrogato a pensare.

Gli anni corsero come lepre su una terra sconfinata e un giorno, l'ultimo di scuola, finalmente Henrik capì quello che aveva sentito il padre dire nove volte. Una volta all'anno, sempre in una limpida giornata di prima estate, quando un'altra covata di alunni pronti a spiccare il volo si accingeva a lasciare il nido dove aveva trascorso metà dell'infanzia, un podio veniva sistemato davanti ai massi sotto la bandiera. E ogni anno Sofus Øberg prendeva posto sul podio, senza appunti né microfono, per tenere un discorso ai neodiplomati e alle loro famiglie, seduti in una fila dopo l'altra di basse panche smaltate in cima al prato digradante e, sempre con il mare, il sole e la bandiera alle spalle, concludeva con le seguenti appropriate parole: «L'élite è lo scheletro durissimo che tiene tesa la pelle flaccida della democrazia!»

Henrik aveva, sì, cercato d'immaginarsi quello scheletro, anzi, probabilmente non poteva vantarsi di non coltivare dolci, piccole fantasie di essere l'importantissimo osso carpale, ma adesso comprese la gravità di quelle parole. Questa volta udì l'appello racchiuso in fondo al motto del padre, che era rivolto ai neodiplomati e quindi, quel giorno, anche a lui, e quello che udì era che qualcuno doveva salvare il mondo, visto che da solo non ne era capace.

Perciò Henrik portò con sé una profonda consapevolezza di responsabilità al numero civico successivo, fino a quel liceo che, quale ampliamento delle attività della fiorente impresa Scuola Privata Facit, finalmente, ma comunque in tempo per accogliere il figlio del preside, era stato costruito. Qui si aggiudicò la media più alta degli allievi del primo corso, che calpestarono i lucidi pavimenti di granito e, anche se il senso di responsabilità pesava, durante quel triennio fu come se il suo corpo, allenato da gioghi più pesanti, si limitasse a reagire tenendo la testa ancora più alta. Quando continuò i promettenti studi, quando in abito completo bianco conquistò i pavimenti alquanto graffiati e mal tenuti dell'Università di Copenaghen, lo fece con passi talmente leggeri e naturali da dare l'impressione a chi era presente nell'aula – e ammutolì e si sentì catturare lo sguardo nell'istante in cui l'ingresso s'illuminò di un alone solare intorno a una figura snella – che il suo periodo di studi consistesse soltanto in quell'incedere, in quel portare in modo impeccabile quella silhouette luminosa sopra il pavimento, oltre le bocche aperte, attraverso le aule, attraverso crepe invisibili negli spessi muri e fuori, dall'altra parte, lui, sempre in completo bianco, stringeva nella mano una laurea in economia, circondato da professori che si congratulavano e da datori di lavoro che sbraitavano, dandosi il cambio a lasciare senza fiato gli altri e sgomitando a tutta possa per farsi ascoltare nel loro corteggiamento.

Mosso da ambizioni concernenti la suscettibile democrazia e il nostro mondo indifeso, tra le numerose proposte di lavoro accettò quella che gli fu presentata nell'inglese più corretto. A fargliela fu un signore che era in visita nel nostro continente per soffiare alle università quei cervelli svegli che gli europei erano comunque troppo tirchi per trattenere, e portarli nell'epicentro dell'economia mondiale, la zona in cui le scosse delle congiunture sono più evidenti: la costa orientale degli Stati Uniti. Combinando la carriera con lo svago, Henrik fece caricare i suoi spartani beni terreni su un transatlantico di lusso, passò due settimane di vacanza a bordo e arrivò via mare a quella che durante l'università era stata la sua mecca personale, la sua terra promessa: Manhattan. Mentre la nave entrava nel porto salì sul ponte per ammirare il famoso skyline, vide crescere i grattacieli e notò che soprattutto due di quelli più vicini, due edifici squadrati, attiravano l'occhio, volti com'erano verso chi arrivava, impressionanti e imponenti, quasi fossero una fiera, turgida asta di bandiera e la spina dorsale dall'armatura d'acciaio degli USA riunite. Inspirò ed ebbe quasi la sensazione fisica della forza ascensionale, di quella circolazione di denaro, che da tutto il mondo fluiva negli edifici svettanti dell'isola come il sangue nelle sue stesse vene, e notò con un sorriso scaltro che in realtà la dea della Libertà non era poi tanto grande, anche se avevano cercato di compensare con un piedistallo enorme, che era molto più piccola di quelle torri babeliche dell'economia, che, per così dire, la libertà era rappresentata un po' più miseramente del denaro.

Da New York proseguì immediatamente in aereo per Washington DC. Il suo incarico presso la Banca Mondiale prevedeva un periodo di prova di un paio di mesi, che superò brillantemente, dopo di che poté – ma non poté perché aveva giurato di mantenere il segreto – chiamarsi capo dell'ufficio studi sperimentali di economia e geopolitica, un ufficio circondato dal riserbo, nascosto nella parte più profonda di uno scantinato che, almeno agli occhi curiosi del pubblico, era nero come il carbone.

E io potei chiamarlo capo.

Anche se prese possesso dell'ufficio dei suoi predecessori, situato talmente in alto nel palazzo che ogni mattina la luce dell'alba sfiorava il soffitto per un paio di minuti, fu il primo capo che non solo si materializzava sotto forma di una voce gracchiante negli interfono a muro, ma si faceva addirittura vedere giù nello scantinato. I miei colleghi di allora, lo staff completo dello scantinato, erano un branco di figure disparate, alcune affette da gravi lesioni o malattie accompagnate da doti abnormi, cosa che fino all'arrivo di Henrik aveva avuto un effetto ripugnante sui vertici dirigenziali. Franz si era straziato l'orecchio da piccolo. In un incidente avvenuto nella Bassa Sassonia che non ricordava più, una barra di metallo gli si era conficcata nel cranio, e siccome all'arrivo in ospedale le emorragie interne si erano coagulate, e il bambino era ancora cosciente, per paura i medici si erano praticamente limitati a tagliare la punta della sbarra che sporgeva in fuori, lasciando il resto dov'era e incrociando le dita. Gli mancava il nervo vestibolare dell'orecchio destro, e la sua funzione motoria era decisamente pessima, pendeva sempre a sinistra e, se si alzava dalla sedia, girava in tondo barcollando finché non trovava la stampella. Ma la sua normale conoscenza di politica e di dati economici fondamentali era ineguagliata, benché non leggesse mai il giornale e, dopo che in occasione di un convegno parlando del suo caso un affermato studioso del cervello aveva dichiarato mezzo per scherzo che probabilmente il frammento di metallo funzionava come una specie di antenna, Franz aveva ricevuto la sua prima offerta di lavoro, per telefono, da un uomo che parlava un inglese impeccabile. Kampana era figlia di uno stregone del Malawi, nata con una nuca piena di liquido e tre dita attaccate, e grazie alle sue percezioni extrasensoriali era riuscita a prevedere svariate guerre civili africane. Tuttavia, da quando era stata assunta, si lamentava del fatto che la distanza dal continente natio e forse anche i muri di cemento armato spessi diversi metri rendevano le previsioni imprecise. Arjun soffriva di una forma di autismo che, analogamente ai cosiddetti *savants* musicali, comportava una sorta di orecchio assoluto per le teorie matematiche. Perciò aveva il compito di realizzare proiezioni economiche basate su ogni sorta di dati e teorie divergenti, che necessitavano di verifiche e, nella maggior parte dei casi, di falsificazione. Aveva diciassette anni ed era la mascotte dello staff, chiamato dai più colti l'amante di Titania perché era indiano. E, più sottilmente, perché consideravano la Banca Mondiale un lunatico Oberon, un focoso semidio che cercava sempre fantomatici capri espiatori su cui indirizzare la sua rabbia: la rabbia confezionata in bei principi nei confronti delle storture del mondo in generale e delle basse congiunture in particolare. Nello scantinato c'erano altri casi limite sia medici sia psicologici, un pugno di storici di diverso taglio, un antropologo, un ex agente segreto e un paio di programmatori.

Quanto a me, ero addetto all'elaborazione delle informazioni. Così come le storie ricche d'immagini contengono strati su strati di significato e in alcuni casi sono da considerare squarci su un campo immenso di esperienze umane, i dati economici fondamentali di ogni genere di paesi possono contenere una quantità incredibile di notizie sulla gente e sulle condizioni in cui vive. Il mio compito era di sviluppare un metodo per tradurre le cifre in storie con cui ci possiamo rapportare, senza dar luogo a quel genere di semplificazioni superficiali che tanto spesso vengono usate a livello politico come scenari intimidatori. Già durante il colloquio di assunzione dissi che c'erano storie che in realtà non avrebbero voluto sentire, che c'era una ragione per cui usiamo i numeri come strati protettivi fra la vaga visione economica d'insieme e la realtà terra terra, tra le decisioni politiche generali e i milioni di persone che le subiscono, mangiano o fanno la fame, sorridono o piangono, vivono o muoiono. Il fatto che mi abbiano assunto ugualmente forse è dovuto alla mia conoscenza diretta di alcuni dei pensatori del capitalismo e del mercantilismo, soprattutto dell'uomo che la storiografia ha nominato fondatore incontestato della teoria economica, Adam Smith, con cui ho avuto occasione di discutere il suo suggestivo principio della *mano invisibile*.

Henrik fu assunto grazie alla sua tesi, «Le graduazioni dell'amore», prima versione. Quella che discusse ottenendo il massimo dei voti nella facoltà di economia, e fu pubblicata con una tiratura nient'affatto trascurabile, andò a ruba e per anni passò di mano in mano tra i laureandi che, angosciati e insicuri, si accingevano a scrivere la tesi.

E cosa c'era mai di tanto speciale in quello scritto?

La tesi di Henrik costituiva un attacco frontale ai preconcetti dell'economia. Già il titolo non somigliava a nulla che si fosse già visto in facoltà, e anche il contenuto offriva una commistione senza precedenti di teoria economica e psicologia. Sebbene il profano possa avere difficoltà a vederlo nella tesi ultimata, si basava su un'idea che aveva avuto già al secondo anno, durante il periodo in cui, oltre a frequentare le lezioni della madre e di altri docenti della facoltà, aveva scelto psicologia come materia secondaria. L'idea aveva innescato un gioco intellettuale mozzafiato e dilagante, in cui con un'enorme quantità di enunciazioni estreme attaccava la problematica stessa perché, sebbene avesse tante idee, il suo proposito era uno solo: Henrik Øberg Pingmann voleva confutare una volta per tutte l'invalsa e sdolcinata opinione, l'assunto ripetuto fino alla nausea dalla letteratura e dalla musica popolare.

Che l'amore non si può comprare.

Punto. Facciamo una pausa. Tiriamo il fiato.

Henrik è uno di quei giovanotti che a seguirli mi fanno venire il fiatone. E la cosa si ripete anche adesso che mi limito a riferire la sua storia. Infatti cerco d'imitare il suo modo di parlare.

Va detto che, quando Henrik mi raccontò la storia della sua vita, lo fece per avere una risposta a una domanda. Avvenne per telefono. Ci tenne a precisare che era la prima volta in vita sua che chiedeva una cosa del genere a un'altra persona, che chiedeva aiuto. Non perché all'epoca non fosse più il mio capo al lavoro e non avesse diritto a esigere il mio aiuto, bensì perché, penso, era la verità. E per sottolineare quanto fosse importante quella risposta.

Era, in altre parole, più sconvolto che mai e per la prima volta in vita sua allo stesso tempo sfinito e abulico e fiacco. Nondimeno, parlava in questo modo. Con lunghissime frasi impetuose, di tanto in tanto contorte e strane, ma coerenti e corrette e caratterizzate da un ritmo seducente e lieve nonché da una melodia piacevole. E continuò.

La prima volta che s'interruppe per ascoltare non avevo nessuna risposta da dargli. Proprio nessuna. Perché non avevo capito quale fosse il problema. Non ero riuscito a comprenderlo dalla sua voce. A un certo punto mi era sembrato di capire cosa diceva: il contenuto della storia, seguivo benissimo, sì, certo. Ma in quel momento mi resi conto che non lo avevo fatto.

Di primo acchito pensai di aver ascoltato soprattutto la melodia e l'eleganza delle frasi, il modo in cui le pronunciava, il modo in cui uscivano dalle sue labbra come musica da un altoparlante. Lo avevo ascoltato come un bambino ascolta una canzone, non avevo assolutamente sentito tutte le tensioni e i conflitti, le mostruosità, addirittura, che si celavano nelle parole. O sotto.

Ne accenno per sottolineare che perfino un uomo che ha lavorato insieme a Henrik Øberg Pingmann, uno il cui lavoro consiste nientemeno che nell'estrapolare da aride cifre di economia informazioni sulla gente, deve stare attento, molto attento, incredibilmente attento per poter afferrare quello che dice. Quello che la sua storia racconta veramente.

Mi era già capitato d'incontrare questa particolarità, soprattutto in uomini con cariche analoghe a quella di Henrik, uomini che avevano investito gran parte del proprio potenziale umano nella coltivazione di un intelletto accademico. Ma non così accentuato come in Henrik. E, mentre all'altro capo del telefono il silenzio perdurava, presi la brusca decisione di tentare – correndo il rischio di farmi sedurre – di accettare le sue premesse. Di calarmi nel suo universo, cercare di vedere il mondo con il suo intelletto.

Allora gli chiesi quale fosse il suo rapporto con i due ingredienti principali di quella tesi che a suo tempo aveva sottoposto a un esame scientifico: le donne e il denaro. La risposta non si fece attendere.

La pausa è finita. Fa' un profondo respiro, torniamo alla prima scena e cominciamo daccapo.

Henrik vide per la prima volta nella sua vita una banconota quando, alla festa della sua cresima, in piedi vicino al tavolo dei regali poco prima del pranzo, aprì una busta della pecora nera della famiglia, lo zio beone e sciamannato, una busta contenente un biglietto spiegazzato da cinquanta corone insieme a un odore di mani unte e di intrighi familiari insabbiati. Non è da escludere che quello stesso odore sia arrivato alle narici di Sofus, aggiungendo così un timbro alla modulazione della sua voce durante il discorso che avrebbe tenuto in seguito. In casa del preside il denaro non era qualcosa che si portava addosso né di cui si parlava. Non mancava, e non era necessario andare a fare la spesa dal momento che la vicina Facit riceveva consegne a domicilio, e i furgoni potevano benissimo allungare di duecento metri sulla stessa strada, ed era assurdo parlare di paghette: infatti, chi ne aveva bisogno in un collegio che sorgeva in un luogo tanto appartato e idilliaco e per di più permetteva le uscite solo nei week-end e per le vacanze, e quando mamma era a casa staccava dal lavoro e aveva bisogno di parlare d'altro? Henrik, il quale non capì che lo zio, menzionato in casa solo come un inguaribile socialista, aveva cercato d'introdurre un pezzetto spiegazzato di realtà nella protetta magnificenza della Scuola Facit, in seguito ebbe modo di notare che l'odore dei soldi era un potente narcotico, in grado di rovinare una festa peraltro promettente. Ma in un primo momento non fu minimamente interessato a capire le numerose regole del gioco che, quasi in modo invisibile, erano accluse a quei pezzi di metallo e a quei foglietti di carta.

Per lui l'importanza che gli altri attribuivano ai soldi era ridicola, il lesinare il centesimo e le pretese e le moine della gente un'astuzia, un accantonamento per uno dei lati più insulsi della tendenza umana al fariseismo e all'ostinazione. E mantenne questo atteggiamento anche dopo che dal liceo si fu trasferito a Copenaghen con un rettangolino di plastica nella tasca posteriore che gli aveva dato la madre. Durante il suo primo giro per le strade e per i negozi della città fu importunato da un esercente inferocito, nel cui assortimento aveva trovato un bell'abito bianco che aveva tirato giù da una rastrelliera e, mettendoselo con delicatezza sul braccio, era uscito con l'intenzione di andare a casa e provarlo con tutta calma. Rosso in viso, il proprietario raggiunse Henrik in strada, lo afferrò per la collottola, lo trascinò dentro il negozio e di lì nel retrobottega, dove lo trattenne fino all'arrivo della polizia. Gli agenti non si comportarono molto meglio, alzarono subito la voce con il taccheggiatore che scuoteva il capo e non li aiutava in nessun modo, e gli insulti cessarono solo quando, grazie a una serie di telefonate a Sofus Øberg, riuscirono a localizzare la MasterCard nella tasca posteriore di Henrik, che dava accesso a un libretto di risparmio aperto quando era piccolo, il cui saldo attivo a sei cifre coprì senza alcun problema la spesa e placò gli animi. Con sua incessante meraviglia Henrik scoprì che simili esborsi erano legati a gran parte delle sue attività preferite.

Quindi, Henrik nutriva una diffidenza quasi infantile nei riguardi dei soldi; per lui erano un pretesto, un artificiale conto aperto per un più profondo scambio tra persone, uno scambio sul cui ammontare reale regnò a lungo l'incertezza.

Con le donne era vero il contrario.

Lo scambio profondo era l'amore – che altro? – ma sopra questo sentimento puro era tesa una rete quasi impenetrabile di regole non scritte e tutt'altro che esaurientemente formulate, sulle quali la maggior parte delle persone sembrava saltare a tutta possa – come tanti clown sulla rete di sicurezza dei trapezi – intenta a eseguire la mascherata della seduzione, il dare e l'avere del rapporto di coppia, il rimpiattino dell'infedeltà o la sempre impari danza della rottura.

Lo scambio, l'amore, poteva avere molti volti. Henrik preferiva quello della devozione. E lo vedeva realizzato al meglio in quelle donne che dopo le evoluzioni dell'atto sessuale rimanevano sdraiate nel letto, nude e dimentiche di sé, e con uno sguardo che, sebbene puntato su di lui, era allo stesso tempo diretto verso l'interno e verso l'esterno, un po' spensierato e un po' di una gravità assoluta. Appena ne ebbe l'occasione, studiò quel volto attentamente e in molte incarnazioni e, senza volerlo né denigrare né demolire, devo dire che forse lo fece perché l'occasione arrivò tardi.

Ai tempi di Henrik le classi primarie di Facit erano esclusivamente maschili, e al liceo le ragazze e i ragazzi erano separati. Gli ambienti disegnati dagli architetti erano una copia fedele di quelli della scuola dell'obbligo, con l'unica differenza che il morbido prato era diviso al centro da uno steccato munito di una base di cemento fiancheggiata da aiuole su entrambi i lati. Il tutto era stato realizzato prima dell'edificio, di modo che all'inaugurazione aveva avuto il tempo di riempirsi di pruni e, nella parte interna, di clematide, i cui rami nodosi chiudevano gli spazi tra gli stecchi come una miriade di serpentelli. Per i ragazzi, le ragazze erano un fenomeno che vedevano per lo più nel tardo pomeriggio, quando chiacchieravano, fumavano di nascosto o si crogiolavano al sole intorno al pennone sull'altro lato del prato. E le vedevano dai minuscoli buchi del recinto, facendosi trafiggere la carne dalle spine. Perciò, quando con accumulata libidine Henrik fece il suo ingresso librato nell'Università di Copenaghen e per la prima volta poté avvicinarsi a una ragazza senza essere punto a sangue, non c'era regola non scritta che potesse trattenerlo.

Circa sei mesi dopo, sulla base di una vasta empiria e con una certa emozione, concluse che il volto della devozione era uguale in tutte le donne, che quasi annullava i loro lineamenti personali con una – be', pensò – una sorta di... ah! Al diavolo la povertà delle parole: un grazioso, trasparente ardore. E, messo di fronte a quel volto, ebbe la sensazione non solo che la siepe di spine tra i due sessi svaniva, ma che stranamente tutta la boscaglia intorno al prato della sapienza perdeva le ombre, e che la trama di regole che copriva lo scambio dell'amore si accasciava. Ebbe la sensazione di cadere senza rete, di cadere e così facendo di raggiungere le profondità dell'amore.

Dopo altri sei mesi, le sue indagini lo avevano convinto che il volto fosse più luminoso in quelle che erano state vergini fino a un'ora prima che il bagliore residuo della passione cancellasse i loro lineamenti esteriori e volgesse il loro sguardo schietto, impenetrabile, devoto verso di lui. E accanto a loro, in quei momenti trascorsi in compagnia di chiunque avesse perduto la verginità, si convinceva più che mai di amare la Donna nel senso più ampio.

Con queste esperienze riposte in qualche angolo della mente, a poco a poco Henrik cominciò a comprendere l'essenza del denaro. Da circa un anno se la cavava da solo in quell'appartamento dello studentato che i suoi amici chiamavano «la pulzellaia», aveva aperto un conto corrente personale, pagato i propri acquisti, seguito le materie fondamentali di economia per due semestri, e gli era diventato chiaro che a rendere più cari di altri quei prodotti di gastronomia di cui era un appassionato era la quantità di premure umane che avevano ricevuto. La carne delle salsicce del macellaio era stata frollata più a lungo, controllata da occhi esperti, la frutta dell'erbivendola dall'acconciatura sempre impeccabile era stata raccolta a mano, sistemata in cassette foderate e poi accatastata in raffinate piramidi, e gli utensili da cucina di legno di ulivo con cui girava l'insalata erano stati realizzati manualmente da contadini francesi, levigati e lucidati e impregnati con olio dello stesso uliveto da cui proveniva il legno. Quando comprava un abito pagava per la seduzione: il fatto che poteva ammirare la merce con solo un vetro a mo' di steccato tra l'oggetto concupito e se stesso, che i commessi parlavano appassionatamente della qualità della lana, della trama del tessuto e della resistenza delle cuciture – come collegiali della pelle e delle forme in boccio delle ragazze –, che andavano a prendere altri capi e allettavano con seta e filo d'oro, che non desistevano; e più era caro il negozio e più grandi erano sia le vetrine sia il bagaglio di conoscenza che i commessi avevano per allettare.

Quindi, la quantità di denaro veniva stabilita dai principi affini all'amore: la premura e la seduzione. E a un altro livello: la fiducia.

Fu Henriette Pingmann, passando in rassegna le vie e i meandri dell'economia di mercato nel secondo semestre, a dare importanza a questo fattore. Sottolineò che la stabilità del mercato azionario dipendeva innanzitutto dalla fiducia nei bilanci preventivi delle grandi aziende, nel fatto che i paesi arabi potessero e volessero fornire quel petrolio che unge la macchina pulsante del mondo, e nella prospettiva che potenziali guerre sarebbero state tenute sotto controllo ancora per un po'; insomma, in ultima istanza, tutto dipendeva dalla fiducia titubante dell'uomo nel futuro.

E in fondo è vero.

Nel corso del terzo semestre il mondo della psicologia si rivelò a Henrik sotto forma di libri sul sesso e sui sogni, e la sua sete di vergini aumentò, in maniera incontrollabile. E poi ecco che quel giorno una, due, tre, quattro, cinque biciclette percorsero le strade di Copenaghen, e l'idea di confutare il concetto secondo cui l'amore non si potesse comprare prese forma. Quattro erano montate da vergini, la quinta da Henrik; erano dirette al suo appartamento, dove lui servì prelibatezze e vino che aveva riposato alla giusta temperatura dal giorno in cui era nato, otto mani lo spogliarono, sul tappeto persiano c'era a malapena posto sufficiente. Quando, due ore dopo, si ritrovò a essere al centro dell'attenzione della Donna in quattro incarnazioni dai volti ardenti e dagli sguardi umidi, quando la devozione gli si fece incontro scintillando da tutti e quattro gli angoli del tappeto, e dentro di sé cadde e cadde e cadde ancora, nacque l'idea, e le mandò a casa con tutta la calma e il rincrescimento che il suo stato di agitazione gli permetteva. Una delle giovani donne dimenticò un paio di mutandine, oppure le lasciò per avere una scusa per telefonare, ma Henrik le buttò dalla finestra e chiuse la porta a chiave, si sedette e cominciò a scrivere come un forsennato. Come abbiamo detto, i suoi pensieri erano numerosi, una moltitudine gemmante di trovate, ma teniamoci al punto, al punto di Henrik.

Il punto, l'antitesi della tesi, recitava così.

Le quattro vergini erano state comprate, solo che non lo sapevano, e quindi la loro devozione era autentica. Da parte sua, anche Henrik era stato comprato e – benché lo sapesse benissimo, anzi, forse proprio per questo – era autenticamente felice per l'esito della bravata.

L'acquisto era documentato dalle ricevute in suo possesso per un taglio dal barbiere e i capi di abbigliamento maschile, per i generi alimentari e i vini provenienti da distretti francesi dai nomi che parevano canzoni; già durante la programmazione della giornata aveva pagato per una bella quantità di seduzione e di premura, che poi aveva donato alle donne. Proprio come ognuna delle quattro ragazze aveva pagato per il vestito leggero e per il volume e la piega dei capelli per attrarlo, prima di donargli il suo corpo premurosamente curato. Inoltre, i soldi anticipati da Henrik, guadagnati da Sofus Øberg, erano stati elargiti al preside della scuola quale compenso per la rigida ma amorevole disciplina con cui abbracciava la prole dei paganti, e Sofus aveva assegnato parte di quei soldi a Henrik, perché si dava il caso che quello fosse il suo modo di esprimere l'amore paterno.

Quindi, lo scambio più profondo tra le persone che si celava sotto il passare di mano in mano dei soldi era uno scambio di diverse varietà dell'amore. Prova certa ne fu il fatto che con i giusti investimenti Henrik fosse riuscito a farsi contemplare da un quadruplice volto della devozione: da quella sottocorrente di premura, seduzione e fiducia che è l'essenza del denaro aveva cavato il non plus ultra: l'amore della Donna.

Ergo: l'amore si può comprare.

E fin qui tutto bene.

Ma una dimostrazione scientifica non porta mai a un chiarimento definitivo. Anzi costituirà sempre un passaggio da un campo di ricerca all'altro e, siccome Henrik era disgustato in ugual misura dal sapore insulso degli allori e da quelle persone cui poteva saltare in mente di riposarci sopra, in quel momento cruciale nel suo appartamento non vi era traccia della rassegnazione che con tanta facilità s'insinua in coda a ogni trionfo.

Con rinnovato vigore spalancò la porta d'ingresso con un calcio, si diresse verso il canale di Christianshavn, e strada facendo effettuò due acquisti e nove chiamate da quattro cabine telefoniche, che un'ora dopo gli permisero di salpare dal porto di Copenaghen a bordo di un piccolo yacht insieme a tre bottiglie di champagne e cinque giovani donne. Gettarono l'ancora nell'Øresund al largo della costa nordorientale di Sjælland, i tappi saltarono, e a questo punto sono tentato d'impiegare un espediente per aumentare l'effetto drammatico, anzi è già successo, manca ancora un anno alla tesi di Henrik, ma sono passato al presente perché ci avviciniamo a un momento fatidico.

A questo punto, quasi fossimo in una fiaba, salta fuori un aiutante, del tutto inaspettatamente. A un paio di metri dalla chiglia dondolante, una testa affiora dalle acque dell'Øresund: è una delle teste più brillanti dello stesso anno di corso di Henrik alla Scuola Privata Facit, è uno degli Invincibili Quattro, è Morten. Morten, che dopo un richiamo scritto andò contro le aspettative di tutti, si era buttato nelle acque dell'Isefjord e si era allontanato a nuoto con l'intenzione d'imbarcarsi, e ormai lo è da parecchi anni. Dal ponte di una portacontainer in rotta verso il mar Baltico, armato di binocolo, era alla ricerca di donne discinte quando di colpo aveva avvistato il suo vecchio amico Henrik al centro di un capolavoro di curve dorate, e si era subito tuffato raggiungendo con venti immersioni l'allettante festa. E il giorno trascorre, e la festa culmina, e quando scende la sera, e le donne sono sdraiate sottocoperta, sonnecchianti, Morten e Henrik guardano verso i prati e le case apparentemente bianche della litoranea, che fanno venire in mente la vista dall'Isefjord, e perciò riesumano i vecchi tempi, e per vie traverse Henrik arriva a raccontare del trionfo della giornata. E Morten lo ascolta, senza interruzioni né rimproveri, senza metterlo in guardia, come farebbe con un coolie a bordo della portacontainer, non si pavoneggia prendendo Henrik per la collottola e tirando fuori la sua migliore voce da lupo di mare per dire: ehi, senti un po', piccoletto, solo un consiglio a un marinaio, non bisogna confondere il sesso con l'amore, perché ci puoi scommettere che le puttane non lo fanno. Già, perché forse, pensa Morten, perfino a una vergine potrebbe capitare di scambiare i due concetti in una compagnia seducente come quella di Henrik, e allora sarebbe inutile, perciò si limita a dire che gli sembra tutto quanto bellissimo, Henrik, però così hai anche dimostrato quello che dice il resto dei libri e delle canzonette.

Che l'amore non è gratis, ha un prezzo.

In quello stesso istante a Henrik succede qualcosa. Non è offeso, né deluso perché la sua dimostrazione è finita nel campo opposto, quello della sdolcinatezza, no, è molto, molto concentrato. Si alza e scruta il mare in direzione dei numerosi prati che confinano con l'acqua, fissa dritto davanti a sé senza perdere il suo sorriso sempre affabile e pronto a combattere. E forse è un lampo quello che gli balena, forse non vede affatto l'Øresund e i prati delle ville di lusso e dei palazzotti degli idoli pop e delle case di riposo, forse il panorama si trasforma in un'immagine interiore dal significato completamente diverso. A ogni modo fa due passi in avanti, forse con la sensazione di avvicinarsi finalmente a quel mare misterioso che collega ciascuno dei numerosi prati della sapienza a sé stanti e ignora volutamente le suddivisioni artificiose dell'attività intellettuale dell'uomo, tanto da lasciarsi cadere in acqua, e forse con la sensazione di essere un ragazzo di città che finalmente è andato al mare in una bella giornata estiva e ha voglia di sguazzare e spruzzare finché le dita dei piedi non diventano blu, e si allontana a nuoto lasciando Morten, il marinaio esperto, su una barca insieme a cinque incarnazioni della devozione, forse si lascia addirittura alle spalle con bracciate vigorose la spudorata rappresentazione adolescenziale di vergini disponibili come una benedizione celeste, forse cresce interiormente mentre il sole tramonta nel cielo del giorno del trionfo, e l'acqua scura lo porta al confine tra due prati, dove un guardiano gentile tiene a bada i suoi cani e lo carica su un taxi.

A ogni modo, proprio dopo questa esperienza Henrik fa un passo avanti nelle sue riflessioni sui soldi e sull'amore. Crea il fondamento della sua tesi e quindi della sua carriera. Quasi arriva a creare un nuovo campo di ricerca andando molto, molto più avanti nelle riflessioni comparative di economia e psicologia di quanto sia stato mai fatto prima di lui.

La tesi era un fascicolo con una figura sulla copertina, un triangolo disegnato con uno spesso tratto rosso, nient'altro. Un cartello di pericolo, certo, ma non il simbolo del sesso femminile, come forse si sarebbe portati a pensare, no, il vertice del triangolo era posto in alto. Più che altro era da interpretare come il simbolo della fondamentale, eterna, imprescindibile costellazione psicologica: padre, madre e figlio.

Infatti, Henrik non si accontentò, come avevano prudentemente fatto altri economisti, di mutuare concetti dal behaviorismo, quella branca della psicologia che si basa sullo studio del comportamento esteriore delle persone e dei meccanismi che lo modificano: motivi per i quali è utile sia per analizzare gli effetti, a titolo di esempio, delle imposte, degli sgravi fiscali e degli oneri, sia per controllare politicamente il comportamento della popolazione con interventi della medesima natura. Lui si spinse oltre, incamerò tutta quella vasta sfera che va sotto il nome di psicologia della personalità, e qui trovò uno strumento versatile nella succitata costellazione trilaterale, che è tanto determinante per lo sviluppo della personalità nel bambino. Fece di questa costellazione la sua ottica, la teneva alzata come un vetro affumicato davanti al suo sguardo acuto per spulciare l'accecante realtà economica.

Nelle due parti in cui era suddivisa la tesi, Henrik passava in rassegna rispettivamente il mercato azionario e la comunità mondiale, e dal commissario esterno, cui ho fatto visita di recente, so che perfino con il suo strumento sui generis lo faceva con una tale facilità e naturalezza che i punti essenziali sembravano fluire incontro al lettore come le grida giocose di un bambino felice dal mare. Già la prima parte, intitolata «Amore e denaro», rivelava che aveva visto il mercato azionario globale per quel che è: un figlio del pensiero creativo dell'uomo.

Cito da uno dei paragrafi riassuntivi: «La chiassosa piazza del mercato mondiale, il mercato azionario, è un grosso bambino affamato figlio del mondo occidentale. Un bambino, nel cui comportamento possiamo leggere, come una qualsiasi maestra d'asilo, gli sbalzi d'umore e i mutui disaccordi. Un bambino che, come tutti i bambini, ha innanzitutto bisogno di pace, pulizia e regolarità; routine e amore. I genitori del bambino sono tanti – e di conseguenza i loro disaccordi innumerevoli – ma, con i vantaggi della semplificazione, si possono suddividere in due gruppi. Da una parte i dirigenti dei gruppi imprenditoriali, i capitani d'industria e i loro lobbisti, che sembrano condividere l'opinione di Rousseau secondo cui soltanto commettendo errori in prima persona il bambino impara qualcosa, perciò lasciatelo fare, via, dategli spazio, lasciatelo libero. Dall'altra parte i politici, che si ritengono incaricati di fissare limiti, responsabilità e compiti precisi per assicurare uno sviluppo il più sano possibile. E in mezzo c'è l'eterno diverbio sull'educazione, il cui scopo è di arrivare a una scelta chiara: tra 'sì' e 'no', 'bravo!' e 'non si fa!', tra amore e aggressività».

Dopo la prima parte, esattamente al centro del fascicolo, per evitare, nel miglior stile danese, di dipingere il quadro in bianco e nero, Henrik aveva inserito una scala che collegava questi due estremi, che progressivamente si spostava dal puro amore all'aggressività distruttiva, e quella scala dava il nome al suo test, la scala delle graduazioni dell'amore.

La seconda parte era intitolata «L'amore e la politica mondiale», e qui Henrik passava in rassegna alcuni dei meccanismi occulti racchiusi in quella parte della sfera politica denominata comunità mondiale. Indicava un nuovo gruppo di bambini indisciplinati, ossia gli Stati nazionali, e cito: «I loro genitori, i presidenti, i primi ministri, i presidenti del consiglio s'intromettono nell'educazione dei rispettivi figli con metodi che si collocano nella parte centrale della scala, che in altre parole consiste in varie combinazioni di aggressività e premura. Un esempio di una siffatta combinazione potrebbe essere che i limiti precisi per un bambino non consistano soltanto in un brusco no, ma anche in una premurosa introduzione alle regole vigenti nel mondo. Con il tempo questa introduzione permetterebbe al bambino di essere più spesso accolto nei contesti relazionali da uno dei volti più belli dell'amore: l'accettazione. Perciò il contenimento tecnico di un paese sotto forma di restrizioni commerciali e controlli è anche un tentativo di far sì che con il tempo il paese venga accettato dal mondo circostante. Per contro, il bambino può sentirsi vittima di un sopruso se l'approccio educativo include la seduzione. Se – per fare un altro esempio – gli vengono promessi dolciumi perché smetta di distruggere i suoi costosi omini Lego o le Barbie. Si tratta di un'accelerazione del processo di apprendimento che può provocare un accumulo di aggressività trattenuta nel bambino e, a lungo termine, causare ripercussioni. Quindi, un accordo di scambi commerciali con un paese, a patto che cessi il massacro di parti della sua popolazione, va negoziato al momento opportuno per non peggiorare la situazione, ovvero nel momento in cui il paese stesso è maturato e pronto a imparare la lezione del genocidio».

A mo' di chiusa – e a questo punto il commissario esterno

afferrò le stanghette degli occhiali e affondò le unghie nel bracciolo liso della sedia nell'angolo più buio della stanza – si leggeva: «Tutto questo scambio invisibile tra le persone, tutto questo gioco educativo che consiste nel dispensare o negare al bambino l'amore nei momenti opportuni – nel, come genitori, controllare i numerosi sentimenti affini all'amore –, si trova inglobato, come aspetto inconscio, rimosso, in qualsiasi incontro al vertice. I meccanismi dell'educazione affiorano dall'inconscio in qualsiasi occasione in cui i padri e le madri delle patrie s'incontrano nei loro domicili comuni sulla costa orientale degli USA, ovvero negli spaziosi ambienti delle Nazioni Unite e nei quartier generali della Banca Mondiale. Questi tentano, ricorrendo al dialogo, ai trattati, alle convenzioni e alle sanzioni, di avvicinarsi, di frenare o punire i rispettivi figli. In poche parole: con i suoi diversi gradi di amore la politica economica internazionale è, in fondo in fondo, un tentativo di educare il mondo».

Quindi, così stanno le cose. Per Henrik. In parte con le sue stesse parole.

Ed è difficile non lasciarsi sedurre.

Non intendo sedurre nel modo in cui diverse ragazze sono già state sedotte in questa storia, né nel senso che mi sento sedotto dal suo stile di vita e gli invidio tutto quello che possiede in termini di denaro, fascino e corteggiatrici. Si tratta di una cosa molto più sottile. E ha a che fare con il suo modo di parlare. Adesso che ho scritto il paragrafo precedente ho avuto la possibilità di rileggerlo più volte, e ogni singola volta mi fa immancabilmente lo stesso effetto di quando appresi la storia per bocca dello stesso Henrik, e di quando andai a trovare il commissario esterno e lessi i brani della sua tesi: finirò per dargli ragione. Non in tutto quello che dice, e non necessariamente sempre sullo stesso punto, ma finirò per dargli ragione su alcune cose qua e là, mentre ascolto. Mi sento come cullato addentro a un ritmo che mi distoglie, mi lascio affascinare dal fatto che un uomo ancora immaturamente alle prese con le differenze tra sesso e amore riesca con tanta lucida convinzione a penetrare i processi che governano la globalizzazione. Resto colpito dalla sua lieve ed elegante padronanza di argomenti estremamente intricati. E in questo momento, per seduzione, sono disposto a ignorare il fatto che utilizzi una perversione consistente nel sedurre vergini e nello sverginarle come fondamento per mettere sullo stesso piano il denaro e l'amore, e che inoltre applichi questo concetto dell'amore alle transazioni che dal punto di vista economico uniscono il mondo intero, o che paragoni una persona in carne e ossa, liquidata dagli spietati scagnozzi di una dittatura, a una bambola di plastica smontata per gioco da un bambino. È come se i suoi giochi di astrazione mi privassero della possibilità di un'immedesimazione e di una presa di posizione umane. Ignoro una cosa per seguirne un'altra, ed ecco che è troppo tardi: senza volerlo gli ho dato ragione solo per poter seguire il discorso. È come se sfruttasse il mio affanno per sedurmi con i suoi ragionamenti. Mi travolge.

Adesso è facile concludere che era questo il motivo per cui non potevo dargli una risposta. Non ci si può formare un quadro d'insieme e tracciare una nuova direzione mentre ci si lascia portare dalla corrente, bisogna tirarsi fuori dall'acqua. Non potevo dargli una risposta perché ero trascinato dal suo fiume di parole, completamente preso a seguirlo.

E lui continuò. Quando gli parve di aver risposto alla mia domanda senza che lo avessi interrotto con quella risposta che lui aspettava ancora, tornò sulla storia della sua vita e riprese dal punto in cui aveva lasciato.

In un bosco lontano, lontano da Washington, su a nord nello Stato federato di New York, c'era una capanna e, dopo aver badato per due anni al suo in un certo qual modo invisibile impiego nel quartier generale della Banca Mondiale, Henrik se ne stava in quella capanna con la strisciante sensazione che fosse in arrivo un giorno fatidico, che di lì a poco la vita si sarebbe tramutata repentinamente in un intenso, drammatico presente.

Disordini imperversavano nell'Europa sudorientale, all'interno della Iugoslavia, e Henrik era stato convocato a una conferenza di politologi fissata per il giorno dopo nel palazzo delle Nazioni Unite a Manhattan. Non poté fare a meno d'interpretare la particolare combinazione di attori influenti come un segno che l'uomo più potente del mondo, il padre dei padri, aveva chiesto a un gruppo di cervelli scrupolosamente selezionato di pensare ad alta voce, e di solito queste conferenze offrivano possibilità di fare carriera. Era stato giù nello scantinato per discutere i futuri sviluppi con Kampana, le cui retine si erano riempite di immagini violente, e poi se n'era andato, concedendosi mezza giornata di silenzio per limare il suo intervento.

Il giorno della conferenza Henrik si fece accompagnare dal suo autista a Manhattan dove, nei pressi di Central Park, un incidente e un grande spiegamento di poliziotti e squadre di soccorso intrappolarono la limousine in una morsa di traffico inestricabile. Restio a perdersi la conferenza, con fare deciso Henrik scese, si lisciò l'abito bianco e si fece un'idea generale della situazione. L'agente più vicino era un poliziotto a cavallo e, per effetto di un paio di brevi e precise frasi e lo sventolio della carta d'identità, Henrik prese il suo posto in sella e proseguì attraverso il parco al galoppo, ragion per cui, ignaro com'era delle finezze dell'equitazione, in quel suo giorno fatidico non solo raggiunse il Palazzo delle Nazioni Unite a dorso di cavallo, ma arrivò fin dentro l'atrio, dove l'animale si fermò a un metro dal banco della reception e sbuffò in testa alla receptionist.

Quest'ultima era una danese di nome Pernille che, quando alzò lo sguardo oltre il muso e le alette nasali frementi e vide la figura atletica seduta in sella, ebbe modo di appurare che era arrivato, forse non proprio il principe azzurro, ma se non altro un uomo a cavallo, immobile e fiero, bianco e splendente.

Dall'alto della groppa dell'animale, Henrik riuscì a malapena a scorgere un paio di occhi curiosi e sorridenti sopra una profonda scollatura. Si affrettò a rianimare le membra anchilosate, trasformò la sua espressione distorta dall'angoscia e le nocche sbiancate dalla stretta intorno alle redini in un sorriso affabile e in un elegante scatto delle braccia, quasi accennasse un applauso, dopo di che saltò giù dal destriero e chiese indicazioni per arrivare alla sala conferenze, mentre con destrezza furtiva allungava il suo biglietto da visita sul banco. Pernille ignorò il gesto di Henrik e lo accompagnò a un ascensore. Durante la salita gli si accostò, gli aggiustò la cravatta di seta tailandese e, con parole che non erano destinate a orecchie estranee, mise in chiaro che non era l'ultima volta che si vedevano, e che per questo poteva ringraziare il suo grande cavallo grigio, non il suo biglietto da visita stampato in oro e, quando le porte si dischiusero, con una pacca sul sedere lo spedì nella sala tossicchiante e con le orecchie rosse.

Durante la conferenza Henrik ascoltò distrattamente i tanti che raccomandarono un intervento militare contro i disordini nei Balcani, prendendo qualche appunto su figure paterne demoniache, psicosi di massa e possibilità terapeutiche. Quando ebbe la parola, mise gli altri contributi in prospettiva focalizzandosi sul processo di democratizzazione che avrebbe fatto seguito all'intervento raccomandato, e mentre parlava sorrise con condiscendenza delle bocche che si aprivano pian piano, abituato come stava diventando all'effetto che le sue idee quasi sempre avevano su chi le ascoltava per la prima volta. Dopo venti minuti fece una pausa voluta e un briciolo di coscienza di sé s'insinuò negli ascoltatori: bocche si richiusero con una serie di rumori sordi, cravatte furono aggiustate, e sbirciate furtive cercarono di stabilire se qualcuno avesse notato l'espressione ottusa, e subito Henrik ci diede dentro con la salva finale: «La Storia ha piantato un grandissimo cartello di pericolo in Germania, dopo la seconda guerra mondiale. Si tratta di un cartello che tutti i capi di Stato bellicosi con una superpotenza alle spalle dovrebbero leggere, e dovrebbero farlo subito, perché presto gli ultimi pezzi verranno tirati giù e portati via».

Sullo schermo dietro di lui apparve a poco a poco una cartina della Germania. Con una penna telescopica mostrò che, se si vedeva il profilo del paese come un busto, allora la capitale Berlino si trovava al posto del cuore e il muro che divideva a metà il cuore, la capitale, era il cartello di pericolo. La psicologia sottesa al cuore diviso era talmente semplice che si lasciava spiegare con una piccola tabella: i quattro vincitori della guerra mondiale, Francia, Inghilterra, Unione Sovietica e Stati Uniti, avevano tutti avanzato la pretesa di partecipare all'educazione di quel paese bombardato fin dalla sua più tenera età. Il nudo e scorticato bambino Germania si ritrovò con quattro genitori a istradarlo nella sua ripartenza nella vita. Gli influssi della doppia coppia genitoriale erano risultati con precisione matematica in due personalità: una pronta ad affrontare il cambiamento, la legge della giungla del capitalismo e la fondamentale incertezza della libertà, l'altra con un bisogno di stabilità e sicurezza, pianificazione a lungo termine e rispetto delle autorità. E questa personalità scissa era affondata nella carne, separando tanto il cuore quanto il busto. Per di più si era protratta fino all'età adulta avanzata, come testimoniavano tuttora i rimorsi tormentosi e la battaglia di un'intera popolazione.

«E questo», disse Henrik, «credeteci o no, è uno dei migliori esempi della Storia di una democratizzazione riuscita. Traetene l'insegnamento che volete, ma non ignoratelo!»

Lanciò un'occhiata al suo pubblico, che lo guardò a propria volta. Con la mente già nell'ascensore, e una strana sensazione di velocità nel corpo, spense la lavagna luminosa e raccolse i fogli.

«Cosa proporresti di fare?» gli domandò uno.

«Agirei con prudente fretta.»

Henrik infilò le carte nella ventiquattrore e chiudendola alzò distrattamente lo sguardo.

«Ma dal momento che gli europei normalmente reagiscono

con condanne e sanzioni, ossia con il materno: 'Basta! Ti riduco la paghetta', e gli Stati Uniti con un atteggiamento paterno più primitivo normalmente dicono: 'Questa è l'ultima volta, altrimenti ti prenderai una sculacciata', direi che, se i disordini perdurano, gli Stati Uniti molleranno un sonoro ceffone, e dopo l'Europa si farà carico di consolare e ricostruire la fiducia nella giustizia delle azioni dei genitori.»

«Questa non è una risposta ma una profezia», si udì dalla sala.

«Le risposte che riguardano il futuro sono sempre profezie», rispose Henrik, e si alzò.

«E l'ONU?» domandò qualcuno.

«Il problema dell'ONU è che in qualsiasi conflitto cerca di essere allo stesso tempo un padre severo e una madre amorevole, mandando così segnali confusi e inoltre rendendo praticamente impossibili le decisioni definitive», disse Henrik passando tra le file di sedie.

«E la NATO?»

Henrik era arrivato all'ascensore, premette la freccia volta verso il basso e si girò. «Insieme alla Croce Rossa la NATO potrebbe essere una possibilità. Un padre e una madre, una netta divisione dei ruoli. Il problema, però, è che non c'è sufficiente premura materna in tutta l'organizzazione della Croce Rossa per controbilanciare un cazziatone militare da parte della NATO, e la sensazione di subire un'ingiustizia durerà per molto tempo a venire.»

In quel momento suonò una campanella elettronica e Henrik abbandonò quell'assemblea che si era scrupolosamente preparato a sbalordire, lasciò la maggior parte dei presenti con domande senza destinatario sulle labbra, e si affrettò senza riflettere giù nell'atrio.

Davanti al banco della reception un uomo con un paio di guanti di gomma stava pulendo il pavimento, l'odore che lo circondava rivelava molto chiaramente che il cavallo non era stato ritirato prima che alzasse la coda, e dietro il banco c'era un'altra receptionist. Henrik si avvicinò lo stesso: c'erano due messaggi per lui.

«Bell'intervento. Ci vediamo!» diceva l'uno. E l'altro, con la stessa scrittura: «Chiamami!» sopra un numero di telefono.

La sera Henrik entrò a precipizio nel suo appartamento di Washington, buttò la giacca e andò a prendere un bicchiere di acqua ghiacciata. Prese il telefono dal davanzale e allungò il cavo in modo da poterlo sistemare sul tavolino di vetro grigio. Accanto posò i biglietti e il bicchiere d'acqua, si sedette nel divano di pelle, proteso in avanti, i gomiti sul tavolino e le dita intrecciate sulla bocca. Fissò i tasti. Con che parole esordire? I pensieri non gli diedero nessuna risposta. Poco dopo si abbandonò col busto contro lo schienale e lanciò un'occhiata al grande quadro di Jackson Pollock, che adornava la parete azzurra di fronte al divano. Il dipinto era stato fino ad allora l'unica opera d'arte che gli era garbata abbastanza da investirci una ragguardevole somma di denaro. Era impossibile venirne a capo, privo com'era di forme univoche e riconoscibili, con il suo brulichio di linee curve e chiazze oblunghe di bianco calce, grigio piombo, verde erba; dopo un anno e mezzo di contemplazioni continuava a sfuggire a qualsiasi forma di controllo. E Henrik era convinto che avesse dato il via ai suoi pensieri molte volte quando, come adesso, con una problematica intricata in testa, lasciava che lo sguardo seguisse le linee di qua e di là finché, inevitabilmente e puntualmente, non finiva fuori del quadro.

Si allentò la cravatta, mandò giù un sorso d'acqua, seguì le linee, succhiò un cubetto di ghiaccio. Di quando in quando lanciò un'occhiata ai biglietti della reception, riprese a vagare con lo sguardo nei labirinti, vuotò il bicchiere e si meravigliò del fatto che stavolta i suoi occhi, qualunque salto da una linea all'altra effettuassero, fossero ripetutamente condotti verso il centro, mentre i pensieri lo guidavano verso una domanda anziché a una risposta.

Solo a poco a poco accettò di dover risolvere un enigma, e lasciò i fili dei pensieri serpeggiare per nuove vie. L'inquilino del piano di sotto aprì una finestra liberando nella notte una canzonetta sentimentale, e il ricordo di una serata sull'Øresund affiorò dall'azzurro della parete e insieme al ricordo i fili cominciarono ad avvicinarsi zigzagando, sino a intrecciarsi. Finalmente l'enunciato prese forma.

Qual è il prezzo dell'amore?

E, a chi in questa domanda coglie una sfumatura di sacrificio, di tollerante sopportazione nella buona e nella cattiva sorte e d'impegno lungo una vita, devo rammentare che questa è la storia di Henrik Øberg Pingmann, e non la tua. E ti devo rammentare che, quando l'amore si compra, il prezzo non è una questione sentimentale, e inoltre che Henrik era abbastanza ben messo per non avere mai desiderato qualcosa che non si potesse procurare. Quello che cercava era una risposta concreta.

Frantumò l'ultimo piccolo cubetto di ghiaccio con i denti e poi posò il bicchiere con un tonfo, ricordando come durante l'asta di quadri americani raramente battuti si era aggiudicato il Pollock semplicemente facendo la prima offerta che, con un unico fluido gesto, aveva spazzato via tutta la concorrenza. Afferrò penna e carta, si chinò sopra il tavolo di vetro e compilò una breve lista, confrontò le varie voci e appose una crocetta accanto a una.

Quindi, con un'offerta sulle labbra prese il telefono, chiamò il numero scritto su uno dei biglietti, e prima di riprendersi dalla scoperta che la voce all'altro capo non era quella di Pernille, ma di un signore della conferenza di prima, fu assunto come consulente dell'ONU.

Riagganciò, scuotendo la testa. Scrutò i biglietti della reception. Non distolse lo sguardo. Quasi da sole le sue mani trovarono il taccuino e girarono il primo foglio, quindi prese qualche altro appunto senza guardare. Poi le mani trovarono il telefono e digitarono il numero del capo della Banca Mondiale. Con una voce piena d'assenza, Henrik fece in modo di mantenere parte del suo incarico in quell'organizzazione, anche se da quel momento in poi avrebbe lavorato a progetto. Sul taccuino apparve qualche altro appunto su idee per la sua imminente attività di consulente, e con un'altra telefonata si assicurò incarichi da un terzo partner, il Fondo Monetario Internazionale, il cui quartier generale si trovava comodamente di fronte a quello della Banca Mondiale. Poi scosse di nuovo la testa. Infine si alzò dal divano e fece mezzo giro su se stesso, a scatti e con i piedi discordanti.

E là rimase impalato. Di colpo e per ore. Mentre altre canzonette suonavano nell'aria davanti alla finestra panoramica, su, su, sopra il rumore del traffico, intessevano la loro trama sonora e si trovavano a vicenda nell'oscurità. Infatti, per quale ragione al mondo ci si dovrebbe muovere, se non si sa comunque dove andare?

L'indomani Henrik apparve nello scantinato con gli occhi punteggiati da piccole emorragie e ci diede l'insolito incarico di reperire quante più informazioni possibili su due bigliettini contenenti dei brevi messaggi. Voglio sapere tutto, disse, e noi, che non eravamo abituati al lavoro investigativo, facemmo del nostro meglio. Franz e Arjun si gettarono a capofitto su quello con la serie di cifre. Franz suddivise i numeri in diverse sequenze e li identificò con l'andamento dell'indice da febbraio a maggio di due anni prima della borsa di Tokyo, mentre Arjun prese le lettere e provò diversi programmi di decrittazione di codici segreti, di cui uno rivelò un nome e un numero di conto corrente e, siccome tutti erano molto occupati, contattò personalmente l'Interpol, che l'indomani effettuò due arresti nell'aeroporto di Milano. L'ex agente segreto trovò sui foglietti tre serie di impronte digitali, ma nessuna apparteneva a persone con precedenti. L'antropologo scoprì che entrambi i biglietti erano scritti in un'imprecisata lingua scandinava, mentre uno storico passò la giornata a cercare anagrammi che corrispondessero a messaggi in inglese. Di tutte le informazioni riportate nel rapporto di trecento pagine che consegnammo l'indomani, solo una interessava a Henrik, quella che Kampana aveva trovato facendo analizzare la grafia a un'amica: i due biglietti erano senza ombra di dubbio scritti da una donna.

Mentre leggeva questo a pagina duecentoventiquattro, Henrik si ricordò che aveva avuto un nuovo lavoro e poteva accedere al palazzo dell'ONU in qualsiasi momento. Si batté la fronte e gettò il rapporto, e mentre prima scuoteva il capo ora cominciò a ridere; le strie rosa dei globi oculari sparirono e, con passi che erano di nuovo leggeri come la fodera di seta delle sue scarpe era morbida, si avviò verso New York. Avvolto in uno stato d'animo che non conosceva, nella zona transiti dell'aeroporto vide le proprie mani pagare una figurina di porcellana raffigurante un cavallo a pois, e nel taxi diretto a Manhattan la tenne sollevata verso il vetro della cabina di guida con un sorriso sulle labbra. Simulando i movimenti di un cavallerizzo – e si vedeva chiaramente che era montato un'unica volta in vita sua ed era soprattutto merito della cavalcatura se non era caduto di sella – si lasciò alle spalle l'ultimo tratto del viaggio, la distanza tra il portale d'ingresso del palazzo dell'ONU e il banco della reception, per depositarvi il cavallo di porcellana accompagnato dalla breve lista scritta a mano di offerte sul prezzo dell'amore.

Guardò Pernille. Lei guardò la lista.

Infine Pernille gli rispose no – no a due settimane di vacanze in una suite di lusso con letto matrimoniale alle Bahamas, no a un attico con bagno dotato di idromassaggio e due anni di affitto anticipato, no a una Bentley grigio metallizzato e a un ranch con annessa scuderia completa di cavalli in uno Stato di sua scelta, da evidenziare con una crocetta al margine – afferrando il foglietto, chiudendo la mano e gettando la carta sgualcita nel cestino. Gli disse di togliere l'animale di porcellana prima che le guardie cominciassero a sospettare attentati dinamitardi, e di rispettare i suoi orari di lavoro. Perciò, se aveva intenzione di parlarle, poteva ritirarsi in una delle zone salotto e aspettare la fine del suo turno.

Henrik andò a sedersi. Rimase seduto per ben tre ore di fila, lui che aveva gente che leggeva il giornale al posto suo, e che perciò era già informato sui particolari più importanti del *Financial Times*, del *New York Times*, di *Newsweek* e degli altri quotidiani e settimanali sparsi sul tavolo davanti a lui. Si passò tra le dita i crini veri che formavano la coda della statuina, e non fece altro. Quando Pernille gli apparve davanti era in una sorta di stato, se non comatoso, almeno apatico e bloccato: sedeva eretto, le dita serrate in una stretta intorno al collo e al petto del cavallo, mentre gli occhi fissavano il piano del tavolo senza vederlo.

«Sei un uomo paziente.»

«No», rispose Henrik muovendo unicamente la mascella.

Poi di colpo trasse un profondo respiro e concentrò l'attenzione su Pernille.

«Qual è il miglior ristorante di New York?»

«Non te lo dico», rispose Pernille, «finché non abbiamo preso una boccata d'aria.»

Lo afferrò per la cravatta e lo tirò su dal divano. Lo guidò fuori del palazzo, attraverso le strade, dentro Central Park, lungo i bordi dei prati, e fuori del parco, su per una traversa, fuori dell'incipiente ora dei capricci e dentro un *diner*. Il locale era arredato con sedie gialle di plastica stampata, sgabelli da bar con le lunghe gambe sormontate da cuscini di similpelle rossa, incerate lise sui tavoli e dietro il banco un uomo calvo con peli irti e neri che spuntavano dal collo della T-shirt piena di macchie d'unto. Pernille ordinò würstel con patatine per due e due birre e, sebbene non ci fossero molti clienti, passarono tre quarti d'ora prima che il cibo fosse servito.

Nel frattempo Henrik le domandò, come per caso, di quei – non che avesse importanza adesso – biglietti. Insomma era un po' strano: la sua segretaria, alla quale delegava quel genere di messaggi, era rimasta un po' confusa quando aveva telefonato e non le aveva risposto Pernille, e quel trascurabile episodio gli era tornato in mente adesso che si trovava a New York, e per di più nelle vicinanze – certo, per altri motivi, ma l'appuntamento poi era saltato, cose che succedono – e per un momento si era chiesto se quel foglietto con il numero di telefono sbagliato – e avrebbe capito benissimo, se lo era – fosse una specie di scherzo. No, rispose Pernille. Ma l'altro biglietto, non lo aveva scritto lei? Sì. E allora? Pernille spiegò che quel giorno, finito il lavoro, era salita nella sala conferenze e aveva ascoltato un pezzetto dell'intervento di Henrik, poi era scesa e gli aveva scritto un biglietto per confermare quello che gli aveva già detto una volta: che si sarebbero rivisti. E quando uno dei tanti telefoni aveva squillato prima che avesse finito di scrivere, e l'altra receptionist aveva già l'aria stressata dopo dieci minuti di lavoro, aveva risposto lei annotando il numero di telefono di uno dei signori che avevano partecipato alla conferenza – che evidentemente Henrik aveva appena lasciato – e scrivendo parola per parola quello che l'uomo le aveva dettato.

Henrik annuì lentamente.

Il cibo fu servito con movimenti sbadati da una cameriera che aveva un'aria allo stesso tempo annoiata e arrabbiata. Henrik seguì l'esempio di Pernille e mangiò con le mani. Riuscì quasi ad abituarsi alla sensazione del sale e del grasso che colava fino al polso, e dissimulò il primo di quella serie di rutti che a intervalli sempre più brevi gli salivano dallo stomaco, ma, quando i bruciori, che la birra tiepida non fece che peggiorare, divennero permanenti, si arrese e le domandò se era disposta a dirgli quale fosse il miglior ristorante della città.

Pernille alzò lo sguardo. «Questo qui.»

A distanza di mesi Henrik era giunto alla conclusione che anche la Donna, be', anzi no, diciamo certe donne, forse addirittura solo pochissime, forse solo quelle elette e assolutamente speciali, ma senza dubbio Pernille, nei recessi più riposti del loro intimo albergavano un mare misterioso. E, analogamente al mare della sapienza, quegli abissi misteriosi rendevano possibile il collegamento tra pensieri all'apparenza completamente frammentati e sconnessi e, secondo la donna, anche le azioni.

Henrik aveva comprato quell'attico con bagno dotato di idromassaggio a Manhattan, che era compreso nella lista di stime approssimative del prezzo dell'amore – che aveva ricostruito e infilato nella copertina del suo *Time Manager* –, e Pernille si era rifiutata categoricamente di andarci ad abitare. Ma, quando vi si trasferì Henrik, lei si fermava a dormire quasi tutte le notti. Henrik aveva assunto l'uomo pelato del *diner* in cambio di un compenso molto persuasivo perché si occupasse della cucina, e a Pernille questo fatto non andava giù. Dopo una settimana l'uomo si licenziò con focosità tutta italiana; batté la mano sul tavolo facendo tintinnare la porcellana orlata d'oro, perché per Dio e per la Santa Vergine era arcistufo di passare dalle solite pietanze, quando la signora non cenava in casa, e il signore aveva voglia di qualcosa di buono, a *salade niçoise* con olive di Nyons, ostriche al forno con manto di spinaci e parmigiano, mandorlato con cioccolato bianco e olio tartufato o qualche altra altisonante specialità gastronomica. Dopo, però, Pernille ordinava spesso pasti da asporto al *diner* e aspettava di buon grado la consegna per ore. Henrik le aveva offerto un posto nella sua nuova ditta di consulenze: avrebbe potuto diventare la responsabile degli incarichi affidati dall'ONU, decidere da sola gli orari di lavoro, ma lei rifiutò. Però s'informava con interesse sui mandati che riceveva da quel cliente.

Per di più, Pernille non mostrò mai quel volto della devozione che per Henrik costituiva la certezza dell'amore da parte della Donna. Dopo incontri amorosi dolci e coinvolgenti con paroline che sparivano nell'umidità delle labbra, nonché dopo trombate da lenzuola strappate e ruggiti leonini, lei lo guardava sempre con un sorriso provocatorio e un particolare guizzo negli occhi. Un guizzo che era, sì, indecifrabile, ma tutt'altro che fluido e introspettivo, un guizzo che rivelava unicamente che lui doveva aver rivelato qualcosa di sé – messo a nudo una nuova sensibilità, emesso un suono estremamente eloquente – e che poteva sparire di colpo, con la stessa rapidità con cui si era manifestato, quando lei si alzava e gli chiedeva se voleva il caffè più o meno forte.

Pernille serbò i suoi segreti, e all'inizio il loro rapporto fu di quelli che non promettono nulla e per questo devono ricorrere a equivoci immaginari, litigi improvvisi e ricorrenti, sesso violento da unghie conficcate per riuscire almeno a sfogarsi.

Tuttavia, Henrik non si lasciò spaventare e mantenne la sua convinzione più intima. Certo, come chiunque sul mercato dell'amore, Pernille era stata comprata. Non da tutte le sue offerte, questo era arrivato ad ammetterlo con se stesso, con lei le cose non erano così semplici, e neppure dalla seduzione e dalla premura insite in tutti i suoi investimenti; bensì, si era reso conto, dai suoi studi, dai suoi costosissimi studi e, indirettamente, dai suoi genitori e dallo Stato danese che ne avevano sostenuto le spese. Era stata comprata dal suo intelletto allenato e da quell'alone di invincibilità che circondava la sua posizione, acquisita grazie agli studi. E questa sua convinzione derivava e veniva rafforzata dal fatto che, in qualsiasi momento del giorno e della notte e spesso in quelli più inopportuni, capitava che avessero insieme l'idea di cimentarsi nell'arte declamatoria.

Si trattava di un gioco che da una parte era una prova di forza reciproca tra due intelletti svegli, una gara o un incontro di lotta amichevole, e dall'altra, per Henrik, portava reminiscenze delle sere ebbre passate con gli Invincibili Quattro sul tetto degli alloggi sotto il chiaro di luna azzurrino. Infatti, gli infondeva la sensazione di opporsi insieme a Pernille al resto del mondo, che, se insieme possiamo fregarcene altamente di tutte le aspettative degli altri e di come ci giudicano, dobbiamo comunque, persino noi stupendi fenomeni, avere qualcosa in comune.

Il gioco poteva iniziare su un marciapiede, in un negozio, a bordo di un taxi, a Central Park o in una palestra, nel *diner* o in un ristorante con tre stelle Michelin, a un evento di beneficenza o a una festa del jet set, in qualsiasi posto, e non passava di certo inosservato. Uno dei due, e non si sapeva mai chi, cominciava, e dal tono di voce l'altro capiva subito che era il segnale. Per esempio, al banco di un negozio di abbigliamento di

Fifth Avenue, Pernille misurava con lo sguardo Henrik e gli diceva: sei l'uomo più ricco che abbia mai conosciuto, e compri solo abiti bianchi. Allora Henrik alzava la voce, e forse anche l'indice, rispondendo: il bianco è la mescolanza ottica di tutti i colori, vado in giro vestito nel modo più chiassoso immaginabile! E Pernille diceva: e il bianco è il colore della pace, quindi la pace arriverà quando tutti i colori del mondo si mescoleranno! E gli altri clienti cominciavano ad alzare lo sguardo dalle rastrelliere, perché i toni erano alti come in un litigio: ma di cosa mai stavano parlando, e perché continuavano a sorridere? Poi Henrik allungava la carta di credito alla commessa in preoccupata attesa dicendo: con questa compro un acconto di pace tra tutte le genti della Terra! E si girava di nuovo verso Pernille sforzandosi di raggiungere la stessa estensione vocale con cui il cuoco italiano aveva rassegnato le dimissioni: conosci più ceppi linguistici di quante siano le lettere del tuo nome, e non hai ancora creato la lingua bianca mista della pace! Allora Pernille rispondeva protestando decisa e poi Henrik ancora più deciso, e magari facevano chiamare il direttore e, con un biglietto da visita e un accenno alle cifre che aveva speso in quell'esercizio, Henrik induceva la persona in questione ad abbassare la testa e a scusarsi per la mancata dimestichezza del personale e della clientela con l'umorismo sofisticato, e poi uscivano a grandi passi dal negozio, sotto un arco di trionfo di sguardi offesi o basiti e, appena arrivati fuori in strada, si piegavano in due sghignazzando prima di avviarsi verso casa con i sacchetti.

Per il resto della giornata la declamazione e la ridarella restavano in agguato: davanti al banchetto di un giornalaio poteva succedere che Pernille additasse la camicia bianca del venditore dicendo: ma come sei vestito in modo chiassoso! E poi si allontanavano ridacchiando. Al cinema una battuta pomposa del film era sufficiente a farli spanciare dalle risate, e se andavano all'opera perdevano completamente il controllo, si nascondevano singhiozzando sotto il bordo della balconata e, dopo, un'imitazione dell'espressione del cantante poteva essere più che sufficiente. Dopo ancora, poteva bastare un particolare sguardo o tono di voce di uno dei due, infine la sola idea della possibilità di un commento o di una smorfia, senza un seguito. Oppure se ne dimenticavano completamente; dopo una cena consumata a tarda ora a base di medaglioni di vitello al vino rosso, risotto allo zafferano, lattughetta e un vassoio di patatine del *diner*, poteva capitare che Henrik parlasse del suo lavoro e magari paragonasse un paese in via di sviluppo che riceveva aiuti dalla Banca Mondiale al suo incorreggibile zio, che spendeva in sbronze qualsiasi sussidio, trasformava la premura in autodistruzione; ma dopo cena, quando si stendevano nel grande letto sotto il lucernario tra la cucina open space e il soggiorno grande per digerire, talvolta il gioco riappariva di soppiatto. E là, senza altro pubblico che le minuscole persone a bordo degli aerei su nel cielo, era più obiettivamente un preliminare, un'accumulazione di energia in vista di un appagamento sfavillante.

«Se l'uomo fonda comunità», diceva Pernille con quel particolare tono, «che sono più grandi della famiglia tradizionale... allora moltiplica anche tutti i problemi familiari portandoli a dimensioni proporzionate!»

«Sì!» uggiolava Henrik. «Sì!»

«Per questo i problemi degli Stati nazionali sono grandi...»

«Sì!»

«... e i problemi della società internazionale enormi!»

«Oh, sì!» E aveva voglia di battere i palmi contro il materasso. «Continua!»

«La fallibilità dell'uomo è una scaramuccia nel singolo...»

«Sì.»

«... e un'industria a livello mondiale!»

«Sì!» rideva lui, e le lanciava uno sguardo ardente. «I flussi di denaro dell'industria sono il miglior specchio immaginabile de...»

E Pernille faceva le fusa impaziente.

«... degli impulsi inconsci dell'uomo!»

«Sì!» ansimava lei.

«Ci rivelano la nostra possessività più inconfessata!»

«Oh, sì!»

«L'aspetto più utile del mercato mondiale è che ci dà la possibilità di... studiare la nostra stessa psicologia!»

«Ah!»

«Io sono il primo psicanalista dei soldi!»

«Ah, sì?»

Allora Pernille sospirava, ma non languidamente. Perché Henrik aveva di nuovo dimenticato la regola non scritta del gioco. E una volta arrivati a quel punto non andavano molto oltre. Allora Pernille rispondeva con un tono completamente diverso, magari qualcosa tipo: «La psicologia è la scienza dell'amore. È l'elenco delle conseguenze della presenza e dell'assenza dell'amore. Soprattutto della sua assenza».

E così lasciava Henrik con un'affermazione che nel contesto si prestava all'interpretazione quanto un paradosso, con un accumulo di energia senza sfogo, con la sensazione di essere stato condotto al mare della Donna, di esserci caduto dentro senza rendersene conto. E con uno strano pizzicore in gola.

«Stop.»

Lo dissi quasi d'impulso. La parola mi uscì di botto e mi raddrizzai sulla sedia girevole. Infatti ero diventato indolente, logorato dalla veglia, per così dire. Mentre mi sforzavo di stare attento la stanchezza era aumentata sempre di più.

La senti anche tu? È come se fosse impossibile continuare a mantenere la straordinaria attenzione necessaria per penetrare la levigata, scintillante superficie del fiume di parole per arrivare sotto le parole, fino alla persona. Inoltre, è come se non venissimo mai a sapere niente di personale: perfino quando racconta di sciocchi giochi amorosi e di preliminari falliti con la fidanzata, Henrik evita di fare una figuraccia parlando di situazioni generali o ipotetiche anziché specifiche e concrete. Nemmeno adesso, che non si tratta di astrazioni, ci è possibile sapere qualcosa. Ho l'impressione che sia proprio questo a generare la stanchezza.

Di tanto in tanto sono stato sfiorato dall'idea stravagante che, se almeno Henrik avesse qualche debolezza, qualche vizio comune, se fumasse o bevesse o non riuscisse a trattenersi dal raccontare barzellette insulse, allora sarebbe un po' più facile, allora forse mi darei una svegliata, ma non tocca il tabacco e beve solo acqua con ghiaccio, segue addirittura una dieta sana e va a correre nel parco e, se proprio gli capita di raccontare una barzelletta scipita, è intellettuale, e la declama a voce talmente alta che in primo piano non c'è più la storiella bensì la sua capacità di sbaragliare chi gli sta intorno.

Fu questo il motivo per cui lo interruppi. Per la prima volta intuii una debolezza, uno spiraglio che si apriva su una possibile risposta. Quell'intuizione non mi venne dalla conoscenza che avevo di Henrik, non ero ancora sicuro di sapere qualcosa sul suo conto. Però sapevo qualcosa sulle fiabe; nelle fiabe il protagonista incontra il suo opposto, ed è in questo incontro che l'eroe rivela la sua personalità. Quindi, quando appresi che riusciva a zittirlo e a fargli venire un pizzicore in gola, non potei fare a meno di chiedergli di Pernille. Nella speranza che parlandomi di lei avrebbe rivelato qualcosa di sé.

Cambiò argomento con disinvoltura e continuò allo stesso ritmo. Corriamogli dietro.

Un respiro profondo e...

Pernille Wang Ådal nacque su un elicottero diretto al Parco di Fælled di Copenaghen dove, dietro il palazzo della Loggia Massonica, c'è la pista d'atterraggio per trasporti d'emergenza del Rigshospital. I suoi genitori avevano preso le ferie due settimane prima del termine della gravidanza e suo padre, Johan Ådal, non aveva potuto fare a meno di sfruttare la gradita occasione per mostrare le capitali europee alla moglie cinese. Perciò, quando erano arrivate le doglie, si trovavano da qualche parte tra Parigi e Roma: la moglie e la futura figlia di Johan, per la miseria, dovevano usufruire solo e soltanto del servizio sanitario danese. Di lì a tre giorni, dopo che il Rigshospital aveva adempiuto al suo compito in modo soddisfacente, la piccola Pernille, con un solitario tirabaci sulla fronte, girava per le strade di Roma in una carrozzina rosa; quindi il viaggio proseguì alla volta di Atene per concludersi infine a Tokyo, dove Johan Ådal lavorava presso l'ambasciata danese.

I modi schietti di Johan riuscivano a fargli trovare lavoro con la stessa facilità con cui poi glielo facevano perdere, e perciò, arrivata all'età di dodici anni, Pernille aveva vissuto in diciannove città di altrettanti paesi diversi, si era espressa in ventun lingue e aveva frequentato undici scuole, nella maggioranza delle quali però l'insegnamento si svolgeva in inglese. I suoi legami con la Danimarca venivano mantenuti grazie al padre che, in un danese sempre più stentato, la domenica le leggeva ad alta voce le fiabe di Hans Christian Andersen, e alla nonna paterna. L'anziana signora le mandava tutti i mesi una cartolina contenente la descrizione della vita degli uccelli nel cortile di St. Kongensgade, accompagnata da cari saluti e dalla speranza sempre più vaga di vedere la nipotina. Inoltre, per via di una demenza incipiente, le cartoline avevano sempre la stessa illustrazione: la statua equestre sulla piazza della reggia di Amalienborg. Nella fantasia di Pernille la sua città natia era un'acciottolata oasi statica e cinguettante, piena di gente fantastica e con, al centro, uno splendente, fiero uomo a cavallo.

A tredici anni, con la forza di tutta la gamma di emozioni della prima pubertà, era riuscita a imporre un soggiorno in quell'oasi. Piena di aspettative arrivò nel paese, da sola e assolutamente impreparata soprattutto ad affrontare se stessa e il particolare rapporto derivato dal modo in cui era cresciuta nei confronti di due cose: il tempo e le parole.

Conosceva, sì – come Henrik in seguito e in maniera assolutamente veridica declamò in una boutique di Fifth Avenue –, più di otto ceppi linguistici, ma non tutti allo stesso livello, e il suo rapporto con il danese era completamente privo di ironia. Di tutte le lingue che aveva parlato, solo in quella inglese – che si parlava in casa, ovunque fosse la sua collocazione geografica – era incappata in qualcosa che poteva ricordare la caratteristica forma di ironia nordeuropea, la quale consiste nel dire esattamente il contrario di ciò che si pensa. Solo quando il padre dimenticava per un momento che la moglie non lo trovava divertente, le succedeva di confondersi fino alla disperazione perché si trovava davanti a una persona che diceva una cosa e lasciava intendere l'opposto. Quanto alle altre lingue, Pernille non le aveva parlate abbastanza a lungo per sapere se ci fossero ambiguità anche in quelle.

Si stabilì in quel collegio che sarebbe diventato la sua base per tre anni, dove si svegliava al suono dei cinguettii, trotterellava lungo i vialetti acciottolati dalla colazione nel refettorio alle lezioni nelle aule, carezzava le statue di bronzo esposte, e in questo modo l'ambiente circostante le infuse subito la sensazione che finalmente qualcosa era come doveva essere. Ma di lì a poco nella congerie di specchi della felicità si aprirono crepe capricciose. Se, durante l'ora di matematica, risolveva un calcolo alla lavagna e, arrivata a un risultato parziale, chiedeva timidamente se fosse giusto, a un insegnante spiritoso poteva saltare in mente di rispondere: no, è completamente sbagliato, per poi scoppiare a ridere e dire: va' pure avanti. Oppure, se le cadeva in terra una matita, qualcuno poteva dire: fila tutto che è una meraviglia, eh? E allora Pernille si bloccava completamente. Corrugava la fronte e guardava confusa la persona che aveva parlato, avvertiva una debolezza in tutto il corpo, perdeva il colorito nelle guance. E poi si arrabbiava, all'improvviso, andava su tutte le furie. Bugiardo! gridava, e più di una volta la cosa finì con bernoccoli e graffi sanguinanti.

Gli insegnanti di danese non le potevano certo rimproverare di prendere le parole alla lettera, non rientrava fra i motivi di espulsione ma, su pressione dei genitori del numero crescente di ragazzi trattati con tintura di iodio e borse del ghiaccio, il preside – dopo aver considerato per un breve quanto allettante e utopico periodo l'idea di rieducare l'intero corpo insegnante e i ragazzi tirati su con l'ironia – decise comunque di espellere Pernille, che per il resto era incredibilmente perspicace e schietta. Dal momento in cui la decisione fu messa in atto e Pernille, trascinando una valigia troppo grande e pesante, uscì dall'androne a volta, allontanandosi dai cinguettii e dai ciottoli per salire su un taxi, il suo soggiorno in un'oasi si trasformò in una traversata del deserto. Era come se l'addio alla scuola sferrasse un ultimo, rovinoso colpo alla speranza accumulata nel corso di un'infanzia perennemente movimentata di rimanere, rimanere e basta, stare ferma e annoiarsi a morte. Anche la permanenza nella scuola successiva fu rovinata dai commenti ironici, a Pernille saltò la mosca al naso, e già dopo il primo rimprovero si assunse personalmente la responsabilità delle conseguenze, ben sapendo che più tempo rimaneva e più si sarebbe affezionata al posto, e più legami avrebbe dovuto tagliare quando, inevitabilmente, un giorno avrebbe dovuto lasciarlo, quindi meglio togliersi subito il pensiero.

E così continuò. Da un istituto all'altro. E oltre, nella vita.

Pernille la faceva sempre finita subito, e in questo modo arrivò ad ammettere troppo presto che spesso l'ironia non è altro che una manovra di disimpegno dalla via della sincerità disseminata di strapazzi, un riflesso difensivo per non mettersi in gioco e quindi rivelare la propria insicurezza. E viceversa: che l'esistenza randagia del padre probabilmente era dovuta a una tendenza scapestrata a dire quello che pensava, cosa che desiderava rispettare con tutta se stessa mentre lottava per placare quello sradicamento che, per mezzo del mai dimenticato, sempre imminente addio a un nuovo amico, amica o insegnante, portò con sé un'altra profonda e prematura intuizione: che il tempo è l'elemento in cui crescono l'attaccamento e l'amore.

Dopo l'estenuante vagare da un collegio all'altro e cinque

corsi di studio universitari interrotti al primo anno in tre paesi diversi, Pernille fece domanda per un posto di receptionist nel palazzo dell'ONU a New York, basandosi sull'esitante convinzione che l'irrequietezza pulsante della metropoli avrebbe tenuto testa al suo bisogno acquisito di mollare tutto. Che, circondata dal fiume di gente in transito della grande città, sarebbe riuscita ad avere il suo abituale apporto di addii senza doversi spostare, e che il suo bagaglio di conoscenze linguistiche avrebbe trovato un impiego gratificante nell'accoglienza di rappresentanti di tutto il globo terrestre: che il mondo, per così dire, si riunisse davanti a lei. Ebbe un domicilio fisso, uno stipendio fisso e orari di lavoro fissi, problemi normali da cui non sentiva il bisogno di fuggire, e trovò un *diner*, dove impiegavano talmente tanto tempo a cuocere perfino un würstel alla griglia, che poteva interpretare il fatto come un segno che al proprietario italiano piacesse molto ma proprio molto quello che faceva.

Quando un cavaliere fiero e scintillante di bianco, rigido come una statua sul suo alto destriero, entrò cavalcando nella sua vita come una ritardataria cartolina proveniente dalla sua speranza di bambina di avere una e solo una città natale, lo considerò un segno più che evidente, che non poteva assolutamente permettersi di ignorare. E considerò un suo maledetto dovere nei confronti di se stessa e di una nostalgia di casa lunga una vita infrangere il regolamento e accompagnare il cavaliere all'ascensore, comunicandogli un messaggio con mezzi che avrebbero fatto sentire il sangue pulsare nelle vene perfino a una statua meno carnale; un messaggio che più tardi ripeté per iscritto in forma abbreviata: «Ci vediamo!» E quando, poco dopo, con indosso il soprabito, si fermò a guardare le due brevi parole sul taccuino, quando quasi le misurò e le soppesò, le sembrarono in un certo senso leggere, eppure piene di una sorta di peso fatidico: erano una promessa assolutamente priva di ironia, che il futuro doveva riuscire a mantenere.

Baciò il cavallo sul muso prima di andare via, pervasa da una sorta di malinconica gratitudine. Appena se ne fu andata, l'animale, che ignorava di essere l'immagine della resurrezione di un vecchio sogno riposto, accusò ricevuta alzando la coda e così facendo ci disse che, quando il passato viene riportato in vita, può sembrare pieno di merda, però respira e vive, e può essere rimosso, cosa che il personale fece subito.

Con sorpresa di Pernille il futuro impiegò appena due giorni a rimandare al mittente la cartolina con cui il passato aveva cincischiato per anni, e siccome perfino questa volta il cavaliere arrivò in groppa a un cavallo, ma più piccolo, uno da cui per così dire poteva smontare con più facilità, decise di andare incontro a quel bel gesto sollecito mettendolo alla prova immediatamente. Voleva sapere se fosse disposto a dedicarle un po' del suo tempo, quel tempo senza il quale l'amore non sarebbe mai potuto crescere.

Con la sua mancanza di senso dell'ironia formulò il cimento come un'altra candida promessa: aspettami, che arrivo.

In qualche modo questo racconto mi confuse. Perché adesso mi sembrava che Henrik mostrasse tantissima immedesimazione, come se fosse a conoscenza dei motivi profondi di Pernille e capisse la sua evoluzione, almeno a livello analitico, anzi, quasi come se addirittura riuscisse a vedere se stesso con gli occhi di lei, il che non è da poco. E il tutto è sufficiente per darmi l'impressione di conoscere Pernille come persona. Ovviamente, può darsi che Henrik ci abbia lavorato sopra di fantasia, e devo ammettere che nell'ultimo paragrafo l'ho fatto anch'io, più che negli altri, ma questa non è che un'ulteriore conferma, perché è quasi impossibile separare l'immedesimazione dalla fantasia.

Comunque, prima che il suo racconto prendesse il via, ero stato sul punto d'interromperlo per dire: Henrik, adesso ho una risposta per te. Ed è questa: non sei in grado d'immedesimarti nemmeno nella tua stessa vita.

Ma avevo esitato, perché non è facile dirlo a un uomo che

chiede aiuto per la prima volta. E adesso mi aveva instillato il dubbio: non era completamente privo di capacità d'immedesimazione.

Non feci in tempo a considerare altre possibilità, che Henrik riprese a raccontare la storia della sua vita.

Non c'è verso di riuscire a vedere il vento, e non ci si può fare nulla, a meno di essere Henrik Øberg Pingmann. Negli anni in cui Henrik e Pernille si conobbero, un vento del cambiamento sembrava spirare da ovest verso est e, dopo il crollo del muro nel cuore della Germania, il vento di ponente aumentò di forza. In quel clima Henrik costruì la sua nuova attività e grazie ai contatti che si procurò riusciva a sentire anche la più piccola folata politica. Riusciva a individuare impercettibili cambiamenti climatici locali nel Dipartimento del Tesoro americano dalla voce dei consulenti economici con cui parlava, e riusciva a seguire i cambiamenti di pressione via via che si diffondevano negli organismi internazionali dove un capo negoziatore all'improvviso tirava su col naso senza motivo, quasi fosse seduto in mezzo a una corrente d'aria. E Henrik imparò a fare rilevamenti con questi e altri indizi, molto tempo prima che, per esempio, una bassa pressione economica precipitasse fino a diventare un vero e proprio uragano delle forze racchiuse nei soldi che, si dice, fanno girare il mondo.

Trasformò l'ambiente sotto il lucernario dell'appartamento di Manhattan nel suo ufficio; intorno al letto sistemò tre telefoni e un televisore. A ciascun telefono fu assegnato un numero, in modo che dallo squillo potesse capire se era qualcuno della Banca Mondiale, del Fondo Monetario o delle Nazioni Unite a chiamare per un consiglio. Sistemò l'apparecchio televisivo proprio sotto il bordo inferiore dello spiovente di vetro, e lasciò quella finestra sul mondo aperta al perenne flusso di notizie che era diventato la particolarità e il vanto delle maggiori emittenti televisive americane; e là se ne stava disteso dalla mattina alla sera a parlare al telefono, a guardare la televisione o a fissare per aria.

Le sue pause consistevano in acqua con ghiaccio e sogni a occhi aperti, e parecchi di questi ultimi ruotavano intorno al bisogno di trovare un titolo al lavoro che si era inventato. Durante il periodo di avviamento della ditta parlava spesso per metafore meteorologiche, forse perché se ne stava disteso a guardare il cielo, e perciò prese in considerazione il nome di Meteorologo Economico, ma lo scartò perché solo parzialmente sottile, in realtà poco divertente, di fatto fuorviante, e alla fine optò per Terapeuta Macroeconomico. Questo titolo rispecchiava nella maniera più raffinata l'aspetto psicologico della sua attività, la sua specialità, quello che lo rendeva eccezionale, la particolare capacità d'immedesimazione politico-economica che affinava continuamente, nonché la speciale prospettiva che era in grado di offrire ai clienti: la sovrana visione d'insieme ormai ben consapevole che gli Stati nazionali non ce la fanno da soli, hanno bisogno d'aiuto, soprattutto gli zucconi della classe. E il miglior sistema per aiutarli non era forse quello di riassestare la loro autostima? Ai suoi clienti, la Banca Mondiale e il Fondo Monetario – che avevano appunto la responsabilità di addestrare gli zucconi –, consigliò di abbandonare l'approccio psichiatrico, che consisteva nella somministrazione di farmaci e quindi, in quel contesto, nella concessione di aiuti economici ai paesi in via di sviluppo, che avrebbe finito per creare una dipendenza nel paziente senza eliminare le cause del problema. Invece consigliava di impiegare quello psicologico, l'approccio più lungo e difficile, che si proponeva di abbattere le vecchie difese, ossia la legislazione scomoda, che limitava la circolazione del denaro, per poi aiutare ad acquisire nuove abitudini sane. Un vantaggioso effetto secondario di questo metodo era che, quando il paziente aveva ceduto alla prima, dolorosa, catartica parte della terapia, quando le difese erano state tolte di mezzo e la coscienza di sé bussava alla porta, spesso arrivava una fase – nota dai casi di grandi predecessori come

Freud e Jung, le cui assistite avevano la tendenza a innamorarsi appassionatamente di loro – in cui il paziente attribuiva allo psicologo un'enorme autorità e a se stesso il ruolo del bambino rispettoso. Questa fase del rapporto psicologo-paziente era ovviamente vantaggiosa per il processo successivo, in cui le abitudini sane andavano incoraggiate e la futura politica economica dettata e attuata. Così, purificati, rinati e abituati al dolore, i paesi in via di sviluppo erano pronti anche a riforme tormentose. Così, in ginocchio, erano già nella posizione per dichiararsi alla comunità mondiale e sottoscrivere un patto che li avrebbe resi partecipi degli splendori del futuro.

Comunque, sia che dovesse ringraziare il titolo oppure la sua perspicacia, non passò molto tempo che la ditta s'ingrandì, e Henrik aprì un ufficio pieno di assistenti in un palazzo nelle vicinanze. Dovevano innanzitutto redigere rapporti basati sulle sue analisi e rispondere alle domande più banali; li introdusse nelle sue idee e nel suo linguaggio, stabilì una gerarchia chiara e inequivocabile, dopo di che rispose personalmente solo alle telefonate importanti. Ebbe più tempo per guardare il cielo, e un giorno in un momento sonnacchioso gli capitò di pensare alle prospettive del suo rapporto con Pernille.

Nel corso di un anno e mezzo si era abituato... o forse si potrebbe utilizzare un'espressione più forte: aveva imparato a gradire, anzi ad apprezzare o, ancora meglio, a tener in gran conto la sua imprevedibilità. Le sue osservazioni imperscrutabili gli procuravano malessere e debolezza, i suoi sbalzi d'umore erano capaci di metterlo al tappeto, le sue azioni incoerenti gli facevano mancare la terra sotto i piedi innescando la sensazione di sprofondare, cadere, precipitare in picchiata, ansimare, attivare la paura acuta di affogare, come sempre accompagnata dal pizzicore in gola, sì, certo, sì, sì: ma la caduta non era forse il segno distintivo della devozione? E, ora che lui aveva conosciuto la paura, non era forse come se gli permettesse in un certo qual modo di tenersi a galla nel mare della Donna?

Un sabato mattina di sole, con il suo solito senso dei simbolismi, Henrik portò Pernille a fare una gita in aereo sopra la costa. Indossarono mute di neoprene e pinne, si sistemarono una maschera sulla fronte e un istruttore dal viso segnato dalle intemperie li allacciò l'uno all'altra con una cinghia. Lasciarono il piccolo aereo da turismo a una quota di tremila metri e, mentre precipitavano verso l'acqua a tutta velocità, Henrik trovò quello che cercava: sentì la paura della caduta libera e dell'acqua sottostante e, soprattutto, la sentì trasformarsi in un entusiasmo pieno di brividi. Era arrivato il momento di superare se stesso. Henrik strillò e ciondolò la testa, e gridò una domanda sopra l'infinita distesa del mare, le chiese se voleva andare a vivere con lui: vuoi, eh? Così, per davvero! E Pernille rispose tirando una cordicella. La discesa rallentò, un paracadute multicolore si aprì con uno schiocco sopra le loro teste, e lei si limitò a dirgli: dammi un po' di tempo. Poi continuarono a scendere pian piano in una sorta di silenzio pago finché non toccarono l'acqua, che li inghiottì mentre si liberavano delle imbracature per potersi immergere e raggiungere la riva. Più tardi l'organizzatore di sport estremi li trovò in una conca tra le dune in fondo a una scia di capi da sub sparsi, entrambi mezzi nudi, il corpo coperto da segni rossi oblunghi, ma senza quell'aria sonnolenta che personalmente associava ai postumi di un rapporto sessuale appagante, e pensò che o aveva interrotto qualcosa oppure l'adrenalina che avevano in circolo non si fosse ancora calmata. Ma entrambe le supposizioni erano sbagliate. Del resto, ovviamente non poteva sapere quali fossero i piani di Henrik, né cosa si erano detti durante il salto, né che quando qualcuno diceva «dammi tempo» a un uomo come Henrik Øberg Pingmann, abituato a tiranneggiare quelli che tiranneggiavano il corso del mondo, si avvicinava quanto più possibile a un no o, quando una donna come Pernille Wang Ådal rispondeva così, si avvicinava il più possibile a un sì e, certamente, il sesso poteva scaricare enormi quantità di energia, così come le scintille e i fulmini possono scaricare l'elettricità statica tra due poli di carica opposta, però... però.

Il week-end successivo scesero da un altro piccolo aereo a quota zero dopo aver visionato centinaia di ettari di terreni boschivi intorno a un complesso di case di legno dipinte di rosso. Pernille, cui nemmeno quella volta era stato detto cosa riservava la giornata, si fermò davanti all'ampio portico dell'edificio principale dicendo: « E adesso immagino che mi farai conoscere i tuoi genitori ».

« No, ma questo posto ti piace? »

« È molto bello. »

« Bene. È tuo. »

« Benissimo. Però io non lo voglio. »

Henrik allargò le braccia, fece dietro front e tornò verso l'aereo, che avviò le eliche. « Possiamo vederne altri. »

Pernille rimase dov'era e dovette alzare la voce: « *Tu* lo vuoi? »

« L'ho già comprato. »

« Sì. Ma lo vuoi? »

« Sì. Penso che lo terrò. »

« Bene. Allora potremmo farlo diventare *nostro*! »

E detto – e forse s'intuiva una punta di disperazione nel grido di Pernille, ma doveva riuscire a coprire nientemeno che il frastuono di un motore d'aereo – quindi, detto – perché questa volta Henrik udì decisamente un sì nelle sue parole, un accordo reciproco – e concordato, urlato... fatto.

Si trasferirono nel ranch, la scuderia accolse uno stallone e sei cavalle dalle magnifiche criniere e dai corti mantelli scintillanti, il piatto lago accanto al campo di equitazione fu popolato di carpe giapponesi tricolori, furono installate vasche con idromassaggio in due dei quattro bagni, il muro volto a est fu sostituito da una vetrata, e Henrik sistemò il suo grande letto nel fascio di luce del primo piano con vista sul bosco. La preoccupazione iniziale di Pernille di ritrovarsi isolata là in campagna fu smentita quando una parte di quella vita che ha la tendenza ad appiccicarsi alle forti concentrazioni di denaro li seguì. Infatti, come tutti propendevano a chiedersi a vicenda in quelle cerchie, cosa c'è di meglio che farsi trasportare con un aereo privato a una festa in un vecchio granaio rustico con le travi a vista e punti luce nascosti, una jazz band su un soppalco e una fontana di champagne al centro, così che ci si sente di nuovo giovani e irresponsabili... c'è forse qualcosa di meglio? E non ritennero necessario rispondere.

Ben presto la fama del ranch diede a Henrik la possibilità di tenere la maggior parte delle sue riunioni nell'ampio spazio al primo piano, mentre l'ufficio di New York andava avanti con le sue gambe e, solo quando un incarico richiedeva studi approfonditi e ferrati, si recava a Washington per fare visita alla nostra piccola équipe nello scantinato. Pernille era contenta del suo evidente sforzo di rimanere nella loro casa comune, e nel giro di poco tempo concentrò il suo lavoro in una settimana e mezzo di soggiorno a New York al mese. Passavano del tempo insieme, lei gli insegnò ad andare a cavallo e di quando in quando spegnevano il notiziario della sera per andare a fare il bagno al chiaro di luna in mezzo alle carpe tricolori. E dal suo canto Henrik constatò che Pernille si stava calmando.

Passarono anni. Un giorno tutto si sistemò.

Il giorno era l'ultimo di quel mese che Pernille passava dietro il banco della reception, e per Henrik iniziò sul letto con frutta sciroppata al miele e yogurt e il notiziario della mattina. Dallo sfondo alle spalle del reporter, Henrik vide immediatamente che questi si trovava davanti al palazzo del governo di un paese dell'Europa dell'Est e, sebbene non lo ascoltasse, dalle quotazioni di borsa che scorrevano lungo il margine inferiore dello schermo intuì che un'altra ex economia pianificata aveva cominciato a vacillare. Come altre avevano già fatto, stava per cedere a quelle richieste di apertura e di liberalizzazione che accompagnavano le promesse dell'Occidente di far fluire verso l'Est il suo amore carico di risorse, stava per cedere e crollare, la svalutazione incombeva, gli investitori si sarebbero ritirati, la bancarotta avrebbe dilagato come, be'... come una banca in rotta. Henrik mandò giù il boccone, arricciò le labbra e sbuffò in direzione del televisore, che più tardi quello stesso giorno rivelò come l'economia del paese era stata travolta. Prima di arrivare a questo punto, prima della sua riunione del mattino, Henrik non resisté alla tentazione di prendere un ingente prestito nella seconda banca di quel paese, un prestito che avrebbe potuto restituire pagando una frazione minima della somma, non appena la moneta fosse stata svalutata; tanto, era legale trattenere il profitto. Durante la riunione consigliò alcuni rappresentanti del Fondo Monetario di collaborare con la Banca Mondiale per sostenere quel paese. Almeno quel tanto che sarebbe bastato a permettere al governo di aiutare le maggiori aziende colpite dalla crisi a pagare i debiti ai creditori, in maggioranza americani, perché, come disse, sapete quanto me che è questo genere di manovre a permettere ai paesi ricchi di continuare a investire in quelli poveri.

Quando Pernille tornò a casa, Henrik era un po' più ricco di quando lo aveva lasciato, indossava una maglietta senza maniche e un paio di calzoncini leggeri e aveva preparato con le proprie mani würstel piccanti alla griglia e patatine. Si sedettero sul pavimento della cucina e mangiarono da piatti di carta. Rise quando Pernille gli ricordò la sua smorfia di tensione quel giorno al *diner*, al loro primo appuntamento, quando aveva trovato il cibo immangiabile. E poi, senza darle il tempo di pulirsi le dita e buttare il piatto, la portò al letto e la fece sdraiare. Si chinò sopra di lei e con una serie di brontolii sensuali diede inizio a quel gioco che avevano quasi dimenticato.

«Quando i padri della patria vogliono aprire la porta delle Nazioni Unite...»

Pernille sorrise sprofondandosi comodamente tra i cuscini.

«... devono bussare e aspettare. Allora saranno completamente in mano a...»

Lei sorrise ancora di più.

«... te! Fai la guardia alla porta del Centro del Potere!»

«Ah!» Lo afferrò per la maglia e lo tirò a sé. «E sei al servizio di troppi padroni...»

«Mmm.»

«... di tutti gli educatori del mondo!»

«Sì!» Henrik rise. «Siamo come i servitori delle commedie di Holberg, più intelligenti dei nostri padroni.» Avvicinò la bocca al suo orecchio e le bisbigliò tra i capelli: «E i nostri padroni sono i dominatori del mondo, perciò...»

Lei fece le fusa.

Lui si tirò su in ginocchio, si stirò e tese i pugni in aria. «Sono la mano invisibile dell'economia mondiale, *me voi sposa'*?»

Per un momento si bloccano entrambi.

Le braccia di Henrik si abbassano leggermente nell'articolazione della spalla, e si stupisce della sua uscita, si sente quasi smascherato senza sapere cosa abbia rivelato lo smascheramento.

Pernille si sforza di vincere quell'irritazione che l'ha invasa già alla prima parola della frase, perché ancora una volta Henrik ha infranto la regola che impone di parlare dell'altro e non di sé, quella delusione che di solito le fa mettere il broncio e porre fine al gioco. Si sforza di superare la delusione e di arrivare alla sua domanda. E a una risposta.

E, mentre lo fa, permettimi di spiegare a cosa si riferisce Henrik.

La mano invisibile è uno dei concetti più abusati e vieti del pensiero economico. Adam Smith usò l'espressione nel libro *La ricchezza delle nazioni*, pubblicato nel 1776, per indicare quel meccanismo occulto che fa sì che, se un fabbricante crea un prodotto che può vendere, questo deve necessariamente avere un valore per gli altri, per cui in un certo senso il produttore è al servizio del bene comune. Un panettiere non fa il pane perché altri possano mangiare, ma per guadagnare, tuttavia il pane è utile agli altri; anche se agisce nel proprio interesse, il suo operato, per un intervento invisibile, contribuisce ad aiutare gli altri e a favorire la comunità. All'epoca ebbi l'occasione di chiedere a Adam Smith se non temeva di aver dato ai figli peggiori di Dio una scusa per continuare a fare solo i propri interessi. O se non temeva – cosa che avrebbe potuto essere altrettanto spiacevole se non peggio – di aver aperto con quell'espressione vaga uno spiraglio per introdurre l'idea della giustizia divina in una realtà tanto profana come l'economia e gli scambi commerciali. Mi disse di rileggere il libro. E nessuno di noi aveva la fantasia di prevedere che in seguito le sue riflessioni sarebbero diventate le prime radici del concetto secondo il quale il modello del mercato capitalistico contiene un indefinito, particolare meccanismo che crea equilibrio quasi da sé, per esempio, tra offerta e domanda e tra individuo e società.

Quello che è chiaro in questo contesto è che Henrik allude a un aspetto dell'economia come sistema; un aspetto che, per chi è persuaso che il sistema sia diventato più grande di noi e si sia trasformato in un dispositivo indipendente, somiglia a un'inerzia insita nel sistema. E allude a questo fatto in un modo che mi riesce molto difficile da interpretare se non così: intende dire che lui stesso è il più profondo, occulto principio dell'economia mondiale.

Nel frattempo Pernille è arrivata a un sì.

E le braccia di Henrik si abbassano ancora un pochino, abbassa lo sguardo su di lei. Nella sua espressione c'è ancora stupore, è come se nemmeno lui capisca appieno quello che ha appena sentito. E un flebile suono gli sfugge dalle labbra, è difficile distinguere se sia l'inizio di una risata oppure di un pianto. Poi si lascia cadere accanto a lei, e scoppiano a ridere, come si fa quando si è sorpresi di se stessi, ridono, e si perdono in un abbraccio.

Nel bosco si doveva tenere una festa, e i protagonisti della festa arrivarono in elicottero dopo essere convolati a nozze a bordo di una Bentley grigio metallizzato al banco di un drive-in di Las Vegas. In via del tutto eccezionale Henrik era in abito completo nero, mentre Pernille indossava un vestito bianco come la neve tanto ingegnosamente costituito da strati di merletto, pizzo e tulle con spacchi, velo e strascico, che dovettero aspettare che le pale si fossero fermate per scendere nella piccola radura nel bosco più grande del ranch, dove erano raccolti gli invitati.

Furono accolti da applausi e congratulazioni e i genitori ebbero l'occasione di conoscere il genero e la nuora e i consuoceri. Un giro della proprietà suscitò sguardi ammirati e appropriati sospiri nel gruppo, e il pranzo fu servito su un tavolo rotondo intorno alla fontana di champagne nel granaio ristrutturato. Le otto portate furono servite da camerieri talmente discreti che il punto successivo del menu veniva annunciato dalle piccole esclamazioni degli invitati, quando si vedevano all'improvviso davanti un nuovo piatto ben guarnito: le madri parlavano delle ricette cercando d'indovinare le spezie, mentre i padri bevevano succo d'uva dalla fontana e si lanciavano in discorsi arditi. Johan Ådal non poté fare a meno di chiedere al genero davanti a tutti a chi mai avesse tirato un bidone per potersi permettere quella reggia di casa, e giù risate, finché non si accorse che sia la moglie sia la figlia lo fissavano con la fronte corrugata: allora si affrettò a mettere da parte l'ironia e a dare il benvenuto in famiglia a Henrik. Più tardi, per dare alla sposa e alla sua famiglia un'idea di chi fosse l'uomo che avevano accolto nel loro seno, Sofus Øberg fece un riassunto della carriera di Henrik, e il dato di fatto è che quel figlio che adesso affido alle tue mani, Pernille, non è soltanto mio figlio, ma mi vanto di poterlo chiamare anche il mio discendente, e lo stesso augurio faccio a voi due: di non avere solo dei figli, ma dei discendenti!

L'indomani Henrik e Pernille partirono per il viaggio di nozze, due settimane in una suite di lusso con letto matrimoniale alle Bahamas, e quando tornarono a casa, le carpe si erano riprodotte e due cavalle avevano figliato, e trascorsero una settimana nel ranch a contemplare, come pare abbiano fatto Adamo ed Eva, le piccole meraviglie della natura e a nominarle.

Quando, il lunedì successivo, Pernille andò a New York a lavorare, Henrik tirò fuori il suo *Time Manager*; lo afferrò con entrambe le mani ma non riuscì ad aprirlo.

Rimase stupito. Certo, era la prima volta che faceva tre settimane di vacanza, ma possibile che avesse dimenticato come funzionava quel semplice sistema di chiusura a pressione? Oppure non aveva le forze? L'ozio aveva indebolito le sue dita?

Se lo portò alla bocca, addentò la copertina di pelle e gettò indietro la testa. Il *Time Manager* gli scivolò tra i denti e cadde aperto al suo fianco, e Henrik scorse l'angolo di un foglietto ingiallito. Lo prese e lesse i quattro punti che vi erano annotati. Con sua sorpresa, se avesse tirato fuori la penna, avrebbe potuto spuntare tutte le voci: l'appartamento a Manhattan, la Bentley grigio metallizzato, il viaggio alle Bahamas e il ranch completo di scuderia. Perché anche se aveva dimenticato da un pezzo quel foglietto, e anche se forse le cose non erano andate così come aveva immaginato all'epoca, di fatto Pernille aveva accettato le sue prime quattro offerte riguardanti il prezzo dell'amore.

Non ha una reazione vera e propria. Distoglie lo sguardo dal foglietto. Neanche un sorriso.

Per un momento Henrik Øberg Pingmann rimane seduto a guardare inebetito fuori della parete-finestra, defraudato dell'ebbrezza della vittoria o anche solo di una gioia sommessa: dov'è finita? Fuori una coltre di nuvole si sta chiudendo sopra il ranch, i puledri si spingono sotto le cavalle, gli avannotti scendono verso il fondo del lago, e gli alberi arricciano le foglie.

Guarda di nuovo il suo *Time Manager*... e oggi proprio non gli va.

A questo punto sono tentato di mentire. Di cedere alla stanchezza e d'inventarmi un finale che sia lieto sia per te sia per me.

A questo punto sono tentato di raccontare di quella caduta che monta dentro di noi come una speranza quando apprendiamo di un destino tanto sfacciatamente determinato, sublime come quello di Henrik: l'inevitabile caduta della grandezza e della superbia. Sono tentato di dire che, sì, Henrik prova dolore, non è insensibile e, sì, anche un uomo come lui può essere piccolo e acciaccato, seduto, così, tutto solo in un momento tranquillo e sente che nel proprio intimo sa bene di dover rinunciare a tutto quanto per dedicarsi alla vita tranquilla fatta di amore autentico, e di bambini che devono fare solo i bambini e non realizzare qualcosa per guadagnarsi il titolo di discendenti e, sì, le fiabe hanno un lieto fine, e non senza un motivo e, adesso che siamo stati rassicurati ancora una volta, possiamo stringerci nelle spalle e sorridere del fatto che Henrik abbia dovuto passarne di tutti i colori per imparare quello che tutti noi sappiamo. Potrei raccontare che Henrik scoppiò in un pianto dirotto, e solo quando, una settimana e mezzo dopo, Pernille tornò, gli sollevò il viso e gli asciugò le lacrime, lui riuscì a sorridere di nuovo, e calò le brache, docilmente, e smise di seccarci con il suo perenne successo. Ma non sarebbe vero.

Non sarebbe abbastanza vero.

Quel giorno Henrik rimase seduto. Guardò fuori e gli sembrò che il bosco fosse d'intralcio. Si sentiva poco bene, allo stesso tempo fiacco e irrequieto.

E rimase seduto. Anche quando si alzò aveva la sensazione di rimanere seduto dentro.

E, sì, questo stato s'impossessò di lui minacciando di persistere. Ma Henrik tenne riunioni e continuò a lavorare, e invece di andare a correre nel bosco comprò una serie di macchinari da palestra che aveva visto in televisione e che gli permettevano di allenarsi rimanendo seduto. Si occupò addirittura del nuovo cliente che la comunità mondiale era stata così gentile da fondare per lui nel 1994, ossia l'Organizzazione Mondiale del Commercio, WTO, creata per assicurare in grado ancora maggiore rispetto al passato che il flusso di denaro scorresse liberamente intorno al globo. E i suoi clienti non notarono alcuna differenza, perché certe persone lavorano per sette, quando lavorano a regime dimezzato.

Solo Pernille sentì odore di cambiamento e cominciò a farsi

domande. Era come se il matrimonio non fosse stato quei due punti che dovrebbe essere, a sottolineare che: adesso ci dedichiamo al nostro amore. Era, piuttosto, diventato un punto fermo. Sentiva che l'attaccamento al ranch continuava a crescere, ma il legame con Henrik non si rafforzava, anzi era vero il contrario. E cominciò a meditare su cosa sia necessario, oltre al tempo, perché l'amore possa crescere.

Cercò in vari modi di tendergli una mano, di raggiungerlo. Si metteva il grembiule e andava in cucina a preparare cenette, con tanto di candele, durante le quali gli chiedeva delle sue imprese del giorno. Si toglieva il grembiule, scaldava oli sulla fiamma delle candele, gli massaggiava le spalle e gli carezzava la nuca, mentre descriveva quello che le piaceva di più, sia delle sue doti sia del suo aspetto fisico. Organizzava lanci con il paracadute, regate, immersioni, viaggi, ma fu tutto inutile. Da parte di Henrik non arrivava nessuna mano invisibile ad afferrare la sua, e lei non voleva né poteva costringerlo.

Non poteva nemmeno dargli dei figli – o discendenti, per lei un nome valeva l'altro – e rafforzare così la loro comunione, perché era come se lo stato in cui si trovava Henrik impedisse allo stimolo di prendere forma. Rimaneva afflosciato come lui rimaneva seduto. Con una sopraffina quanto rovesciata sensibilità, rimaneva ostinatamente moscio nei giorni intorno all'ovulazione. E Henrik accendeva la televisione per non sprecare tempo con iniziative che non approdavano a nulla.

Un giorno, dopo essere passata nuda in groppa a un cavallo senza sella davanti al punto di osservazione di Henrik al primo piano, senza ottenere risultati degni di nota – nemmeno un piccolo commento –, Pernille si convinse che le possibilità erano quasi esaurite. Lui non reagiva. E non cresceva un bel niente.

Anche Henrik, da parte sua, notò la mancata crescita. Sotto forma di una fiacca che lo invase. Un peso nel petto che rendeva tutto difficile. Quasi non riusciva più a stare seduto, doveva sdraiarsi. E poi la spossatezza raggiunse gli arti, scorse lungo le ossa. Si espanse fino in Asia.

Le tanto agili tigri asiatiche dell'Estremo Oriente, che di anno in anno erano balzate verso nuove altezze, persero il fiato, persero la scioltezza. Interi paesi si bloccarono. La crescita calò e si fermò. Giacque. In una sorta di caduta orizzontale.

Henrik cercò di rimediare. Cercò di ritrovare le forze con il sollevamento pesi sulla panca e altri esercizi da sdraiato, ma erano più le forze che toglievano di quelle che davano. Assisté i clienti della Banca Mondiale, che assistevano i paesi asiatici. Impose aumenti del tasso d'interesse, qualcosa di tangibile, aumenti talmente forti che avrebbero indotto qualsiasi capo di Stato occidentale a indire nuove elezioni piuttosto che accollarsi la responsabilità di quello che stava per succedere. La depressione continuò. Peggiorò, addirittura. Fiacca e irrequietezza combattevano nell'intimo di Henrik. Inventò una cura drastica dopo l'altra. Ma la crisi voleva solo essere approfondita, e si espanse, e divenne disperazione.

Una mattina telefonò ad Arjun chiedendogli di fare una serie di proiezioni dello scenario. Aspettò al telefono mentre Arjun faceva i conti. I primi calcoli prevedevano un tracollo economico globale. Henrik chiese ad Arjun di reperire degli altri modelli e di rifare i calcoli. Diedero quasi tutti lo stesso risultato. Quando io avevo quasi finito la giornata di lavoro, Arjun era ancora al telefono con Henrik, non aveva fatto una pausa per otto ore, e gli erano venuti quegli spasmi agli occhi che annunciavano uno dei suoi rari attacchi. Gli domandai se potevo aiutarlo in qualche modo.

Arjun annuì vigorosamente coprendo la parte inferiore della cornetta: «Parla con lui».

«Chi è?»

«Henrik. Il nostro ex capo. Non la finisce più.»

Presi il ricevitore. Arjun si alzò e spinse la sedia girevole verso di me. Mi sedetti.

«Buongiorno, Henrik. Qual è il problema?»

Allora mi fece la domanda. Tre volte di fila con intonazioni diverse. Aveva la voce incrinata. E, quando gli chiesi di spiegarsi meglio, mi raccontò la sua storia dall'inizio pregandomi di dargli una risposta il più presto possibile.

Raccontò per tutta la sera e fino a notte inoltrata. Con pochissime pause: le mie domande di approfondimento e le sue risposte. Quello che hai letto. Alla fine dovetti darmi per vinto. Non riuscivo più a starlo a sentire. Gli dissi di richiamarmi di lì a una settimana, e avrei fatto in modo di avere pronta la mia migliore risposta. Riagganciammo.

La mattina presto Henrik si svegliò sudato e con un biglietto sulla pancia.

«Non me la sono sentita di svegliarti», c'era scritto, «spero che tu abbia tempo domani. Per quella cavalcata di cui abbiamo parlato tanto tempo fa...»

Henrik lesse il biglietto. E poi reagì.

Come altre reazioni che arrivano a scoppio ritardato e si sono quindi accumulate nel tempo, anche questa può sembrare intempestiva, violenta, sproporzionata. E proprio questa reazione smentisce il nostro presagio della caduta della grandezza.

Infatti, nel momento stesso in cui finì di leggere, si rese conto che Henrik Øberg Pingmann non era nato per aspettare domani e tanto meno per vivere nel passato. C'era una crisi, e c'era adesso, e lui era rimasto a lungo a gingillarsi come una curva discendente e adesso, in questo stesso momento, doveva fare qualcosa, e si alzò, afferrò uno dei venti abiti completi bianchi nel guardaroba e lo indossò, scese nella scuderia, mise la sella allo stallone, lo tirò fuori nel buio, montò e affondò i talloni nei suoi fianchi. Lo stallone partì al galoppo, e corse attraverso il bosco, attraverso il recinto che delimitava la vasta proprietà, attraverso campi e pianure, per strade, sentieri, piste, verso est, dove sorse il sole, e per altre sette ore, e come un cavaliere bianco percorse il ponte di Brooklyn al centro della carreggiata, le automobili si scansarono per farlo passare, e Manhattan lo accolse, perché quella era la sua casa, il punto da e verso cui scorre il denaro di tutto il mondo, era il suo posto, là, nel cuore pulsante dell'economia mondiale abitava la sua anima e, quando lo stallone crollò per la stanchezza, batté lo zoccolo contro un sasso di Central Park e cadde, Henrik si diede la spinta con una staffa, fece un balzo nell'aria e continuò di corsa attraverso il brulichio di vita, dentro l'atrio del palazzo con l'attico, dentro l'ascensore, e su, su, verso la cima, ed ebbe la sensazione di essere issato su per l'asta della bandiera, sopra il prato dell'erudizione, su, verso la visuale e la libertà, e adesso sapeva che avrebbe lanciato sassi al bidello per poter rimanere lassù, sentiva l'impulso montare dentro di sé, perpendicolare e fiero e con una forza invincibile, si precipitò dentro l'appartamento e si mise subito all'opera.

Deviò i tre vecchi telefoni sul cellulare e sgombrò la stanza lasciando soltanto il Pollock per fare posto ai gesti tronfi e a dodici televisori.

Quando, una settimana dopo, lo chiamai, sentivo i televisori in sottofondo. Un paio di navigati conduttori di telegiornale leggevano ad alta voce contemporaneamente, un uomo politico si spiegava a un giornalista con espressioni imparate a memoria, speaker pubblicitari parlavano di prodotti che non avevano mai visto. E fui colpito dal fatto che avevo difficoltà a distinguere il fiume di parole di Henrik dagli altri.

Mi scusai subito col dire che non avevo trovato una risposta. Henrik rise e disse di non preoccuparmi, era acqua passata. Stava forse meglio? Lui rise di nuovo e rispose che era in gran forma. In tal caso potevo disturbarlo ancora per sapere se avesse trovato da solo una risposta alla sua domanda? Chiamami pure, disse, e riagganciò.

E, proprio perché ho approfittato del suo invito, so che una delle prime cose che fece appena tornato a casa fu una telefonata per impedire ai giapponesi di creare un fondo destinato a fare in Asia quello che il Fondo Monetario Internazionale già faceva in tutto il mondo – solo in modo diverso e più consono alla situazione locale – e stoppare quelle sciocchezze: infatti, perché decentralizzare se tutto comunque proviene dallo stesso punto? E quando gli arrivarono le proteste dei ministeri delle finanze dell'intera regione, che non riuscivano assolutamente a tener dietro alle enormi quantità di denaro che uscivano dai paesi, spiegò che, sì, può darsi che la vostra politica sia sbagliata, ma i tempi sono cambiati, e oggi è oggi, perciò asciugatevi gli occhi e alzate il culo, non è mica la fine del mondo. Di lì a poco riuscì ad affrettare l'intervento militare nel Sud-est europeo, che lui stesso aveva messo in discussione anni addietro, perché non c'è niente come le guerre prolungate che tolga la fiducia al mercato, e un bombardamento a tappeto senza perdite non era forse semplicemente un tentativo terapeutico di demolire le difese di quel povero paese diviso e accelerare la fase della presa di coscienza di sé, del rinnovamento e delle sane abitudini, che in seguito lo avrebbe reso benaccetto ai vicini? E non si sedette, parlò al telefono rimanendo in piedi.

Ed è così che passerà alla Storia universale. È così che lo conosceremo, Henrik Øberg Pingmann, il ragazzo che sognava di diventare l'osso carpale dello scheletro della democrazia, l'uomo che divenne la mano invisibile dell'economia mondiale, perché è ancora là piantato: svettante, invisibile e convinto come sa esserlo solo uno scheletro.

Soltanto nei momenti più segreti, nei rari, brevi quarti d'ora in cui il telefono non squilla e il mondo non deve essere salvato, di quando in quando, e talmente piano che nessuno lo sente, si avvicina a un cassetto e tira fuori la sua vecchia tesi, e rivolge un pensiero a Pernille, con una tale cautela che non giunge a destinazione, perché sono apparse delle note al margine, un pensiero è stato seminato in mezzo agli altri: Henrik ha fatto un'equazione. All'inizio erano due, una affermava che il denaro è amore, e l'altra che l'amore è tempo, e quando le confrontò pervenne al risultato che tutti conosciamo, ossia che il tempo è denaro. E Henrik non è nato per accontentarsi di quello che sappiamo tutti. Perciò ha introdotto un'incognita, e in quei brevi momenti guarda l'equazione e aggrotta la fronte – e noi, che conosciamo Pernille, siamo indotti a credere che la ruga sia segno di mancanza di ironia –, distoglie lo sguardo dal foglio e lo punta sul grande quadro alla parete, che è ancora lì, e si sente attirare verso il centro.

Perché, come lui stesso mi domandò nel suo momento di massima debolezza: ma cosa accidenti è che manca?

♦

Lasciai la Banca Mondiale nel 1999. Alcuni sogni sono unilaterali, tirano talmente in una direzione che finiscono per deformare chi li alberga. E questo si era sentito fin giù nello scantinato. Tra colleghi si parlava sempre più di stress e condizioni di lavoro pesanti, e non ero l'unico a pensare che fossero solo sintomi. E non fui nemmeno l'unico a prendere una decisione drastica.

Tornai a Copenaghen. Per il resto di quell'anno mi riposai. Alla mia vecchia televisione vidi come si prese commiato dal millennio, quasi con la stessa angoscia apocalittica con cui a suo tempo lo avevano accolto i neocristiani vichinghi.

E mentre ero là disteso non riuscivo a togliermi dalla testa la domanda di Henrik, perché in un certo senso è anche la mia. Cos'è che manca?

EPILOGO, DUEMILA

Sono stanco. È stato un lungo millennio.

Le mie rughe sono talmente profonde che gettano ombre nell'animo. Le mie membra sono pesantissime. E il cuore: sul punto di scoppiare di vita vissuta.

Ormai ho pochi clienti. Ne persi tantissimi in quel periodo del Novecento in cui la letteratura gemmò in una dovizia di esperimenti formali; la mia insistenza sulla narrazione mi rese inadatto come consulente. Poi ebbero inizio i miei vagabondaggi per il globo e, adesso che sono tornato a casa, non ho fatto nulla per rimpolpare la clientela. Posso vivere ancora qualche anno con i soldi che ho messo da parte.

Però ricevo visite.

La casa in cui mi trasferii duecento anni fa è situata in un cortile come quella precedente, l'isolato che la circonda è affittato a imprese commerciali. Le scale di servizio si animano la mattina e nel tardo pomeriggio, ma nessuno bada alla mia casa, perché tutti credono che appartenga a qualcuna delle altre ditte. Di fronte al mio portoncino c'è l'ingresso di servizio di una panetteria. Come evidentemente si usa adesso, sono ragazze a servire in negozio. All'ora di chiusura, portano fuori una parte del pane rimasto sugli scaffali e la buttano nel bidone della spazzatura, proprio davanti alla mia finestra. Una ha i capelli biondi e mossi, la fronte bombata, il naso esile, gli zigomi pronunciati. La prima volta che la vidi dalla finestra un profluvio di ricordi scaturì dalle profondità della mia memoria, possente come un geyser, scorci che si trasformarono in acqua nei miei occhi. Somigliava a Sigrid. E aveva la stessa età di quando la incontrai quasi mille anni fa. Per un attimo la sua somiglianza con Sigrid fu assolutamente insostenibile.

Forse ti stupirai perché non ho nominato Sigrid, il mio primo amore, a proposito di quell'intimo sentimento di cui ho imparato a riconoscere l'esistenza dai tempi successivi al Rinascimento. E magari adesso ti verrà da pensare che se solo allora avessi ceduto al mio cuore palpitante, lasciato tutti i miei dubbi, percepito appieno quel sentimento traboccante e senza curarmi del fatto che dovesse essere legato a forze del destino esterne, allora avrei capito, vissuto bene e trovato pace. Forse lo pensi davvero, e forse ti rendi perfettamente conto che così dai ragione alle concezioni romantiche della tua epoca.

Ecco perché non l'ho nominata. Non è così semplice.

La volta successiva che vidi la giovane commessa della panetteria dietro la finestra non riuscii a trattenermi e bussai al vetro. Ebbe un lieve sussulto, quindi scrutò dentro la penombra verso di me. Anche gli occhi erano somiglianti.

«Scusa se ti disturbo», dissi, «vengo fuori un momento.»

Raggiunsi la porta e mi affacciai.

«Non avevo intenzione di spaventarti. Ma volevo...»

Mi bloccai. Le somigliava anche nel fisico, il grembiule celeste le conferiva le stesse forme. Lei mi guardò aspettando. Poi inarcò le sopracciglia abbassando un po' il mento, rughe d'impazienza le solcarono la fronte.

«Volevo... Di quando è quel pane?»

«Di stamattina. Hai fame?»

«Ehm... sì.»

«Puoi prenderlo, se vuoi.»

Tese la gratella verso di me. Io uscii sulla soglia e appoggiandomi al muro scesi il gradino. Lei seguì i miei movimenti legnosi con lo sguardo. Mi avvicinai e presi una focaccina con i semi di papavero.

«Ti nascondi là dentro da molto?» domandò.

Mi sfuggì un sorriso. Credo che ai suoi occhi sembrassi uno scalcagnato vagabondo.

«Io abito qui», risposi.

«Ah. Credevo fosse vuota.»

«Non completamente.»

«Vuoi che butti il resto? O ne prendi un altro po'?»

«No, grazie.»

Un paio di giorni dopo fu lei a bussare al vetro. Per offrirmi il pane prima che finisse nella spazzatura. E ben presto divenne un'abitudine; la ragazza bussava e si fermava davanti alla porta con la gratella.

Dopo che aveva guardato curiosa dentro l'ingresso un paio di volte, le dissi che era la benvenuta a vedere la casa. Accettò.

Conoscendola meglio non somiglia tanto a Sigrid come mi era parso all'inizio. Ma probabilmente avevo bisogno di ricordare. Un giorno le domandai se sapeva qualcosa sulla storia della sua famiglia, se era danese da molte generazioni. Mi rispose che se non si sbagliava la sua nonna materna doveva avere una tavola genealogica su in soffitta, ma lei non l'aveva mai guardata.

Adesso mi viene a trovare tre volte alla settimana dopo il lavoro. Una mezz'oretta con caffè e pane raffermo. Non so cosa la spinga a farlo. Però tiene in vita qualcosa dentro di me.

A dispetto della stanchezza mi sono seduto allo scrittoio dalle gambe accorciate. Per motivi che eviterò d'interpretare, è l'unico oggetto che non fu distrutto quando, nel 1795, la mia casa andò a fuoco. Dopo che, con le articolazioni doloranti, ebbi portato in braccio Alma fino al luogo dove stavano tirando su un ospedale da campo improvvisato, e ricevuto la conferma che era morta, mi avviai verso casa. Infreddolito percorsi strade avvolte nelle fiamme, adagio e in silenzio tra frotte che correvano, che urlavano. Fino all'androne del deposito. Lo scrittoio stava nel cortile, abbastanza lontano dalla casa crollata da aver subito pochi danni. Il calore aveva incurvato le assi, alcune giunture si erano torte, aveva macchie di fuliggine e di tizzoni che si erano attaccati al legno, ed era graffiato. Lo è ancora. Vengo a sedermi qui tutti i giorni.

Nell'angolo sinistro ho messo quel fermacapelli che tanto tempo fa regalai a Sigrid e che lei mi restituì prima che le voltassi le spalle per l'ultima volta.

Mi sono seduto, e ho scritto. Non perché adesso ho trovato la risposta alla mia domanda, tutt'altro. Ma per ascoltare. Di nuovo.

Per forza d'abitudine ho parlato da solo a voce alta e poi ho trascritto le parole. Ho parlato e ascoltato, e intanto sono passato per molti stati d'animo diversi.

Mi sono sentito come qualsiasi persona anziana: ho ricordato cose talmente remote che, sebbene sappia di averle vissute, non sembrano appartenermi. Così ho potuto fare quello che fece Alma: contemplare i ricordi più pesanti e tener duro.

Mi sono arrabbiato con me stesso. Non tanto per aver voltato le spalle all'amore tanto tempo fa, perché, onestamente, può capitare a chiunque. Piuttosto per averne fatto una questione di colpa: mi vendicavo sugli altri e punivo me stesso. E per aver tentato per tanto tempo di fare ammenda raccontando storie senza fermarmi mai. L'amore riguarda le altre persone, e mi sono arrabbiato nello scoprire di aver impiegato quattrocento anni per imparare a tenere la bocca chiusa e ascoltarle. E altri cinquecento per imparare ad ascoltare mentre parlo.

Mi sono sentito come Frans: mi sembra di aver cercato di cogliere un canto con l'inchiostro e i righi.

E Henrik: ho raccontato nella speranza di essere interrotto dalla risposta alla mia domanda.

Ormai le storie si sono fissate sulla carta. E la risposta è qui, da qualche parte. Non in chiaro, non lo si può pretendere da questo genere di risposte. Comunque, ho raccontato per mille anni, ho detto quello che c'era da dire, e la risposta è qui, da qualche parte.

Solo che non l'ho sentita. Finora. Non ancora.

Una cosa che la scrittura mi ha chiarito è che la domanda riguardo all'amore mi ha sempre accompagnato. Prese forma molto prima del Rinascimento. Quando conobbi Sigrid non capivo cosa mi stesse succedendo, e allora chiesi al mio amico Baldur: «È questo l'amore?»

Baldur mi sorrise e disse: «La risposta è nella domanda».

Come nel caso di tante altre sue affermazioni, non sono mai riuscito a capirla appieno.

Ma la scrittura mi ha aiutato a chiarire anche questo. Mi sono reso conto che non si è assolutamente in grado di porre una domanda senza essersi prima fatti un'idea dell'oggetto della propria curiosità. Forse voleva dire proprio questo. O anche questo. Ho avuto un'idea dell'amore dallo stesso momento in cui posi la domanda. E cinquecento anni fa cominciai di nuovo a chiedere.

Non ebbi il tempo di pronunciare la mia ultima domanda riguardo all'amore. Alma mi rispose prima che finissi di parlare. Nel complesso, le bastavano poche parole. Aveva la capacità di cavare risposte dal silenzio. Di ascoltare.

Se l'amore è, come immagino, disinteressato come la luce, allora sono costretto a non curarmi se sia io oppure tu a imparare dalle storie come questa. Se sia un altro da me a sentire la risposta. E a trovare pace.

Lo stesso vale per te.

Perciò, forse puoi fare qualcosa.

Chiudi il libro per me. Ascolta.

INDICE

Fotocomposizione:
Nuovo Gruppo Grafico - Milano

Finito di stampare
nel mese di settembre 2009
per conto della Longanesi & C.
dal Nuovo Istituto Italiano d'Arti Grafiche - Bergamo
Printed in Italy